DEFENSA CERRADA

colección andanzas

Libros de Petros Márkaris en Tusquets Editores

ANDANZAS

El accionista mayoritario

Defensa cerrada

Noticias de la noche

PETROS MÁRKARIS
DEFENSA CERRADA

Traducción del griego
de Ersi Marina Samará Spiliotopulu

Título original: Άμυνα Ζώνης

1.ª edición: noviembre de 2008

© de la traducción: Ersi Marina Samará Spiliotopulu, 2008
Diseño de la colección: Guillemot-Navares
Reservados todos los derechos de esta edición para
Tusquets Editores, S.A. - Cesare Cantù, 8 - 08023 Barcelona
www.tusquetseditores.com
ISBN: 978-84-8383-109-0
Depósito legal: B. 43.015-2008
Fotocomposición: Anglofort, S.A.
Impresión: Limpergraf, S.L. - Mogoda, 29-31 - 08210 Barberà del Vallès
Encuadernación: Reinbook
Impreso en España

A Josefina, siempre

Los vicios de moda pasan por virtudes.

Molière, *Don Juan*, V, 2

1

Todo empezó con una vibración imperceptible, como si alguien correteara por el piso de arriba.

–¡Un terremoto! –grita Adrianí, presa del pánico. Los terremotos, las hambrunas y las inundaciones son su especialidad.

–¡Será en tu cabeza! –respondo apartando la vista de las páginas del diccionario de Dimitrakos, donde había estado leyendo la voz «*Estío:* estación del año que comienza en el solsticio de verano y termina en el equinoccio de otoño. No confundir con "hastío": tedio, disgusto, repugnancia».

Hemos venido a pasar las vacaciones de verano en la isla y nos alojamos en casa de la hermana de Adrianí. Acepté el plan a regañadientes, porque no me gusta estar de invitado, siempre pendiente de los demás. Pero Adrianí quería ver a su hermana y, además, no nos conviene gastar mucho dinero. Mientras mi hija Katerina esté estudiando en la Universidad de Salónica, no podemos permitirnos no ya una habitación de hotel en régimen de media pensión, como le gusta decir a mi mujer, sino ni siquiera una triste habitación con el baño en el patio, en régimen de *rooms to let,* como rezan los rótulos que cuelgan en todas las pocilgas de la isla. Antes había pocilgas y cerdos. Ahora hay pocilgas y turistas.

Es una casa de dos plantas y no está cerca del mar, sino en lo alto del monte, a dos pasos de Jora. La construyeron el cuñado de Adrianí y su hermano en la época dorada de las subvenciones agrícolas de la Comunidad Económica Europea. Mi cuñado es ferretero y su hermano tiene un café, nada que ver con los nobles campesinos. Sin embargo heredaron un terruño de su padre en el que pusieron a trabajar a unos albaneses, recogieron la cosecha, la enterraron en un descampado y se embolsaron la subvención. Así pudieron construir la casa. Bueno, más que de una casa, se trataba de cuatro paredes de ladrillo que luego blanquearon con una mano de cal.

El día de nuestra llegada, cuando quise echar una siestecita, me despertó un escándalo increíble en el primer piso. La casa empezó a temblar hasta los cimientos mientras una voz femenina aullaba: «¡Aaah..., aaah..., aaah!». Como soy policía hasta la médula, creí que el hermano de mi cuñado estaba dando una tunda a su mujer. Tardé un rato en comprender que no se trataba de una zurra, sino que se la estaba tirando, y que lo que me había despertado eran sus jadeos.

–¡Chist, no está bien escuchar! –susurró Adrianí, siempre tan mal pensada aunque, eso sí, nunca se salta el ayuno en la cuaresma.

–Pero si son las cuatro de la tarde... ¡Hay que tener ganas!
–No es tan extraño. ¿No ves que no están los niños?

Los niños en cuestión son dos chicos: un enano que ronda los diez años y un renacuajo a punto de cumplir los ocho; los dos quieren ser jugadores de baloncesto. Su padre, que se ha enterado por la televisión de los millones que cobran esos gigantes, ya sean autóctonos o importados, ha instalado una cesta agujereada en medio del salón para que sus retoños aprendan a meter canastas de tres puntos tirando desde el tresillo. Llevan a cabo duros entrenamientos dos veces al día, mañana y tarde, con pelota, saltitos, discusiones y gritos incluidos. Yo me largo al café de su padre, que en lugar de indemnizarme por daños y perjuicios me clava quinientas dracmas por un café.

Por eso he dicho a Adrianí que el terremoto está en su cabeza, por los porrazos de los dos hermanos, pero los acontecimientos desmienten mi suposición cruelmente. La casa se levanta de sus cimientos, queda un rato suspendida en el aire y se asienta de nuevo con un crujido estremecedor. El cuadro de las ovejitas que beben en la fuente se despeña de la pared y los dos cencerros que estaban colgados encima del cuadro empiezan a repicar como endemoniados.

El terremoto se detiene por un instante y enseguida se reinicia con fuerzas redobladas. La casa se tambalea y los muebles se deslizan de un lado al otro del salón. La pared del fondo se parte por la mitad, como si el Peloponeso se separara de la Grecia continental, y los escombros se precipitan sobre el tresillo color hígado rematado con filetes dorados, que mi cuñado había comprado en Fabricantes Reunidos del Tresillo. En su caída, la pared arrastra al jarrón corintio con sus decorativas y brillantes alcachofas, mientras la araña catedralicia que hace las veces de lámpara de techo se mece cual incensario en manos de un cura enloquecido.

Adrianí se levanta de un salto y toma posiciones bajo el dintel de la puerta.

–¿Qué estás haciendo? –grito.

–Cuando hay un terremoto, has de ponerte en el umbral de una puerta. Es lo único que no se desploma –responde, temblando como una hoja.

De mala gana dejo el Dimitrakos, la agarro de la mano y empiezo a arrastrarla en dirección a la calle mientras las paredes se inclinan y vuelven a recuperar la verticalidad, como si no acabaran de decidir si quieren aplastarnos o no.

En el mismo momento en que cruzamos la puerta de la calle, una parte del techo se desploma. Recibo una ducha de cascotes y miles de alfileres se me clavan en la piel.

La vivienda del hermano de mi cuñado tiene una entrada lateral independiente. Al salir, oigo que una mujer grita: «¡Socorro! ¡Socorro!».

–¡Aléjate de la casa! –indico a Adrianí y echo a correr hacia la voz.

Stavria, la cuñada de mi cuñado, está de pie en el primer escalón. Abrazada con fuerza a sus dos hijos, pide histéricamente ayuda. Se llama Stavria desde 1991, cuando llegó a la isla la primera gran oleada de turistas. Antes se llamaba Stavriní.

–¡Los niños, Kostas! ¡Llévate a los niños!

La escalera se estremece, amenazando con hundirse bajo mis

pies. Subo y agarro a los enanos, pero el pequeño, el listillo, empieza a arrearme patadas.

–¡Mi pelota, quiero mi pelota!

–No hay tiempo para pelotas –replico, pero él sigue machacándome las espinillas y reclamando su pelota a grito pelado. Si tuviera esposas se las pondría, así iría entrenándose en cuestión de detenciones, y no sólo en baloncesto.

–¡Bajad, yo iré a buscar la pelota! –grita Stavria desde arriba.

–¡No entres en la casa! –grito, pero ella ya está dentro.

Al alcanzar el último escalón, la pelota nos cae encima. El renacuajo se suelta y corre tras ella mientras de la casa llega un estrépito de cristales rotos y el grito desesperado de Stavria:

–¡Mi lámpara!

De repente, las sacudidas cesan y la tierra queda inmóvil, como exhausta.

Stavria aparece en el primer escalón, desmelenada.

–¡Mi araña se ha roto!

Era una lámpara idéntica a la de mi cuñado. No sé por qué las compraron gemelas. Tal vez para celebrar la Pascua en casa. Las encienden, prenden las velas, se desean felices Pascuas y se ahorran los trescientos cincuenta escalones que conducen a la Virgen de la Cueva Dorada.

–Déjate de arañas y baja antes de que haya una réplica –le advierto.

Ni caso. Se sienta en el escalón, al borde de las lágrimas.

–¿Se ha roto la canasta? –pregunta el enano, ansioso.

–Ahora no estoy para canastas –responde ella haciendo pucheros de niña.

–La última que metiste no cuenta. Habías cometido falta –espeta el renacuajo al enano.

2

La plaza central de Jora está construida sobre un terraplén, de manera que parece la tarima de un quiosco de música. La cruzan tres callejuelas. Una conduce a las afueras del pueblo, otra a la parada del autobús que cubre el trayecto entre Jora y el puerto, y la tercera no tiene salida; termina delante de la iglesia. Las callejas situadas a derecha e izquierda de la plaza concentran la actividad del pueblo: allí está la tienda de ultramarinos, una carnicería-verdulería y un establecimiento donde venden desde artículos de arte popular hasta botas campesinas. Allí están, además, el café del hermano de mi cuñado, una taberna, un viejo restaurante y dos puestos de *suvlakis*, uno internacional y el otro griego. El internacional se distingue del griego por el rótulo, que no dice «asador» ni *suvlakis* sino *suvlakerie*. Supongo que será una estrategia para atraer a los franceses, que constituyen la mayor parte del turismo de la isla, pero en mi opinión es un error. Los griegos que leen el rótulo prefieren el término «asador» a *suvlakerie*, y los franceses, que podrían preferir este último, no pueden leer el rótulo porque está escrito en griego. Los establecimientos de la plaza son los únicos edificios que no han sufrido daños durante el terremoto, porque están pegados pared con pared. Su solidaridad los ha salvado.

Han pasado tres horas desde que Adriani y yo salimos corriendo a la calle. Estoy sentado en el pretil de la plaza, frente a la *suvlakerie*, aunque ahora no puedo leer el rótulo porque todo está a oscuras. No hay luz ni teléfono. Oímos en un transistor que el epicentro del terremoto se halla en el mar, al norte de Creta, y que ha alcanzado 5,8 grados en la escala de Richter. En

15

las tres horas transcurridas desde entonces, los habitantes de la isla han contado treinta y siete nuevas sacudidas, pero se ha desatado una gran discusión en torno a la última. La mitad sostenía que contaba, la otra mitad argumentaba que no, que sólo había sido un complemento de la penúltima, una especie de oferta dos por uno, como hacen en los supermercados cuando te regalan un disco por la compra de un detergente. Seguro que continuarán discutiendo hasta saciar su masoquismo.

–Después del terremoto de Kalamata, contaron cincuenta y dos réplicas en tres horas –comenta uno que está sentado a mi lado, y por su tono se diría que lamenta que su isla no haya estado a la altura.

El pueblo entero se ha reunido en la plaza. Unos se sientan en las sillas de la taberna y del restaurante, que están cerrados; otros en las del café del hermano de mi cuñado, que está abierto y suele servir naranjadas, Coca-Colas y café con hielo, aunque en esta ocasión nadie pide nada. Todos ocupan las sillas sin consumir y yo me alegro de verle pagar por su avaricia. Los que no llegaron a tiempo para sentarse se pasean por la plaza, entre los chiquillos que corren, juegan al fútbol y se pelean. El jaleo es formidable, porque no sólo alborotan los niños, también gritan los adultos del café a los de la plaza, los de la plaza a los de la taberna y los de la taberna a los del restaurante. Los dos puestos de *suvlakis* se están forrando. Los niños tienen hambre y no hay nada más que comer. Han puesto las parrillas y se hartan de asar carne para pinchos, que sirven con una rebanada de pan rústico. Al final el pan se acaba y sirven los *suvlakis* sin nada más. El resplandor de las brasas es la única luz que se ve en la plaza.

Los pocos turistas que quedaban en la isla este mes de septiembre han sido expulsados de la plaza y han buscado refugio en la parada del autobús. Con mucho gusto se marcharían de aquí, pero el autobús, aparcado un poco más abajo, no se atreve a circular y ellos tampoco se atreven a entrar en sus habitaciones para buscar sus equipajes. Algunos se han apostado delante de los asadores y esperan un turno que no les llegará nunca, porque los lugareños no tienen la menor intención de cedérselo.

A medida que avanza la noche y se van repitiendo los temblores, el miedo silencia las voces y acalla el jolgorio. Como si no hubiera bastantes problemas, empieza a caer una fina llovizna que levanta nuevas oleadas de protestas. La furgoneta de la compañía eléctrica pasa por cuarta vez, deprisa y tocando el claxon para abrirse camino.

–¿Y ahora qué, Lambros? ¿Cuándo volverá la luz? –pregunta mi vecino al acompañante del conductor.

–Ya puedes esperar sentado. Se ha cortado el cable submarino y tardarán en arreglarlo –responde el otro, contento de que, esta vez, la luz se haya ido por una causa justificada, a diferencia de lo que ocurre normalmente, que el suministro se interrumpe sin razón un par de veces al día.

–¡Vergüenza tendría que daros, inútiles! –increpa mi vecino a los de la furgoneta.

Está dispuesto a seguir despotricando, pero una nueva sacudida le hace perder el equilibrio y se cae del pretil. Un murmullo de infinitos matices se levanta de la plaza. Desde los «ahí va otra vez» de los más flemáticos hasta los aspavientos histéricos de algunas mujeres.

–Vaya, estás aquí. Hemos estado buscándote por toda la plaza –se oye a mi lado la voz de Adrianí.

Viene acompañada de Eleni, su hermana, y de Aspa, la hija de ésta, que estudia tercero de secundaria y es una chica tranquila e inteligente, la más simpática de la familia de mi cuñada.

–¿Todo bien? –pregunto a Eleni, más que nada por cortesía, porque ya veo que no ha sufrido daño alguno.

–Qué horror, aún estoy temblando. Habíamos ido a la asociación para discutir qué se puede hacer con ese cerdo de Teologu, que pretende construir un hotelazo en el cabo y cerrar la vista de la playa, cuando sentí que el suelo se movía bajo mis pies. El tiempo que tardé en llegar al colegio para asegurarme de que Aspa estaba bien fue un auténtico infierno.

–La culpa es tuya. Claro, el señor no estaba bien en casa y necesitaba unas vacaciones. ¿Cómo no iba a haber un terremoto, si no parabas de quejarte? –Con sus palabras, Adrianí acababa de convertirme en la falla responsable del seísmo.

En realidad no hubo manera de convencerla de que nos quedásemos en casa, gracias a lo cual ahora tendremos que buscar entre los escombros para rescatar bragas y calzoncillos. La injusticia de sus palabras está a punto de sacarme de mis casillas cuando vuelve a atenazarme aquel dolor punzante en la espalda y doy un brinco involuntario.

–¿Qué te pasa? ¿Otra vez el dolor? –pregunta Adrianí, que lleva veinticinco años espiando todos mis movimientos–. Lo tienes bien merecido, por no querer ir al médico. ¿Se puede saber para qué cotizas a la Seguridad Social?

–Es verdad. ¿Por qué no vas al médico si te duele? –interviene Eleni, echando leña al fuego.

–¡Porque tiene miedo, como todos los hombres! ¡Todo un teniente de policía, jefe del Departamento de Homicidios! Se pasa la vida enfrentándose a asesinos y a navajeros pero le da miedo ir al médico...

–Sólo es un tirón. No pienso ir a visitarme por un tirón.

–Ya ves, él solito ha hecho el diagnóstico –señala Adrianí, despectivamente.

La conversación se desarrolla sobre un fondo de sacudidas, como si estuviéramos a bordo de un pesquero. La llovizna arrecia. Hará cosa de un mes que apareció el dolor por primera vez. Intenso y repentino, me clava un puñal en el omoplato izquierdo antes de apoderarse del brazo; dura unos diez minutos y luego desaparece. No quiero ir al médico, porque cuando empiezan a mirar siempre acaban encontrándote algo.

Mis pensamientos cambian de rumbo, no gracias a mi voluntad de hierro, sino debido al clamor que recorre la plaza. Al volverme, veo que el alcalde se ha subido al pretil y trata de tranquilizar los ánimos.

–¡Silencio! ¡Escuchadme un momentito! –grita y el vocerío se calma un poco–. He hablado con el gobernador. Me ha asegurado que ya han enviado mantas y tiendas de campaña. Están en camino –añade satisfecho. En vez de aplacar a la multitud, esta noticia la inflama más.

–¿Cuándo llegarán? ¿Para Año Nuevo?

–Llevamos cinco horas a oscuras, aguantando la lluvia, ¿y

ahora vienes tú a decirnos que aún están en camino? –Advierto un claro énfasis en el «aún».

–¿Sabes que en Kalamata siguen viviendo en caravanas diez años después del terremoto?

–¡Qué mierda de Estado! ¡Sólo sabe cobrar impuestos!

El alcalde se esfuerza por apaciguarlos.

–Chicos, un poco de paciencia. No somos los únicos afectados.

–No somos los únicos, pero seguro que seremos los últimos en ser atendidos. Y todo gracias a ti.

–Ya decía yo que no le votáramos, pero no me hicisteis caso –interviene alguien en voz alta.

–Llegarán, están en camino, os doy mi palabra –asegura el alcalde, inquieto ya porque intuye que empieza a perder votos. Busca un punto de apoyo y me encuentra a mí–. Ya ve cómo están las cosas, teniente. Aquí todo se convierte en una odisea. Por desgracia, los que viven en Atenas no se dan cuenta de nada.

–Razón no les falta –se interpone Adrianí, a quien le gusta erigirse en defensora de perros, gatos y apaleados, siempre que no tenga que llevárselos a casa–. ¿Por qué no envía un helicóptero a buscarlas? En la isla hay un helipuerto.

–Pues sí, hay un helipuerto –dice el alcalde meneando tristemente la cabeza–. Aunque sin helicóptero. Nos construyeron el helipuerto, pero llevamos seis años esperando el vehículo. Cuando se produce alguna urgencia, viene un helicóptero de Atenas para recoger al enfermo.

Parece que hoy todo se ha confabulado para llevarle la contraria, porque apenas termina de hablar, se oye el motor de un helicóptero en las alturas.

–¡Aquí está! ¡Ha llegado! ¿Qué os decía? –exclama el alcalde.

A lo lejos distinguimos el bulto negro del helicóptero que se acerca con su luz intermitente. El cuerpo entero de la policía de la isla, es decir, un subteniente y dos agentes, hacen acto de presencia tratando de imponer orden. Se dan la mano en cadena, pero como sólo son tres, seguro que salen rodando al primer empujón. Sin decir palabra, me planto delante de la multitud.

–Un poco de calma –aconsejo dirigiéndome a la gente–. Los mismos que transportan los equipos los van a repartir entre todos vosotros.

No sé si se impone mi personalidad o el remolino de viento que levanta el helicóptero al aterrizar; el caso es que la gente empieza a retroceder.

El aparato toca tierra, se abre la puerta y sale una joven que ronda los veinticinco años, muy maquillada y emperifollada, al estilo de lo que en mi pueblo llamábamos busconas.

–¡Aquí estamos! –exclama con entusiasmo.

De repente, la gente estalla en aplausos y la joven empieza a contonearse, juguetona. Tras ella, en vez de mantas y tiendas de campaña, aparecen un tipo con perilla, cámara al hombro, y dos porteadores de cajas, focos y trípodes.

–Pero... si son de la tele –se oye una voz decepcionada. Los aplausos pierden toda su energía, cual gaseosa que se queda sin gas.

–¿Son de la televisión? –pregunta el alcalde a la joven, preparándose a despotricar contra ellos.

–Ahora no, después –contesta ella apresurada–. Primero quiero ver las casas derruidas. ¿Hay alguna por aquí?

–No, gracias a Dios, pero...

–Ya te he dicho que no habría –recrimina el cámara a la reportera–. Vámonos, estamos perdiendo el tiempo.

–Imposible –replica ella y agarra el micrófono–. Es tarde, perderé el programa.

–¿Es que sólo cuentan las casas derruidas? –grita el alcalde, indignado–. Llevamos cinco horas a la intemperie, está lloviendo, se ha ido la luz, no hay teléfono, no nos atrevemos a entrar en nuestras casas y a nadie le importa un comino. ¿Qué hemos de hacer? ¿Derribar las casas para atraer vuestro interés?

–¡Eso es! –exclama la buscona con entusiasmo–. ¡La indiferencia criminal del Estado! ¿Dónde está el alcalde? ¿Hay alcalde aquí?

–Servidor.

–Ah, usted. –No parece convencida, pero no le queda más remedio que conformarse–. ¿Cómo se llama?

–Kalokiris, Yangos.

–Bien, señor Kalokiris. Quédese junto a mí. Lo llamaré para que hable ante las cámaras.

Agarra el micrófono y espera con cierto nerviosismo a establecer comunicación con los estudios. Y, puesto que hoy en día todos trabajan para la tele, Dios incluido, en este preciso momento el latigazo de dos truenos surca el cielo y empieza a llover a mares.

–Buenas tardes, Yorgos... Buenas tardes, señoras y señores... –dice la buscona al micrófono. Es la señal de que la comunicación está abierta–. La situación es dramática en esta región aislada de Grecia, Yorgos. Los lugareños tuvieron que abandonar sus casas con la primera sacudida, que alcanzó 5,8 grados Richter. Ya han transcurrido cinco horas pero los representantes del Estado no han hecho acto de presencia. Como puedes ver, está lloviendo a mares y los isleños esperan en vano la llegada de mantas y tiendas de campaña para pasar su primera noche tras la catástrofe...

–¿Se han producido daños materiales? –pregunta el presentador.

–No cabe duda de que así ha sido, Yorgos, pero en este momento resulta imposible registrarlos, porque la red eléctrica ha sufrido un fallo y la isla está sumida en las tinieblas. Contamos con la presencia del alcalde de la isla, el señor... –Ya se ha olvidado de su nombre.

–Kalokiris... –añade el alcalde.

–... el señor Kalokiris, quien nos ofrecerá una imagen precisa de lo ocurrido. ¿Cuál es la situación en estos momentos, señor alcalde?

–Nos hallamos en unas condiciones deplorables, como usted ha dicho. Por enésima vez, nos enfrentamos a la indiferencia criminal del Estado. Han pasado cinco horas desde que hablé con el gobernador, que me prometió ayuda. Sin embargo, la ayuda no llega. Los temblores no han cesado, nuestros hijos se encuentran a merced de la lluvia, no nos atrevemos a entrar en nuestras casas..., nos vemos amenazados por enfermedades, epidemias...

Los isleños asienten con la cabeza y oigo sus murmullos de aprobación. Admiro la habilidad del alcalde para manejar los ánimos. Si en este momento se celebraran nuevas elecciones, ganaría por mayoría absoluta.

–Aprovecho la oportunidad que me ofrece su cadena para apelar a las autoridades...

–No siga, se ha terminado el tiempo –lo interrumpe la reportera–. Chicos, nos vamos –indica dirigiéndose a su equipo, que empieza a recoger los bártulos y corre hacia el helicóptero–. Gracias –dice la periodista, antes de echar también a correr.

A medio camino del helicóptero, sus zapatos de tacón quedan enganchados en el barro, se tambalea, está a punto de caer de bruces en el fango, consigue recuperar el equilibrio y alcanza el aparato. Antes de entrar, da media vuelta, como si acabara de recordar algo.

–Que se mejoren –grita.

–¿Por qué nos desea que mejoremos? –pregunta un hombre–. ¿Es que tenemos la gripe?

Son las únicas palabras sensatas que he oído en toda la tarde.

3

Las mantas y las tiendas de campaña llegaron finalmente a eso de medianoche. Para entonces casi todos estaban calados hasta los huesos y unas toallas les hubieran resultado mucho más útiles. El alcalde propuso que plantaran las tiendas enseguida, pero la gente estaba más que harta y le dijeron que las plantara él solito, que para eso lo habían elegido. Unos cuantos se ofrecieron a ayudarlo, pero se machacaron los dedos con los martillos, porque en la oscuridad no veían las piquetas. De modo que lo dejaron correr. Al final, todo el mundo se acomodó como pudo. Algunos se refugiaron en sus coches, otros se envolvieron en mantas y unos pocos, los más temerarios, optaron por volver a sus casas.

Nosotros nos refugiamos en la ferretería de mi cuñado, junto con su mujer, su hija, la familia de su hermano y un montón de aldeanos recogidos al azar en la plaza con la honorable intención de ofrecerles cobijo.

La compañía, la charla y los recuerdos sísmicos exorcizaron el terror de la noche y yo empecé a echar de menos el *jalvá* que preparaba mi madre cuando invitaba a los vecinos a casa. La única nota discordante era Jristos, el hermano de mi cuñado, que sermoneaba a éste *sotto voce* porque, según él, por la mañana echaría a faltar la mitad del material, que se lo robarían para reparar sus casas, que siempre se aprovechaban de él y medio pueblo le debía dinero, mientras que él, su hermano, no había dejado de cobrar ni un refresco a pesar de todo el jaleo.

Son ya las diez de la mañana y el día ha sacado a la luz lo que la noche había estado ocultando. En apariencia, nada ha cambiado. Jora sigue siendo lo que era. Sin embargo, del interior de las casas emergen llantos y lamentaciones, no en coro sino como arias aisladas, porque ha llegado un comité de expertos para evaluar los daños, provocando los más tristes clamores cada vez que declaran inhabitable un edificio.

La casa de mi cuñada recuerda un paisaje de Bosnia después de la guerra. La pintura se ha desconchado y ha dejado los ladrillos a la vista. La araña catedralicia ha perdido la mitad de sus lágrimas y cuelga descabalada y torcida. Una parte del techo ha invadido las vitrinas del aparador y los escombros han pasado a formar parte de lo expuesto: un jarrón en forma de rosa abierta, tres bandejas de plata y un par de candelabros dorados estilo Murano. El televisor ha salido intacto del trance y nos contempla con gesto apagado. Eleni, mi cuñada, ha ido a buscar un cepillo y se afana en silencio por limpiar el tresillo color hígado, como si fueran vísperas de Navidad.

–Déjalo, mamá –se impacienta su hija–. No vendrá de eso.

Eleni se revuelve y la fulmina con la mirada.

–¿Sabes cuánto tiempo llevaba deseando tener un tresillo como éste? ¡Míralo ahora! ¡Míralo! –chilla, como si su hija tuviera la culpa del terremoto.

–Eleni, ¿por qué no esperas a que pasen los del comité? –sugiere su marido, temeroso de enfurecerla aún más–. Si ven la casa arreglada, podrían negarnos las doscientas mil dracmas de la subvención.

–Además de declararla habitable –apostilla la hija.

Eleni la observa con expresión resuelta, que no admite discusiones.

–Yo no pienso marcharme de mi casa, aunque se me caiga encima.

Adriání hace lo único sensato. Sin decir palabra, se acerca a ella y la abraza. Eleni la rodea con los brazos, apoya la cabeza en el pecho de su hermana, pierde todo su empecinamiento y se echa a llorar ruidosamente.

Justo en ese momento de fraternales abrazos se presenta el subteniente, estropeando la emotiva escena. Se queda de pie en la puerta del salón y, gorra en mano, me mira indeciso.

–¿Qué ocurre? –pregunto.

–Perdone, sé que no es buen momento, pero... ¿podría acompañarme fuera?

–¿Ahora?

–Sí. Quisiera enseñarle algo.

Me contagia su indecisión y miro de reojo a Adrianí, que sigue abrazada a Eleni y asiente imperceptiblemente con la cabeza. Por lo visto piensa lo mismo que yo: sería preferible que me marchara porque allí estoy de más.

–Vámonos –digo al subteniente.

En la calle nos espera el único coche patrulla de la isla. El suboficial ocupa el asiento del acompañante cediéndome la plaza de honor, en el asiento trasero, en diagonal con respecto al conductor.

Enfilamos la carretera que asciende hacia Palatiní, un pueblo de montaña, la única región agrícola de la isla. La carretera es estrecha y serpenteante; a duras penas caben dos coches que circulen en sentido opuesto.

La lluvia ha lavado el paisaje. El mar se extiende pacíficamente en lo hondo, adentrándose en las cuevas, bocas y calitas que rodean la isla. No siento un amor especial por el paisaje: me harté de la naturaleza y de la soledad que impone durante mi infancia, cuando contaba los días que faltaban para mudarme a Atenas. Sin embargo, la vista es espléndida e imponente.

La voz del subteniente me devuelve a la realidad.

–Sólo faltaban los desprendimientos. Como si no bastara con todo lo demás.

–¿Por eso me has llamado? ¿Por los desprendimientos?

–No, quiero que vea una cosa. Ya falta poco.

A punto estoy de insultarlo, su reserva me crispa los nervios, cuando el coche tuerce a la izquierda y sigue el curso descendente de una garganta hacia el mar. Mientras bajamos, a la derecha veo que un peñasco se ha desprendido de su base y ha rodado hasta la llanura, a unos cien metros de la bahía.

En el borde de la elevación formada por las piedras y la tierra desmoronada monta guardia uno de los dos agentes de la comisaría. El otro, que conduce el coche, detiene el vehículo junto a su colega.

–Por aquí –indica entonces el subteniente, guiándome hacia la elevación.

Al segundo paso me detengo en seco. De entre las piedras asoma un bulto. Si no fuera por la cabeza, difícilmente lo reconocería como un ser humano.

–Por eso lo he traído aquí –explica el subteniente–. Lo encontraron unos hippies ingleses, de esos que nunca se lavan. Alquilaron habitaciones por aquí, en estos páramos, para drogarse sin que nadie los molestara.

El cadáver está echado de bruces sobre el suelo, con la cara hundida en la tierra. Queda a la vista su cabello negro y corto, y llego a la conclusión de que se trata de un hombre. Alzo la mirada hacia la montaña. La ladera entera se ha desmoronado, como si la hubiesen cortado con un cuchillo.

–No hemos tocado nada –prosigue el subteniente, orgulloso de recordar las lecciones básicas de la academia.

–Aunque lo hubieseis hecho, tampoco hubiese importado. El cadáver ha sido desplazado. Lo habían enterrado allá arriba y, con el desprendimiento, ha quedado al descubierto.

Retiro la rama rota de un arbusto y empiezo a apartar las piedras y la tierra que cubren el cuerpo. Los gusanos se retuercen, sorprendidos, y una lagartija, víctima del desmoronamiento, corre a buscar otro refugio. El subteniente lo observa todo a mi lado.

–Quizá se trate de un accidente, en cuyo caso le he hecho venir hasta aquí inútilmente.

Poco a poco va apareciendo el cuerpo de un hombre. Con excepción de unos calzoncillos, está totalmente desnudo; no lleva ropa, calcetines ni zapatos; nada.

–¿Accidente? –respondo–. ¿Y qué ha pasado con su ropa? ¿Cree que se la quitó para no arrugarla?

Me mira como si yo fuera aquel bigotudo, Hércules Poirot, que era de Creta aunque lo mantenía en secreto.

–Por eso he recurrido a usted, porque es del Departamento de Homicidios y sabe de esas cosas. Es la primera vez que vemos un cadáver en la isla.

26

–Ayúdame a darle la vuelta –ordeno al agente que monta guardia. El tipo retrocede un paso. Se pone amarillo cual hoja seca y empieza a temblar de pies a cabeza–. No tengas tanto miedo, que no muerde. Está muerto.

–¡Karabetsos! –llama el subteniente en tono imperativo, aunque él tampoco se ofrece a mover el cadáver.

Me agacho y agarro al muerto por los pies, para dar buen ejemplo a los demás. Es como si quisiera mover dos columnas de hielo: me resulta imposible levantarlo a causa del *rigor mortis*. Finalmente, consigo levantarle las piernas y me quedo allí impotente, esperando a que el agente contenga las náuseas. Al cabo se acerca, extiende las manos y sostiene el cadáver por los hombros, volviendo la cabeza hacia el mar.

Al darle la vuelta, una segunda oleada de bichos y hormigas huye despavorida. El cadáver queda tumbado de espaldas con un golpe sordo. El agente lo suelta al instante, echa a correr hacia el árbol más cercano y empieza a frotarse las palmas de las manos contra el tronco. Yo permanezco de pie ante el cadáver, contemplándolo. Es de un hombre joven, de aproximadamente un metro setenta y cinco de estatura. Tiene los ojos abiertos y la vista clavada en el cielo, en el sol, como si le sorprendiera volver a verlo. Las mejillas ya están medio comidas, y un gusano sigue hurgando, impertérrito, en la nariz, cual obrero del metro que hiciera horas extras. A primera vista no se advierten señales de violencia, aunque no es necesario. La desnudez del cadáver basta para convencerme de que se trata de un asesinato.

El subteniente se da la vuelta y echa a correr hacia el coche patrulla. Abre el maletero y saca una sábana blanca. La desdobla, se acerca, cubre el cadáver y suelta un suspiro de alivio.

–¿Cómo lo transportamos? –pregunto.

–Muy fácil. Haré venir a Zimios, que tiene una furgoneta con la que transporta mercancías del puerto. Lo difícil será encontrar un lugar donde guardarlo. En la isla no hay instalaciones adecuadas ni material de ningún tipo. Incluso la sábana es de mi casa. Después tendré que tirarla y no sé a qué cuenta meterla para justificar el gasto.

Sus problemas administrativos me traen sin cuidado.

–¿Dónde están los que encontraron el cadáver?

–Allí.

Señala una construcción de dos pisos a diez metros de las piedras de la playa. En la planta baja hay una taberna. Arriba, cinco o seis habitaciones en fila, con las puertas y ventanas pintadas de azul celeste. Delante de la taberna han dispuesto unas mesas. Un rubito con perilla está sentado en una silla, con los pies apoyados en otra. Lleva el clásico uniforme del turista barato: vaqueros cortos. Por lo demás, está desnudo y descalzo. Sobre la barriga sostiene una guitarra, cuyas cuerdas va arañando, aunque sus rasgueos apenas llegan hasta mis oídos.

–Por suerte, siempre se quedan por aquí. Nunca van a Jora –me informa el subteniente.

–Veamos qué pueden decirnos.

Al acercarnos, veo salir de la taberna a una chica joven, morena, con el cabello recogido muy tirante y reseco por el salitre. Desde esta distancia, no aparenta más de dieciocho años. Lleva el sujetador de un bikini, pantalones cortos y sandalias. Se aposta detrás del rubito y empieza a frotarle la espalda. No sé si le está masajeando o frotándolo para quitarle la mugre, pero él parece disfrutarlo, porque deja la guitarra y levanta la cabeza. La chica se agacha y le da un beso en los labios. Él da por concluido el beso y vuelve a arañar la guitarra, ocupación que, por lo visto, considera más seria.

Me deprimo al pensar que habré de recurrir a mi deficiente inglés para entenderme con ellos. Llegamos a su altura, pero como si no existiéramos. El rubito sigue arañando la guitarra y la chica masajeándole la espalda. De cerca, parece un poquito mayor, sobre unos veinticinco años.

–*You found the dead?* –pregunto de corrido, porque ya venía ensayando la frase por el camino.

El muchacho alza la vista a medias y me contempla con cierto fastidio, como si hubiese interrumpido una importante conversación con Beethoven. La joven sigue con lo suyo.

–*No, Hugo did and then he called us. Anita, would you fetch Hugo, dear?*

La chica abandona sus trabajos manuales y va a llamar a Hugo, mientras el rubito vuelve a su guitarra.

Miro al subteniente. Él menea la cabeza con ademán fatalista.

–¿Qué me va a contar? Yo lo sufro a diario.

–*What's your name?* –pregunto al de la perilla. Mientras pueda formar frases de esta longitud, todo irá bien. A partir de las cinco palabras, empiezo a trabarme.

–Jerry... Jerry Parker...

Anita aparece en las escaleras que bajan del primer piso, acompañada de Hugo. El tipo mide casi dos metros, tiene la cabeza afeitada, unos bigotes que bajan hasta la barbilla y un pendiente de aro en el lóbulo de la oreja izquierda. Viste una chilaba estampada con ramas: es un drogata. Si llevara una pelliza, sería domador de fieras.

Le hago la misma pregunta para empezar con buen pie:

–*What's your name?*

–Hugo Hofer.

–*You found the dead?*

–*Yes* –responde.

A partir de este momento, empieza lo bueno y lo malo. Lo bueno, porque es alemán y su inglés es peor que el mío, hecho que me sube la moral. Lo malo, porque debido a su pésima pronunciación, no entiendo ni una palabra.

Recurro al subteniente:

–¿Has entendido algo?

Él se encoge levemente de hombros.

–Ni pío.

–Oigan... Se lo traduzco yo para que lo entiendan –interviene Anita en un inesperado griego impecable.

A punto estoy de darle un par de tortas.

–¿Eres griega?

–Sí. Anna Stamuli.

Un inglés, un alemán y una griega. Suspiro con alivio para mis adentros. Al menos, en lo que a golfos se refiere, cumplimos los requisitos de Maastricht. Algo es algo.

–¿A qué esperas para contarnos lo que pasó? ¿Es que quieres que te lo saque a la fuerza? –le pregunto, bastante cabreado.

–Ayer pasamos la noche a la intemperie, por miedo al terremoto. Era imposible acercarse a la playa, las olas eran enormes. A eso de las diez hubo una réplica y, de repente, la montaña se partió en dos. Jamás había visto nada igual. Llegamos a temer que nos aplastara de un momento a otro. Por suerte, nos salvamos por los pelos. Esta mañana, a eso de las nueve, Hugo se marchó con la moto hasta Jora para ver qué había pasado. A los dos minutos volvió y nos pidió que lo acompañáramos. Fuimos y vimos el cadáver. Luego Hugo se acercó con la moto a la comisaría, para avisaros. Esto es todo.

Claro y conciso, ni una palabra de más.

–Tenéis que venir a comisaría a prestar declaración –indico.

–Ya veo, me toca hacer de intérprete. Aunque no sé de qué va a servir. Ese hombre lleva más de tres meses muerto. –Me mira a los ojos y esboza una sonrisa irónica–. Si se ha fijado en su cuello, habrá visto que hay señales de lucha –añade.

–¿Cómo lo sabes? –pregunto curioso.

–Estudio medicina en Londres. Jerry es matemático, es mi pareja. A Hugo lo conocimos aquí. Está haciendo su doctorado en filosofía y vino a la isla en busca de soledad.

–¿Por qué no has dicho que eres griega desde el principio?

–Porque me he dado cuenta de cómo nos miraba. Seguro que pensó que éramos unos drogadictos.

Mantiene la misma sonrisa irónica. Sabe que me ha pillado en falta y me mira por encima del hombro.

–Ven a señalarme las marcas –respondo–. Después, tú y el alemán nos acompañaréis a comisaría para la declaración.

–*Hugo, they want you to sign a statement. I'll show them the scars on the neck of the body and then I'll go with you.*

–*Okay* –dice el filósofo-domador de fieras.

Emprendemos el camino de vuelta a la montaña desmoronada. El agente, apoyado en el árbol donde se había limpiado las manos, fuma de espaldas al cadáver. Me acerco y retiro la sábana.

–Muéstramelas.

Ella se arrodilla junto al cuerpo.

–Aquí, ¿lo ve? –señala.

Me agacho para mirar. Es cierto: en el lado izquierdo del cuello, el que da hacia la montaña, se ven algunos arañazos, casi imperceptibles. Trago saliva y me enojo conmigo mismo. Al haberle encontrado desnudo, he dado por sentado que se trataba de un asesinato y no he investigado más. Debo reconocer que la chica tiene razón, pero su expresión me irrita y me callo.

Se oye el petardeo de una moto que viene a detenerse detrás de nosotros. Me vuelvo y veo a Hugo montado en una motocicleta antigua, de las que usaban los alemanes en la segunda guerra mundial. Sin duda, debió de heredarla de su abuelo nazi.

–Podemos ir en coche. Estarás más cómoda –propongo a la chica.

La misma sonrisa irónica.

–Prefiero la moto. Si os acompaño en el coche patrulla, los del pueblo pensarán que me habéis detenido por consumo de drogas.

Se sienta detrás del alemán y la moto arranca con un ruido ensordecedor.

4

Suena tres veces la sirena del barco y la chimenea asoma por el extremo del cabo. Pronto aparece la proa, la figura blanca se alarga y obstruye la entrada a la pequeña bahía. El navío gira a babor, invierte máquinas y empieza a acercarse lentamente al muelle, al tiempo que va abriendo las bodegas.

Una treintena de pasajeros y cinco o seis vehículos, los restos del verano, están esperando para embarcar hacia El Pireo. Apenas han transcurrido cuatro días desde el terremoto, pero aquí en el puerto, con sus escasas edificaciones y sus dos únicas tabernas en primera línea de mar, nada recuerda su paso. El mar es un espejo, los rayos del sol doran la superficie y dos lanchas rápidas juegan a entrar y salir de la bahía para presumir ante los pasajeros del barco y los aspirantes a pasajeros del muelle, que no les hacen el menor caso.

De no ser por el cadáver del desconocido, nos habríamos marchado hace dos días, para no molestar a la familia de mi cuñada. La casa no había sido declarada inhabitable, pero tenían que volver a montarla desde cero. El tresillo color hígado por sí solo ya exigía una semana de trabajo, y mi cuñada sufría como si se tratara de un familiar ingresado en la unidad de cuidados intensivos. Era una magnífica oportunidad para demostrar nuestra discreción y regresar, por fin, a la paz del hogar. Pero el cadáver la ha echado a perder. ¿Qué insensato cargaría con un fiambre sin identificar? La comisaría local ocupa dos cuartuchos estrechos y el subteniente tiene que hospedar a los detenidos en su despacho, así que metimos el cadáver en el pequeño almacén de la iglesia. Sólo de forma provisional, porque el pope se quejaba y encendía olíbano para disimular el hedor. Entonces empezaron las dificultades. El cuerpo no podía permanecer en la isla, aquí carecían de los medios necesarios para investigar. Llamé a la Dirección General de Hermúpolis, en Siros, pero ellos ya tenían bastante con las secuelas del terremoto. No quisieron ni oír hablar del asunto.

—Al menos, averigüen si ha desaparecido alguien que responda a esta descripción.

El comisario jefe accedió a dedicar cinco minutos a las pesquisas.

—Se han denunciado las desapariciones de un francés, dos ingleses y una holandesa. También de un viejo octogenario con demencia senil. ¿Le sirven?

—No.

—Razón de más para que yo no cargue con el muerto. Sin duda, es uno de los vuestros, que fue a pasar sus vacaciones en la isla y lo liquidaron.

Ante la evidencia de que no iba a sacar nada en claro, llamé a Guikas, el director general de Seguridad de la provincia de Ática, que es mi superior.

—Quería el judío ir al mercado, y resultó que era sábado —se rió él—. Una vez que decides hacer vacaciones, te encuentras con terremotos, cadáveres y Dios sabe qué más.

—Yo siempre voy al mercado en sábado. ¿No se había dado cuenta?... Bueno, ¿qué hago con el cadáver?

—Tráetelo aquí y ocúpate del asunto, ya que te has dejado enredar.

Dudo entre dos respuestas: una, la del funcionario público que pasa de todo; la otra, la del poli masoquista que se deja seducir por los misterios. Prevalece la segunda y llamo al forense Markidis, en Atenas.

—No estoy tan loco como para emprender un viaje de diez horas a una isla que aún está sufriendo terremotos para examinar un fiambre encontrado en el monte —replica—. Envíamelo aquí y ya veré lo que puedo hacer.

Así que ahora estoy en el muelle, de pie junto a Adrianí y nuestras tres maletas, en espera del momento de embarcar. La gente se agolpa junto a la valla, esperando a que abran la puerta. Tienen prisa por llegar al salón, para encontrar mesa donde jugar a las cartas o butacas para ver la televisión.

La furgoneta de Zimios con el féretro llega tarde, justo en el momento en que nos disponemos a embarcar.

–¿Vamos a viajar con un muerto? ¿No teníamos suficiente con el terremoto? –protesta una gorda cincuentona ataviada con unas mallas verdes, santiguándose.

–Será el que encontraron en el monte después del terremoto –comenta su amiga, de dimensiones similares pero enfundada en unos vaqueros ceñidos.

–¿Y tienen que meterlo en un ferry? ¿No había otro medio más adecuado?

–Qué esperabas del Estado griego... ¿No has visto qué desastre después del terremoto?

–¿Por qué las molesta tanto viajar con un muerto? –interviene Adrianí, mientras yo le tiro de la blusa para que se calle, aunque sin resultado.

–Pero ¿qué dice usted? –responde la gorda de verde–. ¡Trae mala suerte, que Dios nos perdone! ¡Y en pleno mar!

–Ah, claro, el mar. ¡Qué tonta soy! Claro, la mala suerte no nos afecta en tierra firme. –Su veneno cae en gotas dulces, como si lo hubiese espolvoreado con azúcar.

–Si le parece bien, hágale compañía usted, no seré yo quien se lo impida –propone la de los vaqueros. Cruza la entrada y entra en el barco al tiempo que Zimios, con la ayuda de un marino, baja el féretro de la furgoneta y lo deposita en el suelo. Las gordas detectan la operación y salen corriendo hacia la primera cubierta, pero quedan encalladas en la escalerilla, que es demasiado estrecha para sus caderas.

–Ya estamos, teniente. Buen viaje –grita Zimios, y acto seguido sube a la furgoneta para irse.

El barco está prácticamente vacío. Adrianí busca dos sillas de plástico en la popa, a resguardo del sol, y tomamos asiento. Los bancos están ocupados por turistas que, metidos en sus sacos, duermen a pierna suelta. En el suelo, frente a nosotros, Anita y su inglés intercambian caricias desvergonzadas. Por un instante el inglés vuelve la cabeza y nuestras miradas se cruzan, pero parece que mi cara no le resulta familiar.

Adrianí saca hilos y aguja y empieza a bordar. La observo y me pregunto dónde piensa colocar la nueva obra de arte. Siempre ha tenido la manía de bordar pero, desde que Katerina se fue a estudiar Derecho a Salónica, se siente sola y la cosa se ha convertido casi en una obsesión. Pronto deja la aguja, su mirada planea sobre la espuma que forma la hélice y se le escapa un profundo suspiro.

–¿Qué te pasa? –pregunto.

–Estoy pensando en Eleni. ¿Qué estará haciendo ahora?

–Limpiar el tresillo o ayudar a Sotiris a colgar la lámpara.

Me mira de reojo, porque ya sabe qué estoy pensando.

–Es una araña.

–Claro. Como las arañas que cuelgan de la catedral.

–Ya estamos, tú y tu mala leche. Me pregunto qué opinión tendrás de nuestra casa.

Mejor que no lo sepa. Anita y el inglés se han hartado de caricias y se han quedado abrazados y quietecitos, como los árboles fosilizados de Eubea. Me agacho y busco el diccionario en el bolso de Adrianí. Empiezo a hojearlo hasta dar con la voz «*Vibrar:* agitarse, sacudirse, trepidar; en el amor: conmoverse, excitarse, arrebatarse». Harto de pasiones, sigo buscando para ver si encuentro algo referido a los terremotos cuando oigo una voz a mi lado:

–¿Qué han hecho con el cadáver?

Alzo la vista y descubro a Anita. Observo al inglés y lo veo dormido panza arriba y con la boca abierta.

–Está en la bodega. ¿Quieres verlo?

–No. Ya lo he visto dos veces, me parece suficiente.

Adrianí levanta la mirada de su labor, nos observa, llega a la conclusión de que una mujer con esa pinta no tendrá el menor interés por un poli y vuelve a su cometido.

Anita, sin embargo, no se da por vencida. Echa un vistazo al inglés, que sigue durmiendo con la boca abierta, y me contempla de nuevo, algo indecisa.

–Di lo que sea –la animo.

—Hugo me dijo algo antes de marchar.

—¿Qué te dijo?

—Que había visto al tipo antes de que lo mataran.

—¿Dónde?

—En Santorini. Iba con una chica.

—¿Qué chica?

—No lo sé. Pero sería de aquí, porque hablaban en griego.

Vamos de mal en peor. Ojalá hubiese sido una extranjera a la que el tipo se hubiese ligado en Santorini.

—¿Por qué no la mencionó en su declaración?

—Porque estuvo esperando más de una hora para declarar y ya estaba harto. Si hubiese mencionado a la chica, lo habrían retenido más tiempo. Tenía ganas de terminar con el asunto.

—¿Por qué? ¿Tenía que dar de comer a los leones? —Tarda casi medio minuto hasta visualizar al filósofo-domador con el pendiente, y se echa a reír.

—No se deje engañar por su aspecto. Es un genio —dice.

—Si eso fuera cierto, me habría hablado de la chica. ¿Tienes su dirección en Alemania?

—No. Sólo ha sido una amistad de verano, de esas que en otoño se olvidan.

Tal vez no quiere dármela para no meterlo en líos. El inglés abre los ojos y se despereza. Anita me deja y vuelve corriendo a su lado, por si la echa de menos.

—¿Será un crimen pasional? —pregunta Adrianí.

Con tantos asesinatos como se cometen a diario en Atenas, yonquis que acuchillan por una dosis, albaneses que degüellan por una mísera esponja, rusos mafiosos que matan por un coche destartalado, y ella aún piensa que todos son crímenes pasionales. Resultado del verbo «vibrar», como diría Dimitrakos.

—Seguro. Lo estranguló, lo desnudó para quedarse con su ropa de recuerdo, fue a buscar un pico y una pala, le cavó la tumba y lo enterró.

—¿Por qué no? ¿Tan inverosímil te parece?

—Qué quieres que te diga. A aquel poli de la tele que tanto te gusta seguro que le parecería más que verosímil. —Es el protagonista de una serie que Adrianí ve por las tardes. Todas las tardes.

–Ya no la veo –replica ella–. Ni tampoco *Resplandor*. Ahórrate los comentarios.

Me sorprende, pero no lo demuestro.

–Ya era hora. Has tardado tres años en darte cuenta de que es un impostor.

Me echa una indignada mirada de reproche, recoge el bordado, levanta el culo junto con la silla y va a sentarse unos cinco metros más allá, al sol.

En momentos como éste no me importa en absoluto que se enfade, porque así me deja en paz. El caso del cadáver sin identificar me resulta cada vez más sospechoso. Empiezo a arrepentirme de no haberlo enviado a Hermúpolis, a la Sección de Objetos Perdidos. Si el tipo anduvo realmente con una chica, y si la chica era griega..., ¿dónde está ella ahora? ¿Por qué no denunció la desaparición de su amigo? Cabe la posibilidad de que también esté enterrada en el monte, en la parte que no se desmoronó con el terremoto. Si el alemán me lo hubiese contado en su momento, habría ordenado que excavaran toda la zona, para asegurarnos. Ahora me veré obligado a cursar la orden desde Atenas, y quién sabe si harán bien el trabajo. Si no encontramos a la chica, una de tres: o se habían separado antes del crimen, o ella estaba involucrada en el asunto, o se esconde porque tiene miedo. No veo la solución. Para colmo de males, he de contactar con la policía alemana, informarles de que busquen al filósofo-domador y preste declaración complementaria. Y todo porque le dio pereza quedarse diez minutos más en la comisaría.

Sumido en mis pensamientos, el rítmico sonido de los motores me arrulla y al final me quedo dormido. No sé por cuánto tiempo, pero al despertar descubro que anochece. Tardo más de un minuto en darme cuenta de que el barco está detenido en alta mar. Busco con la mirada a Adrianí, pero su silla está vacía. Anita y el inglés también han desaparecido.

Me levanto para ir a buscar a mi mujer. La encuentro sentada en una de las butacas del salón, viendo en la tele a un tipo de treinta y tantos, vestido con chaqueta verde, camisa marrón y pantalones granate. El tipo habla con una cuarentona que llora y se agita mientras, en el extremo derecho de la pantalla, alguien perora a través de una ventanita. La sala es un pandemonio de gente que fuma, juega a las cartas y habla a gritos. No logro oír lo que dicen en la tele, pero Adrianí es sorda y ciega a las interferencias. Para ella sólo existen las palabras del treintañero. Le toco el hombro, da un respingo de pájaro espantado, descubre que soy yo y vuelve a concentrarse en la pantalla.

–¿Ya estás despierto?

–¿Por qué nos hemos detenido?

–Problemas técnicos, al menos eso nos han dicho.

–¿Una avería?

–¡Pues claro! –salta un tipo canoso de al lado–. ¡Qué se puede esperar de estos cacharros! Ya me ha pasado varias veces en este cascarón.

–¡Ya decía yo que traía mala suerte viajar con un muerto! –La gorda de las mallas se planta delante de mí con aire triunfal: su profecía se ha cumplido.

La mala suerte dura aún noventa minutos, y llegamos a El Pireo con tres horas de retraso. Allí está la ambulancia, con el enfermero y el conductor hartos de esperar. Me ocupo de que se lleven el cadáver y luego me uno a Adrianí en la cola de los taxis. Pasa uno cada cinco minutos. A esas horas no hay guardias urbanos y el tráfico es un caos. Consideré la idea de llevar el Mirafiori a la isla, pero está tan escacharrado como el barco y ya no está para muchos trotes. Ya somos los primeros de la cola y llega nuestro turno, pero esto no significa nada: los de atrás son más rápidos, nos adelantan y ocupan el coche. Otro taxista, que ya lleva a una pareja, busca más pasajeros.

–¿Adónde? –me pregunta.

–A Pangrati.

–No me conviene –responde, entra en su taxi y arranca.

–¿Por qué no le muestras la placa? Así no tendría más remedio que llevarnos –se indigna Adrianí.

–¿Estás loca? ¿Quieres que me llamen fascista?

–¿Y qué? ¿Acaso te importaría si te llamaran rojo? ¡Ay, cómo cambian los tiempos! –añade con un suspiro de pesar.

Fachas, rojos y liberales, todos se han ido. Sólo quedamos tres maletas y nosotros dos, esperando malhumorados que algún taxista despistado nos lleve a casa.

El Mirafiori está tal como lo dejé hace diez días. Por lo visto le molestó que no lo llevara de vacaciones con nosotros y tarda más de cinco minutos en arrancar. Al abandonar la calle Aristokleus para entrar en Aronis, llego a una colina, una reproducción en miniatura del Likabetto. Doy un frenazo y un viejo salta hacia un lado, sobresaltado, en un esfuerzo por salvar lo que le queda de vida.

–¿Estás ciego, o qué? ¡Como si no tuviéramos bastante con las basuras, tú encima quieres atropellarme! –grita, al tiempo que pega un puñetazo en el parabrisas.

Ahora me fijo en que no se trata de una colina, sino de una montaña de bolsas, cajas de verduras, cartones de pizzas, huesos roídos por los perros, espinas relamidas por los gatos y envases plateados de comida a domicilio. En la cima de la montaña, allí donde la capilla del Likabetto domina el paisaje, se extiende un colchón destartalado; será para montañeros en busca de reposo.

–¿Qué pasa? ¿Hay huelga de basureros? –pregunto.

–¿De dónde vienes? ¿De la Comunidad Económica Europea?

–No, he estado de vacaciones.

–Bienvenido a Atenas –dice y me da la espalda.

En la calle Ymitú, las basuras llegan a la altura del entresuelo. Abres la ventana por la mañana y, en lugar de morir envuelto en el aroma del tomillo, como Vembo, te mueres de la peste que despiden las carnes y las frutas descompuestas. Algunos han rodeado con basura los arbolitos que plantó el alcalde para despistarnos. Me recuerdan la pinaza y las piñas con las que rodeábamos los pinos en mi pueblo.

Llego al edificio de Jefatura, en la avenida Alexandras, y subo a la tercera planta, donde está el Departamento de Homicidios. El pasillo está desierto. Antes de entrar en mi despacho, echo un vistazo al otro lado, donde están sentados Vlasópulos y Dermitzakis, los dos subtenientes del departamento.

−¿De vuelta ya, teniente? −dice Vlasópulos−. ¿Ha regresado por el terremoto o porque nos echaba de menos?

−Lo primero, más un cadáver. En cuanto a lo otro, ni se me ocurriría echaros de menos. Venga, tenemos trabajo.

Me siguen al interior del despacho y ocupan las dos sillas, mientras yo hablo con Markidis, el forense.

−¿Tenías que llamarme a las nueve? −pregunta, cabreado−. ¿Pensabas que me levantaría en plena noche para hacer la autopsia de tu cadáver?

−¿Cuándo sabrás algo?

−Ya sé algo, pero no te gustará.

−Me lo imagino.

−Si contabas con las huellas dactilares para establecer su identidad, ya puedes ir despidiéndote.

−¿Por qué?

−Porque tiene las yemas de los dedos quemadas.

Siento que me da un vuelco el corazón. Tenemos un cadáver sin identificar, con las yemas de los dedos quemadas, que había sido visto en Santorini en compañía de una mujer desconocida. Las cosas van de mal en peor.

−Te he hecho un favor, para que no te quejes −oigo la voz de Markidis al otro extremo de la línea−. Pedí que lo fotografiaran antes de hacerlo pedazos.

−Gracias. Llámame en cuanto tengas noticias. −Cuelgo e informo a mis ayudantes.

−La gente vuelve de vacaciones y trae pastelitos. Usted en cambio nos ha traído un fiambre −dice Vlasópulos.

Dejo pasar el comentario sin añadir nada, como hago siempre que tienen razón.

−Llamad al laboratorio, que se den prisa con las fotos. Y cursad orden para que la policía de la isla cave en la zona del desprendimiento, por si la chica estuviera enterrada junto al hombre.

–Ya pueden ir cavando que no encontrarán nada –afirma Dermitzakis sin titubeos.

–¿Cómo lo sabes?

–Era un polvo de verano: si te he visto no me acuerdo.

Ojalá tenga razón. Salimos los tres del despacho. Ellos regresan a lo suyo y yo me dirijo al ascensor para subir a la quinta planta, donde está el despacho de Guikas, el director general de Seguridad.

Kula, la modelo uniformada que hace las veces de secretaria, se levanta de un salto al verme.

–Pero ¿qué le ha pasado? ¡Qué mala suerte! ¡Para una vez que decide tomarse vacaciones, va y le toca un terremoto!

–Qué se le va a hacer –respondo con la expresión lúgubre que corresponde a quien se ha visto obligado a interrumpir sus vacaciones, aunque en realidad me alegro de haber vuelto.

–Es el mal de ojo. Alguien le ha echado mal de ojo, yo sé lo que me digo.

–¿Quién me iba a echar mal de ojo, Kula? Desde luego, el director, no. Él hace vacaciones siempre que le corresponde.

Me dirige la sonrisa de complicidad que suele esbozar cuando bromeo a costa de Guikas.

–También tengo una buena noticia –dice.

Abre el primer cajón de su escritorio y saca una caja de madera tallada, típica de las islas, que parece haber encogido al lavarla. En el centro de la tapa han pintado un corazón atravesado por una flecha. La abro y, en lugar del ajuar de Barbie, descubro un cargamento de peladillas.

–¿Ha habido boda? –pregunto con cara de ingenuo.

–No, compromiso. Me he prometido. –Rebosante de orgullo, me muestra un anillo que lleva en la mano izquierda.

–Te felicito, Kula. Mi enhorabuena. ¿Quién es el afortunado novio? ¿Algún colega?

–¿Está loco? –se indigna ella–. Entré en la policía para conseguir un empleo seguro, pero no pienso casarme con un poli. Mi novio es contratista, tiene su despacho en Diónisos.

Qué bajo hemos caído, pienso. Somos peores que los contratistas de obras ilegales, en Diónisos.

–Enhorabuena.

Le doy unas palmaditas en la espalda y me escabullo hacia el despacho de Guikas antes de que se le ocurra pedirme que sea su padrino. Cierro la puerta y mis pies se hunden en la moqueta. Guikas, de espaldas a la ventana, está hablando por teléfono. Da la vuelta para mirarme. Su escritorio tiene forma ovalada y unos tres metros de largo. Parece el mostrador de recepción de un hotel: su límite occidental está marcado por una banderita griega; el oriental, por una estadounidense, y el sudoriental, por la de la Comunidad Económica Europea. La llanura central es un desierto, ya que jamás se ha visto documento alguno en su superficie.

–¿Qué hay del cadáver que nos has traído? –pregunta a modo de bienvenida.

No le interesa saber cómo me encuentro después del terremoto ni cómo está mi mujer. No piensa felicitarme por mi decisión de interrumpir las vacaciones. Nada de eso.

–Markidis le está practicando la autopsia.

–¿Qué se sabe?

–Sabemos que no podemos identificarlo por las huellas dactilares. Tiene las yemas de los dedos quemadas.

La noticia no le gusta ni poco ni mucho y, como siempre que algo lo contraría, se enfada con los demás.

–¿Y tú no fuiste capaz de fijarte un poco? Lo tuviste tres días a tu disposición, en la isla.

–Lo vi cubierto de barro y no lo toqué. Quería entregarlo a Markidis tal como lo encontramos.

Entonces le hablo del filósofo-domador y de la chica que éste había visto en compañía del muerto.

–Pediré que la policía alemana consiga una declaración suplementaria.

–De acuerdo. Hablaré con Hartman para agilizar el proceso. –Descuelga el auricular–. Llame a Hartman, en Munich –ordena a Kula.

Supongo que el tal Hartman será algún homólogo de la policía alemana, uno de tantos conocidos con los que le gusta sorprendernos. Desde que estudió un semestre con el FBI, se las da de experto en relaciones internacionales. Por eso tiene las banderitas encima del escritorio, para iluminar a los ignorantes. En cuanto se entera de algún viaje oficial al extranjero, enseguida se moviliza, ya sea para ocupar el puesto del enviado o, al menos, para formar parte de la delegación. De sus viajes trae nombres de personajes diversos, aunque nadie sería capaz de esclarecer si los conoció en persona o si, simplemente, oyó hablar de ellos. Lo más probable es que los conociera, aunque no creo que ellos lo recuerden; seguramente se devanarán los sesos cada vez que les llama por teléfono.

–Empieza por la lista de desaparecidos –indica, como si yo pretendiera empezar por la última hornada de reclutas–. Averigua si alguno coincide con la descripción de la víctima.

–Sí, señor. En cuanto tenga las fotografías.

–Dado que este caso va para largo, tengo otra cosita para ti, para que no te aburras.

Toma una carpeta del escritorio y me la ofrece como si fuera un regalo de cumpleaños.

–Ha llegado esta mañana, de la Brigada Antiterrorista.

–¿Qué tienen que ver ellos en todo esto?

–La víctima es un tal Kustas. Un desconocido le disparó cuatro tiros a bocajarro con una treinta y ocho, en la avenida Atenas, cuando salía del trabajo. Al principio creímos que se trataba de un atentado terrorista, pero parece que es un caso de ajuste de cuentas.

Sujeto la carpeta bajo el brazo y me dispongo a salir del despacho.

–Mantenme informado –grita Guikas a mis espaldas.

–En cuanto averigüe algo.

Es lo único que le importa: convocar a la prensa y hacer declaraciones. En el ascensor, me siento desfallecer. Esta mañana se me olvidó tomar el café y el cruasán de costumbre. No me parece apropiado empezar la jornada con el estómago vacío y pulso el botón de la primera planta, donde está la cantina.

–Bienvenido, teniente –dice Aliki, la camarera.

Me entrega un cruasán envuelto en celofán. Después toma un cacito, echa dos cucharadas de café y una de azúcar, vierte agua caliente de la cafetera, lo mete en la batidora y empieza a agitar la mezcla. Pronto el café empieza a echar espuma debido a este trato abusivo. Lo saca de la batidora, añade leche evaporada de una lata y me lo sirve. Se acabaron los tiempos del auténtico café griego. Ahora es como nosotros: griego *ma non troppo*.

–¿Te lo han cargado a ti? –oigo una voz a mis espaldas.

Me vuelvo y veo que Stellas, uno de los oficiales de la Antiterrorista, señala la carpeta que llevo bajo el brazo.

–¿De qué va este caso?

Se ríe.

–Si quieres mi opinión, ya puedes archivarlo.

Es el segundo caso que me sugieren que archive.

–Primero le echaré un vistazo.

–No sacarás nada en limpio: un ajuste de cuentas entre bandas. Lo liquidaron y se esfumaron. Vete a saber dónde están.

–Te llamaré si necesito algo.

–¿Para qué? Ya te lo he contado todo. El resto lo encontrarás en el informe.

Me siento tras mi escritorio, muerdo un trozo del cruasán y abro la carpeta. Ante mis ojos aparece una foto. Las baldosas de una acera y el contorno de un cadáver dibujado con tiza sobre ellas. Parece que le dispararon de frente y la víctima cayó de espaldas, con el brazo derecho extendido al costado, como si hubiese estado durmiendo una noche de julio y hubiese dejado caer el brazo fuera de la cama, lejos de su cuerpo, para no pasar calor. La pierna derecha está extendida y la izquierda, doblada. Junto a la silueta se ven las ruedas de un coche estacionado y la parte inferior de la puerta del conductor, abierta.

Siguen dos fotografías más, hechas desde distintos ángulos. En la primera se ve con claridad el coche, un vehículo de gran cilindrada, un Audi o un BMW, probablemente. La cuarta foto es distinta. Es de un hombre que rondará los cincuenta y cinco; lleva un bigote fino y está tendido sobre una camilla, con los ojos cerrados. Es el cadáver de Kustas en el hospital.

Antes de abrir el informe forense, leo el de la Brigada Antiterrorista. Konstantinos Kustas era un personaje conocido de la noche ateniense. Era dueño de dos clubes nocturnos, uno de altos vuelos en la avenida Poseidón, cerca de Kalamaki, que se llama Flor de Noche; y otro más popular, en la avenida Atenas, a la altura de Jaidari: Los Baglamás.* También poseía un restaurante de lujo en Kifisiá, el Kanandré, nombre extraño donde los haya.

Kustas salió de Los Baglamás a las dos y media de la madrugada del miércoles pasado. Al portero del club le pareció extraño que saliera solo, sin sus guardaespaldas, pero Kustas comentó al saludarlo que no se iba, que sólo quería acercarse al coche para buscar algo. En el momento de abrir la puerta del vehículo, alguien se acercó a él por detrás. El portero no llegó a distinguir sus facciones en la penumbra. Sólo recuerda que llevaba vaqueros y camiseta. Debió de dirigirse a Kustas, porque éste se volvió para hablar con él. A continuación, el portero oyó disparos y vio que Kustas caía al suelo. El asesino corrió hacia su cómplice, que le esperaba en una moto con el motor en marcha. Subió al asiento trasero y se alejaron a gran velocidad. Todo el asunto no duró más de un minuto. El portero se acercó a Kustas, vio que estaba ensangrentado y corrió a avisar a la policía y a una ambulancia. Kustas murió antes de llegar al hospital.

Abro el informe forense. La autopsia fue practicada por Kirilópulos. No es tan experimentado como Markidis, aunque ¿cuánta experiencia se precisa para localizar cuatro heridas mortales de un arma del calibre 38? Dos de las balas perforaron el corazón; la tercera, el pulmón derecho. Las tres balas salieron por la espalda. La cuarta fue disparada al abdomen y se alojó en el hígado.

Descuelgo el auricular y llamo a Markidis.

–Sobre la autopsia de Kustas que realizó Kirilópulos...

–¿Qué pasa? Ya os hemos enviado el informe.

–Lo he leído, pero me gustaría ver el cadáver.

–Imposible, lo hemos mandado a enterrar.

* Pequeño instrumento de cuerda, originario de Oriente Próximo, que forma parte de los instrumentos tradicionales que acompañan las canciones del género rebética. *(N. de la T.)*

Releo el informe forense. Hay algo que no encaja. Los matones profesionales actúan con mano firme, saben dónde disparar. Una bala, quizá dos para asegurarse, y asunto zanjado. Éste parece haber tirado a ciegas: dos balas en el corazón, una en el pulmón derecho, otra en el hígado. A primera vista, el trabajito no parece obra de un profesional. De serlo, era un paleto o un chapucero.

La carpeta incluía un informe más. Habían encontrado la moto en la calle Leonidu, en Jaidari, cerca de la delegación local de Hacienda. Una Yamaha de 200 centímetros cúbicos, matrícula AZO-526, que había sido robada dos días atrás en Marusi. Un tal Papadópulos la había comprado para su hijo hacía apenas un mes, como premio por haber aprobado el examen de ingreso a la universidad.

Miro por la ventana, pensativo. El robo de la motocicleta habla de un trabajo profesional; los disparos, no. ¿Conocía Kustas al asesino y se acercó para hablar con él? ¿O tal vez el asesino sabía su nombre y lo llamó? Detengo mis pensamientos, ya que es demasiado pronto para llegar a una conclusión.

Si la Brigada Antiterrorista está en lo cierto, la única esperanza de averiguar algo se encuentra en los bajos fondos de la ciudad. Levanto el auricular y llamo a Vlasópulos.

–Nos han endilgado otro asunto: Kustas.

–¿Por qué se han deshecho de él los de la Antiterrorista?

–Porque no fue un atentado. Ellos sólo se ocupan de la *crème de la crème.*

–Un cadáver sin identificar y otro que todos conocemos de sobra. Buena combinación –dice riéndose.

–Averigua si corre algún rumor que debiéramos conocer.

–Ya me enteraré.

En el balcón de enfrente, la chica está tendiendo ropa. Lleva minifalda y, al agacharse para sacar la ropa de la palangana, se le ven las braguitas de tela azul brillante. Hasta el año pasado, allí vivía una vieja con su gato. Un día, al llegar a mi despacho, vi el balcón abierto y un féretro en la habitación. Dos viejas se inclinaban sobre él. Al poco rato llegaron los de la funeraria y se llevaron el féretro. Las viejas lo acompañaron hasta la puerta de la calle. Dos meses después, una pareja ocupó el piso de la vieja. La chica y un tipo alto y melenudo con una moto de 1.000 centímetros cúbicos. No sé qué fue del gato. Tal vez viva de las basuras que se amontonan alrededor de los árboles.

6

Sopla una suave brisa y el mar está teñido de oro, pero la contaminación que entra por la ventanilla me irrita la nariz, para recordarme que no estoy a bordo de un barco sino dentro de un coche patrulla que avanza por la avenida Poseidón, con Dermitzakis al volante. Atenas apesta a basuras; la costa, a emisiones contaminantes. A lo largo y ancho de las playas, la gente chapotea en el agua o toma el sol inhalando todo tipo de gases. Una mujer alta y huesuda intenta arrastrar a su hijo fuera del agua, y él se resiste debatiéndose cual pez que ha mordido el anzuelo. En el coche de delante, un cebado lobo de mar lleva su zódiac en la baca, con la noble intención de soltarla en las aguas de Várkiza o de Porto Rafti.

Nos dirigimos a la casa de Dinos Kustas, en Glifada. De todas formas, yo no tenía nada mejor que hacer. El caso del cadáver de la isla va para largo. Tardaremos al menos una semana en encontrar a quien pueda identificarlo, si es que al final aparece alguien. No tenía sentido ir a Los Baglamás, donde Kustas fue asesinado, porque a estas horas el club estaría cerrado. La casa de la víctima era nuestra única tabla de salvación. Cuando un caso se tuerce de entrada, ya no hay quien lo enderece.

Dermitzakis sale de la avenida Poseidón y aparca delante del Flor de Noche, el otro club de Kustas. Yo le había propuesto que fuéramos por la avenida Vuliagmenis, el camino más corto, pero él prefirió la avenida Litoral porque así podría pasar por el Flor de Noche. Como todos los clubes nocturnos que sólo aspiran a sacarte la pasta, es una somera construcción de cemento armado pintada de blanco. El camino de acceso está cubierto de grava y sobre la entrada se erige una gran estructura metálica, que supera al propio edificio en altura, donde figuran los nombres de los artistas, un catálogo luminoso más largo que la lista electoral de la segunda circunscripción de Atenas. Dermitzakis llama a la puerta un par de veces, en vano. El Flor de Noche está cerrado, como todas las flores nocturnas a la luz del día.

–Nada –dice, decepcionado.

–Lo suponía, pero estabas tan entusiasmado que no quise desilusionarte.

Enfilamos la avenida Rey Jorge, entramos en la calle Lazaraki y torcemos a la izquierda en Fibis con dirección a la plaza de las Ninfas. La casa de Kustas se encuentra en la calle Psarón, paralela a Fibis. Se diría que se halla atrincherada tras un alto muro de cemento armado que han decorado con un bonito adorno de barrotes de hierro y alambre de espino en lo alto. La verja de entrada, de dos hojas, está reforzada con gruesas planchas metálicas. Junto a la casa, la puerta del garaje también está cerrada. Llamo al timbre y, en el acto, se ilumina una pequeña pantalla. Por lo visto sólo abren si les gusta tu jeta.

–¿Quién es? –pregunta una voz femenina.

–Teniente Jaritos, del Departamento de Homicidios.

No debo de haberla impresionado, porque no recibo respuesta alguna. Tras unos minutos de espera se entreabre la verja. En el mismo instante, un hombretón ataviado con uniforme de guardia nos cierra el paso.

–¿Me enseñan la documentación, señores? Debería cachearles, pero si son policías no será necesario.

–Si te atreves a tocarme, te encerraré hasta que tu patrón pague la fianza –respondo bruscamente.

Se amilana y no insiste en ver la documentación.

A diferencia del exterior, el interior recuerda el patio de una casucha de emigrantes donde, en vez de tomates y pepinos, hubieran plantado estatuas: un discóbolo, una cariátide, una estatuilla cicládica, un sátiro y tres más de estilo desconocido, todas de arcilla. Después de atravesar el cementerio de estatuas y subir tres escalones, nos encontramos ante la puerta de la casa. Una mujer asiática, de esas que han sustituido nuestros potajes de judías por platos de soja, nos espera en el salón para conducirnos a una sala de estar sumida en la penumbra. Abre un poco las persianas, lo justo para que alcancemos a distinguir las siluetas y no choquemos al avanzar. La luz que se cuela por la rendija traza en el suelo una línea divisoria entre Dermitzakis y yo.

El pavimento es de mármol y está cubierto de alfombras, no por completo sino en puntos escogidos: bajo el tresillo color azul marino, bajo la mesa redonda con sus cuatro sillas y bajo los dos sillones altos de madera, en los que podrían haberse acomodado el rey Arturo e Ivanhoe, separados por el pedestal sobre el que estaba el teléfono. Me acerco a la ventana y miro por la rendija que tuvo a bien abrir la filipina. Ahora entiendo por qué el jardín anterior mide dos palmos. En la parte posterior, un vergel espacioso se extiende hasta la calle de atrás, sembrado de parterres floridos y de alguna que otra palmera. El muro protector rodea toda la propiedad aunque, en lugar de foso y puente levadizo, este castillo tiene piscina, tumbonas y sombrillas.

Oigo un maullido y me vuelvo. Un gato se acerca contoneándose majestuosamente. Es tan blanco que, de no ser por sus ojos, lo hubiese confundido con el mármol. Se parece más a un cordero que a un gato, como si lo hubiesen tratado con hormonas. Se detiene delante de nosotros y sigue maullando, molesto con nuestra presencia. Al contemplarlo de cerca, descubro dos manchas grises en la frente, por encima de los ojos.

–Quieto, *Michi* –dice una voz femenina, y alzo la vista.

En la entrada aparece una mujer que ronda los cincuenta, con cuerpo de treintañera y una belleza cansada. Lleva una blusa negra y unos pantalones de lino blanco que le ciñen las caderas. Su rostro me resulta familiar y me devano los sesos para recordar de qué la conozco.

Sonríe sin tenderme la mano.

–Soy Élena Kusta,* teniente.

–Jaritos. Le presento al subteniente Dermitzakis.

* La diferente grafía de los apellidos de las esposas e hijas corresponde a que se ha respetado el genitivo griego. Por ejemplo, Niki Kusta significaría Niki de Kustas; Adrianí Jaritu, Adrianí de Jaritos. *(N. de la T.)*

–Perdonen que les haya hecho esperar, pero su visita me ha sorprendido.

No se trata de un reproche, sino de una justificación. El gato, inmóvil, la mira a los ojos como se contemplan los enamorados durante el primer mes de su relación, antes de empezar a tirarse los trastos a la cabeza. Kusta se agacha para acariciarlo. Sigo devanándome los sesos para recordar de qué la conozco. Ella se percata y se echa a reír.

–Intenta recordar de qué me conoce, ¿verdad? No es el único. A todo el mundo le pasa lo mismo. ¿Le gusta la revista, teniente?

Estoy a punto de responder que no, que sólo me gusta el cine, cuando de pronto caigo en la cuenta. Poco después de ingresar en el cuerpo, me destinaron a la guardia de personalidades políticas y tuve que custodiar a uno de los ministros de la Junta Militar al que le apasionaba la revista. Ahora ya la recuerdo. En aquella época ella no se llamaba Kusta, sino Fragaki. Llevaba un vestido de lamé negro, con un profundo escote que dejaba la mitad de sus pechos al descubierto y un corte en la falda que enmarcaba sus piernas como si se tratara de un telón. Ella ostentaba ambas joyas y la gente la aclamaba. «¡Qué mujer, qué mujer!», murmuraba el ministro, embobado pero también con cierto aire de tristeza, como si lamentara que no fuera comunista para poder encerrarla en un cuarto de Jefatura y hacer con ella lo que quisiera.

–Usted es Élena Fragaki –afirmo.

Se alegra de que la haya recordado y esboza una leve sonrisa de vanidad.

–Cuando me casé, hace ya quince años, dejé el teatro. Por eso me halaga que aún se me recuerde. Es un pequeño consuelo –añade con cierta amargura.

Su recuerdo me ha bloqueado y no sé por dónde empezar. Ella comprende mi desconcierto y me echa una mano.

–Si han venido para interrogarme, ya hablé con sus colegas de la Antiterrorista. Lo encontrarán todo en mi declaración.

–¿Le importaría contarlo de nuevo? Preferiría oírlo de su boca.

–Con mucho gusto. Es tan poco lo que puedo decir, que no tardaremos ni un minuto. –Cruza las piernas, pero el pantalón no se comporta como aquel vestido y no me permite admirar sus atributos–. Dinos salió de casa alrededor de las once. Según me comentó, pensaba pasar primero por el restaurante y después por Los Baglamás. Normalmente, cuando iba a ambos sitios, no regresaba antes de las tres, de modo que miré un rato la televisión y luego me acosté. Debían de ser las cuatro cuando sonó el teléfono y alguien me comunicó que mi marido había muerto. No sé nada más.

–¿Su marido trabajaba todas las noches?

–Sí, excepto cuando íbamos a salir. Aunque, por lo general, sólo visitaba uno de los clubes.

–¿Tenía alguna razón especial para visitar los dos aquella noche?

–No lo sé, teniente. Dinos nunca me hablaba de sus negocios. –De nuevo advierto un matiz de amargura en su voz; no sé si es el disgusto de Élena Kusta porque su marido la mantenía apartada o el de Élena Fragaki, que se vio obligada a abandonar las candilejas y los aplausos para enclaustrarse en su Alcatraz particular.

–¿El restaurante al que se refiere es el Kanandré, en Kifisiá? –Dermitzakis se suma así al interrogatorio. Tiene el nombre del restaurante anotado en un papelito y lo pronuncia con dificultad.

–¿Cómo ha dicho? –Kusta se echa a reír.

–Kanandré. Así está escrito.

–Le Canard Doré, subteniente. El Pato de Oro. Mi marido eligió un nombre francés porque la cocina es francesa. Si lo oyera pronunciarlo de esta manera se levantaría de la tumba.

La sola ocurrencia parece asustarla. Dermitzakis se ha ruborizado hasta las cejas y yo estoy furioso.

–Los policías nos defendemos un poco en inglés –digo, pensando en mis esfuerzos idiomáticos–. Pero desde luego no sabemos francés. El Estado no nos paga clases de francés para que leamos correctamente los rótulos.

–Yo tampoco lo hablo, pero he oído el nombre tantas veces

que ya lo he aprendido. Si usted supiera francés, se daría cuenta de que mi pronunciación deja mucho que desear. –Su sinceridad me desarma y pienso que me cae simpática.

–¿Tenía enemigos su marido? –pregunto para volver a nuestro tema.

–¿Usted no?

–¿Cómo?

–Me refiero a enemigos, colegas que codicien su puesto y estén dispuestos a ponerle la zancadilla, malhechores que deseen matarlo. ¿No los tiene? Hace quince años que abandoné el teatro y aún hoy siguen rumoreando a mis espaldas que me acostaba con el productor para ganar más dinero o que llevaba vestidos provocativos para conquistar a los espectadores ricos. Llevo quince años casada con el mismo hombre y no han dejado de llamarme puta.

Ha conseguido turbarme de nuevo, pues yo era de los que compartían esa opinión cuando la veía en el escenario.

–No me refería a eso –me defiendo, como si pidiera un perdón tardío para mis pecados.

–Ya sé qué le interesa saber: si tenía enemigos dispuestos a matarlo, padrinos de la noche, protectores...

–Sí. Al menos esto he deducido al ver su casa, que parece una fortaleza.

–No, teniente. De nuestra casa sólo se deduce que Dinos tomaba medidas y sabía protegerse.

–Voy a salir. Me llevo el coche –oigo una voz a mis espaldas.

Al volverme, veo a un hombre joven, de apenas treinta años, alto y sin afeitar. Viste vaqueros, botas negras con espuelas y una camisa estampada. Sin embargo, lo que más llama la atención de su aspecto son los ojos, de una mirada turbia y apagada, incapaz de fijarse en nada. En cuanto se centra en un punto, salta a otro.

–A tu padre no le gustaba que usaras el coche.

Élena habla con voz dulce y amistosa, casi como si se disculpara.

–Mi padre está muerto. Dame las llaves.

–Sabes que no puedo.

Hasta su negación resulta dulce. Por un instante, la mirada del joven se anima y se clava en los ojos de ella. Tengo la sensación de que pretende atacarla y me dispongo a impedírselo. No obstante, la mirada vuelve a apagarse y se aparta de Kusta; acto seguido el hombre da media vuelta y se encamina a la puerta.

–A mi marido no lo asesinaron los padrinos de la noche, teniente –dice Élena, dirigiéndose a mí–. Sé que sus colegas así lo creen, pero se equivocan.

–Chorradas. –El hijo cambia de opinión y regresa–. Pues claro que lo mataron ellos. Atrincherada aquí dentro, con tus piscinas y tus filipinas, tú no te enteras de lo que pasa en la calle. Él lo sabía pero se hacía el duro, con sus matones de pacotilla.

El chico no me cae bien, pero lo que dice suena lógico. Mucha gente paga para estar tranquila. Sin embargo, al recordar las heridas de Kustas, la idea de que fueran infligidas por un profesional sigue sin encajar con todo esto.

–¿Sabes si tu padre había recibido amenazas de los mafiosos? –pregunta Dermitzakis.

–Yo no sé nada. Doy mi opinión, porque me parece la más razonable. Pero no me pregunten nada más porque no estoy al corriente. –El mozalbete parece haber perdido todas sus ínfulas y trata de recoger velas.

–De todas formas, tendrás que declarar. Si sabes algo, éste es el momento de decirlo.

–No vi ni oí nada; no sé nada. Escríbanlo tal cual y lo firmaré. –Tiene prisa por marchar antes de que le hagamos más preguntas.

–Es Makis, el hijo del primer matrimonio de Kustas –explica ella–. No le tengan en cuenta el mal humor, lo ha pasado mal. Estuvo en un centro de desintoxicación. –Hace una pausa para ver cómo reaccionamos y, al no observar nada, continúa–: Espero que no vuelva a caer. Ha estado limpio durante los últimos seis meses.

–¿Su marido tenía más hijos? –pregunto.

–Una hija más joven, Niki. Los dos hermanos no se parecen en nada. Niki fue a la universidad, hizo un máster en Inglaterra y trabaja en R.I. Hellas, una empresa de sondeos.

Dermitzakis saca un pequeño bloc y anota el nombre. Espero que lo haya escrito correctamente, no tengo ganas de volver a quedar en ridículo.

–¿Qué le lleva a suponer que a su marido no lo mató la mafia sino otra persona?

–Nada en particular. Sencillamente me parece poco probable. ¿Hemos terminado? –pregunta con impaciencia–. Tendrán que disculparme, pero aún no me he repuesto del golpe.

Sin esperar mi contestación, nos deja y se dirige a la puerta. El gato se levanta y la sigue, con la cola tiesa como una antena.

La filipina nos acompaña a la salida, donde la releva el guardia de seguridad, que nos conduce hasta la verja de la calle. Se las da de vigilante serio y taciturno, pero algo me dice que es una pose para esquivar mi mirada.

Ya en la calle, Makis nos espera apoyado en el coche patrulla.

–¿Quieren saber si mi padre tenía enemigos? –Me mira a los ojos, pero enseguida su mirada baja a la altura de mi cinturón.

–¿Los tenía?

–Sí. Esa que está ahí dentro. –Señala hacia el Alcatraz–. Todo cambió el día en que ella llegó. Sabía que mi padre la quería con locura y se aprovechaba de la situación. Sólo le importaba su dinero.

Un taxi libre pasa por la calle. Makis lo para y sube al coche, que se aleja antes de que pueda hacerle más preguntas. El tipo nos ha soltado el cuento de la mujer que mata a su marido para quedarse con el dinero y se larga. No sé si su estrategia ha sido eficaz. He de meditar la cuestión, y la verdad es que Élena Kusta me resulta simpática.

7

–¿Has llamado al médico?

Adrianí está en la mesa de la cocina, delante de una pila de periódicos. Está recortando los cupones que le permitirán obtener una batería de cocina. Hasta el momento ha conseguido una alfombra de colores chillones que ha colocado delante del tresillo, una agenda electrónica que no sabe usar porque está en inglés, un libro de cocina que tiró a la basura porque no explicaba cómo preparar *imam*, sino la receta de pollo a la naranja, y un juego de copas, lo único que ha merecido la pena.

Anoche le prometí que concertaría una cita con el médico, por mi dolor de espalda. Sin embargo, esta mañana me metí de cabeza en el expediente del cadáver sin identificar, luego surgió el caso Kustas, y al final me olvidé por completo del médico.

–Sí que llamé, pero comunicaba –miento, y me dispongo a salir de la cocina antes de que empiece a reñirme.

–¿Se puede saber por qué no volviste a llamar? ¿Os cortaron el teléfono? –pregunta en tono irónico.

–Con el trabajo se me olvidó. Además, me encuentro muy bien, ya se me ha pasado. –Ésta es una de las razones de mi olvido, hace días que la espalda no me duele. Si algo no te molesta, no lo molestes tú tampoco. Es una regla fundamental.

–Como se trate de una espondilartritis, pasarás el resto de tu vida doblado en dos... Y ojalá sólo sea eso. ¿Y si se te ha dislocado un disco intervertebral? ¿No viste lo que le pasó a Manzos, el hijo de mi amiga Ana? A sus treinta y cinco años está clavado en una silla de ruedas.

–¡No seas agorera! –replico–. ¡No me pasa nada, sólo es un

dolor de espalda, pero si sigues llamando al mal tiempo, seguro que acabo con cáncer de huesos!

–¡Lo que te pase será por culpa de tu cabezonería! –es la respuesta despiadada y, en lugar de salir yo de la cocina, se larga ella. Cojo las tijeras y empiezo a recortar cupones, a ver si me calmo un poco.

Desde que nos casamos, Adriana vive dominada por el temor a las enfermedades. Durante los primeros años de nuestro matrimonio solía apoyar la oreja en mi pecho mientras yo dormía, para ver si mi corazón seguía latiendo. O acercaba la mejilla a mi boca para asegurarse de que respiraba. Al principio esta manía me halagaba, como cuando me acariciaba el vello del pecho o me preparaba tomates rellenos, que es mi plato favorito. Después de cinco años de matrimonio, sus caricias me producían cosquillas; a los diez, el peso de su cabeza apoyada en mi pecho me producía disnea; a los quince, los tomates rellenos se me indigestaban. Los matrimonios felices, sin embargo, se nutren de las contradicciones. Adriana tiene pánico a las enfermedades; yo, a los médicos. Ella sale corriendo a hacerse un análisis a la menor molestia, yo pienso que hasta al dolor más intenso es preferible dejarlo en paz. Ya pasará. De momento, los hechos siempre me han dado la razón.

Recortar cupones me irrita y decido abandonar la tarea. En la sala de estar, Adriana ocupa su puesto habitual delante del televisor, con el mando a distancia en la mano, para cambiar de canal en cuanto empiecen los anuncios. Está viendo al mismo tipo del barco, que se ha mudado de atuendo. Ahora luce una americana granate, camisa verde y pantalones marrones. Sentado en un sillón, con una mano sobre la boca, escucha con suma atención lo que una voz femenina le dice por teléfono. Frente a él, una pareja que debe de rondar los cuarenta, ambos vestidos con los saldos de Miñón, lo observan ansiosamente.

–¿Qué estás viendo? –pregunto a mi mujer.

–Un *reality show* –responde ella sin apartar la vista de la pantalla.

De pronto me acuerdo del «Kanandré» de Kustas, que resultó ser Le Canard Doré, y sospecho que también Adriana se equivoca.

–¿Qué? –vuelvo a preguntar para asegurarme.

–*Reality show* –repite con impaciencia–. ¿En qué mundo vives? Es lo último en espectáculos televisivos. Investigan todo lo que va mal y lo exponen a la luz pública. En otras palabras, llevan a cabo el trabajo que deberíais hacer vosotros.

–Si esos tipos tuvieran pruebas, acudirían a nosotros en lugar de salir en la tele para quejarse de que somos unos ineptos.

–Es que tienen razón. La gente contrata guardias privados y sistemas de seguridad justamente porque no sabéis ocuparos de vuestro trabajo. ¿A quién se le ocurre confiar su seguridad a la poli hoy en día? ¡A nadie!

Recuerdo al guardia privado de Kustas y me cabreo, aunque opto por callarme. Me dirijo al dormitorio y del estante superior de la librería, donde guardo mis diccionarios, bajo el primer tomo del Liddell-Scott. En mis ratos de ocio me tumbo en la cama, abro un diccionario y me relajo. Así me olvido de las quejas de Adriani, de los problemas del departamento y hasta de los crímenes que debo investigar. Me abandono a la dicha de la soledad. El diccionario de Liddell-Scott es fuente especial de orgullo. Es una edición de 1907 en cuatro volúmenes, regalo de mi madrina, quien a su vez lo había heredado de su padre. Hija de un abogado de renombre, mi madrina vivía en Atenas, pero como su familia tenía una casa en mi pueblo, iban a pasar allí las vacaciones de Semana Santa. Cuando nací, mi padre quiso convencer a un político local de que fuera mi padrino. Sin embargo, dado que era un simple cabo de gendarmería, no tenía enchufes con los políticos. Tuvo que conformarse con la hija del abogado, una solterona que deseaba, al menos, tener un ahijado. En Navidad siempre me regalaba unos pantalones; y en Semana Santa, un par de zapatos nuevos y un cirio. Si los pantalones se me rompían antes del año, tenía que llevarlos remendados. Si los zapatos se agujereaban, andaba descalzo hasta la siguiente Semana Santa. En ambos casos, recibía dos soberanas palizas: una de mi madre y otra de mi padre. Mi madrina me regaló el Liddell-Scott cuando entré en la academia de policía. Aunque nunca me ha servido para nada útil, al menos despertó en mí la manía de buscar palabras.

Abro el diccionario en la *a* y busco «*Artritis:* inflamación de las articulaciones. Afección articular aguda debida a la inflamación de los tejidos articulares, que causa un intenso dolor por opresión de los nervios adyacentes. *Quien dolencia artrítica padece, sufre tormento abrasador en las articulaciones, donde, asimismo, acumula ácidos, alternando estadios de dolor agudo con otros de alivio temporal.* Hip., 524. 20, Afor. 1247».

Mis articulaciones no padecen tormentos abrasadores; sólo un dolorcillo sin importancia, que va y viene. A fin de cuentas, Hipócrates era médico, seguro que lo pintaba todo más negro para ganarse clientela.

–Katerina está al teléfono. ¿Quieres hablar con ella? –oigo la voz de Adrianí en la puerta.

Sabe muy bien que cuando llama mi hija siempre salgo corriendo en dirección al teléfono, pero ella me lo pregunta para fastidiarme. No aprueba mi afición por los diccionarios y pretende insinuar que, por esta manía, soy capaz de sacrificar una conversación con mi hija.

Paso por delante de ella sin mirarla, voy a la sala de estar y levanto el auricular.

–Hola, cariño. ¿Cómo estás?

Se ríe.

–Bien, si exceptuamos que estoy metida hasta el cuello en leyes. Estoy reuniendo material para mi doctorado.

–Quien algo quiere, algo le cuesta –respondo en tono condescendiente, aunque en realidad no quepo en mí de orgullo. Mi hija ha conseguido llegar al doctorado, y sus profesores están encantados con sus progresos.

–¿Has ido al médico, papá?

Se produce una pequeña pausa, mientras me contengo para no montar en cólera.

–¿Por qué habría de ir al médico? –pregunto sin alterar el tono de voz.

–Porque te duele la espalda.

Miro alrededor. Ni rastro de Adrianí. Se lo ha contado todo a su hija y se ha esfumado para ahorrarse la bronca.

–No tiene importancia, no te preocupes.

–Si algo te molesta y no vas al médico, es normal que me preocupe. ¿Irás, o tengo que seguir preocupándome?

–De acuerdo, iré.

–Llamaré mañana para asegurarme de que has concertado una visita. Por favor, no me obligues a perderme las clases para ir a Atenas.

–¿Cómo está Panos? –Cambio de tema porque mis nervios están a punto de traicionarme.

–Muy bien, te manda recuerdos –responde secamente y enseguida cuelga el teléfono.

Es mi manera de mostrarle mi disgusto. Panos es el novio de mi hija. Hace cuatro años que salen juntos, pero a mí no me gusta y Katerina lo sabe. No es mal chico: estudia ciencias verduleras; vaya, que va para perito agrónomo. Pero es un cachas que siempre lleva camiseta y zapatillas deportivas, y los que van con esa pinta tienen el cerebro más pequeño que las olivas del cultivo nacional. Con el tiempo, mi hija y yo hemos establecido un código. Yo no pregunto por Panos y ella me evita los detalles de su relación. Las pocas veces que menciono al tipo ese, es porque estoy enfadado con ella.

Ahora que le he dado mi palabra, no tiene sentido discutir con Adrianí. Me siento a ver las noticias por si dicen algo de Kustas. Adrianí sigue sin asomar la nariz, está esperando a que el informativo me distraiga. Poco después entra en silencio, como el gato de Élena Kusta, y se sienta en el borde del sillón. Desde el momento en que aparece por la puerta hasta el instante en que se sienta mantiene la mirada fija en la pantalla, para soslayar la mía.

No hay noticias relacionadas con el asesinato y, como siempre que no disponen de material nuevo, vuelven a pasar los reportajes de días anteriores. Ocurre lo contrario que en el cine. En el cine, dan avances de las películas por estrenar; en los informativos, repiten las noticias que ya hemos visto. Sólo al final del reportaje comentan que el Departamento de Homicidios se ha hecho cargo del caso. A continuación difunden la revelación médica del día. Un equipo científico de Islandia o Groenlandia ha descubierto que el ajo no sólo previene la hipertensión arterial, sino también los infartos de miocardio. Acto seguido, aparece una científica en bata blanca y mascarilla de quirófano que se pone a picar ajos como si quisiera preparar ajiaceite. Es una confabulación para crisparme los nervios.

–¡Cada noche un gran descubrimiento médico! –interviene Adrianí–. ¡Tanto progreso me asombra! –Se muestra irónica con los médicos, para así solidarizarse conmigo y allanar el terreno para hacer las paces.

–Les asignan fondos para la investigación, y ellos se dedican a investigar sus ombligos –respondo.

Los dos nos echamos a reír y se rompe el hielo.

Estoy harto de médicos y medicinas, tengo ganas de salir a pasear, respirar un poco el aroma de las basuras. En cambio, decido acercarme a Los Baglamás para interrogar al portero y a los guardaespaldas de Kustas. A estas horas, seguro que los encuentro.

8

El tráfico es escaso en la avenida Atenas. Todo está a oscuras, excepto los escaparates de los concesionarios automovilísticos, profusamente iluminados. En plena noche, los montones de basura parecen obras de fortificación remanentes de la batalla de Atenas.* Unos pocos camiones articulados y un par de autobuses de línea circulan en dirección a la ciudad. Algunos de los pasajeros dormitan con la cabeza apoyada en la ventanilla, otros admiran el paisaje a través de los cristales.

Los Baglamás aparece a mi izquierda, en la entrada a Jaidari. Sigo adelante y doy la vuelta en el primer semáforo, para aparcar delante de la entrada. También esta construcción está pintada de blanco. Por lo visto el blanco predominaba en la vida de Kustas: clubes blancos, estatuas blancas en el jardín, mármoles blancos en la casa, sombrillas blancas junto a la piscina. Cualquiera diría que, antes de convertirse en empresario, había sido enfermero. También aquí hay una gran estructura metálica delante de la fachada, aunque no tan imponente como la que vi en el Flor de Noche. Más que la lista electoral de la segunda circunscripción de Atenas, parece una lista comarcal.

El portero es un hombretón de unos treinta años. Luce el clásico abrigo de botones dorados y una gorra con trencilla. Su mole bloquea la entrada al club.

—¿Lambros Mandás? —pregunto al acercarme.

---

* La batalla de Atenas se libró en diciembre de 1944, entre el ejército popular de izquierdas que había luchado contra las tropas de ocupación nazi y las fuerzas leales al régimen derechista, que actuaron con el apoyo del Ejército británico. *(N. de la T.)*

–Sí. ¿Por qué?

–Me gustaría que me contaras un par de cosas acerca de la muerte de Kustas.

Me mira de arriba abajo.

–Te costará un kilo –dice al final.

Me lo quedo mirando, pero no me da tiempo a recuperarme de la sorpresa.

–Oye, no sólo contestaré a tus preguntas, sino que reconstruiré la escena completa, te diré cómo matan los mafiosos, hasta puedo dibujar la silueta del cadáver en el asfalto. Por doscientos talegos más, hago traer un BMW igualito al del jefe para hacer la escena más creíble.

–¿Desde cuándo el Estado griego ha de pagar para interrogar a los testigos presenciales?

Me mira, cortado.

–¿No eres de la tele? –pregunta.

–No, si en vez de cobrar tus talegos aún acabarás en el talego. Teniente Jaritos, del Departamento de Homicidios. ¿Qué te has creído? ¿Que esto es un *reality show*? –Mentalmente agradezco a Adrianí que me enseñara la expresión en el momento oportuno.

–No sé por qué has venido, no tengo nada que decir. Ya os conté todo lo que sabía cuando presté declaración.

–¿Y eso de los mafiosos?

–Nada. Creí que eras de la tele y se me ocurrió soltarte un rollo para sacar algo de pasta.

–Haremos una cosa –le digo sin alterarme–. Te llevaré a Jefatura a declarar. A la salida, el cuerpo entero de periodistas de Ática te estará esperando para sonsacártelo todo gratis.

No tarda más de cinco segundos en ofrecerse:

–Pregunta.

–¿A qué hora salió Kustas del club la noche del crimen?

–A eso de las dos y media. Me extrañó que se marchara solo y le dije...

–Ya sé qué le dijiste. ¿Qué hizo él?

–Se acercó al coche y abrió la puerta.

–¿Dónde estaba el coche?

—Allí mismo, encima de la acera. —Señala el lugar donde está aparcado un Ford Escort rojo—. Siempre lo dejaba allí. Yo me ocupaba de que la plaza quedara libre.

—¿Qué hizo después?

—Abrió la puerta y se agachó para buscar algo. Entonces vi al tipo que se acercaba.

—¿En moto?

—No, a pie. La moto ya estaba aquí, aunque sólo después la relacioné con el caso.

—Dejemos la moto de momento. Háblame del asesino. ¿Desde dónde se acercó a Kustas?

—Desde allí.

Señala a un punto en dirección a Scaramangás. Los Baglamás está en medio de un descampado. A la izquierda, un oscuro callejón sin salida apenas permite el paso de un furgón. A continuación hay un almacén de cemento y un taller de coches. El asesino esperaba en el callejón y, cuando vio que Kustas se dirigía al coche, se acercó. La cuestión es cómo sabía que Kustas saldría solo del club. Siempre iba acompañado de sus dos guardaespaldas. Pensar en liquidar a los tres hubiese sido demasiado arriesgado.

Quizá Kustas había ido al coche para buscar algo relacionado con su asesino. En tal caso, éste habría podido prever sus movimientos. Sin embargo, según el informe oficial, no se encontró nada que apoyara esta hipótesis, ni en el coche ni en las manos de Kustas.

—¿Qué hizo el asesino? —interrogo de nuevo al portero.

—Se le acercó por detrás y debió de decirle algo. En realidad no oí nada, pero lo supongo, porque Kustas se volvió.

—Déjate de suposiciones. ¿Llevaba algo en la mano cuando se volvió para mirar al asesino?

—No, nada.

—¿Qué pasó entonces?

—El tipo disparó tres o cuatro veces..., cuatro, creo. Luego echó a correr hacia la moto.

—¿No se agachó a recoger nada del coche antes de salir corriendo?

–No. ¿Qué habría de recoger?

–¡Su abrigo! ¿Cómo quieres que lo sepa? –pregunto irritado, como si él tuviera la culpa de que mi teoría careciera de base–. ¿Qué aspecto tenía el asesino?

–Era de mediana estatura, quizá tirando a alto. Llevaba una camiseta blanca, pantalones vaqueros y gafas negras.

–¿Pudiste verle la cara?

–No, estaba muy oscuro. Sólo pude verle el pelo. Era blanco.

–Esto no lo dijiste en la declaración.

–Se me olvidó.

Tal vez sí. O tal vez se lo guardara para cuando le pagaran el millón.

–¿Era un hombre mayor?

–Ya te lo he dicho: estaba oscuro y no le vi la cara, sólo el cabello blanco.

Eso no significa necesariamente que fuera viejo, algunos encanecen a los treinta.

–Hablemos de su cómplice. ¿A qué hora llegó con la moto?

Medita un poco.

–No podría decirlo con exactitud. Por aquí pasan motos y ciclomotores a cada momento. Me fijé en él porque se detuvo y esperó con el motor en marcha. Aunque esto tampoco es inusual. El club es conocido y mucha gente se cita aquí. Supuse que estaría esperando a alguien.

–¿Cuánto rato estuvo esperando?

–Tres o cuatro minutos, desde que llegó hasta que el jefe salió del club.

Otro que fue puntual. Por lo visto sabían a qué hora saldría Kustas. De lo contrario, el cómplice hubiese aparecido antes o hubiese esperado dando vueltas, para no llamar la atención.

–¿Qué aspecto tenía éste?

El portero se encoge de hombros.

–Llevaba casco y una cazadora de piel. No recuerdo los pantalones.

Suelta un suspiro de alivio, como si estuviera muy cansado o considerara que lo peor ya había pasado. Si éste es el caso, se equivoca.

–¿Qué les dirías a los periodistas acerca de los padrinos de la noche? –pregunto con voz severa.

–Que lo mataron ellos. ¿No?

–¿Cómo lo sabes?

–¡Vamos! Fue un trabajo de profesionales, salta a la vista.

En este particular, su opinión coincide con la de la Brigada Antiterrorista.

–¿Cómo sabían que saldría solo del club?

El hombretón se echa a reír.

–De haber salido con Jaris y Vlasis, se los habrían cargado también a ellos. Tuvieron suerte.

Tal vez tenga razón. Los profesionales aprovechan siempre el factor sorpresa. Los matones habrían caído muertos antes siquiera de poder sacar las pistolas. Dejo al portero y entro en el club.

Por un instante, tengo la impresión de haber entrado en casa de mi cuñada, en la isla, sólo que aquí, en lugar del tresillo, el color hígado domina la tapicería que cubre las paredes. Rojo hígado con rombitos dorados. Las mesas, dispuestas en semicírculo, ocupan el espacio entre la puerta y los pies del escenario. Hay poca clientela, sólo dos o tres grupitos en las mesas más cercanas al escenario. A la derecha, una barra de bar con taburetes altos. La orquesta truena a través de cuatro enormes altavoces, hasta el punto de que me recuerda las salvas de cañón en el día de la fiesta nacional. En el escenario, una cuarentona con un escotadísimo vestido negro canta sosteniendo el micrófono como si fuera un cucurucho de helado:

No hay dicha
que se pueda dividir en tres.
Para nosotros
no hay más remedio, ya ves.

Su caso no me importa. Me interesa más el de los dos guardaespaldas de Kustas, que están tomando unas copas en la barra.

–Teniente Jaritos –me presento antes de que vuelvan a pedirme dinero a cambio de información–. ¿Qué os dijo Kustas antes de salir, la noche del crimen?

Miran a la cuarentona, que sigue lamiendo el micro.

—Que iba a buscar algo que tenía en el coche y que volvía enseguida —responde uno de ellos.

—Quisimos acompañarlo, pero comentó que no valía la pena —añade el otro.

No sé quién de los dos es Jaris y quién Vlasis, pero tampoco viene al caso. Lo que importa es que un tipo tan precavido, con guardaespaldas y casa amurallada, decidiera salir solo a la calle.

—¿A qué hora solía marcharse Kustas del club?

—Normalmente, alrededor de las tres. En todo caso, nunca antes de las dos.

Lo mataron entre esas dos horas: a las dos y media. La camarera está secando copas, indiferente a nuestra conversación. En ese instante un hombre de unos cuarenta y tantos se acerca a nosotros corriendo. Está delgado como un palillo, y lleva un traje marrón claro, camisa azul y pajarita, además de unas gafas de fina montura metálica. El tipo me tiende la mano desde una distancia de diez metros, para que no se me pase por alto estrechársela. Le miro y me pregunto cómo consiguió Kustas que este picapleitos de lujo le dirigiera el tinglado.

—Renos Jortiatis, teniente —se presenta con el apretón—. Soy el mánager del club. Acaban de informarme de su llegada. ¿Qué le apetecería tomar?

—Nada, gracias.

—¿En qué puedo ayudarlo?

—Me gustaría saber si Kustas se llevó algo del club la noche del crimen.

—¿Como qué?

—No sé. La recaudación de la noche, por ejemplo.

Me mira como si estuviera loco.

—No, teniente. Nadie llevaría tanto dinero encima. Yo guardo la recaudación en mi despacho y por la mañana pasa un furgón de City Protection y la lleva al banco.

—¿Con quién habló Kustas la noche del asesinato, antes de marcharse?

—Con Kalia —salta uno de los cachas—. Había terminado su

número y se dirigía a los camerinos. Kustas se la llevó aparte y estuvieron hablando un rato.

—¿Dónde puedo encontrar a esa Kalia?

—Está preparándose para salir a escena —me informa Jortiatis—. Permítame.

Me conduce por un estrecho pasillo. A la izquierda hay cuatro cubículos cerrados con cortinas y Jortiatis descorre la segunda. En lugar de con una familia de refugiados kurdos, me encuentro con la espalda de una chica que se está maquillando ante un tocador. Al vernos, interrumpe su faena y se levanta. Lleva un vestido de escamas plateadas. Miro el dobladillo y me pregunto cuántos milímetros faltan para que se le vean las bragas. No creo que haya cumplido los veinticinco, pero con el espeso maquillaje parece mayor, y también más vulgar.

—El teniente quiere hacerte unas preguntas —la informa Jortiatis. Después se vuelve hacia mí, despliega una sonrisa servil y se dispone a quedarse allí plantado.

—Déjenos solos —ordeno secamente.

Jortiatis vuelve a desplegar la sonrisa servil y se aleja. La chica, de pie, me mira inexpresiva.

—¿Tú eres Kalia? —pregunto.

—Depende. Soy Kalia para los clientes y Kaliopi Kúrtoglu para los tenientes de policía.

—¿Eres cantante?

—¿Eso te han dicho? —Suelta una risa cínica—. No, no soy cantante, sólo soy la «decoración». —Al ver que no entiendo, prosigue—: Marina y yo salimos con Karteris, que es la estrella. Una a su derecha y la otra a su izquierda. Se supone que lo acompañamos mientras canta pero nada de eso. A los clientes no les basta con escuchar a Karteris: quieren regalarse la vista con muslos y culitos. Ésa es nuestra función. Mira. —Se vuelve y me enseña su culito respingón bajo las escamas—. De vez en cuando soltamos un «aaa» ensayado. Si a eso lo llamas cantar...

Hasta aquí, bien. Lo que sigo sin entender es qué podría tener que decir Kustas a esta cachorrita de la noche.

—¿De qué te habló Kustas la noche del crimen, cuando abandonaste la pista?

Me mira fijamente a los ojos.

–No recuerdo que hablara conmigo –contesta al fin, aunque estoy seguro de que ha ensayado muchas posibles respuestas antes de elegir ésta, la más anodina.

–Te llevó a un lado para hablarte. Sus guardaespaldas os vieron.

–Ah, sí, ahora me acuerdo. Quería advertirme de que no me meneaba lo suficiente en la pista. Yo le pregunté por qué no nos sacaba en pelotas directamente.

–¿Sólo eso?

–No. También me dijo que si volvía a enfrentarme a él, me echaría del espectáculo y me pondría a fregar el suelo del club. Y yo hubiese aceptado, ¿sabes? –Añade con amargura–: Necesito el dinero.

–¿Te amenazó con ponerte a fregar y lo habías olvidado?

Se encoge de hombros con indiferencia.

–Aquí dentro las amenazas están a la orden del día. No sólo era Kustas, sino también Karteris y Jortiatis. Todos amenazan con despedirnos. Si tuviéramos que acordarnos de todas las veces...

–¿Ha terminado, teniente? Kalia tiene que salir a escena.

Jortiatis aparece en la puerta, la mirada inquisidora clavada en Kalia. En cuanto me vaya, exigirá saber qué le he preguntado y qué me ha contestado. De repente, la chica sale corriendo del camerino y yo la sigo. A mis espaldas, resuenan los pasos de Jortiatis.

Durante nuestra conversación han ido llegando más clientes, que han ocupado la mitad de las mesas. Los guardaespaldas ya no están en la barra, y la camarera sirve bebidas a la velocidad del rayo. Un fotógrafo se pasea entre las mesas y saca fotos de la gente. En el escenario, aparece un tipo con unas patillas que le llegan hasta los labios, flanqueado por Kalia y otra chica de aspecto similar, aunque con el pelo rojizo. Observo parte del espectáculo desde el fondo de la sala. Es tal como me lo ha descrito Kalia. Las dos chicas se balancean adelante y atrás, y también a los lados. Abren y cierran la boca sin proferir sonido alguno. De pie entre las dos, el tipo canta con los ojos cerrados, sellados por el dolor.

–La próxima vez que quieras venir para un interrogatorio, avísanos –oigo una voz a mis espaldas.

Me vuelvo y veo a Makis, el hijo de Kustas. Su mirada no vaga perdida como esta mañana, sino que se mantiene clavada en mí, ardiente y furiosa. Lleva una cazadora de piel y vaqueros remetidos en las botas, decoradas con dibujos estilo *cowboy*. Antes, los bribones de la noche bailaban sus penas en los tugurios. Ahora, las bailan en clubes de moda, vestidos de *cowboys*.

–¿Qué haces aquí?

–¿Tú qué crees? Ahora que papá ha muerto, yo me ocupo del negocio. Y no quiero ver pasma por aquí, causa mala impresión.

Me dan ganas de pegarle un cachete, pero justo en este momento aparece Jortiatis, atribulado.

–Cálmate, Makis –casi le suplica–. Ya hemos tenido bastantes problemas, no queremos más. Perdone el malentendido, teniente.

Sus palabras me apaciguan, pero en cambio enfurecen a Makis, quien lo agarra por las solapas y empieza a sacudirlo.

–¡Cállate! –grita–. Estás despedido, ¿te enteras? ¡Te has pasado de listo! ¡Si el viejo me hubiese hecho caso, hace ya tiempo que estarías en la calle!

Jortiatis lo mira estupefacto. Después estalla en una risa loca, casi paranoica. Aunque su cuerpo enclenque tiembla como un flan y sus gafas de montura metálica casi se le caen al suelo, le resulta imposible contener la risa. Makis lo mira asombrado. El fotógrafo ha interrumpido su trabajo para observar la escena. Jortiatis da media vuelta y se aleja sin dejar de reír. Tengo ganas de preguntarle qué le parece tan gracioso, pero no es el momento. El espectáculo ya no me interesa y me marcho.

–¿Dónde está la comisaría de Jaidari? –pregunto al portero.

–Has de tomar la calle Karaiskaki en dirección a Atenas y doblar en dirección a Vía Sacra. La encontrarás en la esquina de Vía Sacra con Neas Fokeas. –Mientras me alejo, grita–: Si éste ha de hacerse cargo, esto no durará ni dos meses y me quedaré sin trabajo.

Lo dejo con el fantasma del paro inminente y me dirijo al Mirafiori.

9

Los camiones y las furgonetas circulan por Vía Sacra a velocidad de comitiva oficial. Traquetean sobre los parches del asfalto con las luces largas encendidas y tocan la bocina endemoniadamente a cada sacudida. Miro los escasos bloques de pisos, con la ropa tendida en los balcones y las ventanas a oscuras, y se me ocurre que los inquilinos deben de estar ahorrando electricidad, ya que resulta imposible imaginar que estén durmiendo con este escándalo. Los pocos taxis que transitan por estos barrios tienen la luz verde apagada y circulan junto a las aceras, como gatos deslumbrados por los focos.

Debido a la humedad, la ropa se me pega al cuerpo. Qué asco de tiempo. En la esquina de la tercera manzana, a mi derecha, vislumbro el único edificio iluminado. En los viejos tiempos no había mucho margen de equivocación: una casa iluminada a estas horas sólo podía ser un burdel o una comisaría. Ahora, con tantos bares y clubes nocturnos, no resulta tan fácil. Al acercarme veo que estoy de suerte. Es la comisaría de Jaidari. Hay dos plazas de aparcamiento libres en la entrada, pero están reservadas para los coches patrulla, de modo que aparco un poco más abajo.

–¿Qué desea? –pregunta el agente de la puerta.

–Teniente Jaritos. Quisiera hablar con el oficial de guardia respecto a una moto robada.

Me observa con aire de desconfianza. No le cabe en la cabeza que exista en Ática un policía capaz de trasladarse a Jaidari en plena noche para investigar el robo de una moto en lugar de esperar a que amanezca o, mejor aún, de pedir un informe por la vía oficial sin levantarse de la silla.

–Primer piso, primera puerta a la izquierda, teniente –se apresura a responder para recuperar el tiempo que ha perdido en contemplarme.

El ascensor está ocupado. Considero la posibilidad de subir por las escaleras, pero estoy demasiado cansado y opto por esperar. Este aparato es más eficaz que el nuestro y llega en menos de un minuto.

El oficial es un hombre de unos treinta y cinco años, de esos que creen que el mundo entero se ha confabulado para molestarlos sin causa justificada y sin que exista remedio posible para ello. Está hablando con un policía joven que se encuentra de pie junto a su escritorio.

–Espera fuera, ya te llamaré –indica al verme.

–Teniente Jaritos, del Departamento de Homicidios.

Se pone en pie de un salto mientras el policía joven se desliza fuera del despacho pasando por detrás del escritorio, como si temiera que yo fuera a pegarle y quisiera protegerse.

–Oficial Kardasis. Perdone, teniente, pero esto es un manicomio.

–Ya lo veo –respondo en tono comprensivo mientras observo el despacho vacío–. Quisiera alguna información acerca de la moto que usaron en el asesinato de Konstantinos Kustas.

–Sí, señor –asiente y se dirige al archivo–. Aquí está. Una Yamaha de 200 centímetros cúbicos, matrícula AZO-526. La habían robado dos días antes...

–Eso ya lo sé –lo interrumpo–. He leído el informe. No he venido aquí en plena noche para que me lo vuelvas a leer. Quiero saber cómo la encontrasteis.

–Un coche patrulla la localizó al día siguiente en la calle Leonidu, delante de la delegación de Hacienda de Jaidari. Al principio no le dieron importancia, pero les llamó la atención que siguiera allí por la noche. Comprobaron la matrícula y ¡bingo!

–¿Cómo supisteis que se trataba de la moto empleada en el asesinato de Kustas?

–El portero del club la reconoció.

Suponiendo que no la hubiera confundido con otra parecida. Cierto que el portero dispuso al menos de dos o tres minutos para verla bien, mientras el cómplice esperaba al asesino. Difícilmente podría equivocarse. El hecho de que la abandonasen en aquel punto indicaba que un coche debía de esperarlos en las inmediaciones. ¿De qué otro modo iban a huir a esas horas? Un asesinato con tres cómplices es un trabajo de profesionales, me guste o no. Intento ordenar los hechos. El crimen se cometió a las dos y media. Necesitaron más o menos diez minutos para llegar a la calle Leonidu. Antes de las tres de la madrugada volvieron a casa a descansar de su dura jornada.

–¿Sabes si alguien vio un coche alejándose a gran velocidad en torno a las tres o tres menos cuarto?

El oficial de guardia niega con la cabeza.

–No, teniente. Ya preguntamos al respecto, pero nadie vio nada. Los vecinos de este barrio son, en su mayoría, trabajadores que se acuestan temprano y se levantan temprano. No se deje engañar por la numerosa clientela del club de Kustas. Los habituales no son de por aquí, vienen de lejos.

–¿Sabes si Kustas había recibido amenazas de las mafias que venden protección?

No le da tiempo a responder la pregunta porque una pareja entra apresuradamente en el despacho. El hombre, cincuentón, está fuera de sí. Sostiene un pañuelo ensangrentado en la nariz y advierto que le faltan los dos botones centrales de su camisa blanca. Lo acompaña una mujer regordeta y de formas abundantes, belleza arrabalera de primer orden. Lleva un vestido blanco ceñido bajo el pecho, para resaltar el volumen de sus senos. Ha estado llorando y se le ha corrido el maquillaje, tiñendo sus ojeras de negro.

–¿Tú, otra vez? –dice el oficial con hastío.

–Quiero presentar una denuncia –grita el hombre.

–¿A quién vas a denunciar esta vez, y por qué?

–A Arguiris Kutsaftis –responde el hombre, a voz en cuello–. Se propasó con mi mujer y después me pegó.

–¿Dónde ocurrió esto?

–En Los Baglamás.

Entonces los reconozco. Ocupaban una de las mesas del fondo y estaban en compañía de otro hombre más joven.

—Aristo, por favor —suplica la rolliza—. Déjate de denuncias. Haremos el ridículo en los tribunales.

—¡Tú te callas! ¡Cállate, puta! ¡La culpa es tuya! ¡Si no te gustara tanto menear el culo, aquel tipejo no se habría atrevido!

Acto seguido le suelta una bofetada. Con el impulso, el pañuelo se le escapa y dos gotas de sangre caen sobre los generosos pechos de la rolliza, que empieza a chillar, no sé si por la bofetada o por las manchas en el vestido. Probablemente será por lo segundo, ya que parece más acostumbrada a las bofetadas que a los vestidos caros.

El oficial salta y aparta al agresor de su mujer de un empujón.

—Quieto —le advierte con severidad—. Aquí dentro tendrás que comportarte.

—No le crea, oficial. —La rolliza nos suplica a todos por turno. Primero a su marido, después al agente. Luego me tocará a mí—. No le haga caso. Se trata de nuestro padrino de bodas, el hombre que nos casó.

—¡Boda en la iglesia y cuernos en la cama! —vocifera el marido.

—¿Me permites que te dé un consejo? —dice el oficial con calma—. Vete a casa y consúltalo con la almohada. Si por la mañana todavía deseas presentar una denuncia, aquí estaremos.

—¡No! ¡La presento ahora!

—Muy bien —responde el oficial y a continuación grita—: ¡Karambikos! —En cuanto aparece el joven policía, señala al hombre—: Detenlo. Y dale un poco de alcohol y un algodón para la nariz.

—¿A mí? —pregunta el tipo, estupefacto—. ¿Vas a detenerme a mí?

—Por supuesto, por agredir a tu mujer. La has abofeteado ante mis propios ojos. Pásate una noche en chirona para calmarte y mañana intercambiaremos denuncias. Yo te denuncio a ti y tú a tu padrino de boda.

Su forma de manejar este caso me lleva a reconsiderar mi opinión. Modifico la primera impresión que me causó y empiezo a admirarlo. Es fácil controlar a un malhechor: lo encierras y punto. Lo difícil es dominar a un ciudadano normal, y este policía es capaz de hacerlo.

El hombre se desinfla como un globo.

–Prefiero calmarme en casa –susurra amedrentado.

–Llévatelo de aquí –indica el oficial a la rolliza–. ¡Y la próxima vez que lo vea, lo encerraré sin dudarlo! ¡Ya estoy harto de sus berrinches!

–Vámonos, cariño –dice la regordeta. Al verlo apocado, se pone mimosa–. Mira cómo me has dejado el vestido... –Y le muestra la sangre.

–Te compraré otro. Te compraré una docena, aunque eres una puta y no te lo mereces.

–No se imagina lo celoso que es –me susurra la mujer. Ya ha llegado mi turno–. No se imagina cuánto he de sufrir.

En realidad no parece sufrir tanto. El meneo de su culo al salir del despacho indica que más bien se siente orgullosa.

–Cada dos por tres viene a presentar denuncias –dice el oficial, indignado–. No ha pasado ni una semana desde la última vez. Un tipo había aparcado delante de su garaje y se liaron a puñetazos. Recibió una paliza y vinieron los dos a denunciarse mutuamente. Mientras prestaban declaración, recibimos el aviso del asesinato de Kustas.

La historia me trae sin cuidado. Sólo quiero terminar con el asunto de la moto para irme a dormir. Afortunadamente, el oficial me libra del esfuerzo de recordárselo.

–Me había preguntado algo. ¿De qué se trataba?

–Sí... ¿Sabes si Kustas había recibido amenazas de las mafias que venden protección?

El oficial se echa a reír.

–¿Bromea? ¿Quién se atrevería a amenazar a Kustas, teniente?

–No sé. Por eso te lo pregunto.

Aunque tanto el despacho como el pasillo están vacíos, el hombre se inclina para hablarme al oído.

–Nadie se atrevía a acercársele siquiera. Iba siempre acompañado de un par de matones. Lo llevaban a casa y después volvían al club, donde dormían, igual que el portero. Lo cierto es que le habría salido más barato pagar protección, pero era demasiado orgulloso para ello. Gastaba fortunas en guardaespaldas y sistemas de alarma, y al final se lo cargaron.

—¿Qué sabe de los guardaespaldas?

El oficial se encoge de hombros.

—¿Qué puedo decirle? Son unos matones, ya conoce el paño.

—¿Tienen antecedentes?

Vuelve a reír.

—No están fichados, si a eso se refiere. Son ex policías apartados del cuerpo. No pasaron ni un día en el paro: Kustas los contrató enseguida.

Adrianí se equivoca en despreciarnos. La gente aún confía su seguridad a los polis, aunque prefiere a los renegados.

En todo caso, de nuevo me veo obligado a reconocer que la Brigada Antiterrorista tiene razón. Kustas y sus sistemas de alarma no estaban bien vistos, y se lo cargaron. Hasta puede que no los molestara en absoluto, que lo mataran porque sí, para aterrorizar a los demás y demostrarles que nadie es invulnerable, ni siquiera Kustas.

Ya no me queda nada más que hacer. Deseo los buenos días al oficial de guardia y me voy. Se me cierran los ojos de sueño.

En el siguiente semáforo de Vía Sacra cambio de dirección y me incorporo al tráfico que se dirige a Atenas. Ahora yo también conduzco pegadito a la acera, como un gato deslumbrado por los faros.

Son las tres y media cuando llego a casa. Adrianí está durmiendo. Me desnudo y me acuesto sin encender la luz para no despertarla, pero se da cuenta de mi presencia y entreabre los ojos.

—¿Qué hora es? —pregunta.

—Duérmete.

Si se entera de que son las tres y media, habrá bronca. Acabaré saludando la mañana en mi despacho, como el oficial de guardia de Jaidari. Me ha costado demasiado acabar con esas escenitas para provocar una voluntariamente.

10

Las fotografías del cadáver sin identificar están encima de mi escritorio; hay todo un paquete de ellas. Mientras las examino una por una, voy sorbiendo el café griego *ma non troppo* servido en un vaso de plástico. Tres de las fotos muestran el cadáver tal como lo encontramos, cubierto de barro. En el resto aparece lavado y adecentado, un hombre de apenas treinta y cinco años, con un cuerpo fuerte y atlético y un semblante atractivo, incluso en su estado apergaminado. La piel ha adquirido un tono verdoso tirando a pardo, pasando por el grisáceo. *Reality show.*

Muerdo el cruasán y descuelgo el auricular para llamar a Markidis. Su voz es soñolienta, como siempre. Se diría que aún no ha tomado café.

–¿Cuándo tendré el informe? –pregunto.

–Antes de mediodía, aunque si quieres puedo avanzártelo por teléfono. No hay mucho que decir.

–Te escucho.

–Para empezar, es imposible establecer con precisión la fecha de la muerte. Sin embargo, estás de suerte. –Por el tono que emplea, cualquiera diría que me ha tocado la lotería.

–¿Por qué?

–Porque lo enterraron en una isla. Le quemaron las yemas de los dedos, pero no tuvieron en cuenta que el aire y la humedad del mar favorecen la conservación de los cuerpos, lo cual facilita su identificación. Calculo que debió de permanecer enterrado unos dos meses y medio, quizá tres.

Es decir, que lo mataron entre el 15 y el 30 de junio.

–¿Cómo murió?

–Ésta es la cuestión. No hay señales de un arma homicida: ni cuchillo ni navaja. Tampoco le aplastaron la cabeza con una piedra. Sólo he encontrado una rotura de los ligamentos entre la segunda vértebra y la base del cráneo, además de una dislocación de los discos intervertebrales. Por lo tanto, me imagino que lo mataron desnucándolo.

–¿A eso se deben las marcas del cuello?

–No, ésas son señales de lucha.

Me maldigo por haber catalogado a Anita de drogadicta cuando en realidad su diagnóstico fue correcto.

–Como habrás visto en las fotos, era un tipo atlético. No se dejó matar fácilmente –prosigue Markidis–. Tiene señales parecidas en los brazos. Se conservaron porque, como habrás observado, su piel se apergaminó. Son las ventajas del verano. Todo el mundo anda medio desnudo. Basta con tocar a alguien para dejar huellas.

Lo dice como si lo considerara parte de los placeres estivales: el mar, el sol y las copitas de ouzo en la playa.

–¿Cuántos fueron? –pregunto.

Oigo una risa ahogada que se interrumpe bruscamente.

–Sabía que lo preguntarías. En mi opinión fueron dos. Uno le sujetó los brazos por detrás y el otro le quebró el cuello. A uno solo le habría resultado muy difícil.

–Pues sí que me has alegrado el día.

–Ya lo sé. Encontrarás más detalles en el informe –añade con el sadismo propio de un forense.

–No me interesan más detalles. Ya me has dicho bastante.

Cuelgo el teléfono y tomo otro sorbo de griego *ma non troppo*. Perfecto. Tenemos un cadáver sin identificar y a dos asesinos desconocidos. Como si la muerte de Kustas no fuera suficiente, he de cargar con otro crimen de profesionales. Es imposible que lo mataran para robarle. Ningún ladrón se habría tomado la molestia de quemarle los dedos y enterrarlo desnudo. Se habría limitado a despeñarlo por un barranco. Sin embargo, la víctima debió de alojarse en algún lugar de la isla, en un hotel en régimen de media pensión o en alguna *room to let,* con o sin su amiga. Alguien lo recordaría, aparte del filósofo-domador de fieras.

¿Y sus asesinos? También tuvieron que alojarse en alguna parte. Un día no basta para localizar a una persona, arrastrarla a un lugar apartado y asesinarla.

Me dispongo a llamar a Vlasópulos cuando recuerdo que he de telefonear a la clínica del departamento para pedir visita al médico. No me apetece oír la doble reprimenda de Adrianí y Katerina esta noche. Como no sé el número, llamo a la centralita.

–¿Qué especialidad? –pregunta la telefonista.

–No lo sé. Me duele la espalda y quiero que me vea un médico.

–Empezaremos por el reumatólogo y luego ya veremos. No le puedo dar hora antes del 26 de septiembre. A las once.

Faltan diez días. Ahora que he de contestar «de acuerdo» se me traba la lengua. La chica interpreta mi silencio como disconformidad y añade con cierta vacilación:

–Si es urgente, podría pasarle por delante de los demás pacientes, teniente.

–No, no es necesario. No corre prisa.

En realidad, si pudiera retrasar la visita diez días más, se lo agradecería de corazón. Sigo pensando en la cita con el médico cuando Vlasópulos entra en el despacho.

–La manada le está esperando en el pasillo –dice, refiriéndose a los periodistas.

–Vale. Cuando salgas, diles que pasen. Entretanto, toma esta fotografía. –Le tiendo una de las fotos del cadáver ya limpio. La imagen ante todo–. Envíala a la comisaría de la isla. Que pregunten en los hoteles y en las casas donde alquilan habitaciones si alguien lo recuerda. Si se alojó en un hotel, deben de tener sus datos. Que averigüen también si coincidió con dos hombres, probablemente griegos. Ellos debieron de alquilar una habitación en una casa privada, para no tener que mostrar la documentación. Y toma, pide que escaneen esta otra foto y que miren en el ordenador, a ver si hay suerte y alguno de los que están fichados se le parece.

–Sólo unos mil –comenta con expresión fatalista.

–Mejor buscar uno entre mil que una aguja en un pajar. Que pasen los rumiantes. –Este apelativo se debe a que vienen aquí, se tragan la información que les damos y luego la regurgitan ante los micrófonos y las cámaras–. ¿Alguna novedad en el caso Kustas?

–No. Nada todavía.

En cuanto Vlasópulos sale del despacho, los periodistas, liderados por Sotirópulos, entran en estampida y se plantan delante de mi escritorio. Sotirópulos, por antigüedad, se adjudica el papel de jefe. Como siempre, luce una camisa de Armani, tejanos Harley-Davidson y mocasines Timberland. Lleva el pelo rapado y gafitas redondas de fina montura metálica. Me recuerda aquellas gabardinas reversibles que estaban de moda hace tiempo. Así es Sotirópulos. Tiene aspecto de adolescente yanqui y cara de oficial de las SS.

–Nos han dicho que llevas la investigación del caso Kustas, teniente –empieza.

Ésta es otra de sus características. Hace años que no me habla de usted. Sólo dice «teniente» o, en la mayoría de los casos, «qué tienes de nuevo, teniente»; siempre me tutea. De esta forma se imagina que expresa el auténtico sentir popular, aunque no se le ocurre que más bien se parece al tono de los procuradores de palacio en los tribunales militares de la Junta.

–Así es –respondo tajante, porque sé cuál será la siguiente pregunta.

–¿Qué tienes de nuevo?

–Nada. Ayer mismo asumí el caso y aún estoy reuniendo información. Dentro de un par de días habré conseguido más datos. Mientras tanto, tengo otra cosilla para vosotros.

Reparto las fotografías del cadáver sin identificar. Es la táctica de Guikas, pero al revés. Él me sorprendió con Kustas; yo los sorprendo con el desconocido. Los periodistas contemplan el cuerpo desnudo que yace sobre la mesa de autopsias, incapaces de apartar la vista. Sé que mi truco ha funcionado y que esta noche las fotos serán emitidas por televisión. Así aumentan las posibilidades de que alguien lo reconozca.

–¿Quién es? –pregunta Lambridu, una mujer bajita y patizamba ataviada con una minifalda color lila.

–Aún no lo sabemos.

Los pongo al corriente de la historia, pero me guardo lo de la chica a la que vieron con él en Santorini. Si se entera de que la estamos buscando, tendrá miedo y desaparecerá. Mejor no inquietarla.

Los hombres, en un movimiento sincronizado, acercan la mano a la cintura. En otros tiempos hubiese pensado que se disponían a sacar sus pistolas. Ahora sé que sólo buscan los teléfonos móviles. Antes de cruzar la puerta del despacho, ya suenan los pitidos de los números que van marcando.

Sotirópulos deja que salgan los demás y cierra la puerta.

–Tú sabes algo más y no quieres contárnoslo, teniente.

–Sotirópulos, ya empiezo a estar harto de que me llames teniente. Llámame Jaritos, Kostas o como te dé la gana, pero deja ya lo de teniente.

–Te llamaré «señor represor» –responde con ironía–, como en mis tiempos de estudiante.

–¿Y cómo te llamábamos nosotros?

–Rojo –dice, con la cabeza bien erguida.

Miro sus Armani y sus Harley-Davidson y una vez más pienso en lo mucho que nos equivocábamos. Al menos, nosotros ya nos hemos dado cuenta. En cambio él sigue en la inopia.

–No sé nada del cadáver. En cuanto me entere de algo, os lo comunicaré.

–¿Y acerca de Kustas?

–La Brigada Antiterrorista supone que se trata de un ajuste de cuentas. –Por muy mal que me caiga, tiene buen olfato. Me interesa ver su reacción.

–Es posible. Pero te daré un consejo: para enterrar a Kustas, no uses una pala. Coge un pico y excava con cuidado.

–¿Por qué?

–Porque te encontrarás con alguna sorpresa y podrías meterte en líos.

Antes de que yo acierte a preguntar a qué se refiere, abre la puerta y sale del despacho. Descuelgo el teléfono y llamo al jefe de Identificación.

–¿Habéis encontrado alguna cosa en el coche de Kustas? –pregunto después de presentarme.

–Nada. Ni dentro del coche ni fuera. Sólo la guantera estaba abierta.

–¿Qué contenía?

–Lo de siempre. El permiso de circulación, los papeles del seguro y un par de guantes.

Me parece poco probable que Kustas abriera la guantera para sacar los guantes o el permiso de circulación. ¿Buscaba otra cosa? ¿Qué sería?

–¿El cadáver llevaba algo encima?

Se produce un breve silencio mientras examina el informe.

–Un pañuelo, una billetera con treinta mil dracmas, tres tarjetas de crédito y un teléfono móvil, marca Motorola. Las llaves del coche estaban en la cerradura.

La guantera pudo abrirse mientras conducía. Tal vez no se dio cuenta y se la dejó abierta. De repente, se me ocurre otra idea.

–¿Encontrasteis algo en la moto que se usó para cometer el crimen?

–Nada. Estaba limpia.

En momentos así, cuando me encuentro en un callejón sin salida, el despacho me resulta pequeño y me asalta la necesidad de salir. Las oficinas de R.I. Hellas, donde trabaja la hija de Kustas, están en la calle Apólonos, pasada Vulís. Ordeno a Vlasópulos que pida un coche patrulla. El teléfono suena en el momento en que me dispongo a salir. Es el comandante de la comisaría de la isla.

–He recibido la foto por fax. Intentaré averiguar algo, teniente.

–Es urgente. Empieza por los hoteles. Con un poco de suerte habrán guardado sus datos. De lo contrario, pregunta a los que alquilan habitaciones.

–De acuerdo. En cuanto a los otros dos..., ¿no tendrá su descripción? –pregunta vacilante.

–Si supiera sus nombres y su descripción, iría yo mismo a detenerlos. No sé nada, estoy buscando a ciegas. Podrían ser altos o bajos, gordos o delgados, qué sé yo. En cualquier caso, no debería resultar difícil averiguar algo. En la isla no habrá muchas parejas de hombres que pasen juntos las vacaciones.

–Se equivoca, teniente. En verano abundan. Se pasean por el pueblo cogidos del brazo o de la mano, o toman juntos el sol en la playa. Ya me entiende.

–¿Qué estás sugiriendo? ¿Que una romántica parejita de maricas lo asesinó?

–Todo es posible. Así va el mundo.

11

De repente, nos asalta de nuevo la ola de calor. Cada año el verano nos hace la misma jugarreta. Los atenienses salen disparados en dirección a las islas y las playas para refrescarse en julio y en agosto, cuando suele soplar el *meltemi*,* y en cuanto regresan a sus casas a principios de septiembre, ya sin posibilidad de escapatoria, el calor los acecha a la vuelta de la esquina para abrumarlos hasta noviembre.

El tráfico es fluido hasta el Hilton, pero a partir del parquecito del hospital Evangelismos hay un atasco fenomenal. Antes los atenienses se pasaban el día en los cafés, jugando a las cartas o al chaquete. Ahora se pasan las horas muertas en los coches, toqueteando el volante y el cambio de marchas. En los cafés, hablaban de todo; con los coches, van a donde quieren. Por eso eligen visitar el centro de la ciudad, porque allí encuentran de todo, desde los organismos oficiales hasta los fragantes montones de basura.

De pronto me doy cuenta de que los carriles de la avenida Reina Sofía en dirección a la plaza de Syndagma están obstruidos por los camiones de la basura. Al principio sólo había un par, después se les sumaron algunos más y ahora ocupan toda la calzada. Los coches tratan de circular entre ellos, avanzan a paso de tortuga y, con suerte, un par consigue pasar el semáforo cada vez que se pone en verde.

–¿Adónde van todos estos basureros? –pregunto a Vlasópulos, extrañado.

* Viento del norte que suele soplar en el Egeo durante la época estival. *(N. de la T.)*

–Ni idea. A lo mejor ha terminado la huelga y han salido a recoger la porquería.

A la altura de la calle Kubari el tráfico se detiene por completo, y todos los camioneros empiezan a tocar el claxon con insistencia. Un guardia urbano se acerca para preguntarnos adónde nos dirigimos.

–A la calle Filelinon –responde Vlasópulos.

–Pues han elegido el mejor momento. –Levanta los brazos en señal de impotencia–. Los basureros marchan con sus camiones hacia el Ministerio de Economía.

Hasta donde abarca la vista, la plaza de Syndagma es un mar de camiones; nosotros, una boya perdida entre ellos. A nuestro lado, un camionero vocifera por el móvil. Su voz debe de oírse, incluso sin la ayuda del aparato, hasta en el mismísimo hemiciclo.

–¿Que dónde estoy? Parado a la altura del Parlamento. Es lo nunca visto, hemos colapsado toda la ciudad. Por aquí no pasa ni un mosquito. Hemos dicho al ministro que, si no acepta nuestras reivindicaciones, Atenas quedará ahogada en las basuras. Y que cuando empecemos a recoger, lo incluiremos a él también.

Promete volver a llamar antes de interrumpir la comunicación. Después se vuelve hacia nosotros y, al ver que estoy observándole, me tiende el móvil por la ventanilla.

–Toma, llama a casa y diles que llegarás tarde –me dice–. No creo que logres salir de aquí antes de la noche. –Y se troncha de risa con su broma.

Pongo cara de circunstancias y me limito a mirar por el parabrisas. Si le contesto, tal vez acabe tirándome a mí también a la basura, junto con el ministro, y a ver cuándo se dignarían recogernos.

Una decena de guardias urbanos pasea entre los camiones. Todos miran a su alrededor, hablan por radio y no hacen nada, porque en realidad no hay nada que hacer.

–¿Qué está pasando? –pregunto al guardia más cercano, el mismo que nos habló hace unos minutos.

–Lo de siempre –responde con voz resignada–. Éstos arman

el lío padre, el fiscal intenta negociar para que despejen la plaza y nosotros recibimos los insultos.

No veo a las Fuerzas Especiales, pero si hubiesen venido, se habrían desplegado alrededor de la plaza. Durante el funeral de Papandreu nos apostamos en la esquina de Mitropoleos con Filelinon. En aquellos tiempos yo era un simple novato que veía pasar el mar de personas siguiendo el féretro y rogaba por que no nos ordenaran dispersar la marcha. Con aquella multitud encendida, sólo Dios sabe qué hubiese podido pasar. La policía temía a la muchedumbre tanto como ésta a la policía. Algo es algo. Ahora, en lugar de multitudes hay un mar de camiones de basura. Los conductores nos insultan, nosotros tocamos el claxon y lo único que nos da miedo son los gérmenes contaminantes de los desechos.

El móvil del camionero me devuelve a la realidad y admiro a los fabricantes, capaces de inventar un sonido capaz de hacerse oír en medio de semejante pandemónium. El conductor se lleva el móvil al oído, se tapa el otro con un dedo y empieza a aullar.

–¿Hemos de despejar la plaza sólo porque el ministro ha aceptado una entrevista con nosotros? Primero que acceda a nuestras reivindicaciones, después ya nos iremos. ¡No hay más que hablar! –Deja el móvil, abre la puerta del camión y empieza a gritar–: ¡Sois unos vendidos! ¡Sois unos golfos! ¿Cuánto os han dado para batiros en retirada, eh? ¿Cuánto habéis sacado? –Vuelve a agarrar el móvil–: ¡Ahora mismo voy a la central y monto un cirio! ¡Se van a enterar!

Como si quisiera demostrar que habla en serio, pone marcha atrás y choca con uno de sus compañeros.

–¡Más despacio, colega! –grita el de atrás–. Si me destrozas el camión tendré que pagarlo yo.

En el coche patrulla hace un calor de espanto, tengo la cabeza a punto de estallar y percibo el olor de mi propia transpiración. Vlasópulos saca un pañuelo para secarse la cara. Al otro lado, el camionero ha apoyado un codo en el volante y, con la cabeza en la palma de la mano, contempla el hotel Gran Bretaña. Estará decidiendo a quién habría que fusilar por traición.

Transcurre un cuarto de hora. Los camiones se ponen en marcha lentamente, como arrastrados por una ligera brisa. Quince minutos más y también nosotros arrancamos y avanzamos, milímetro a milímetro, en dirección a la plaza. Al llegar a Filelinon, consulto mi reloj. Hace tres horas que salimos de la avenida Alexandras y ya son casi las dos.

Dejamos el coche en la esquina de Filelinon con Almirante Nikodimu. Las oficinas de R.I. Hellas están en un viejo edificio de tres plantas. La puerta de nogal se abre a un espacio tranquilo y caluroso. No hay tapicerías color hígado, ni modernas estructuras metálicas, ni guardias de seguridad. Las paredes están revestidas de paneles de madera hasta media altura y a partir de ahí, pintadas con paisajes marítimos. La chica que nos recibe, ataviada con un vestido sobrio y sin maquillaje, hace juego con la decoración. El único instrumento moderno que observo en la sala es el ordenador que hay encima de su escritorio.

–¿Qué desean? –pregunta amablemente.

Vlasópulos y yo nos presentamos y le informamos que deseamos hablar con Niki Kusta.

Descuelga el auricular, habla con la chica y nos indica que subamos al segundo piso. El ascensor es un añadido posterior y en su interior apenas caben dos personas adultas.

Al salir del ascensor advierto que las basuras ocultaban una mansión construida por un tal Bodosakis en la década de los treinta. Ante nosotros, se abre una enorme estancia que recuerda los viejos salones de baile. A la izquierda, una amplia escalera de madera conduce a las otras plantas. El espacio ha sido dividido mediante tabiques de conglomerado en seis cubículos, tres a cada lado, en los que apenas cabe un escritorio con su silla correspondiente y otro asiento para las visitas, siempre que no sean obesas. Dentro de los recintos trabajan dos hombres y cuatro mujeres, sentados delante de sus respectivos ordenadores. Antes este tipo de jaulas se reservaban a los botones y los porteros. Ahora se destinan a los refugiados y los ejecutivos.

El pasillo central conduce hacia una serie de habitaciones: dos a la derecha, dos a la izquierda y una al fondo. El despacho de Niki Kusta es el primero a la derecha. La puerta está abierta y veo a una mujer joven, de unos veinticinco años, con el cabello negro muy corto y la mirada fija en la pantalla de un ordenador. Va vestida de negro y no lleva maquillaje. Llamo a la puerta abierta y ella vuelve la cabeza.

–Teniente Jaritos –me presento–. Y mi compañero...

–Ya sé. Adelante, teniente.

Aunque el despacho no es muy grande, supera las dimensiones de un cubículo. En las paredes observo tablones con gráficos y anotaciones.

–Llegan tarde –comenta al tiempo que señala las dos sillas dispuestas delante de su escritorio–. Estaba esperándoles. –Esboza una sonrisa cándida, casi infantil, que la hace parecer aún más joven.

–Es una visita de rutina, señorita Kusta. No había prisa.

–Claro; qué puedo decirles yo, si no sé nada en absoluto. Me enteré del asesinato de mi padre por la radio. –Habla siempre con la misma sonrisa, aunque se apresura a añadir–: No pretendo acusar a nadie. En su dolor, Élena ni siquiera se acordó de avisarme. O tal vez no quiso sobresaltarme en plena noche y decidió esperar hasta la mañana.

–¿Estuvo usted en casa toda la noche? Tal vez llamó y no la encontró.

–No, estaba en casa con mi hermano.

La respuesta me sorprende.

–¿Con su hermano? ¿Viven juntos?

–No pero Makis tiene problemas y...

–Conozco sus problemas. Me habló de ellos su... –Evoco la imagen de la señora Kusta en sus tiempos de artista, con el profundo escote y la pierna desnuda, y no me parece apropiado decir «su madrastra»–. Me lo dijo la señora Kusta.

De nuevo la sonrisa infantil asoma en su rostro.

–Me facilita las cosas, teniente. Makis está bien ahora, pero a veces se desanima y corre el peligro de sufrir una recaída. Entonces necesita apoyo. La noche del crimen fue una de esas ocasiones. Estuve con él toda la noche, cuidándolo.

Pudo superar el bache la noche del crimen, pienso, pero anoche, no. Ayer tomó su dosis y estaba colocado.

–¿Es su comportamiento habitual? ¿Cuando necesita apoyo suele acudir a usted?

–Mi padre era un hombre chapado a la antigua. Creía que la severidad y la inflexibilidad lo curan todo. Makis tuvo tres recaídas, pero mi padre no cambió de táctica. –Tras una pequeña pausa añade, vacilante–: Su relación con Élena no es buena.

Finjo no saber nada del tema.

–¿Por qué? ¿Existe alguna razón en concreto para que se produzcan roces?

–Makis nunca llegó a superar el trauma que le causó lo de nuestra madre.

–¿Qué trauma?

–¿No lo sabía? –Parece extrañada–. Nuestra madre nos abandonó.

No, no lo sabía. Como nadie me lo había dicho, pensaba que había muerto o que se había divorciado de Kustas.

Por lo visto Vlasópulos suponía lo mismo, porque pregunta sorprendido:

–¿Les abandonó?

–Sí. Se fue con un cantante. Que yo sepa, siguen juntos. Si no me equivoco, él ya no canta, tiene una empresa discográfica. Desde que abandonó a papá, no quiso vernos más. Nos borró de su vida. –Habla sin amargura, sin emoción, como si relatara la vida de otras personas–. Makis nunca lo superó. Él tenía catorce años y yo, doce. Cuando Élena llegó a casa, mi hermano le dedicó todo su odio, como si le echara la culpa de lo sucedido. –Se interrumpe de nuevo, como si necesitara reconsiderar sus palabras. Luego prosigue con la misma sonrisa–: Bueno, tal vez esté siendo injusta con él; para mí fue más fácil. Verá, yo me he distanciado un poco. Raras veces voy a verles. En realidad sólo les visito en Navidad y el día de su santo. Sin embargo, de no ser por Élena no iría nunca.

–¿Por qué? ¿Tenía problemas con su padre? –Si afirma que visita la casa paterna sólo por la señora Kusta, es evidente que no se llevan bien.

–No. Pero soy una persona independiente, me gusta arreglármelas yo sola. Cuando terminé mis estudios y volví a Grecia, le pedí a mi padre el apartamento que tenía en la calle Fo-kilidu, en Kolonaki. El primer piso de su propiedad. Desde entonces vivo allí. Luego encontré este trabajo y decidí llevar mi propia vida.

–¿En qué consiste exactamente su trabajo, señorita Kusta?

–Hice un máster sobre estudios de mercado en Inglaterra, aunque aquí también me ocupo de realizar sondeos y calculo índices de audiencia. Ahora mismo nos han encargado un sondeo sobre la imagen pública de los líderes políticos. ¿Le interesa saber quién es el más popular?

La cuestión no me interesa particularmente, pero la chica es tan amable que no quiero ser descortés. Me inclino sobre el ordenador.

Los números me confunden hasta que leo el nombre de un ex ministro, actual diputado de la oposición mayoritaria. En una columna junto a su nombre aparece el porcentaje de popularidad que le corresponde: 62 por ciento.

–¿Su índice de popularidad es del sesenta y dos por ciento? –pregunto incrédulo.

–Pues sí. Mayor que el del líder de su partido. El sesenta y dos por ciento de los encuestados le votarían para el cargo de primer ministro.

Es uno de esos políticos que aparecen cada día en la televisión y se oyen a todas horas en la radio, hablando de todo y de todos. Suele meterse con su jefe para «diferenciarse», por usar la expresión tan en boga. Cada vez que lo oigo hablar me tiro de los pelos, pero tal como antiguamente todos los caminos conducían a Roma, ahora conducen a la pequeña pantalla. Si apareces con suficiente frecuencia, puedes llegar a primer ministro. Y él lo sabe bien.

–Gracias, señorita Kusta. Si necesito algo más, ya la llamaré.

Me encamino hacia la puerta antes de que se me escape algún taco. Soy funcionario público y, si por mala suerte acaba convirtiéndose en ministro de Orden Público, yo podría acabar en un puesto fronterizo.

Ya he llegado a la puerta cuando se me ocurre una última cuestión y me vuelvo.

—Anoche vi a su hermano —digo—. Estaba en Los Baglamás y declaró ante Jortiatis que ahora se ocupa él del negocio.

Se pasa las manos por el corto cabello y suspira profundamente.

—Era el sueño de Makis —asiente—. Llevaba años pidiéndolo. Si mi padre hubiese aceptado, quizá Makis hubiese seguido un camino muy distinto. Él no dejaba de insistir, pero mi padre no quería ni oír hablar del tema. Ahora que está muerto, cree que podrá conseguirlo, aunque se verá decepcionado.

—¿Por qué?

—Porque mi padre heredó sus propiedades indivisas, y ni Élena ni yo aceptaríamos que Makis se encargara de la gestión de un club nocturno. Al menos en su actual situación. Sería la ruina de mi hermano y también la del negocio.

—Tal vez su padre dejó un testamento.

La chica se echa a reír.

—¿Mi padre? ¡Inconcebible! —Al reparar en mi desconcierto, se apresura a explicar—: Mi padre detestaba los documentos, teniente. Odiaba los acuerdos firmados, los contratos y los escritos en general. Nunca escribía. Incluso concertaba acuerdos verbales con los artistas que actuaban en sus clubes. Ellos sabían que siempre cumplía su palabra y confiaban en él.

—Ya, pero tenía muchas empresas... Libros de contabilidad, recibos, facturas, declaraciones de Hacienda...

—Él no tocaba nada de eso. Se ocupaba el contable. ¿Quiere que se lo presente?

—Si no es molestia. —Sorprendido, veo que descuelga el auricular y habla con un tal Yannis—. ¿El contable de su padre trabaja aquí?

—Sí, yo misma se lo recomendé. Es buen chico, y honrado. Así papá tenía un contable de confianza y Yannis un trabajo extra. Los dos estaban contentos.

Tal vez el término «chico» resulta algo exagerado aunque el contable no debe de ser mayor que ella. Se trata de un joven de estatura media, modesto y discreto. Se queda en la puerta, sin mirarnos. Por el contrario, contempla a Niki Kusta con ojos tiernos.

–Yannis –dice ella con dulzura–, estos señores son policías y querían hacerte algunas preguntas acerca de la contabilidad de papá.

En realidad, las preguntas que desearía plantearle son muchas, pero prefiero no interrogarlo delante de ella y me limito a lo primordial.

–De momento, sólo quiero ver las cuentas bancarias del señor Kustas –digo.

Nos observa por primera vez. Después su mirada vuelve a la chica, pero no pronuncia ni una palabra.

–Escucha –intervengo con calma–. Puedo averiguar con qué bancos trabajaba Kustas y conseguir una orden para investigar sus cuentas. No obstante, si accedes a facilitarnos el trabajo, ganaremos tiempo.

Sigue guardando silencio y mirando fijamente a la chica.

–Hazlo, Yannis –indica ella con su sonrisa inocente–. Si papá tenía algo que ocultar, seguro que no eran sus cuentas bancarias.

–Es información reservada, ¿sabe? –dice, rompiendo su silencio.

–Te doy permiso.

El joven duda unos instantes más, después murmura: «Un momento», y sale del despacho.

–¿Ven como es honesto y de confianza? –Kusta sonríe, satisfecha de que se haya demostrado la veracidad de su afirmación–. Lo mejor que puede hacer Makis es invertir el dinero y vivir de las rentas –continúa como si no hubiera mediado la presencia de Yannis.

Prefiero no decirle que da lo mismo que cobre la herencia en efectivo o sólo los intereses. Su hermano está sentenciado, porque se lo pateará todo en droga.

Suena el teléfono y Kusta contesta.

–Tome nota, por favor –dice.

A mi señal, Vlasópulos saca su bloc de notas. La chica dicta los números de dos cuentas bancarias, una del Banco Nacional y la otra del Banco Comercial. Le doy las gracias y nos vamos.

Al salir a la calle Ermú, vemos que la plaza de Syndagma

está despejada. Son las cuatro de la tarde y, de repente, noto todo el cansancio de la noche pasada.

–Déjame en casa –pido a Vlasópulos–. De todas formas, hoy no podemos hacer nada más.

Enfilamos otra vez la avenida Reina Sofía y torcemos por la calle Rizari para entrar en Spiru Merkuri.

12

Me despierto sobresaltado y descubro a Adrianí inclinada sobre mí.

–¿Qué te pasa? –pregunta inquieta.

Creo que es por la mañana y me incorporo bruscamente. Luego echo un vistazo a mi alrededor y descubro que me he quedado dormido con la ropa puesta y el diccionario de Dimitrakos en la mano.

–¿Qué hora es?

–Las siete y media de la tarde. Has dormido tres horas. ¿Estás enfermo?

–Claro que no. ¿Por qué lo dices?

–Porque tú nunca echas la siesta.

–Anoche llegué tarde y hoy he tenido un día bastante movido. Me he quedado dormido mientras leía.

–No sólo te niegas a ir al médico, sino que pasas las noches fuera de casa.

–Te equivocas –respondo mientras me levanto de la cama–. Me han dado hora para el 26.

Se queda muda de sorpresa. Después me abraza efusivamente y me da un beso en la mejilla.

–Qué bien, Kostas, no sabes cuánto me alegro. No será nada importante, ya verás, pero ¿por qué vas a sufrir inútilmente? Te recetará algo y se te pasará. Por cierto, ya que vas, ¿por qué no te haces un chequeo general? Análisis de sangre, de orina y radiografías, a ver cómo está la cosa.

–Oye, mira que anulo la visita –la amenazo enfurecido.

–No, no –intenta calmarme–. Tú ve al médico. Si cancelaras

la cita, tendrías que vértelas con tu hija. Ya sé que has pedido hora por ella –concluye. Si pudiera retirar el beso que me ha dado, lo haría.

–Por ella y por ti, que me teníais amargado.

–Bueno, eso es lo de menos –añade sonriendo–. Lo importante es que vayas.

Se dispone a salir del dormitorio con cara de satisfacción cuando de pronto se me ocurre una idea.

–¿Qué te parece si salimos esta noche para celebrarlo? –le propongo.

Se vuelve bruscamente y me mira sorprendida.

–¿Qué hemos de celebrar? ¿La visita al médico?

–Mi decisión de concertarla.

–¿Y adónde iríamos?

–A un restaurante francés.

–¡Francés! ¿Qué te ha pasado? Tú nunca cenas fuera si no es en una taberna.

Es normal que no lo entienda, pero no tengo la menor intención de revelarle mis verdaderos motivos.

–He pensado que podríamos cambiar, probar algo nuevo.

–Vaya, parece que el médico ya te ha curado –dice entusiasmada–. ¿A qué hora salimos?

–Después del informativo.

La dejo sola con sus dilemas, porque le costará mucho decidir qué vestido ponerse, y me dirijo a la sala de estar. Aún no es la hora de las noticias. Pasan el anuncio de un espray para el pelo y me pregunto si Niki Kusta habrá hecho el estudio de mercado de este producto. En el momento en que empieza la sintonía del informativo, suena el teléfono. Es Katerina.

–¿Qué tal, papi?

–Todo bien. Ya he pedido hora para el reumatólogo.

Se produce una pequeña pausa y luego oigo un susurro:

–Gracias.

–¿Por qué me las das?

–Porque así estaré tranquila y no tendré que dejar mi trabajo para viajar a Atenas. ¿No está mamá?

–Se está vistiendo. Hoy cenamos fuera.

Otra pausa.

–¡Qué envidia me dais! –dice al final.

–¿Por qué? ¿Porque salimos esta noche?

–No, porque no puedo estar con vosotros. Os echo de menos.

Cuando me habla así, me quedo sin palabras.

–También nosotros te echamos de menos, hija –respondo con dificultad.

–Lo sé, pero no creo que pueda ir a veros antes de Navidad.

La emoción da lugar a la decepción, aunque ya sé que cada año pasa lo mismo. Sólo la vemos en Navidad, Semana Santa y durante quince días en agosto. La otra quincena la reserva para Panos. Al tipo ese no le basta con tenerla todo el año, también quiere ir con ella al campo, a ver cómo crecen los sembrados.

Katerina cuelga el teléfono en el mismo instante en que el cadáver sin identificar aparece en pantalla. Aumentadas, tanto las facciones de su cara como su piel apergaminada se ven con mayor claridad. Es un espectáculo repugnante y, por eso mismo, lo dejan en pantalla un buen rato, para que a la gente se le pongan los pelos de punta. Mejor para mí. El presentador describe la manera en que fue hallado el cadáver, el lugar, la montaña, la playa, como si quisiera colaborar con el desarrollo turístico de la isla utilizando un cadáver como reclamo.

Estoy a punto de cambiar de canal cuando aparece en pantalla el sondeo de Niki Kusta. Por la mañana sólo he visto una migaja, ahora me ofrecen el pastel entero. Qué partido prefieren los votantes; cuántos están de acuerdo con el Gobierno y cuántos quieren tirarlo a las basuras, ya dispuestas y esperando; el índice de popularidad del primer ministro y el del líder de la oposición, y un largo etcétera. Un montón de números, colores y tablas comparativas que me parecen todas iguales, ya hablen de la catástrofe de Chernóbil o de la popularidad de nuestros políticos. Mientras que el primer ministro es la figura más popular dentro de su partido, el jefe de la oposición mayoritaria no alcanza el 62 por ciento del ex ministro que me ha mostrado Kusta por la mañana. El presentador del programa y el analista del sondeo se esfuerzan por explicar el fenómeno.

–Ya estoy –oigo la voz de Adrianí a mis espaldas.

Lleva aquel vestido que compramos juntos en una *boutique* durante las rebajas del año pasado, como regalo de cumpleaños. Se ha puesto un collar de perlas, de bisutería de calidad, y ha elegido bolso y zapatos marrones. Admiro su gusto discreto y me pregunto cómo puede mantenerlo viendo cada día a todas esas mujeres emperifolladas como árboles de Navidad en los culebrones de la tele.

–Vámonos –digo y me pongo de pie.

–¿Cómo? ¿Piensas salir así?

–¿Por qué? ¿Qué me pasa?

–Por favor –suplica–. No puedes salir con el traje de diario.

Tengo otro, un traje de verano que me pongo en ocasiones especiales, pero es de color claro y se ensucia, mientras que éste es oscuro y disimula las manchas. Abro el armario y lo veo colgado de una percha de alambre, enfundado en una bolsa de plástico, tal como lo recogimos de la tintorería. Me lo pongo junto con la corbata a juego, la única que tengo que no desentona con este traje.

–Muy bien –aprueba Adriani satisfecha, y alisa la tela de la americana antes de dirigirse, orgullosa, a la puerta.

13

El Kanandré, que resultó ser Le Canard Doré, nada tiene que ver con los otros clubes de Kustas. Es un edificio neoclásico de principios del siglo XX, de esos que construían los políticos, los grandes comerciantes y los médicos para veranear en Kifisiá. Para llegar a él, hay que atravesar un gran jardín, bien cuidado e iluminado por lámparas en forma de seta. La edificación recibe luz de unos potentes focos ocultos entre los parterres. La verja que da entrada al jardín está abierta y la decoración de hierro forjado que la corona contiene una inscripción en forma de pato: Le Canard Doré. No es un rótulo luminoso, sino una placa pintada. Debido al bochorno, la gente está cenando en el jardín, entre las setas iluminadas.

Me da vergüenza aparcar el Mirafiori entre los Audi, los Mercedes y los BMW. Lo dejo un poco más abajo, al abrigo de la penumbra que proyectan los pinos.

Antes de entrar, Adrianí se detiene para admirar el local.

–Qué *glámurus* –exclama entusiasmada. La primera vez que me dijo esta palabra, yo no sabía qué significaba y tuve que buscarla en el *Oxford English-Greek Learner's Dictionary*, el único diccionario inglés-griego que tengo. Ahora ya la conozco. Significa brillante, encantador, seductor, casi mítico.

Adrianí me toma del brazo y cruzamos la verja de entrada. El *maître*, con sus pantalones negros, su americana color crema y su pajarita, se apresura a recibirnos.

–Buenas noches –nos saluda con gran amabilidad–. ¿Han hecho una reserva?

–No.

—Me temo que no hay mesas. —Su expresión manifiesta tal tristeza que se diría que está al borde del suicidio.

A punto estoy de decirle quién soy, para que se suicide de verdad por tener a un poli en su local a estas horas, pero no hace falta.

—Está bien, Michel —interviene una voz femenina—. Son mis invitados.

Me vuelvo y veo a Élena Kusta. Se ha arreglado el pelo y lleva un sencillo vestido blanco, pero con eso es más que suficiente. No es que aparente menos edad, sencillamente resulta más deseable que cualquier veinteañera.

—Buenas noches, señor Jaritos. —Y me tiende la mano.

—No esperaba encontrarla aquí. —Le presento a Adrianí, que se ha quedado mirándola, impresionada.

—Dinos tenía debilidad por Le Canard Doré, ¿sabe? Era su joya. Pensé que haciéndome cargo del restaurante honraría su recuerdo.

Nos acompaña mientras el *maître* nos conduce hacia una mesa un poco apartada. Adrianí no puede dejar de mirar a Élena. Al final, no resiste más:

—Perdone, ¿es usted Élena Fragaki? —pregunta.

Una sonrisa ilumina el rostro de Kusta.

—Le agradezco que me recuerde después de tantos años —dice, casi emocionada.

—No es fácil olvidarse de usted.

Kusta tiende la mano y, en un gesto espontáneo, roza el brazo de Adrianí. Entre la admiración de mi mujer y la coquetería de Élena Kusta se ha establecido una alianza inmediata.

El *maître* despliega los menús. A la derecha, los nombres de los platos aparecen escritos en francés, con el alfabeto latino. A la izquierda, en francés pero con letras griegas. No entiendo nada. Kusta lo advierte enseguida e indica al *maître:*

—¿Qué nos recomendarías, Michel?

—El marisco —propone él sin vacilar—. Si los señores prefieren algo más clásico, les recomendaría la terrina de hígado de pato o las setas *à la provençale*. De segundo, ternera *à la bourguignonne* con patatas o bien gallo *au vin,* que es nuestra especialidad.

104

O bien el escalope. Si les apetece pescado, el rodaballo es la mejor elección.

–Nos ponemos en sus manos. Confío plenamente en usted –dice Adrianí y el *maître* se hincha como un gallo a punto de ser rociado con el vino. En momentos como éste, la admiro. Sé perfectamente que no ha entendido nada, pero tiene una forma muy propia de manejar la situación sin delatar su ignorancia.

–¿Tenéis algo a la parrilla? –pregunto.

–Entrecot.

–Pues tomaré eso.

Apenas se ha alejado el *maître* cuando llega un camarero con un cestito lleno de pan. Rebanadas de pan integral caliente, rebanadas de pan blanco caliente, grisines y tostaditas. Con el contenido del cestito bastaría para alimentar a toda una familia de albaneses.

–¿Han elegido la bebida? –pregunta el camarero.

–¿Vino? –dice Adrianí, consultándome con la mirada.

–Un Chablis del 92 –interviene la señora Kusta. Después se dirige a mí–: ¿Han venido a cenar o por razones profesionales, señor Jaritos?

Siempre consigue desconcertarme.

–A cenar, pero se me ha ocurrido que tal vez aproveche la visita –respondo evasivamente–. No se trata de nada importante. Sólo quiero hacer una pregunta al gerente del establecimiento.

No parece disgustada, porque sonríe.

–Está en el restaurante –dice señalando el edificio neoclásico–. Pregúntele lo que quiera. Ahora tendrán que disculparme. Volveré en cuanto termine mi ronda. –Se acerca a la mesa de al lado y entabla conversación, con la encantadora sonrisa que la caracteriza.

–¿Me has traído aquí por trabajo? –dice Adrianí.

–No, me apetecía salir un poco. Podríamos haber ido a otro sitio, pero pensé que así mataría dos pájaros de un tiro.

Está tan contenta que se deja convencer sin discusiones y me dedica una sonrisa. Por primera vez se me presenta la oportunidad de mirar a mi alrededor. La edad de los comensales oscila entre los cuarenta y cinco y los sesenta. No hay gente joven. Van todos vestidos de punta en blanco, y agradezco a Adrianí que me haya obligado a cambiarme de traje. Todas las mesas están ocupadas y, si nos encontráramos en una taberna, el ruido sería ensordecedor. En cambio aquí la clientela habla en voz baja, como si estuviéramos en la Biblioteca Nacional.

Vuelve el camarero con una botella de vino. La hace rodar entre las manos cual prestidigitador y la descorcha. La envuelve en una servilleta, sirve apenas un par de gotas en mi copa y, como si hubiera cambiado de opinión, se incorpora y permanece inmóvil, la botella suspendida en el aire, observándome.

–¿Qué te pasa? Llénala –digo.

Me dirige una mirada que no alcanzo a interpretar y llena la copa. El vino es aromático y tiene un sabor suave, entre dulce y amargo. De pronto, vislumbro en el centro del jardín al ex ministro que tiene tan alto índice de aceptación. Preside una mesa en la que cenan otros cinco comensales, tres hombres y dos mujeres. De vez en cuando, aparta la vista de su plato y mira a su alrededor, como si esperara que alguien se acercara a saludarlo. La clientela de Le Canard Doré, sin embargo, prescinde de ex ministros; esa gente sólo se codea con el primer ministro. Aquí el índice de popularidad no sirve de nada, aunque sea superior al del jefe de su partido.

El entrecot gotea sangre. Por las patatitas redondas que hay en el plato de Adrianí, deduzco que le han servido el «burriñón» o como se llame.

–¿Te gusta? –me pregunta ella.

–¿Y a ti?

–Es delicioso.

La carne se me atraganta, porque tengo la sensación de estar masticando a la víctima de un asesinato de los que veo a diario, y me levanto en busca del gerente. De camino hacia el edificio, paso por delante del ex ministro, quien levanta la cabeza y me mira. Está esperando que lo salude, pero yo también paso de largo, aunque no me codee con el primer ministro sino con Guikas.

A derecha y a izquierda de la planta baja del edificio neoclásico hay dos grandes salas que en invierno deben de servir de comedores. Una escalera de madera conduce al primer piso, donde ha de haber otras salas. Las paredes están revestidas de madera y pocos cuadros cuelgan de ellas. En el vestíbulo encuentro al *maître* en compañía de otro hombre, alto y delgado y ataviado con un traje carísimo. Enseguida comprendo que se trata del gerente, pero prefiero asegurarme, a pesar de todo.

–Quisiera hablar con el gerente del restaurante.

–Yo mismo.

–Soy el teniente Jaritos.

–Ah, sí –responde sin dudar. Kusta ha debido de avisarlo–. ¿En qué puedo ayudarle, teniente? –Acentúa la mayoría de las palabras en la última sílaba, y la «r» se le escapa y suena como una «g», pero consigue hacerse entender.

–Quisiera formularle algunas preguntas. No le robaré mucho tiempo. –Por lo visto el ambiente ha influido en mi comportamiento, porque me muestro más amable que de costumbre.

–Estoy a su disposición.

–La noche del crimen, Dinos Kustas pasó por aquí antes de ir al otro club, ¿no es así?

–Sí.

–¿Recuerda a qué hora vino?

–No miré el reloj, pero él solía presentarse siempre a la misma hora: a las once.

–¿Y a qué hora se marchó?

–Mmm... –piensa un poco–. A eso de las doce o doce y media, tal vez.

–¿Se llevó algo?

–¿Qué podría haberse llevado? ¿Comida empaquetada?

Se ríe con su propia broma, pero a mí empieza a irritarme su acento y su tendencia a contestar a mis preguntas con otras preguntas.

–No sé, por eso te lo pregunto. ¿Se llevó algo? –Normalmente, la estrategia del tuteo repentino da resultado con los griegos, pero éste no se da por aludido.

–¿Comida? No.

–¿Otra cosa, tal vez? ¿Dinero, por ejemplo?

–Esto no es un banco, teniente, ¿verdad?

–No he dicho que sea un banco. Me refería a que tal vez se llevó la recaudación de la jornada.

–Oh, *mais non* –se le escapa en francés–. Jamás hacía eso. Cada mañana venía un furgón blindado para llevarse el dinero.

–¿City Protection?

–Sí, señor.

El furgón blindado hacía el mismo recorrido todos los días: Kifisiá-Kalamaki, Kalamaki-avenida Atenas, avenida Atenas-banco. Como un autobús de línea.

–Esto es todo. Muchas gracias.

–De nada. Espero que haya disfrutado de la cena.

Me limito a responder con una sonrisa que podría significar «sí», para que no piense que me he arrugado porque me han servido un filete crudo, como si fuera un caníbal. En fin, Kustas no se llevó dinero de Los Baglamás ni de Le Canard Doré. Mi última esperanza es que lo sacara del banco. Aunque, en ese caso..., ¿dónde estaba? ¿Y si lo que fue a buscar al coche no era dinero, sino otra cosa, que ha desaparecido? O tal vez se trató de una serie de coincidencias, y el asesino se limitó a esperar su salida. Conocía sus costumbres y sus horarios, y sabía que a esa hora no tardaría en aparecer. Si el extracto de su cuenta bancaria demuestra que no solicitó ningún reintegro, esta hipótesis sería la más probable. Sin embargo, aún queda una pregunta pendiente: ¿qué fue a buscar al coche, al margen de quién fuera el asesino?

De vuelta a la mesa, descubro que Adriani y la señora Kusta están charlando como viejas amigas.

–¿Ha terminado? –me pregunta Kusta.

–Sí, sólo era un pequeño detalle. ¿El gerente es francés?

–Sí, el chef también. Como ya le comenté, Dinos quería un restaurante genuinamente francés.

–Y su presencia le da luz –interviene Adriani con dulzura.

Élena Kusta se ríe con timidez, pero es evidente que le ha gustado el cumplido.

–No me tiente, señora Jaritu. Decidí probar durante unos días, pero no estoy segura de hacerme cargo del restaurante. –Se vuelve hacia mí–: Makis tiene parte de razón, teniente. He pasado demasiado tiempo escondida en mi fortaleza, y el mundo exterior me asusta.

–Si se decide, sólo quedará el Flor de Noche sin dirección.

–No entiende mi insinuación y me dirige una mirada interrogante. Decido ser más directo–: Anoche, en Los Baglamás, Makis afirmaba ante quien quisiera oírlo que él es el jefe.

La reacción de Kusta es idéntica a la de su hijastra. Suspira profundamente y se apoya en el respaldo de la silla.

–Entonces también querrá dirigir el Flor de Noche. Esos clubes han sido siempre su mayor ambición. Siempre discutía con su padre por ese tema, pero mi marido no se dejaba convencer. –Guarda silencio y vuelve a suspirar–. Alguien debería hablar con él, explicarle que sería su ruina, pero ¿quién? La única persona a la que hace caso es Niki. A mí me odia, ya lo ha visto.

–No sólo lo vi, sino que él mismo me lo dijo.

–¿Cuándo?

–El día que fuimos a verla a su casa, él nos esperó en la calle para advertirnos de que usted había engatusado a su padre y que lo manipulaba a su antojo.

Lo suelto sin ningún miramiento para observar su reacción, pero ella se limita a sonreír con amargura.

–Es cierto –asiente pensativa–. No lo manipulaba a mi antojo, eso hubiese sido imposible. Pero engatusarlo... sí, tal vez.

Vuelve a callar y su mirada se pierde en la lejanía, entre los árboles, como si estuviera rememorando el pasado para decidir si había engatusado a Dinos Kustas.

–¿Sabe cómo conocí a mi marido? –pregunta de pronto–. Yo cantaba en el teatro Acropole. El era dueño de Los Baglamás y, por aquel entonces, estaba a punto de inaugurar el Flor de Noche.

–¿No fue el Flor de Noche el primero en funcionar?

–No. Primero abrió Los Baglamás; después, el Flor de Noche, y por último, este restaurante. Mi marido empezó de cero, señor Jaritos, y, como suele suceder en estos casos, fue subiendo peldaño a peldaño. En fin. En esa época aún no había micrófonos inalámbricos. Para bajar del escenario teníamos que arrastrar largos cables. Dinos era un asiduo. Se sentaba siempre en segunda o tercera fila, junto al pasillo. En cuanto le veía, yo bajaba del escenario, le sonreía y, al pasar, me apoyaba un momento en él...

Seguro que también te abrías el vestido para que admirara tus piernas, pienso, pero no lo dices porque está delante Adrianí.

–No quería ser su amante –prosigue como si me hubiera leído el pensamiento–. Eso suponían todos, pero no era cierto. Quería que se fijara en mí y me contratara para cantar en el Flor de Noche. Después de la tercera o cuarta vez, me envió flores al camerino y me invitó a cenar. Su mujer acababa de abandonarlo, dejándolo al cuidado de dos niños pequeños. Salimos un par de veces. Era un hombre agradable y me gustaba su compañía, pero no soltaba ni una palabra en cuanto a contratos. Al final, en lugar de ofrecerme un trabajo en su establecimiento, me propuso matrimonio. Lo medité y al final acepté. Desde cierto punto de vista, podría decirse que lo engatusé.

–¿Por qué? –pregunta Adrianí–. ¿Por qué dejó su carrera?

–Porque tenía ya treinta y cinco años, señora Jaritu. En mi profesión, si a esa edad no has llegado a lo más alto, corres el peligro de acabar haciendo giras por las provincias. Y yo no estaba en lo más alto, no nos engañemos. –Tras una breve pausa, me sonríe–: Se lo cuento, teniente, para que lo sepa por mí, antes de que otros lo presenten como les convenga.

Cuando llega el momento de marcharnos, se niega a aceptar que paguemos la cuenta.

–La próxima vez –dice–. Esta noche son mis invitados. ¿Quién sabe? A lo mejor me traen suerte y puedo quedarme con el local.

Aunque ya sabía que no me dejarían pagar, con Élena Kusta o sin ella, he traído dinero, por si acaso.

–Ha sido una velada maravillosa –comenta Adrianí en el momento en que arranco el Mirafiori, y me da un beso en la mejilla. El segundo de la noche. Últimamente, me está acostumbrando mal.

–¿Qué te ha parecido Élena Kusta?

–Es una gran mujer. Y no se da aires a pesar de su posición.

–¿Y lo que ha dicho de su marido?

–¿Que lo engatusó? Valoro su sinceridad. Todas las mujeres hacemos lo mismo. Si te contara lo que hice yo para engatusarte...

Freno el coche y la miro. Me dirige una sonrisa triunfal. Estoy a punto de preguntar qué hizo, pero cambio de opinión. Mejor no saberlo.

En las tres horas que llevamos fuera, las basuras han cubierto por completo la acera de la calle Aristokleus y han llegado hasta nuestro portal. Adrianí se apoya en mí, salta por encima de dos bolsas de plástico y aterriza en la entrada.

–¡Qué gentuza! –exclama indignada–. ¿No han oído por radio y televisión la advertencia de que no saquemos la basura a la calle?

–Oyen tantas cosas que se olvidan –contesto, y salto yo también, siguiendo sus pasos.

14

Las dos cuentas bancarias de Kustas, la del Banco Nacional y la del Comercial, son de sucursales de Glifada. Decido visitarlas temprano, antes de ir a la oficina. Ojalá logre convencer a los directores de que me las enseñen sin necesidad de una orden judicial, porque si tengo que recurrir al fiscal, perderé un par de días. La única posibilidad de que Kustas llevara una gran suma de dinero en el coche es que lo hubiera sacado del banco el mismo día de su asesinato, o el anterior como mucho. De ser así, lo hizo para pagar a su asesino, con lo cual quedaría abierta la pregunta de dónde está el dinero, ya que no lo hemos encontrado. Si por el contrario no hay dinero de por medio, se trata de un asunto turbio. Ambas posibilidades conducen a la misma conclusión: Kustas tenía que encontrarse a solas con el asesino, por eso abrió el coche y no quiso que lo acompañaran sus matones. Cuando el otro lo llamó, se volvió para responder. Lo cierto es que se citó con él a las dos y media de la madrugada, ya fuera para darle dinero o para hablar en la intimidad del coche. El asunto apesta. A saber qué negocios sospechosos se traía entre manos y con quién. ¿Cómo descubrir al asesino?

Dejo la calle Ymitú y entro en la avenida Vuliagmenis. La ola de calor de ayer ha creado una atmósfera irrespirable, el cielo está cargado de nubes y el bochorno es tremendo. Tengo que secarme las manos continuamente, porque me sudan y temo perder el control del volante. Por suerte, a la altura de Brajami los coches empiezan a circular con fluidez y encuentro el relativo alivio de una brisa refrescante. En realidad, son imaginaciones mías, porque el aire que entra por la ventana es tan ardiente como si viniera del desierto.

Tardo cuarenta y cinco minutos en llegar al banco y aparcar. Es una de esas sucursales nuevas, decoradas en blanco y azul celeste, los colores de la bandera. Los escritorios son idénticos, cada uno con sus dos sillas destinadas a los clientes, todas vacías, porque el único cliente, aparte de las tres personas que aguardan su turno ante la ventanilla, soy yo. Cuento los miembros del personal: unos diez directores, subdirectores e interventores, y tan sólo tres empleados, uno de ellos en la caja. Me acerco a una empleada encorvada sobre un documento y pregunto por el director de la sucursal. Sin levantar la cabeza, extiende una mano y señala la escalera. Pierdo la oportunidad de verle la cara, pero la admiro por ser capaz de orientarse entre el laberinto de jefes.

El director es un hombre de unos cuarenta años. No sé cómo ha podido confundirme con un empresario deseoso de trabajar con su banco, pero lo cierto es que me recibe con una sonrisa abierta y luminosa. En cuanto lo informo del motivo de mi visita, la sonrisa se desvanece y es sustituida por una mirada tenebrosa.

–Imposible. Eso contravendría el secreto bancario –objeta.

–Lo sé. Y usted también sabe que Kustas murió asesinado. No soy pariente ni heredero. Soy policía y le pido que colabore en nuestra investigación.

Se encuentra en una posición incómoda. No pretende dificultar mi labor, sino sopesar las consecuencias.

–No puedo entregarle una copia del movimiento de cuentas, pero sí mostrárselo.

–Con eso será suficiente.

–Si esto llegara a saberse, perdería mi empleo. Me entiende, ¿verdad?

–No se preocupe, guardaré el secreto.

Levanta el auricular y pide el movimiento de cuentas de Kustas. Me pregunto si lo traerá uno de los directores o interventores, porque los empleados rasos escasean. Al final, aparece la chica que me ha indicado el despacho.

Estudio las operaciones bancarias. Figuran ingresos diarios de unos cinco millones de dracmas, pero ningún reintegro importante, ni el día del asesinato ni el anterior. Dejo el documento sobre el escritorio del director y me dispongo a marcharme. Si Kustas sacó dinero para pagar a alguien la noche del crimen, no fue en el Banco Comercial.

La sucursal del Banco Nacional queda a dos pasos y es el polo opuesto de la anterior. Aquí hay pocos directores, muchos empleados y unas colas en ventanilla que recuerdan las delegaciones de Hacienda cuando finaliza el plazo de entrega de las declaraciones. Las dos sillas ante la mesa del director están ocupadas, y tengo que esperar a que queden libres.

Al cabo de media hora, cuando consigo entrar en el despacho y comunicarle el motivo de mi visita, el tipo alza los brazos en señal de impotencia.

–Por desgracia, no estoy en disposición de ayudarlo. El secreto bancario me lo impide.

–Ya lo sé, pero su cliente murió asesinado y estamos buscando al culpable.

–Nuestro cliente fue asesinado, cierto, pero dejó herederos que, por el momento, desconozco. Oficialmente al menos.

–No quiero copias del movimiento de cuentas, ni siquiera le pido que me lo muestre. Basta con que me diga si Kustas extrajo una suma importante el día de su muerte, o el anterior.

–Lo lamento.

–Podría venir con una orden judicial para investigar sus cuentas.

El director sonríe.

–Ya veo que conoce el procedimiento legal; ¿por qué no lo sigue? Así los dos estaremos más seguros.

–Muy bien –asiento, y acto seguido me pongo en pie–. Volveré mañana con la orden judicial. Por cierto, necesitaré los servicios de dos de sus empleados.

–¿Por qué? –Me observa extrañado.

–Porque investigaré hasta el último movimiento de la cuenta desde el día en que se abrió y pediré comprobantes de cada ingreso, cada reintegro y cada transacción. Calculo que nos llevará un par de jornadas.

–Pero si acaba de decirme que sólo le interesa el movimiento de los dos últimos días...

–Usted quiere cumplir bien con su trabajo y yo con el mío. Éste es el procedimiento oficial.

Piensa en lo mismo que he pensado yo cuando le he pedido dos empleados: en la gente que se amontona delante de las ventanillas. En la calle se desata una tormenta con rayos y truenos. El director descuelga el teléfono y pide un extracto de la cuenta de Kustas. Deja el auricular y me mira. Ya le gustaría echarme del despacho, pero no le queda más remedio que aguantarse. Cuando llega el extracto, separa la última hoja y me la entrega. Kustas sacó cincuenta mil dracmas el día anterior a su muerte. Se gastó veinte mil, y encontramos las treinta mil restantes en su billetera. Nada más.

–Gracias por su ayuda –digo y le devuelvo la hoja.

No me saluda cuando me marcho, y yo tampoco a él. No es que pretenda mostrarme descortés, sino que estoy pensando en Kustas. La posibilidad de que sacara dinero para entregarlo a su asesino queda descartada. Así pues, debieron de citarlo para mantener una conversación en el coche. Cuando encontremos al asesino, si lo encontramos, sabremos cuál iba a ser el tema de la charla. Tomo nota mental de pedir a Dermitzakis que averigüe qué llamadas realizó Kustas desde su teléfono móvil y desde el fijo. Tal vez eso nos dé alguna pista.

Está lloviendo a mares. Llego al Mirafiori calado hasta los huesos y renegando del tiempo; de Kustas, que tuvo la ocurrencia de abrir sus cuentas en Glifada, y del director del Banco Nacional, que me ha causado este retraso.

A la altura del aeropuerto, el embotellamiento en la avenida Vuliagmenis es tal que apenas avanzamos. Los semáforos no funcionan, los conductores están como locos y las bocinas resuenan. La ropa se me ha pegado al cuerpo y tiemblo como un pez fuera del agua. No hará más de media hora que empezó a llover pero, a la altura de Iliúpolis, un gran torrente baja de la montaña. Un Yugo, un Renault Clio y un Fiat Uno han quedado atrapados en el charco. Los conductores, sentados tras el volante, contemplan las aguas como turistas en las cataratas del

Niágara. Si el Mirafiori se cala ahora, jamás volverá a arrancar, pienso, y tendré que desplazarme en trolebús. Bajo la ventanilla e indico a los demás conductores que quiero pasar al carril de la izquierda. El que debía cederme el paso saca la cabeza por la ventanilla y empieza a llamarme de todo, pero a cambio recibe una ducha de agua de lluvia. Enseguida mete la cabeza dentro del coche y sube la ventanilla, mientras consigo cambiar de carril. En el primer semáforo que me permite girar a la izquierda, doy la vuelta y subo a la acera. Apago el motor y, tiritando, espero a que escampe. Ayer por la noche era un armador griego en un restaurante francés; hoy soy un náufrago paquistaní en las aguas de Vuliagmenis.

15

El centro de la ciudad aparece alfombrado con las basuras que ha arrastrado la lluvia. La gente llega a su destino atravesando un bosque de desechos: tetrabriks de Milko, botellas de plástico de Coca-Cola, latas de cerveza y envases vacíos de yogur. Por más que la radio anuncie que la huelga de basureros ha terminado, la porquería sigue imperando. Seguramente esperan a que las seque el sol antes de pasar a recogerlas.

El trayecto hasta la avenida Alexandras dura lo mismo que un viaje a Volos: unas tres horas. Cuando llego, ya se me ha secado la ropa. Al verme entrar, Vlasópulos se apresura a recibirme:

–El director quiere verlo.

–Vale. Pasa a mi despacho. –Veré a Guikas más tarde, cuando me haya calmado un poco–. ¿Alguna novedad en el caso Kustas?

–Si lo pregunta así, no.

–¿Se puede saber qué quieres decir con eso, Vlasópulos? ¿Cómo habría de preguntártelo? Mejor di «sin comentarios», eso que ahora está tan de moda. –Me alegro de haber tenido la oportunidad de descargar mi frustración contra él, así me enfrentaré a Guikas más sereno.

–Quiero decir que sobre el caso Kustas nadie sabe nada.

–Sí saben, pero prefieren callárselo.

–No, teniente. –Guarda silencio y me mira perplejo–. Algo raro pasaba con Kustas. No con su muerte, sino con él mismo.

–¿A qué te refieres?

–No lo sé, es difícil de precisar. Cuando pregunto acerca del

119

asesinato, todos responden sin problemas. Cuando pregunto qué tipo de persona era, se les traba la lengua.

–No me vengas con psicoanálisis de pacotilla, Vlasópulos. Nosotros nos ocupamos de los trapos sucios, no de las sutilezas de diván. Sigue preguntando, presiónalos.

–De acuerdo. –Deduzco que lo he convencido, porque añade–: Sea como sea, seguiré investigando.

–Bien dicho. Llama a Dermitzakis.

Le he echado una buena bronca, pero sus palabras me dan qué pensar. Si está en lo cierto, hay una conspiración de silencio. No por temor a Kustas, que está ya muerto, sino a sus colaboradores. La segunda opción empieza a cobrar cuerpo. Kustas salió solo del club la noche del crimen porque se había citado con un «colaborador». Mal que me pese, la Brigada Antiterrorista tenía razón. Tal vez el asesino fuera inepto o novato, pero cobró por cometer el crimen.

–Quiero que investigues todas las llamadas telefónicas de Kustas –ordeno a Dermitzakis en cuanto aparece–. Las que hizo desde el restaurante, los dos clubes, su casa y el móvil. Quiero saber a qué números llamaba.

–¿A partir de qué fecha?

–Los últimos quince días, así nos cubrimos las espaldas. Empieza con el móvil. Lo más probable es que lo utilizara.

Lo dejo y me dispongo a subir al despacho de Guikas. La noticia de que me he pasado tres horas en remojo ha debido de conmover al ascensor, porque me abre las puertas sin tardanza. Kula me recibe con una gran sonrisa.

–¿Cuándo será la boda? –pregunto.

–Bueno, Sakis quiere que nos casemos enseguida, pero yo no tengo prisa.

–¿Por qué?

–Que sufra un poco. Los hombres son arrogantes con las mujeres fáciles. –Me mira como si insinuara que tengo suerte de estar con Adrianí, fuera ya de su alcance.

–¿Está en su despacho? –pregunto, intentando dominar el irreprimible impulso de salir huyendo.

–Sí, y lleva todo el día buscándole.

Así es: en cuanto abro la puerta, se me echa encima.

–¿Dónde te habías metido? No me ha llegado ningún informe.

–Aún no hay informe. Estamos dando palos de ciego.

Lo pongo al día de mis pesquisas desde que me encargué del caso y le cuento mi aventura bancaria de la mañana. Me contempla con aire pensativo.

–Prefiero que te ocupes del caso del cadáver sin identificar –resuelve al final–. Que Vlasópulos se ocupe de Kustas.

Su decisión me deja atónito. Intento averiguar qué se propone, pero su rostro permanece inexpresivo.

–¿Por qué? –Es lo único que se me ocurre preguntar.

–Lo investigará durante unas semanas, no conseguirá nada y pasará al archivo de casos sin resolver.

De repente recuerdo las palabras de Sotirópulos: si investigo el caso de Kustas a fondo, acabaré metiéndome en líos. Conozco bien a Guikas. No deja piedra sin levantar en delitos mucho menos trascendentes. Si ahora se muestra dispuesto a archivar éste, es que ha recibido órdenes de arriba. Aunque creía haber descargado mi irritación contra Vlasópulos, de pronto siento que se me crispan los nervios.

–¿Ha sido idea de Stellas?

–¿Qué tiene que ver él en este asunto?

–Me sugirió que archivara el caso desde el primer día.

–¿Y tú crees que Stellas me da órdenes? –grita. Está enfadado porque piensa que lo subestimo, y también para levantar una cortina de humo–. Aquí tenemos a las cuarenta tribus de Israel. Albaneses, serbios, rumanos, búlgaros, todos dispuestos a matar por un mendrugo. Cualquiera los encuentra. Archivaremos el asunto y, con un poco de suerte, el año que viene detendremos al asesino por otro crimen y, de paso, esclareceremos éste.

Termina y espera a ver si voy a poner objeciones. Permanezco callado y él se tranquiliza.

–Además, tenemos noticias referentes al otro caso.

Coge del escritorio dos folios unidos con una grapa y me los da. El primero está en alemán. Por los sellos deduzco que se trata de un documento oficial.

—Es la declaración del alemán. Ha llegado esta mañana por fax. Lo localizaron en la Universidad de Berlín.

Paso la hoja y veo que el segundo folio es la traducción del primero al griego.

—¡Qué rápido! —comento para picarlo, porque ya sé lo que viene a continuación.

—La cuestión es conocer a las personas adecuadas —replica con orgullo, confirmando mi sospecha.

—¿Su amigo en Alemania?

—Hartman, sí.

A saber si ha sido Hartman o mi petición lo que ha producido la declaración suplementaria. Los documentos pasan siempre primero por las manos de Guikas.

—Hemos estado investigando acerca de Kustas en ambientes sospechosos, pero todos tienen miedo y no sueltan prenda. Es posible que este caso tenga mucha más trascendencia de lo que imaginábamos al principio. Quizá deberíamos investigar un poco más, a ver adónde nos conduce.

Me observa. Después asume esa expresión desenfadada a la que suele recurrir cuando quiere decirme algo sin necesidad de palabras.

—Kostas, sé muy bien adónde quieres ir a parar. Que Vlasópulos se ocupe del caso. No insistas.

Por un momento nos miramos en silencio. Después abro la puerta y salgo del despacho.

—¿Qué pasó con Hartman? —pregunto a Kula.

—¿Quién es?

—El alemán a quien tenías que llamar en Munich.

—Ah, no lo encontramos y lo dejamos correr.

Si resolviera los crímenes con la misma facilidad, ya sería jefe de la policía.

En el ascensor, me devano los sesos pensando en quién ha podido ordenar a Guikas que abandone el caso y por qué razones. ¿En qué asuntos turbios andaba metido Kustas? Drogas, imposible. Los casos relacionados con drogas no se abandonan. Primero salen a la luz y después los culpables intentan comprar su libertad. Lo único que se me ocurre es que se trate de un lío de usureros. Si estaban involucrados empresarios conocidos, pudieron usar sus influencias para tapar el asunto antes de que sus nombres aparecieran en los periódicos y la televisión. La rápida ojeada que eché en las cuentas de Kustas, sin embargo, no sugería nada de eso. Además, si después de lo que me ha dicho Guikas pido una orden judicial para los bancos, seguro que tendré problemas.

Me siento a mi escritorio y empiezo a leer la traducción de la declaración del alemán. Es muy breve, apenas unas pocas líneas.

«Vi al desconocido paseando por las calles de Jora, en Santorini, cogido de la mano de una chica. Era de estatura mediana, rubia, y llevaba el cabello largo y recogido en una coleta. No podría precisar su edad. Aparentaba unos veinte años, pero seguramente era mayor. Volví a encontrármelos más tarde, mientras comía en una taberna. Ellos se sentaron a la mesa de enfrente. Fue la última vez que los vi.»

Miro, pensativo, el folio de la declaración. El único dato nuevo es que la chica era rubia, de cabello largo. Una aguja en un pajar. El mundo está lleno de rubias. La declaración ni siquiera detalla si el cabello era rubio natural o teñido.

En el balcón de enfrente, el melenudo ha abrazado a la chica y la está acariciando. Ella le devuelve el abrazo mientras él le rodea la cintura y la besa en el pelo, en el cuello y en la boca. El teléfono me distrae del espectáculo. Es el jefe de la policía de la isla.

–No se alojó en la isla, teniente –me informa–. Hemos preguntado en todos los hoteles y casas particulares.

–¿Alguien lo ha reconocido?

–Sólo el propietario del café de la plaza. Por lo visto estuvo en el local en compañía de otros dos tipos.

Algo se agita en mi interior. Los dos tipos no podrían ser sino sus asesinos. De modo que los conocía.

–¿Tenemos la descripción de esos dos?

–Es muy imprecisa. Uno tenía el pelo castaño y el otro, moreno. Al del café le parecieron extranjeros.

–¿Está seguro?

–No, porque cada vez que se acercaba a su mesa, ellos callaban.

–¿Y la chica?

–No la vio, sólo a los dos tipos. Ya ve –añade como si quisiera justificarse–. En verano la isla está llena de gente; cómo recordar unas caras...

 –Gracias, subteniente –digo y cuelgo el teléfono.

Si no se alojaba en la isla, ¿qué hacía allí? ¿Llegó en lancha con sus asesinos? Es posible, dado que los conocía. O tal vez llegó en barco y tenía intención de quedarse, pero lo mataron antes de que pudiera alquilar una habitación. ¿Y la chica? El alemán los vio juntos en Santorini. Quizá Dermitzakis tuviera razón: un polvo rápido y cada uno por su lado. ¿O acaso los tipos lo seguían para controlar sus movimientos?

Una imagen empieza a formarse lentamente en mi cabeza. El desconocido llega a la isla, ya fuera en barco y en compañía de la chica, en cuyo caso no tuvo tiempo de alquilar una habitación porque se lo cargaron; ya fuera en lancha rápida con la chica y los dos tipos. La segunda posibilidad me resulta más convincente. La chica se aleja para que puedan hablar tranquilos. Ellos se sientan en el café, discuten y no llegan a un acuerdo. Se lo llevan a la montaña, lo matan y lo entierran. Después desaparecen todos, chica y asesinos.

16

Ha vuelto el dolor de espalda, más intenso que antes. Es un dolor penetrante que me llega hasta el pecho. No me cuesta mucho imaginar la causa: son las tres horas que pasé dentro del coche calado hasta los huesos. Me siento delante del televisor mordiéndome el labio; si me quejo, Adrianí empezará a darme la lata.

Las noticias comienzan con su tema predilecto, el diluvio: las calles convertidas en lagos, las cien llamadas que recibieron los bomberos, las mesas y las sillas que nadan sin flotadores, y la gente que saca el agua con cubos y maldice la pasividad de las autoridades.

–Tienen toda la razón –se indigna Adrianí–. Ni siquiera son capaces de construir una buena red de alcantarillado. Sólo se dedican a buscar votos.

No contesto porque no tengo ganas de discusiones. Las noticias políticas, en quinta o sexta posición, como atletas que nunca consiguen clasificarse para las finales, no tienen gran interés. Aparece el ex ministro con el alto índice de popularidad y declara que no está de acuerdo con la política de su partido en el tema del problema greco-turco. Parece dispuesto a bombardear Turquía usando como base de operaciones el restaurante francés donde cena cada noche.

Ya hablan del descubrimiento médico del día, y aún no han dicho una palabra de Kustas ni del cadáver sin identificar. Me levanto sin hacer ruido y me dirijo al dormitorio. Bajo el segundo tomo de Dimitrakos y me echo en la cama con la intención de leer algunas voces y distraerme. De pronto advierto que se me ha dormido el brazo izquierdo, hasta el punto de que no consigo sujetar el diccionario. Dejo el libro y permanezco inmóvil mientras el dolor atraviesa mi pecho.

–¿Qué te pasa? ¿Por qué te has acostado? –Adrianí me mira preocupada desde la puerta.

–Me duele otra vez la espalda. Será por la lluvia de esta mañana. Se me ha dormido la mano...

–¿Cómo? –grita aterrorizada–. ¿Se te ha dormido la mano? Da media vuelta y se aleja corriendo.

–¿Adónde vas? –llamo a sus espaldas.

–Quédate acostado y no te muevas.

La oigo llamar por teléfono, dando mi nombre y la dirección de la casa. Vuelve y me examina con la mirada, intentando averiguar por mi aspecto cómo me siento.

–¿A quién has llamado?

–A una ambulancia. Llegará en un cuarto de hora.

–¿Te has vuelto loca? ¿He de ir al hospital por un dolor de espalda? Ya he pedido hora para el reumatólogo.

Se esfuerza por disimular su pánico.

–Kostas, cariño, tal vez no se trate de la espalda. Podría ser el corazón.

–Pero ¿qué tonterías dices? Mi corazón está perfectamente, sólo me duele la espalda. Por mucho que venga la ambulancia, te juro que no pienso ir a ninguna parte.

–Por favor, hazlo por mí. ¿No me merezco un favor?

Me está suplicando, y ahora yo también tengo miedo, aunque quiera hacerme el duro.

–De acuerdo, pero nada de ambulancias. Iremos en el coche.

Hago gesto de levantarme, pero mi corazón empieza a latir como un motor fuera borda y me abandono a mi suerte. Adrianí se da cuenta y, en lugar de empezar a discutir, se inquieta aún más. Justo a los quince minutos se oye la sirena de la ambulancia, y ella corre a abrirles la puerta. Poco después entran en el dormitorio dos camilleros. Me depositan cual fardo en la camilla, me tapan con una manta y echan a correr hacia la puerta de la calle.

–¿Adónde lo llevan? –pregunta Adrianí.

—Al Estatal General, está de guardia. ¿Nos acompaña?

—Por supuesto.

Dos o tres transeúntes se detienen para admirar el espectáculo. Desearía que me tragase la tierra, porque tengo la sensación de que están mirando a un viejo que cuenta los viajes al hospital para calcular los días que le quedan. Adrianí se sienta a mi lado y me sujeta la mano. Cierran las puertas, ponen en marcha la sirena y arrancan.

Tardamos unos diez minutos en llegar a la sala de urgencias del hospital. Los camilleros me aparcan en un pasillo.

—Esperen aquí, enseguida pasará un médico —dicen a Adrianí y se largan con viento fresco.

Miro a mi alrededor. Sólo veo camillas a lo largo de las paredes y dos hileras de puertas blancas. En la camilla de enfrente hay una vieja escuálida, que yace con la boca abierta y los ojos cerrados. Un espectro. Junto a su almohada, una cuarentona, también escuálida, mira a su alrededor con la misma expresión vacía y aburrida que caracteriza a los asiduos detenidos de Jefatura. La vieja suelta un suspiro y la cuarentona se inclina sobre ella.

—¿Qué quieres, mamá? —pregunta con cierta impaciencia. No sé cómo consigue hacerse entender la vieja sin mover los labios, pero la cuestión es que lo logra y la cuarentona responde—: Vale, ten paciencia. Aquí hay mucha gente. —Y clava la mirada en el techo, ya que lo demás no le interesa en absoluto.

Vuelvo los ojos a Adrianí, quien ha sacado un pañuelo y pretende secar el sudor inexistente de mi frente. Me pregunto cuántas veces soportará traerme aquí sin maldecirme interiormente, como hace la escuálida con su madre. De repente, me siento como un cadáver que llevan de acá para allá sin poder remediarlo. Si Vlasópulos o Dermitzakis me interrogaran ahora, lo confesaría todo, incluso aquello que no he hecho.

Se abre una de las puertas rojas y sale una pareja de unos cuarenta años. Adrianí me deja solo y entra en la consulta, dejando la puerta abierta. No oigo sus palabras, pero las deduzco por la respuesta de una voz masculina:

—No sea tan exigente, señora. Lo examinaremos cuando llegue su turno.

–¡Son unos desconsiderados! –grita Adrianí y cierra de un portazo.

Vuelve a mi lado pero evita mirarme, como si se avergonzara de su fracaso. El dolor me paraliza ambos brazos y no consigo acomodarme en la litera. Un hombre que andará rondando los sesenta está sentado en una silla de plástico, cerca de la cuarentona escuálida. Está inclinado hacia delante y le gotea sangre de la nariz, gotita tras gotita, como un grifo con la zapata desgastada. El hombre mantiene la mirada fija en el charquito de sangre, no lo suficientemente grande como para atrapar un coche pero un charquito, al fin y al cabo. Las sillas a ambos lados están vacías: la gente prefiere esperar de pie antes que sentarse en ellas.

Calculo que habrán pasado ya un par de horas cuando, de pronto, se oyen voces, gritos, lamentos y el sonido de una camilla que rueda pasillo abajo. Al pasar a mi lado, veo a un gitano bigotudo y sin afeitar que gimotea. Lleva una cazadora ajada de tela brillante, unos tejanos desgastados y una camisa rota a la altura del hígado, donde distingo una enorme herida de arma blanca. Mañana estará en el depósito, pienso. Markidis se hará cargo de él. Detrás de la camilla, cinco gitanas con faldas y pañolones floreados lloran y se golpean los pechos y ponen el hospital patas arriba.

Se abre la puerta de la consulta de enfrente y sale un médico que andará por los treinta. Alto, moreno, de cabello rizado: un chico guapo.

–Callaos un poco –grita a las gitanas–. Esto es un hospital. Hay más enfermos.

Al verlo, Adrianí me abandona y corre a su lado.

–Por favor, doctor –le ruega–. Eche un vistazo a mi marido. Al menos, asegúrenos que no es grave. –Se pone de puntillas para acercarse a su oído y le susurra algo.

El médico se queda inmóvil por un momento y después se dirige a mí. Por lo visto, hay algo en mi aspecto que le preocupa, porque se acerca.

–¿Qué le pasa? –pregunta.

–Siento una punzada en la espalda.

–¿La espalda o el pecho?

-No sé si me duele la espalda y se refleja en el pecho, o si es al revés.

-¿Alguna otra molestia?

-Los brazos. Al principio se me durmió el brazo izquierdo, ahora me duelen los dos.

-¿Y en el estómago?

-Sí, me siento hinchado.

Ahora su preocupación es evidente. Detiene a una enfermera que pasa corriendo con una muestra de orina.

-Enfermera, ayúdeme a meter la camilla en la consulta.

Una mirada basta para que se entiendan.

-Sujete esto un momento -indica la enfermera a una de las mujeres que están esperando y le pasa el frasco con la orina.

-¡Pero bueno! -se indigna la mujer-. Como si no tuviéramos bastante con esperar tres horas a que nos vea un médico, que encima hemos de cargar con la orina ajena.

La enfermera no le presta atención. Ayuda al médico a empujar la camilla y me meten en la consulta.

Una mujer rechoncha y de luto sostiene la camisa de un viejo sentado en la cama, dispuesta a ayudarlo a ponérsela.

-Le agradecería que acabara de vestirse en el pasillo -dice el médico.

-Todavía no hemos terminado -protesta la mujer-. No sabemos si hacen falta nuevos análisis, medicamentos...

-Les llamaré en cinco minutos. He de atender una urgencia.

-Vamos, papá -dice la mujer al viejo, y lo ayuda a ponerse de pie mientras recoge sus ropas de la silla. Al pasar por mi lado, no se contiene-: ¿Qué enchufe tiene el señor? -pregunta al médico.

Sus ojos y sus palabras destilan veneno. Si pudiera interrogarte ahora mismo, tú también desearías tener enchufe para salvarte, pienso. Sin embargo, soy el único que parece prestarle atención.

-¿Qué seguro tiene? -me pregunta la enfermera.

-De policía -interviene Adrianí-. Mi marido es teniente de la policía.

La mujer la oye desde la puerta.

-Claro, no me extraña -exclama en tono triunfal-. Éstos sí que tienen enchufe, con lo que cobran de los narcotraficantes...

No sé qué me duele más, si la espalda o la humillación. Espero que alguien me defienda, pero nadie parece haberla oído, ni siquiera Adrianí, que me ayuda a desnudarme. De lo que deduzco que está aterrorizada.

Con el rabillo del ojo, observo a la enfermera, que me cubre de cables como si fuera un generador. No sé si las agujas, que empiezan a trazar líneas en el papel, dibujan mi agonía a la vez que los latidos de mi corazón.

–Es una isquemia aguda. Tendrá que quedarse en observación –anuncia el médico.

Es lo que me temía y empiezo a tener sudores fríos. Me resultaría más fácil aceptar que me retienen para someterme a un interrogatorio. Al menos, la jungla de los calabozos me es familiar.

Me conducen a una habitación con dos camas y me alegro de comprobar que la otra está desocupada. Esta vez no me tratan como si fuera un fardo, sino que me trasladan suavemente de la camilla a la cama. En este momento, me fijo por primera vez en la gran bolsa de plástico que lleva Adrianí. La abre y de su interior saca mis pijamas y un par de zapatillas.

–Lo preparé mientras esperábamos la ambulancia –dice en tono de disculpa–. Por si te ingresaban.

Me ayuda a desnudarme y después se sienta en la otra cama sin dejar de mirarme. Sé que debería hacer algo, darle las gracias o decirle que me encuentro mejor, que no se preocupe, pero me siento incapaz de pronunciar ni una palabra. Adrianí me sonríe tímidamente, como en nuestra primera cita. Mira por dónde, pienso, la enfermedad nos ha devuelto nuestros momentos amorosos. Ella tiende la mano y cubre la mía. Ahora que todo está bajo control tiene ganas de llorar, para desahogarse, pero se contiene. El contacto de su mano me reconforta, el dolor remite poco a poco y al final me quedo dormido.

17

Al abrir los ojos, me encuentro en un lugar desconocido. Estoy desorientado. Sólo cuando me fijo en las paredes blancas y el tubo que baja de la botella de suero hasta mi mano recuerdo que he pasado la noche en un hospital. Katerina está sentada en la cama de al lado, sonriéndome.

–¿Ya te has despertado? –pregunta.

La miro con sorpresa.

–¿Qué estás haciendo aquí?

–Mamá me llamó anoche. He venido en el primer vuelo de la mañana.

–¿Te llamó en plena noche?

–¿Qué esperabas? ¿Que te ingresara en el hospital sin decirme nada? –Se levanta, se acerca a mi cama, se inclina y me da un beso en la frente–. Bueno, al final has conseguido que venga a Atenas –bromea–. ¿Cómo te encuentras?

Me concentro para ver si me duele algo, pero no.

–Estoy bien. No me duele nada.

Me escruta como si quisiera comprobar la veracidad de mis palabras. Lleva ropa sencilla, tejanos y una camisa. Su cabello forma una guirnalda de rizos castaños alrededor del rostro y su mirada, que suele ser risueña y traviesa, tiene una expresión indagadora e inquieta. Es guapa, aunque es posible que a mí me lo parezca sólo porque es mi hija. Como decía mi madre, que en gloria esté, todo lo nuestro huele bien, aunque sea un pedo.

–¿Dónde está tu madre?

–La convencí para que se marchara a casa a descansar un poco. Volverá al mediodía.

No me da tiempo a preguntarle nada sobre ella, porque aparece el médico para examinarme. Me da los buenos días con una sonrisa, después mira a Katerina y ya no aparta la vista. Katerina lo saluda con un gesto y vuelve a dedicarme su atención. Es una chica tímida y se incomoda cuando la observan como si la desnudaran con la mirada.

–Salga un momento, por favor. Hemos de examinar al paciente –dice la enfermera que acompaña al médico y trae un aparato para realizar electrocardiogramas.

–Puede quedarse, no molesta –interviene el médico.

Katerina se retira a un rincón para no estorbar y la enfermera acerca el aparato a la cama.

–¿Qué tal esta mañana? –pregunta el médico.

–Mejor. El dolor ha desaparecido.

–Veamos.

Las agujas vuelven a trazar dibujitos mientras yo estudio las caras que me rodean. No sé si mi expresión delata mi agonía, pero los ojos de Katerina no pueden disimular la suya. El médico, por el contrario, observa el resultado impávido y la enfermera más bien con cara de aburrimiento.

–Excelente –asiente el médico, satisfecho–. Su electrocardiograma ha mejorado mucho. Ya puede agradecérselo a su mujer.

–¿Por qué?

–Porque tuvo la presencia de ánimo de traerlo enseguida al hospital. Así hemos evitado males mayores.

–¿Se lo ha dicho?

–Por supuesto.

Me gustaría arrearle una bofetada. Ahora no habrá quien soporte las ínfulas de Adrianí.

–¿Cuándo sintió el dolor por primera vez?

–Hará cosa de un mes –calculo.

–Debería haber ido al médico enseguida.

–¿Mi padre? Menudo es él –interviene Katerina desde el rincón.

–¿Le dan miedo los médicos?

–¿Que si le dan miedo? Si tiene que elegir entre un médico y un asesino, se queda con el segundo.

Intercambian una mirada y se echan a reír. La enfermera permanece impasible, con lo cual se gana mis simpatías.

–Vendrán a buscarlo para una ecografía y una radiografía de tórax –nos informa el médico–. Yo volveré mañana por la mañana.

Me da una palmadita en el hombro, se despide de Katerina con una sonrisa y sale de la habitación seguido de la enfermera. Katerina echa a correr tras ellos. Al cabo de un momento regresa con una planta enorme entre los brazos. Parece un platanero metido en un tiesto.

–¿Qué es esto?

–De parte de Guikas, con sus mejores deseos para que te recuperes pronto.

Abro el sobrecito y leo la tarjeta en la que ha garabateado una frase. Aunque sé que no vendrá a verme, a pesar de todo su gesto me emociona. Normalmente, no hacemos más que incordiarnos el uno al otro.

–¿Has preguntado al médico cuándo saldré de aquí?

–¡Pero bueno! Supongo que no estarás hablando en serio. ¿Quieres que piense que estoy loca? No han pasado ni veinticuatro horas...

Ya lo sé, pero la pregunta candente es cuántos días más tendré que aguantar aquí antes de recuperar mi libertad. Se abre la puerta de la habitación y aparece un enfermero con una silla de ruedas. Viene a llevarme a radiología. Me ayuda a levantarme, Katerina corre a sujetarme por el otro brazo y, entre los dos, me acomodan en la silla como si yo fuera un inválido al que sacan a pasear por el parque.

–¿Me acompañas? –pregunto a mi hija.

–Por supuesto.

La triste realidad es que la quiero junto a mí porque tengo miedo. Miedo del hospital, de los médicos y de los aparatos. Necesito a alguien que me brinde un apoyo.

La sala de radiología me recuerda la sucursal del Banco Nacional donde Kustas tenía su cuenta. La muchedumbre se abre camino a empujones. Pacientes vestidos con su sencilla ropa de calle; otros, en pijama, y otros más, acompañados de sus esposas o hijas, sostienen las botellas de suero en alto, para que no se interrumpa el goteo. Mi botella cuelga de un soporte de la silla de ruedas como si fuera un farolillo o una cisterna de váter individual. Entro en radiología temblando. ¿Y si me encuentran algo en los pulmones?

De vuelta a la habitación, media hora más tarde, encuentro a Vlasópulos y a Dermitzakis esperándome. Vlasópulos saluda a Katerina, a quien conoce desde hace años. Dermitzakis, que la ve por primera vez porque es nuevo en el departamento, se limita a decir «mucho gusto» y evita mirarla más, por temor a que yo interprete mal sus intenciones, cosa que evidentemente haría.

–¿Qué bromas son éstas, teniente? –dice Dermitzakis.

–No me pasa nada, estoy bien. Si esperabas librarte de mí, ya puedes ir olvidándote.

–No queremos librarnos de usted. A veces nos regaña, pero los demás son mucho peores.

–¿Qué hay de nuevo?

–Déjese de noticias –interviene Vlasópulos–. Ahora lo importante es usted.

–Quiero saber qué ha ocurrido. Me estoy ahogando aquí dentro; me gustaría al menos oír algo interesante. ¿Alguna novedad en el caso Kustas?

Katerina sale discretamente de la habitación.

–Sólo un tipo se atrevió a hablar un poco.

–¿Qué dijo?

–Ni se te ocurra preguntarlo.

–¿Cómo te atreves, Vlasópulos? –protesto y me incorporo bruscamente en la cama. En ese preciso instante, mi corazón empieza a latir con desenfreno. Me asusto y vuelvo a acostarme.

–Me ha entendido mal –se apresura a explicar Vlasópulos–. Ésa fue la respuesta del tipo. Aunque estábamos solos, él miraba a nuestro alrededor como si temiera que nos estuvieran observando. Entonces susurró: «Ni se te ocurra preguntarlo».

¿En qué estaba metido Kustas? ¿Con quién se relacionaba, para que todo el mundo esté tan atemorizado? Ya no me cabe duda de que su asesinato fue un ajuste de cuentas, aunque no de las mafias nocturnas, como creían los de la Antiterrorista.

Este asunto llega mucho más hondo, tanto que no lo descubriremos ni con una perforadora.

–¿Alguna pista con las llamadas telefónicas? –pregunto a Dermitzakis.

Me mira fijamente antes de responder.

–Este Kustas... ¿estaba metido en política?

–¿Por qué?

–Porque, aparte de las llamadas hechas a los clubes y a su casa, todas las demás iban dirigidas a políticos.

–¿Políticos? –De pronto me pica la curiosidad y vuelvo a incorporarme en la cama, aunque esta vez más despacio, sin brusquedades–. ¿De quién se trata?

Dermitzakis consulta una nota que saca del bolsillo.

–Tres diputados del Gobierno, dos de la oposición y un ex ministro. A este último lo llamó cinco veces en tres días.

El ex ministro con el alto índice de popularidad que cenaba en Le Canard Doré. Esto me lleva a pensar en las palabras de Guikas. Ahora ya sé quién lo presiona para que archive el caso. Evidentemente, no puede darle carpetazo, pero si lo archiva con los casos sin resolver y algún día descubrimos por azar al asesino, éste confesará sin revelar el verdadero móvil del crimen y nosotros presentaremos cargos sin necesidad de investigar a fondo. Es decir, carpetazo. En cuanto a Kustas, se movía entre asuntos turbios y contactos políticos. Sin duda, Sotirópulos sabe o sospecha algo, pero también él prefiere callar.

–¿Hizo otras llamadas?

–Sí, a dos teléfonos móviles, pero no he localizado a los titulares. Probablemente sean extranjeros.

Es posible que las llamadas al extranjero carezcan de importancia. Tal vez quisiera contratar artistas para sus clubes, aunque tampoco descarto otro tipo de negocios. Cualquiera sabe.

–Archivadlo con los casos sin resolver y abandonad las investigaciones –ordeno, y acto seguido se produce un incómodo silencio.

–¿No quiere que investiguemos su relación con los políticos? –pregunta Dermitzakis tímidamente.

–¿Cómo? ¿Interrogándolos? Dirán que eran amigos y que se

llamaban para cenar juntos. Y para colmo, el ministro nos amonestará por molestar a personajes públicos sin pruebas. Archivadlo. Con suerte, dentro de un par de años pillaremos al asesino por otro crimen.

Raras veces recurro a los argumentos de Guikas, pero esta vez tiene razón. Tal vez ésta no sea la solución más adecuada, pero sí la menos peligrosa. Cualquier otra nos acarrearía problemas. No pienso enfrentarme a Guikas sin contar con pruebas suficientes. Además, está la plantita.

Se van y me dejan sumido en mis pensamientos, hasta que entran en la habitación Adriní y Katerina.

–¿También aquí tienes que hablar de asesinatos? –pregunta Adriní en tono de reproche.

–¿De qué voy a hablar con estos dos? ¿De cuánta gasolina gasta el Hyundai de Vlasópulos? ¿O quieres que pregunte a Dermitzakis si tiene cara de vinagre porque ayer perdió el Panathinaikós? Éstos son los únicos temas que les interesan.

–Bueno, pero al menos por un tiempo te convendría olvidarte del departamento y de los asesinos.

–¿Te has propuesto amargarme el día?

Se calla enseguida. Poco a poco, voy descubriendo las ventajas de estar enfermo. La gente te mima, te adula y cierra la boca al menor indicio de incomodidad.

–Si su voz se oye desde el pasillo, es señal de que se encuentra mejor. –El médico aparece en la puerta–. Antes de irme, quería decirle que la radiografía está limpia, la ecografía no muestra nada importante y, en términos generales, su evolución es muy satisfactoria.

La noticia me anima y pienso que lo grave ya ha pasado.

–¿Cuándo me dará el alta, doctor?

–Ya veo que tiene ganas de dejarnos –responde en tono de broma, pero sin comprometerse a nada–. Lo he arreglado todo para que no metan a otro paciente en la habitación, así estará más tranquilo.

Le damos las gracias en coro. Él se despide con una sonrisa, primero de Adriní, después de Katerina, y finalmente se va.

–Creo que dormiré un poco.

–Perfecto, te sentará bien –conviene Adrianí, como si hablara con un niño que acaba de dar su primera muestra de sensatez–. Nosotras bajaremos a tomar un café.

No tengo sueño pero necesito quedarme solo. Me duele haber mandado archivar el caso y necesito un poco de paz para digerir mi propia decisión.

18

«*Lavativa:* aplicación por vía rectal de agua u otro líquido (como leche o aceite) que, a su vez, contiene otras sustancias en estado de disolución y que, según la dolencia, ejerce una acción depuradora.»

La voz no proviene del Dimitrakos ni del Liddell-Scott sino del *Diccionario hermenéutico de términos hipocráticos,* de Panos D. Apostolidis. Me lo ha regalado Katerina. Tiene casi novecientas páginas y le debe de haber costado una fortuna. Quise regañarla por malgastar su dinero de esta forma pero respondió que su estancia con nosotros en Atenas ha supuesto menos gastos que en Salónica, de manera que ha podido permitirse el lujo de hacerme un regalo.

Llevo ya cinco días en la habitación con las dos camas, una de ellas vacía. Ya nos hemos hecho amiguetes con el médico y sé cómo se llama, Fanis Uzunidis, aunque de nada me sirve nuestra amistad. Cada mañana le pregunto cuándo me soltarán y él siempre me responde con una sonrisa enigmática, como los políticos cuando no están dispuestos a hacer declaraciones. Ayer traté de presionarlo y, por primera vez, reaccionó.

–Tómatelo como unas vacaciones. Según me han dicho, tuviste que interrumpirlas. Aquí puedes descansar.

Guikas debería asignar un sueldo a Adriní. Los chivatazos de este calibre se cotizan mucho en el departamento. Al menos, sé que estoy bien. Mi mujer y mi hija son el mejor indicador. Durante los dos primeros días, cada vez que abría los ojos las tenía delante. Ahora aparecen más o menos a mediodía, después de terminar las faenas de la casa. Desgraciadamente, cuando menciono el alta todo el mundo se vuelve sordo y tengo que conformarme dando paseos de corto recorrido: de la habitación al baño y del baño a la habitación. Ya estoy harto. Por eso, esta mañana me he quedado en la cama y he buscado la voz «lavativa».

«Si el próximo trimestre llegas otra vez con estas notas, te pondré una lavativa», me amenazaba mi padre cada vez que recibía el boletín. Yo no entendía por qué una lavativa constituía un castigo peor que una paliza o permanecer encerrado en mi habitación. Cuando fui a la Academia de Policía descubrí que había sido la tortura predilecta del régimen de Metaxás.* Claro que en aquella época mi padre era un simple gendarme y dudo que tuviera la oportunidad de poner lavativas a los detenidos. Pese a ello usaba la amenaza a discreción, ya que contaba con la aprobación de sus superiores.

–¿Se puede?

Levanto la cabeza y veo a Vlasópulos, que me sonríe desde la puerta.

–¿Tú por aquí a estas horas? –Muestro mi disgusto a propósito, para que sepa que estoy molesto porque no ha venido a verme en tantos días.

–Tengo una sorpresa para usted.

–¿Qué sorpresa?

Se acerca y se sienta en la otra cama.

–Alguien ha reconocido el cadáver de la isla.

Olvido al instante mi desagrado y las quejas del paciente que goza sintiéndose abandonado, y estoy a punto de saltar al suelo.

–¿Cuándo?

–Esta mañana. Había pedido a Sotirópulos que volviera a mostrar la foto. El individuo en cuestión la vio, acudió a la comisaría de su barrio y ellos le remitieron a nosotros.

–¿Y quién es? Habla, hombre.

Vlasópulos sigue contemplándome con una sonrisa.

–Le he tomado declaración, pero pensé que usted preferiría

* Dictador fascista que ocupó el poder desde 1936 hasta la segunda guerra mundial. *(N. de la T.)*

la noticia de primera mano. No sé si he hecho bien. Está esperando en el pasillo.

–Hazle pasar, no me tortures.

Vlasópulos sale de la habitación. Vuelve al poco rato acompañado de un joven corpulento, de estatura mediana y sin afeitar. Su rasgo característico son las piernas, torcidas como un paréntesis. Lleva una bolsa de plástico en la mano.

–Buenos días –saluda tímidamente–. El señor subteniente me comentó que estaba usted en el hospital y le he traído unas pocas naranjas. –Lo de «unas pocas» es un decir, porque en la bolsa habrá al menos tres kilos.

–Te lo agradezco, pero no era necesario.

–Las vitaminas son buenas para la salud –asegura, como si quisiera justificarse.

–¿Cómo te llamas?

–Saráfoglu..., Kiriakos Saráfoglu.

–¿Sabes quién era el tipo que viste en la televisión?

–Sí. –Mide sus palabras–. Mire, yo soy futbolista. Juego en el Falirikós, un equipo de tercera división. Allí lo conocí. Era un árbitro llamado Jristos Petrulias.

–¿Por qué no has venido antes? ¿Ayer viste la fotografía por primera vez?

–No, la vi hace algunos días, pero no estaba seguro de que fuera él. En ese estado... –Quiere describir el estado del cadáver, pero no encuentra las palabras adecuadas. A fin de cuentas, sólo es un futbolista–. Se parecía, pero no hubiese podido jurar que se tratara del mismo hombre. Mis compañeros también opinaban que se parecía, aunque me dijeron que era una coincidencia. Imposible que fuera Petrulias. No es fácil afirmar que alguien está muerto, siempre dudas. ¿Y si mañana resulta que está vivo? Hasta podría denunciarte. Pero ayer ya me convencí. Es él.

–¿Cuándo lo viste por última vez?

No responde enseguida, sino que se lo piensa.

–En el partido contra el Tritón, a mediados de mayo. Lo recuerdo bien, porque el Tritón estaba a punto de ganar el partido y la liga y, en el último minuto, Petrulias pitó un penalti que no era. Por eso perdieron.

—¿No lo has vuelto a ver desde entonces?

—No, aunque arbitró otros partidos, porque oí mencionar su nombre hasta el final de la liga.

—¿Sabes si tenía algún otro trabajo?

—Supongo que sí. El arbitraje no es una profesión remunerada, todos necesitan otro trabajo.

—¿Dónde vivía? ¿Sabes su dirección?

—No, pero pertenecía al Colegio de Árbitros de Atenas. Ellos la tendrán.

Vlasópulos saca del bolsillo su famoso bloc, donde lo anota todo, desde la información relacionada con sus investigaciones hasta la lista de la compra, y apunta el nombre de la asociación.

—Kiriakos, ¿sabes si Petrulias tenía enemigos?

El chico se echa a reír.

—Todos los árbitros tienen enemigos, teniente. En Grecia, cuando se pierde un partido es el fin del mundo. Todos tienen la culpa, los directivos, los jugadores, el árbitro... Sobre todo el árbitro, que se vendió al equipo contrario.

—¿Qué quieres decir? ¿Petrulias se vendía? —pregunta Vlasópulos.

El chico, de repente, cambia de actitud. Hasta el momento parecía sentirse cómodo; ahora está a punto de decir algo, cambia de opinión y se encoge de hombros.

—Se oyen comentarios por ahí. Después de un partido, casi siempre habrá quien acuse al árbitro de haberse vendido. La mayoría de las veces es mentira. En algunos casos, es verdad. Cualquiera sabe.

Aunque esté al corriente de algo en concreto, no lo dirá. Se gana la vida dando patadas a una pelota; si va a un poli con el cuento de que cierto árbitro recibe sobornos, terminará dando patadas a las piñas secas, como los chicos de mi pueblo.

—De acuerdo, Kiriakos —asiento con calma—. Eso es todo. Te hemos hecho venir hasta aquí pero nos has sido de gran ayuda.

Se pone de pie enseguida. En sus ojos se refleja el alivio por haberse librado de entrar en detalles.

—Que se mejore —me desea al despedirse.

Vlasópulos no considera necesario acompañarlo. Ahora que

nos ha contado lo que sabía, ya no le necesitamos, podemos prescindir de cortesías.

—Llama al Colegio de Árbitros y averigua dónde vivía Petrulias —le indico—. Date un paseo por allí y habla con los vecinos. A lo mejor tenía un compañero de piso. Llámame cuando hayas terminado.

—De acuerdo.

Se dispone a salir de la habitación.

—Sotiris —llamo cuando llega a la puerta—. Te felicito, has hecho un buen trabajo.

La satisfacción ilumina su rostro.

—Lo llamaré —promete antes de marcharse.

Dejo el diccionario a mi lado y trato de ordenar la información que me ha dado Saráfoglu. De acuerdo: Jristos Petrulias era árbitro de tercera división y se lo cargaron. Supongamos que se dejó sobornar y amañó un partido. ¿Lo mataron por ello? ¿Tan importante es la liga de tercera? Si alguien te birla cincuenta millones, es posible que se te crucen los cables y te lo cargues. Pero cinco mil..., ni los albaneses matan por tan poco. Y si lo hubiesen matado por haberse dejado sobornar, lo habrían hecho de noche, cerca de su casa o en algún descampado. No se lo habrían llevado a una isla para matarlo, desnudarlo y enterrarlo después de quemarle las huellas dactilares. Tiene que existir otro motivo, algo que no está relacionado con el arbitraje sino, probablemente, con su otro empleo. Tenemos que averiguar dónde trabajaba. De pronto se me ocurre que los dos últimos casos que he estado investigando tienen una característica en común: dan una imagen de entrada, pero ocultan aspectos inesperados.

El repentino descubrimiento de la identidad del cadáver me ha animado y, cuando entra en mi habitación el médico, le lanzo un ataque en toda regla:

—¿Qué hay, doctor? ¿Cuándo saldré de aquí?

Él sonríe sin inmutarse, con la tranquilidad de quien esconde un as en la manga.

—Hoy es miércoles. Te daremos de alta el sábado.

Decido emplear armas más potentes.

143

–¿No será que tengo algo malo y no queréis decírmelo? ¿Por qué, si no, ibais a tenerme aquí tantos días, ocupando dos camas sin causa justificada? Que yo sepa, la sanidad pública no puede permitirse estos lujos.

–No, no te pasa nada, pero...

¿Por qué se le habrá ocurrido añadir ese «pero»? Será que no estoy tan recuperado como me parece.

–¿Qué significa ese «pero»? –pregunto, mientras mi corazón vuelve a latir como un motor fuera borda.

Tras vacilar un poco, al final lo suelta todo.

–Tu mujer nos comentó que no eres el tipo de persona que pediría la baja por enfermedad para cuidarse en casa. Teme que, en cuanto salgas del hospital, vuelvas corriendo al trabajo. Nos pidió que te tuviéramos aquí un par de días más.

No sé cómo reaccionar, si enfurecerme por los tejemanejes de Adrianí a mis espaldas, o quedarme boquiabierto ante su capacidad de convencer al mundo entero, incluso a los médicos, de que actúe según su conveniencia.

–Por favor, no me delates. Te lo he dicho en confianza –casi me suplica Uzunidis–. Además, ten en cuenta que el tiempo que te quedes en el hospital no tendrás que pasarlo en casa.

Entre nosotros, la perspectiva de estar en casa a merced de Adrianí no me resulta demasiado halagüeña.

–De acuerdo, pero si no me das de alta el sábado, me levantaré y me iré sin tu permiso.

–Te daré de alta, te lo prometo –responde y me da otra palmadita en la espalda.

Estas palmaditas ya están empezando a cargarme. Normalmente soy yo quien da palmaditas a los detenidos cuando confiesan.

A solas, me sumo en mis cálculos. Supongamos que hoy Vlasópulos averigua la dirección de Petrulias. Mañana pasará por su casa para echar un vistazo y hablar con los vecinos. Es decir, que el viernes habrá terminado el trabajo preliminar y yo podré encargarme del resto.

El teléfono suena mientras Katerina y yo hojeamos el diccionario de Hipócrates. Estoy sentado en el borde de la cama, en pijama y zapatillas, mostrando a mi hija términos inusuales como «metacongelación», «nictalopía» y «espermología».

Descuelgo el auricular.

—Diga —contesto bruscamente, porque creo que es Adriní quien llama y quiero mostrarle mi indignación, aunque haya prometido al médico no delatarlo. Sin embargo no es mi mujer, sino Vlasópulos.

—Tengo la dirección de Petrulias, teniente. Vivía en la calle Pangas número 19, en Nea Filothei.

—Bien hecho. Ve a echar un vistazo.

—Ya lo he hecho: lo llamo desde allí. Bueno, desde la casa de una vecina. El teléfono de Petrulias está cortado. Teniente... —En ese punto se interrumpe.

—¿Qué? Dime.

—La casa es un ático de al menos ciento veinte metros cuadrados, más treinta de terraza. Debió de gastarse una fortuna en decoración, aunque ahora da pena verlo.

—¿Qué quieres decir?

—Han forzado la entrada y lo han destrozado todo. Por lo visto andaban buscando algo, aunque no sé qué ni si lo encontraron.

Permanezco en silencio mientras asimilo la información. Un árbitro de tercera, que vivía en un ático de ciento cincuenta metros cuadrados, amueblado con todo lujo. Debería averiguar si lo conocían en Le Canard Doré. Seguro que iba a cenar allí esos filetes crudos que quisieron servirme a mí. Katerina ha dejado el diccionario y me observa, entre curiosa y preocupada.

—Está bien. No dejes entrar aún a los de Identificación. Precinta el piso hasta que yo lo vea tal como está ahora. Averigua también qué delegación de Hacienda le correspondía. Quiero una copia de su última declaración.

Cuelgo el teléfono y me dirijo a Katerina, que ya está mirándome con recelo.

—Katerina, hija —digo con dulzura—, he de salir hoy mismo del hospital. Ha surgido algo importante.

—Estás loco. —Es lo único que se le ocurre—. Ya verás cuando se entere mamá.

–Ya estoy al corriente de los acuerdos de tu madre con los médicos. He obligado a Uzunidis a contármelo. Le prometí que no lo delataría ante ella, pero a ti puedo contártelo.

Katerina desvía la mirada y comprendo que ella también formaba parte de la conspiración o, al menos, estaba al corriente de ella.

–Lo sabías –le reprocho–. Tú lo sabías y no me dijiste nada.

–¿Y qué iba a hacer? Ella lo dispuso todo sin ayuda de nadie. Además, si te lo contaba, seguro que habríais empezado a discutir, y ya sabes que no soporto vuestras discusiones. A fin de cuentas, no te pasa nada por quedarte un par de días más.

–Hoy mismo salgo del hospital. Hazte a la idea.

–Vale. Espera un momento –dice y sale corriendo de la habitación. Si fuera Adrianí, nos habrían oído hasta en el Pentágono. Katerina tiene la virtud de comprender cuándo no debe insistir más.

Reaparece poco después con Uzunidis.

–¿Qué ocurre, teniente? Creía que habíamos llegado a un acuerdo –dice el médico, enfadado.

–Como me caes bien, te lo explicaré para que lo entiendas. Puedo salir de aquí de dos maneras. Una: me das de alta y salgo con toda normalidad. La segunda: me visto y me largo, y si tratas de impedírmelo, te hago detener por oponer resistencia a la autoridad.

Le cuento brevemente lo que hemos averiguado de Petrulias y de su piso. El médico se calma y sonríe.

–Vale, te doy de alta, pero primero has de prometerme que dejarás el tabaco.

–De acuerdo. Tres cigarrillos como máximo, uno después de cada comida.

–Ni uno. El último pitillo lo fumaste antes de entrar en el hospital. A partir de ahora, prohibido fumar. Segundo, tomarás con regularidad los medicamentos que voy a recetarte y dentro de diez días volverás para una visita de control.

–De acuerdo.

–Tercero, procurarás no cansarte. Trabajarás tres o cuatro horas como máximo, después irás a casa a reposar.

–De acuerdo.

–Y cuarto, por un tiempo evitarás conducir. Irás en taxi o en transporte público.

–Lo llevaré yo a donde quiera –se ofrece Katerina.

–¿Cuándo has aprendido a conducir? –pregunto cuando Uzunidis sale para buscar sus recetas.

–Me he sacado el carné porque Panos tiene coche y me lo deja de vez en cuando –responde ella, algo azorada.

Me entran ganas de preguntar si tiene un turismo o una camioneta para cargar verduras, pero la chica se ha portado bien conmigo y no quiero molestarla.

Cuando llega Adrianí, estoy listo para marcharme.

–¿Qué haces vestido de calle? –pregunta, dispuesta a empezar una pelea.

–Me dan el alta y me voy.

–Si no salías hasta el sábado. –Se muerde el labio, pero ya no tiene importancia.

–He convencido a los médicos de que me liberen hoy.

Se queda atónita y yo disfruto de mi triunfo.

19

La terraza del piso de Petrulias equivale en superficie a un apartamento de dos habitaciones y domina media Atenas, con unas vistas cuantitativamente extraordinarias y cualitativamente mediocres. La mirada planea con libertad sobre tejados y terrados deslucidos, parches verdes desperdigados entre el cemento, tendederos de ropa y, a una manzana de distancia, una chica que está tomando el sol en la terraza. Tal vez espera broncearse más rápido con la ayuda de las nubes de contaminación.

En sus tiempos de esplendor, el lugar debía de parecer un jardín colgante. Geranios, margaritas y crisantemos asoman de jardineras y estrechos parterres de cemento que rodean la terraza. En unas macetas enormes, parecidas a las cacerolas gigantes que usaba el ejército para hervir espaguetis, crecen árboles de todo tipo, desde limoneros hasta cipreses. Todo un vergel. La terraza no tiene toldo, sino un par de grandes sombrillas blancas que ofrecen su protección a mesas y sillas de jardín. Me recordó las cafeterías que están de moda en las terrazas de los grandes hoteles, aunque sin camareros. Ahora, sin embargo, las sombrillas blancas han adquirido una tonalidad amarillenta, la mitad de los árboles se han secado y las flores están muertas.

Vlasópulos tenía razón. Petrulias debió de gastarse una fortuna en la decoración del piso: sofás y sillones de cuero y metal, una mesa redonda de cristal grueso, luces de foco y lámparas de luz indirecta.

Si la terraza es como una jungla seca, el interior del piso recuerda la casa de mi cuñada después del terremoto, aunque Petrulias ya no puede volver para ordenar este desastre. Los sillones están patas arriba; los sofás han sido destripados; los libros, expulsados de las estanterías, y el televisor, arrojado al suelo, donde yace con la pantalla rota. El equipo estereofónico exhibe sus entrañas desmadejadas. Lo único que se ha salvado de la calamidad es la mesa de cristal.

Me dirijo al dormitorio. Los mismos estragos: los que estuvieron aquí no se dieron cuenta de que la cama era de agua. Rajaron el colchón y se encontraron con un manantial incontenible, que empapó el suelo de parqué. Me imagino sus caras al recibir la tromba de agua y apenas logro contener la risa. Los cajones del armario están desperdigados por el suelo y la ropa, dispersa sobre la madera mojada. Calcetines y calzoncillos, camisas y camisetas, todo de marca y muy caro. Echo un vistazo a sus trajes, arrugados en el suelo del armario, sobre los zapatos. Son de colores vivos, como la ropa de aquel presentador de televisión. Me siento espectador de otro tipo de *reality show:* Petrulias muerto y enterrado en el monte de una isla y su casa convertida en un cementerio de objetos de lujo maltratados. No sé qué andaban buscando, pero resulta evidente que no fueron muy cuidadosos. Al examinar el armario encuentro dos camisetas de tela brillante y dos pantalones cortos negros: el uniforme del árbitro.

De repente recuerdo que no debo cansarme. Tomo la única silla que sigue en pie, la saco al pasillo y me siento. En este lugar, el más tranquilo de la casa, puedo mantenerme al margen de las idas y venidas de los chicos de Identificación, que se esfuerzan por llevar a cabo su trabajo en medio del caos.

Katerina me trajo hasta aquí en el coche, a las diez de la mañana. Evité el mal trago de los transportes públicos y tuve la primera oportunidad de reírme después de una semana de depresión cuando la vi sudar la gota gorda para arrancar el Mirafiori y forcejear para girar el volante, que va más duro que una boca de incendios. «Papá», me ha dicho en un momento de indignación, «¿por qué no lo vendes y te compras una apisonadora?» Me dejó en el número 19 de la calle Pangas y pasará a recogerme por la avenida Alexandras a la una. Ya he comprendido su plan. Por una parte, quiere hacer de chófer para que no me canse; por otra, es su manera de controlar mis horarios y evitar que me pase de listo.

–¿Habéis encontrado algo? –pregunto a Dimitris, de Identificación.

–Muchas huellas dactilares, pero no se haga ilusiones. No serán de los autores. Seguro que ellos llevaban guantes. También hay huellas de zapatos en el salón y en el pasillo. Pisaron el agua y fueron dejando su rastro por toda la casa.

–¿Fue una sola persona o lo hicieron dos?

–Fueron dos; con calzado diferente. Uno llevaba zapatillas de deporte; el otro, zapatos con suela de goma.

–¿Efectos personales de Petrulias?

–Sólo dos facturas, una de la compañía eléctrica y otra del teléfono, deslizadas por debajo de la puerta. Nada más.

Las facturas debieron de llegar después del destrozo. Los demás efectos personales de Petrulias han desaparecido, ya sea porque los autores quisieron borrar cualquier pista o porque se los llevaron para registrarlos con calma. Después de tantos días de inmovilidad en la cama, no me apetece quedarme sentado. Decido preguntar a los vecinos, por si hay suerte y saben algo, aunque Vlasópulos ya lo intentó ayer sin resultado.

En el ático hay dos puertas más. Llamo al timbre de la de enfrente, debajo del cual se lee un nombre: «Kritikú». Cuando Vlasópulos lo intentó, no encontró a nadie, pero en esta ocasión yo tengo más suerte. Después del segundo timbrazo, se oyen pasos y una voz juvenil pregunta:

–¿Quién es?

–Policía. Teniente Jaritos.

La puerta se abre enseguida. La mujer no es tan joven como sugería su voz. Debe de rondar los setenta, tiene el cabello blanco y los ojos azules, llenos de vida.

–Es por el señor Petrulias, ¿verdad? –suelta sin rodeos.

–Sí, señora. Me gustaría hacerle algunas preguntas.

–Desde luego. Pase –me invita, retirándose a un lado.

Petrulias partió de cero, en cambio esta mujer ha ido reuniendo los objetos de todas las casas que ha habitado. El piso está lleno de muebles antiguos, seguramente herencia familiar.

No queda ni un palmo de suelo sin cubrir, aunque los objetos están dispuestos con buen gusto y el ambiente resulta cálido y acogedor. Me invita a pasar al salón, y observo que su terraza no alberga un bosque de postín, sino tan sólo flores, como todas las terrazas de la ciudad, y tiene un toldo en lugar de sombrillas.

–¿Le apetece tomar algo? –pregunta cortésmente.

–No, gracias. ¿Cuándo supo lo de Petrulias?

–Lo oí anoche, en el informativo de las doce. Justo ayer regresé de Londres, donde pasé un mes con mi hija, que vive allí con su marido. Estaba viendo las noticias y entonces me enteré del caso. ¡Qué tragedia, Dios mío!

–¿Lo conocía bien?

–Todo lo bien que se conoce a los vecinos en un bloque de pisos. Buenos días, buenas noches, algún comentario sobre el tiempo... Ya me entiende. Era un hombre amable y educado. Cuando me veía llegar con la compra, siempre se ofrecía a ayudarme con las bolsas. –Sonríe con una chispa de ironía en la mirada–. Esto no siempre resulta agradable, porque te recuerda que ya te has hecho vieja, pero no deja de ser un gesto de amabilidad.

Es de esas personas que caen simpáticas. No es parlanchina y se ciñe a lo estrictamente necesario. Una testigo ideal.

–¿Ha visto entrar a alguien en su piso?

–No. En cierta ocasión me comentó que era hijo único y que sus padres habían muerto en un accidente de coche. No, nunca vi a nadie. Excepto...

–¿Excepto?

–Excepto a una chica con la que empezó a salir estos últimos meses.

–¿Podría describírmela?

Tarda un poco en responder, mientras intenta recordar el aspecto de la chica.

–Rubia, más joven que él... Con el cabello largo... Siempre educada y sonriente.

Otra vez la rubia, pienso, esta rubia que aparece por todas partes. No tengo ni remota idea de quién puede ser.

–¿No sabrá por casualidad cómo se llama?

–No, nunca llegó a presentármela. La verdad es que me pareció una falta de delicadeza, pero los jóvenes de hoy en día suelen ser bastante informales.

–¿Cuándo vio a Petrulias por última vez?

Medita un instante.

–Debió de ser a principios de junio. Coincidimos en el ascensor y me preguntó adónde iría de vacaciones. Le respondí que nunca viajo en verano porque me molestan las aglomeraciones. Él dijo que se marchaba al día siguiente a un crucero por las islas.

Merecería que me dieran de bofetadas. Yo venga a buscar en los hoteles y en las habitaciones, cuando ellos fueron a la isla en yate o en velero. Si era de su propiedad, sería fácil localizarlo en el registro de embarcaciones. Si lo alquiló, espero que lo hiciera a su nombre y no a nombre de la chica.

–¿En qué trabajaba?

–En algo relacionado con el fútbol, me parece recordar.

–No, me refería aparte del arbitraje. Esto ya lo sabemos.

–Pues no lo sé, pero no creo que tuviera otro trabajo.

–¿Cómo lo sabe?

Me mira con evidente incomodidad. Como a todas las damas educadas y de cierta edad, le molestan las indiscreciones. Al final, no obstante, decide hablar.

–Porque un hombre que suele salir de su casa a las doce o a la una del mediodía es que no trabaja, teniente. Salvo que sea camarero o haga el turno de tarde en una fábrica, y el señor Petrulias no parecía tener ninguna de estas profesiones.

Sigue atormentándome la cuestión de dónde habría conseguido el dinero para permitirse un ático de lujo y cruceros privados. Esperemos que su última declaración de la renta arroje algo de luz sobre el asunto. Ya no tengo más preguntas que hacer. Anoto los datos de la mujer –se llama Marianzi Kritikú– y la dejo en paz.

En circunstancias normales utilizaría las escaleras para ir al piso de abajo pero, ya que prometí a Uzunidis que no haría esfuerzos, opto por esperar el ascensor. Llamo al timbre del piso que se encuentra justo debajo del ático de Petrulias. Me abre una morena peinada a lo zulú, vestida, maquillada y emperifollada. Atrás han quedado los delantales y las batas de estar por casa. Ahora las amas de casa se ocupan de sus labores ataviadas como *drag queens*. Aunque tal vez esté siendo injusto. A lo mejor se ha ataviado así con la esperanza de que venga la tele a preguntarle acerca de Petrulias.

–¿Sí? –dice secamente, tal vez confundiéndome con un vendedor de Tupperware.

–Teniente Jaritos...

No me deja terminar.

–Si se trata del tipo de arriba, ya hablé ayer con uno de sus colegas. No me obligue a repetirlo.

–Sólo quisiera hacerle un par de preguntas. No le robaré mucho tiempo.

–No es preciso que me pregunte nada. Yo se lo enseño y lo verá.

Me invita a entrar en el piso.

–Mire. –Señala el techo del salón, en la parte más cercana al pasillo. Está hinchado y a punto de desmoronarse–. Ese impresentable tuvo un escape en su casa y nos ha destrozado el techo. Hemos hablado con el presidente de la escalera, otro inútil, y nos ha dicho que no puede hacer nada, porque si fuerza la puerta tendrá problemas. Esperábamos que el de arriba volviera para pagar los desperfectos y ahora resulta que está muerto. Y cualquiera va a pedir indemnizaciones a los herederos...

Un hombre ha sido asesinado, enterrado y desenterrado por el terremoto, y a ella sólo le importa su techo.

–¿Lo conocía? –pregunto.

–Nos cruzábamos alguna vez, pero ni siquiera nos saludábamos. Cuando estaba en casa, nos atormentaba con su música; ahora que no está, nos arruina el techo. Menudo vecino.

–¿Acaba de enterarse de su muerte? ¿No lo reconoció en la tele?

–¿Por qué iba a reconocerlo? Cada día salen al menos diez cadáveres; ya estamos hartos. ¿Por qué me iba a fijar en Petrulias? Ni que fuera alguien importante.

Veo que no hay nada más que decir y me dispongo a marcharme. La mujer me detiene en la puerta.

–Usted, como policía, sabrá decirme si puedo reclamar daños y perjuicios a los herederos.

–Soy policía, no abogado –contesto. Mi respuesta no la complace y me da con la puerta en las narices.

Paso por los demás apartamentos, pero no consigo averiguar nada que merezca la pena.

20

No sé quién les habrá ido con el cuento de que ya estoy mejor y he vuelto al trabajo, pero la cuestión es que me encuentro a los rumiantes apostados en el pasillo, esperándome, liderados por Sotirópulos.

–Que se mejore –gritan a coro. Después empiezo a distinguir los solos–: Cuídese. Lo hemos echado de menos. No se canse. Deje el tabaco...

Contesto con un «gracias, chicos» general y anónimo, como si estuviera saludando a las multitudes. No añado «estoy emocionado» porque sería mentira.

–Pasad, pero sólo un momento. No debo cansarme, vosotros mismos lo habéis dicho. –En realidad sólo uno de ellos lo ha comentado, pero no importa. ¿Quién se atrevería a protestar?

Entro en mi despacho y me quedo inmóvil por un momento. Necesito mirar a mi alrededor, absorber los detalles. La manada se adelanta con ímpetu y todos se apresuran a montar micros e instalar cámaras, como vendedores callejeros que temieran la llegada de la policía municipal. Ya me estoy arrepintiendo de haberlos invitado a entrar. Debí concederme un rato de soledad, el lujo de disfrutar de mis dominios en paz, pero el mal ya está hecho y lo único que me queda es despacharlos rápidamente y deshacerme de ellos.

–Ya sabéis lo de Petrulias, no voy a repetirlo. Vivía en un ático, en el número 19 de la calle Pangas. Alguien forzó la entrada y dejó el piso patas arriba. Todavía no sabemos si el allanamiento se produjo antes o después de la muerte.

–¿Queda descartada la posibilidad de un robo? –El que pregunta es nuevo, o al menos no lo había visto nunca. Lleva el pelo engominado y pegado al cráneo.

–No queda descartada, aunque parece poco probable porque no hemos observado que faltara nada del piso. Los que entraron buscaban algo, pero aún no sabemos qué.

–¿Se sabe cómo llegó a la isla? –pregunta Sotirópulos.

–En yate o en velero. Estamos investigando.

–¿Cree que su asesinato pertenecía al mundo del fútbol? –pregunta la patizamba con la falda lila–. ¿No arbitraría partidos amañados?

–También estamos en ello. Eso es todo, chicos. No tengo nada más que deciros.

A su favor debo decir que no insisten y se retiran discretamente. Sotirópulos se rezaga un poco, como de costumbre. Le gusta presumir de cierta intimidad en su relación conmigo que los demás no comparten. De esta manera afianza su papel de líder.

–Según me han comentado los periodistas deportivos, ese tal Petrulias era un elemento de cuidado –dice–. Por lo visto, no era difícil sobornarlo.

–Es posible. En ese caso lo averiguaremos, no te preocupes.

–¿Qué hay de Kustas?

–Nada nuevo.

–Ni lo habrá, no te hagas ilusiones.

–¿Por qué me das la lata con esto? ¿Qué sabes tú de Kustas, Sotirópulos? –Ataco con brusquedad para pillarlo desprevenido.

–Rumores, habladurías, nada concreto. Es posible que no sea más que un bulo, o puede que me vea metido en un buen lío. Acto seguido se dirige hacia la puerta de mi despacho. Me alegro de que no haya sido nada grave. No sé qué haría yo sin ti –añade al salir. «Torturar a mi sucesor», pienso, pero decido callarme.

La puerta se cierra y me quedo solo, respirando con alivio. No sentí tanta alegría ni el primer día que pisé este despacho, aunque aquello supuso un ascenso. Me muero de ganas de encender un cigarrillo, pero he dado mi palabra a Uzunidis, o sea que aprieto los dientes y me aguanto. Adrianí quería prohibirme también el café porque, según ha dicho, produce taquicardia; claro que yo le he contestado que lo único que me produce taquicardia es su incesante acoso.

Lo malo del matrimonio es que empieza bien y termina mal, aunque el síntoma es siempre el mismo: al principio la taquicardia del primer encuentro con la mujer de tus sueños y al final la taquicardia de la vida diaria con la mujer de tus pesadillas.

Meto las manos en los bolsillos de la chaqueta y empiezo a sacar frascos de medicamentos, que coloco ordenadamente encima del escritorio: Digoxin 0,25 mg, Monosordil 20 mg, Salospir-A 500 mg, Interal 40 mg. Adrianí insistió en que me comprara dos de cada, para tener uno en casa y otro en el trabajo. Accedí, ya que ahora estos frascos forman parte de mi vida, tanto como el traje, la corbata y los zapatos. Y uno siempre tiene más de una muda de ropa. Por último, saco la receta donde se explica qué he de tomar y cuándo. Me gustaría aprendérmelo de memoria y no tener que recurrir cada vez a la nota, como un alumno que depende de la chuleta.

Llamo a Kula por teléfono para preguntar si Guikas se encuentra en su despacho. Responde que está en una reunión que terminará en un cuarto de hora. Teniendo a Katerina en el papel de cancerbero, he de contar los segundos, así que llamo a Vlasópulos y a Dermitzakis para no perder ese cuarto de hora.

–¿Qué hay de la última declaración de Petrulias? –pregunto a Vlasópulos.

–Ya sé a qué delegación de Hacienda pertenecía. Hoy tendremos una copia de su última declaración.

Me vuelvo hacia Dermitzakis.

–Encuentra todos los registros de barcos de Ática y todas las agencias de alquiler de yates y veleros. Quiero que averigües si Petrulias llegó a la isla en una embarcación propia o si la alquiló.

–Con un poco de suerte, el yate será suyo y encontraremos pistas –responde él.

Es posible, pero no lo creo. De haber sido de propiedad, la embarcación se habría quedado en la isla y alguien la habría visto. Salvo que la hubiese traído de vuelta la rubia, hecho que considero poco probable. Llamo al jefe de la comisaría de la isla y le pido que averigüe si en el puerto hay alguna embarcación abandonada desde el verano, aunque tengo pocas esperanzas. El yate debía de ser alquilado.

El ascensor juega al escondite, pero estoy decidido a no ceder. Espero con paciencia a que se detenga en mi planta.

–Me alegro de verlo –me saluda Kula, encantada–. ¿Cuándo ha vuelto?

–Hoy mismo.

–¿Y cuándo salió del hospital?

–Ayer.

Me mira como si tuviera ante sí a un albanés ataviado con frac.

–¿Salió ayer y hoy viene a fichar? ¿Por qué no se queda unos días en casa? Al fin y al cabo es funcionario público.

–¿Y eso qué tiene que ver, Kula?

–¡Desde luego! Dónde se ha visto, un funcionario público sin derecho a la baja por enfermedad –exclama indignada.

Replico de mala gana que tenía pendiente un asunto muy importante y me cuelo en el despacho de Guikas. Lo encuentro de pie, recogiendo documentos de la mesa de reuniones. Él tampoco esperaba verme tan pronto.

–¿De nuevo por aquí? –se extraña–. Espero que ya estés mejor.

–Sí. Gracias por la planta.

–Siento no haber ido a verte, pero ya sabes..., no tengo tiempo.

–No se preocupe. He venido porque hay novedades en el caso del cadáver sin identificar. –Me apresuro a explicar el caso antes de que me denuncie al comité disciplinario por transgredir las normas del buen funcionario.

Le informo someramente del piso de Petrulias, de nuestras investigaciones para localizar el barco en el que viajó a la isla y de las indagaciones para averiguar en qué trabajaba y de dónde procedían sus ingresos.

–Veo que descartas la posibilidad de que lo mataran por haber aceptado sobornos.

–No lo descarto, aunque me parece poco probable. Le habrían matado en Atenas, antes de que se marchara de vacaciones, o cuando ya hubiese regresado. No hubiesen pagado los pasajes para cargárselo en una isla, ni hubiesen forzado la entrada de su piso, ni le hubiesen quemado las huellas dactilares.

–A veces, la respuesta más sencilla es la correcta –comenta sonriendo–. No sabes de qué son capaces estos *hooligans* fanáticos. Se la tenían jurada, lo encontraron en la isla por casualidad y decidieron cargárselo. Nada premeditado. Lo mataron y lo enterraron.

–¿Y esos dos tipos, seguramente extranjeros, con los que lo vieron conversar en la isla?

–Pura coincidencia. Hablaron y cada uno se fue por su lado. Otros lo mataron después.

–¿Y la rubia?

–¿Cómo sabes que era la misma que le visitaba en su casa? Era un hombre joven y guapetón, las niñatas se derriten por estos tipos. A lo mejor se conocieron en la isla, pasaron un par de noches juntos y se acabó. ¿Por qué iba a preocuparse la chica por la suerte de Petrulias?

Aunque sus silogismos son sencillos, ordenados y, muy posiblemente, acertados, a mí tanto orden me resulta sospechoso. Tal vez el trato con Adrianí me ha escarmentado. No me explico tantas coincidencias en un mismo caso. Sin embargo, existe la posibilidad de que Guikas tenga razón, de manera que dejo abierta una ventanita para no tener que retractarme más adelante.

–Tal vez esté en lo cierto –concedo–. Sigamos investigando un poco para ver adónde llegamos.

–¿Qué has hecho con Kustas? –me pregunta cuando ya estoy en la puerta.

–He mandado archivar el caso.

–Empate a uno, si me permites una expresión futbolística –comenta con una sonrisa.

–¿Qué significa eso?

–En el caso Kustas has obedecido mis órdenes. En el de Petrulias, harás lo que te parezca.

Ojalá tuviera más datos sobre Kustas; entonces veríamos quién obedecía sus órdenes. En cuanto me ve aparecer en el despacho, Vlasópulos empieza a perseguirme con una fotocopia.

–La declaración de la renta de Petrulias. –No me deja leerla–. Ahórrese la molestia, sólo especificaba sus emolumentos como árbitro y los ingresos correspondientes al alquiler de un piso en Marusi. El ático de la calle Pangas era de propiedad. En la declaración no figura ningún yate o velero, sólo un coche, un Audi 80.

Tras un rápido vistazo al documento confirmo lo que dice Vlasópulos. La renta anual de Petrulias no superaba los cuatro millones, incluido el alquiler del piso.

–Con una renta tan baja, no entiendo cómo podía permitirse un ático en la calle Pangas, un piso en Marusi y disfrutar de cruceros en yate.

Vlasópulos levanta las manos en señal de impotencia.

–La verdad es que no tengo ni idea.

Me parece que Guikas ha metido la pata: este caso no es tan sencillo como quiere creer. Sin embargo, admito que tiene parte de razón: cuando no tienes de dónde agarrarte, lo mejor es partir de lo evidente.

–Llama al Colegio de Árbitros de Fútbol y pídeles que preparen el expediente de Petrulias para mañana por la mañana.

–De acuerdo.

En el balcón de enfrente, la chica de pelo corto y el hombretón están discutiendo. Aunque no alcanzo a oír las palabras, a juzgar por sus gestos están a punto de llegar a las manos. El tipo intenta agarrarla del brazo, pero ella es más rápida y lo empuja. Supongo que él le suelta algo gordo, porque la chica levanta la mano y le pega una bofetada que, si la ventana estuviera abierta, se habría oído hasta aquí. Luego la chica se da la vuelta y se marcha corriendo.

El teléfono suena, interrumpiéndome el espectáculo. De recepción me avisan que mi hija me espera abajo. Miro mi reloj: es la una. Tan puntual como siempre, no me regala ni un minuto.

Al levantarme de la silla veo que la chica de enfrente, con una cazadora y el bolso en bandolera, sale a la calle y se aleja con rapidez. El tipo se ha inclinado sobre la barandilla del balcón y la llama, pero ella ni siquiera alza la vista antes de desaparecer tras la esquina. El hombretón se apoya en la pared y se cubre la cara con las manos, sacudiéndose por el llanto. Antes, los hombres llevaban el pelo corto y las mujeres, largo; los hombres pegaban bofetadas y ellas lloraban. Ahora las mujeres llevan el pelo corto y los hombres, largo; ellas les pegan bofetadas y ellos lloran. Tiene su lógica, pero no siento lástima de un hombre que se deja crecer el pelo para recibir sopapos.

21

Jamás habría imaginado que el hecho de pasar seis días en un hospital trastornaría mi vida hasta tal punto. Cuando llegué a casa ayer al mediodía me sentía como si hubiese estado toda la mañana cargando ladrillos. Almorcé y me acosté enseguida para echar la siesta. Dormí hasta las ocho, me entretuve hasta la hora de cenar y luego otra vez descansé de un tirón hasta las siete de la mañana.

Ahora estoy en el coche con Katerina, a punto de enfilar la avenida Alexandras.

–No es preciso que te quedes más tiempo en Atenas –digo de mala gana–. Ya estoy bien, puedes volver a Salónica.

–¿Intentas librarte de mí? –pregunta riéndose.

–Lo que no quiero es que te retrases en los estudios por mi culpa.

–No me retraso en absoluto. De todas formas tenía que venir a Atenas para conseguir parte de la bibliografía. Pensaba hacerlo en Navidad pero, ya que estoy aquí, he empezado la tarea. Después de dejarte por las mañanas voy a la biblioteca de la facultad de Derecho o a la Biblioteca Nacional, trabajo hasta la una y luego vuelvo a recogerte.

Su explicación me llena de alivio.

–¿Cuánto tiempo piensas quedarte? –pregunto. Así son las cosas: si alguien te da la mano, quieres el brazo entero.

–No sé, depende de cuánto tarde en reunir toda la bibliografía –responde vagamente–. Pasaré a recogerte a la una –añade mientras bajo del coche.

–A las dos.

Hace un ademán de negación con un dedo y arranca antes de que yo acierte a contradecirla.

Paso primero por la cantina para pedir mi espumoso café griego *ma non troppo*. He dejado los cruasanes, porque Adrianí insiste en que desayune como Dios manda y no «productos de plástico». Se levanta antes que yo y me sirve tostadas con mantequilla y mermelada de naranja, que preparó ella misma mientras yo estaba en el hospital. Aún se niega a cocinar tomates rellenos, alegando que son indigestos, pero yo ya he urdido un plan. Me quejaré y suplicaré hasta que ella acceda, aunque sólo sea para darme ánimos y evitar que caiga en una depresión.

Dermitzakis, que estaba apostado en la puerta de mi despacho, corre a recibirme como si fuera un viajero recién apeado del tren.

—Ya tenemos información sobre el yate de Petrulias —anuncia—. Lo alquiló en una agencia de El Pireo. Le pedí a la directora, la señora Stratopulu, que pasara por aquí antes de ir a la oficina. Lo está esperando.

—Que pase.

Me instalo en mi despacho y en cuanto tomo el primer sorbo de café, aparece una mujer de unos cincuenta años, bajita y rechoncha, vestida con un traje sastre color celeste, camisa azul y tacones de quince centímetros, que al menos elevan su estatura al metro cincuenta.

—Kleri Stratopulu, teniente —se presenta tendiéndome la mano—. Soy la directora de San Marín, una empresa de alquiler de embarcaciones de ocio.

—¿Ustedes alquilaron un yate a Jristos Petrulias?

—No fue un yate, sino un velero con motor auxiliar, teniente —puntualiza altanera.

—Bueno, lo que fuera. Un velero, un barco de vela..., ¿se lo alquilaron ustedes?

—En efecto. Después de hablar ayer con el subteniente, busqué el contrato. Se lo alquilamos desde el 10 de junio hasta el 10 de julio.

—¿Cuándo supieron que la embarcación había sido abandonada?

–Nos llamó una mujer para decirnos que Petrulias había sido trasladado con urgencia al hospital y que no había nadie que llevara el velero de vuelta a El Pireo.

–¿Cuándo se puso en contacto con ustedes?

Consulta una agenda que saca del bolso.

–El 21 de junio.

Este dato nos proporciona una fecha probable de la muerte de Petrulias: el 20 de junio. La rubia estaba metida en el asunto, como yo sospechaba. Al día siguiente de terminar su trabajo con Petrulias, llamó a la agencia.

–¿Qué medidas tomaron al saber que el velero se había quedado en la isla?

–Enviamos a un patrón para que lo trajera de vuelta.

–¿Sólo eso? ¿No reclamaron ninguna indemnización?

Lo pregunto con la esperanza de averiguar más datos, pero Stratopulu se echa a reír.

–¿Por qué pedir indemnizaciones, teniente? Habían contratado la embarcación hasta el 10 de julio, la recuperamos el 22 de junio y volvimos a alquilarla enseguida. En realidad ganamos dieciocho días y el velero se encontraba en muy buen estado. De todas formas, en caso contrario tampoco habríamos tomado ninguna medida.

–¿Por qué no?

–Porque el precio del alquiler incluye una suma destinada a cubrir los desperfectos más habituales. Raras veces se producen daños mayores.

–¿Cómo pagó Petrulias? –pregunta Dermitzakis.

–Saldó el importe íntegro al contado y por adelantado.

–¿Sabe cuántas personas viajaron a bordo? –pregunto.

–Ese dato no nos atañe. Lo único que comprobamos es que el arrendatario esté en posesión del título de patrón de barco, de lo contrario requerimos que contrate los servicios de un profesional.

–¿Petrulias tenía el título?

–Desde luego. Lo comprobamos antes de firmar el contrato de alquiler. Lo he traído por si quería examinarlo.

Una lectura rápida no revela ninguna irregularidad. En el

contrato figura el nombre de Petrulias, su dirección, el importe del alquiler –un millón y medio de dracmas– y el periodo de arrendamiento. Las demás cláusulas son de esas que siempre figuran en letra pequeña y que uno nunca lee, de las que al final te obligan legalmente a pagar un ojo de la cara.

–¿Al recuperar la embarcación no encontraron por casualidad algún efecto personal: ropa, carnés de identidad, documentos...?

–Nada en absoluto.

–Me gustaría echar un vistazo al velero.

–Lo siento, lo hemos alquilado y en estos momentos sería imposible localizarlo. Con mucho gusto lo avisaré cuando regrese.

En realidad no importa: si han entrado otras personas, no nos sirve de nada. Stratopulu mira ostensiblemente su reloj.

–Gracias por haberse molestado en venir, señora Stratopulu –digo.

Se levanta enseguida, como si obedeciera a una señal convenida.

–Si me necesita, el subteniente tiene mi número de teléfono. –Se despide y se marcha.

–Averigua con qué bancos trabajaba Petrulias y solicita una orden judicial para examinar sus cuentas –ordeno a Dermitzakis. En este caso, no me servirá el truco que empleé para las cuentas de Kustas. Éstas quiero estudiarlas con todo el detalle que sea preciso.

–Dios sabe qué nos espera.

–¿Qué sugieres? ¿Que archivemos también éste? –me indigno, como si Dermitzakis fuera el responsable de que el caso de Kustas acabara entre los pendientes de resolver.

–No, claro que no. –Dermitzakis retrocede, sorprendido.

Se abre la puerta y aparece Vlasópulos luciendo una gran sonrisa. Hoy todo el mundo parece dispuesto a darme buenas noticias.

–Hemos localizado el coche –anuncia–. He avisado a Identificación para que vayan a buscarlo. Por lo visto se desplazó a El Pireo en taxi para recoger el velero. Si quiere, intentamos localizar al taxista que lo llevó.

–Olvídate, es una pérdida de tiempo. Ya tenemos la descripción de Petrulias y también la de la rubia, el taxista no nos aportaría nada nuevo. ¿Qué sabemos de Identificación?

–Muchas huellas dactilares. La mayoría son de una misma persona, probablemente del propio Petrulias. No han logrado identificar el resto.

Huellas de la rubia, de la asistenta, de sus amigos..., es como buscar una aguja en un pajar.

–¿Y las huellas de los zapatos?

–Probablemente eran de hombre, del número 43 o 44.

–¿Has hablado con el Colegio de Árbitros?

–Sí, nos hemos citado con un tal Jatzidimitriu.

–Bien, id a interrogarlo, pero antes traedme el expediente de Petrulias. –Pase por lo de no haber pedido la baja, pero tampoco pienso ocuparme del trabajo rutinario.

Ya van a abrir la puerta cuando se me ocurre una idea.

–¿No habréis visto a Sotirópulos, verdad?

–Sí, creo que ronda por ahí –responde Vlasópulos.

–Dile que quiero hablar con él. Sé discreto, que no se enteren los demás.

Mientras el subteniente busca a Sotirópulos, termino el café griego *ma non troppo* y pienso en la información que hemos conseguido acerca de Petrulias. ¿Adónde me conduce hasta el momento? Poseía un ático cuyo valor debe de rondar los sesenta millones y un piso de tres habitaciones que no valdrá menos de treinta; tenía un Audi 80, declaraba una renta anual de cuatro millones y se gastó casi la mitad de esa suma en un crucero por las islas. Los que llevan este tipo de vida tienen los días contados, tarde o temprano alguien los liquida y nos carga el muerto a nosotros, los imbéciles que subsistimos con catorce pagas. La única ventaja que tenemos con respecto a los individuos como Petrulias es el derecho a tomarnos unos días de descanso por enfermedad, y yo voy y renuncio a este privilegio. ¡Seré mamón! Cualquiera se atreve a decir que Kula se equivoca. Mi otro problema es la rubia. Ojalá lograra localizarla. Sin embargo, algo me dice que primero daré con el asesino y después encontraré a la rubia.

–¿Por qué querías hablar conmigo a solas? –pregunta Sotirópulos extrañado–. ¿Andas perdido y quieres contratarme como
consejero?

–No, pero necesito tu ayuda. ¿Podrías enviarme a uno de tus
redactores deportivos para que me aclare algunas cuestiones?

–Claro, pero...

–¿Pero...?

–¿Qué sacaré yo de ello?

–Si surge algo sensacional, serás el primero en enterarte, ya
que estarás presente en la conversación.

–Claro, cómo no se me ha ocurrido antes. El lunes a las diez
estaremos en tu despacho.

Seguro que el especialista deportivo de la tele sabrá más que
el Colegio de Árbitros de Atenas.

22

Me he pasado un día y medio, el sábado entero y parte del domingo, examinando el expediente de Petrulias. Toda la documentación está aquí: licencia de árbitro, currículum, actas de los partidos, comentarios de los jueces de línea... Sin embargo, no he encontrado nada que nos proporcione una pista, quizá porque no hay nada censurable o porque yo no entiendo ni torta de fútbol, cualquiera sabe. En casa no tengo un despacho, de manera que cuando necesito estudiar algún documento de trabajo, me instalo en la mesa de la cocina. Sentado allí en pijama me siento más cómodo. Adrianí ha fingido estar muy atareada y no ha dejado de entrar y salir de la cocina, plantándose a mis espaldas y protestando: que si no obedezco al médico, que si hago lo que me da la gana, que si ahora me canso más porque me traigo el trabajo a casa, y ha acabado asegurando que a este paso nadie me salvará de un infarto, una «oclusión, obstrucción u obturación de los vasos sanguíneos», como diría Hipócrates. Al final he tenido que amenazarla con recoger los bártulos y marcharme a trabajar a la oficina para que se callara y me dejara en paz.

Según Jatzidimitriu, del Colegio de Árbitros de Atenas, la actuación de Petrulias era irregular. Después de una intervención fantástica que apuntaba directamente a un ascenso de categoría, pasaba a arbitrar de un modo tan desastroso que lo precipitaba al último puesto del escalafón. Por eso llevaba diez años en tercera. Él excluía la posibilidad de que hubiese recibido sobornos, ya que jamás lo habían denunciado, más allá de las acusaciones sistemáticas que reciben todos los árbitros.

El lunes por la mañana solté la segunda bomba: declaré que

volvería a conducir mi coche. Uzunidis me aconsejó que no me pusiera al volante por unos días y yo he obedecido. Adriani quiso regañarme, pero le recordé que Katerina prolongaba su estancia en Atenas para ocuparse de su tesis, y que no era justo abusar de ella como chófer. Para ser sincero, cuando me encontré de nuevo al volante no las tenía todas conmigo. Por si acaso, me tomé medio Interal antes de salir.

Afortunadamente, todo ha ido bien y ahora estoy sentado con Nasiulis, el periodista deportivo. Es un chico joven, de unos veinticinco años, que viste con sencillez y, en general, tiene aspecto de persona seria. Está hojeando el expediente de Petrulias mientras Sotirópulos lo observa.

–Aquí no encontrará lo que busca, teniente –dice el periodista–. No me extraña que haya despertado sus sospechas. También nosotros sospechábamos de él después de cada partido, aunque nunca logramos demostrar nada. Jatzidimitriu tiene razón. Sin una denuncia firmada, poco se puede hacer.

–Si tuvieras que señalar los partidos en los que Petrulias aceptó sobornos, ¿cuáles elegirías?

–Sólo los que cuentan para la clasificación. Raras veces se producen fraudes cuando no hay intereses en juego. Nadie estaría dispuesto a perder dinero y el árbitro jugaría limpio.

–¿Qué partidos arbitrados por Petrulias contaban para la clasificación?

Nasiulis saca del bolsillo un recorte de periódico y empieza a comparar datos con las actas del expediente.

–A primera vista, el partido entre el Falirikós y el Tritón. –Me sorprende que sea el primero que mencione–. La derrota le costó la liga de tercera al Tritón. También el partido entre el Argostolikós y el Anamórfosis de Trípoli. Creo recordar que Petrulias expulsó a dos jugadores de este último, el Argostolikós ganó y salvó la promoción. Según el juez de línea, al menos una de las expulsiones era injustificada. Y el partido entre el Intrépido de Sfakiá y el Jalkidaikós. El Intrépido ocupaba el segundo puesto en la clasificación después del Tritón; el Jalkidaikós estaba en la zona de promoción, pero consiguió ganar en campo contrario. Evidentemente, en este deporte todo es posible, pero

172

a mí me parece sospechoso, sobre todo si tenemos en cuenta que Petrulias pitó un penalti contra el Intrépido en el último minuto del partido, repitiendo su actuación con el Tritón. En este caso, el juez de línea sólo le dio una valoración regular, pero esto no significa nada. –Me mira como si quisiera disculparse por no ofrecerme datos más concretos–. Tal vez podría decirle algo más si me dejara estudiar el caso –añade.

–¿Te has vuelto loco, teniente? –salta Sotirópulos, que contra todo pronóstico había mantenido la boca cerrada hasta el momento–. ¿Qué estás buscando? ¿Algún directivo dispuesto a sobornar y a matar por... unos partidos de tercera? ¿Por la miseria que allí se juega? Estamos hablando de la escoria del fútbol profesional.

Aunque sé que tiene razón, sus palabras me molestan.

–Ya me imagino que no le habrán matado los directivos, pero tal vez lo hizo algún seguidor fanático. Quizá lo encontraron por casualidad en la isla y decidieron cargárselo. –No es sólo el único argumento de que dispongo, sino también una forma de evaluar la teoría de Guikas.

–Los forofos del fútbol son seguidores de los equipos grandes, en los que desahogan su furia. En los partidos del Panathinaikós, del Olympiakós o del AEK. Es posible que apoyen a los equipos locales por patriotismo, pero en el fondo les importan un bledo.

Miro a Nasiulis, quien asiente.

–Así es –confirma.

–¿Y de dónde sacaba Petrulias la pasta para llevar ese tren de vida? No declaraba más que un alquiler y sus emolumentos de árbitro.

Sotirópulos se echa a reír.

–¡Despierta, teniente! ¿De dónde va a ser? ¡Pues de la usura! ¿Sabes qué intereses se cobran en el mercado negro? Más del cien por cien. Quien dispone de cinco millones, al cabo de un año puede tener diez; al cabo de dos, veinte; todo ello libre de impuestos. Y ya está: una buena cantidad de dinero para pegarse la gran vida.

Al principio yo también pensé en esa posibilidad, aunque referida a Kustas. ¿Y si en lugar de Kustas fuera Petrulias el que andaba metido en asuntos de usureros?

–En cualquier caso, sólo realizaría préstamos a la gente de su entorno: los equipos de tercera. Es ahí donde debemos investigar.

–¿Sabe qué es la defensa en zona, teniente? –pregunta Nasiulis.

–No.

–Es una alineación defensiva en forma de barrera que impide a los delanteros del equipo contrario llegar a la portería. Los directivos de la tercera división están alineados de esta manera. Chocará con una defensa en zona muy difícil de romper.

Pues sí que vamos bien.

–Parece que últimamente no estás en racha –observa Sotirópulos, levantándose.

–¿A qué te refieres?

–No conseguiste nada en el caso Kustas. Con Petrulias, mucho me temo que vas por el mismo camino. Será cosa de tu enfermedad.

Es el segundo en humillarme por este asunto del corazón. La primera fue aquella mujer del hospital. Me entran ganas de decirle que si salí del hospital para volver al despacho sin pedir la baja fue precisamente para que él pueda aparecer en pantalla y presumir de logros ajenos. Al final decido callarme, ya que Sotirópulos se brindó a ayudarme con Nasiulis.

–Gracias por tu colaboración –le digo al periodista deportivo–. Si necesito algo más, te llamaré.

Los sigo con la mirada, pensando que no debería sentirme ofendido. A mí también me chirría algo en el caso Petrulias, al igual que me ocurría con el asesinato de Kustas. Si bien la lógica y todos los datos de que dispongo apuntan a un ajuste por sobornos recibidos, Sotirópulos tiene razón: esta teoría hace agua. Sin embargo, es la única de que dispongo y no tengo la menor intención de archivar también este caso.

Se abre la puerta y entra Dermitzakis con unos informes mecanografiados.

–Es el movimiento de cuentas de Petrulias –anuncia con aire triunfal.

El árbitro tenía dos cuentas, una en el Interbank y la otra en el Xiosbank. El mero hecho de que operara con dos entidades nuevas y relativamente pequeñas me anima un poco. Los que se hallan metidos en asuntos turbios suelen dirigirse a bancos pequeños, más dispuestos a hacer la vista gorda con tal de ganar clientela. Intento contener mi impaciencia para estudiar los documentos con detalle. La cuenta del Xiosbank muestra ingresos relativamente pequeños, del orden de las cien o ciento cincuenta mil dracmas, y reintegros similares y frecuentes. El movimiento habitual de un cliente de clase media; incluso podría ser el mío. En cambio, la cuenta del Interbank muestra ingresos espaciados y bastante más importantes, de dos millones y medio a cinco millones de dracmas, efectuados una o dos veces al mes. En cuanto a los reintegros, son escasos. Miro el saldo: treinta y cinco millones quinientas veintidós mil ochocientas sesenta y siete dracmas. Si se dedicaba a la usura prestando dinero, los reintegros deberían ser sustanciosos y frecuentes. Si por el contrario recibía sobornos, los ingresos deberían ser mayores y esporádicos. Aquí pasa algo raro. Sotirópulos y yo quedamos en tablas: todo apunta a que nos equivocamos los dos.

–El dinero del Interbank es negro –interviene Dermitzakis para demostrar que él también se ha dado cuenta.

No le presto atención. Quiero comparar las fechas de los tres partidos señalados por Nasiulis con los ingresos efectuados en la cuenta de Petrulias para ver si, a pesar de todo, esos partidos coincidían con el cobro de sumas importantes. No hay ingresos que correspondan con los partidos entre el Argostolikós y el Anamórfosis en Trípoli, o entre el Jalkidaikós y el Intrépido en Sfakiá. Sin embargo, observo un depósito de dos millones y medio de dracmas el día anterior al partido entre el Falirikós y el Tritón. Tal vez se trate de una simple casualidad, pero por lo general las casualidades aparentes ayudan a encontrar un camino. Si el penalti que Petrulias señaló injustificadamente a favor del Falirikós no fue el resultado de una actuación arbitral errónea, entonces el presidente del Falirikós la compró con dinero contante y sonante.

–Averigua a quién pertenece el equipo del Falirikós –indico a Dermitzakis–. Quiero hablar con él hoy mismo.

Dermitzakis se marcha y aparece de nuevo a los cinco minutos con una sonrisa de oreja a oreja.

–Ya lo tengo –anuncia ufano. Se dispone a cerrar la puerta, pero Vlasópulos la abre y entra en el despacho.

–Se llama Frixos Kaloyiru y es dueño de Ecoelectrónica, una cadena de tiendas de electrodomésticos.

La conozco, habré visto el anuncio al menos un millón de veces en televisión. Son de esas tiendas que te equipan la casa sin cobrar un duro, aunque luego no te queda más remedio que venderla para pagar los plazos.

–El Falirikós juega en Níkea esta tarde –añade Dermitzakis–. Tendremos oportunidad de hablar con él después del partido.

–Yo acompañaré al teniente –interviene Vlasópulos. Ahora entiendo por qué se ha colado con tanta precipitación en el despacho.

–¿Se puede saber por qué? –replica Dermitzakis.

–En primer lugar, porque tengo más antigüedad en el servicio. En segundo lugar, porque yo descubrí a Saráfoglu, que juega en el Falirikós, y lo conozco.

–Sí, y yo descubrí a Kaloyiru.

Estos dos se han llevado como el perro y el gato desde el primer día. Vlasópulos cree tener ciertos privilegios producto de la antigüedad. Dermitzakis, el más novato, intenta escalar puestos a expensas de Vlasópulos. Sólo coinciden en su habilidad para crisparme los nervios, ya que me veo continuamente obligado a mantener un difícil equilibrio entre los dos.

–No me acompañará nadie. Iré solo –declaro con firmeza–. No necesito refuerzos para formularle cuatro preguntas.

Dermitzakis fulmina con la mirada a Vlasópulos, quien sonríe satisfecho. Aunque él no me acompañe, ha conseguido que el otro tampoco lo haga, de manera que se siente vencedor de un partido amañado.

Saco una pastilla de Digoxin, la parto en dos y me trago la mitad con un sorbo de café griego *ma non troppo*, que entretanto se ha transformado más bien en aguachirle.

23

El único estadio de fútbol que he visto en mi vida es el del Panathinaikós, en la avenida Alexandras, y sólo por fuera. El del Tauros difiere de su hermano mayor en que es de menores dimensiones y bastante más feo, quizá porque la anchura de la avenida Alexandras disimula el volumen del estadio del Panathinaikós, mientras que el del Tauros destaca cual grano en toda la frente. Ahora que me enfrento a la segunda experiencia de estos espacios polivalentes, que acogen enfrentamientos deportivos, conciertos, mítines políticos y hasta destacamentos militares en la época de la Junta, confirmo mi impresión de que parecen bañeras gigantes apuntaladas con pilares de cemento.

Llego cuando el público, más bien escaso, ya está evacuando el estadio, con tranquilidad. A primera vista, Nasiulis y Sotirópulos tienen razón. No hay pasión ni fanatismo en los partidos de tercera, aunque esto acaso se debe a la victoria del equipo local, resultado que deduzco por la cara de felicidad de los asistentes.

Buscando la entrada a los vestuarios, me topo con un charco imposible de vadear sin una barca. Es un espacio acuático cuadrado y precariamente iluminado por dos lámparas de veinticinco vatios protegidas por rejillas metálicas, que apenas consiguen atenuar la densa oscuridad. Observo una puerta a la derecha y dos a la izquierda; de la primera de estas últimas mana la fuente que alimenta el lago, que tal vez tenga truchas... La segunda está cerrada, mientras que la de la derecha está abierta y de su interior salen voces iracundas. Intento vadear navegando por la orilla, es decir, avanzando pegado al muro.

–Eres un inútil –truena una voz en el interior–. Hemos perdido todos los partidos desde que empezó la liga. Otra derrota y volverás a tu pueblo a recoger olivas.

No veo al dueño de la voz, aunque sí al sufrido oyente, un hombre alto y delgado, vestido con un chándal, que escucha con la cabeza gacha y los brazos abiertos como alas.

–El equipo tiene que conjuntarse, señor Kaloyiru –se disculpa–. Últimamente ha habido muchas sustituciones. Un par de partidos más y todo irá mejor.

–Me pediste jugadores nuevos y te los di. ¿Ahora me vienes con que el equipo tiene que conjuntarse, como si fuera un traje?

En el vestuario hay dos bancos de madera e hileras de colgadores en las paredes, para que los jugadores dejen su ropa. Me recuerda esos espacios infernales donde encierran a los emigrantes ilegales antes de devolverlos al infierno definitivo de su país. Los jugadores, que están sentados en los bancos, ni siquiera se atreven a levantar la mirada.

–Sois todos unos inútiles –suelta de nuevo Kaloyiru–, unos vagos. Os arrastráis por el campo y ni siquiera sois capaces de dar una patada al balón.

Saráfoglu, sentado en el extremo del banco, se vuelve bruscamente.

–¿Cómo te atreves a quejarte? –pregunta a Kaloyiru, que está fuera de mi campo de visión–. Empezamos a entrenar en agosto, hemos jugado tres partidos y aún no hemos cobrado ni un duro. Tenemos familia y obligaciones. ¿Alguna vez se te ha ocurrido preguntarte con qué ánimo salimos a jugar?

–Seguís en el equipo, que ya es mucho. Si no os gusta, ya sabéis dónde está la puerta. Los descampados están llenos de jugadores como vosotros.

Ahora entiendo por qué Sotirópulos los llamó escoria del fútbol. Los insultan y humillan, se ven obligados a jugar por cuatro chavos y, para colmo de males, no les pagan. Con el rabillo del ojo veo que dos jóvenes emergen de las aguas del lago y pasan de largo, indiferentes.

–La hostia, otra vez sin agua –protesta uno de ellos.

–La han cortado porque hay un escape –responde el otro.

–Ni siquiera podemos ducharnos. Salimos de aquí hechos un asco –prosigue el primero.

Cruzo el umbral en el momento en que Kaloyiru espeta:

–¿Por qué habríais de ducharos, si ni siquiera habéis sudado? Que os...

Se interrumpe bruscamente al verme entrar. Es un hombre corpulento de más o menos mi edad, con apariencia de ex boxeador fofo por falta de ejercicio. Lleva traje oscuro y el cuello de la camisa desabrochado, sin corbata.

–¿Qué quiere usted? –pregunta agresivamente.

–Teniente Jaritos. Estoy buscando al señor Kaloyiru –digo, fingiendo haber llegado justo en este momento.

–Soy yo.

–Me gustaría hacerle algunas preguntas referentes a Jristos Petrulias. –Saráfoglu vuelve la cabeza y me dirige una mirada de inquietud, pero finjo no haberme percatado.

Kaloyiru suaviza su actitud, no parece sorprendido.

–Si es tan amable, le agradecería que me esperara un instante fuera. Estaré con usted enseguida.

Salgo a la orilla del lago y alguien cierra de un portazo a mis espaldas. Ya no oigo las conversaciones, sea porque la puerta me lo impide o porque han bajado la voz. En todo caso, Kaloyiru no tarda ni un minuto en aparecer.

–Acompáñeme. Hay un café aquí cerca donde podemos hablar con tranquilidad.

Me lleva a un viejo café de barrio, con mesitas de mármol y sillas de enea. Insiste en invitarme y pido un café griego. No es de máquina, sino de un fogón eléctrico de la cadena Ecoelectrónica.

–Lo escucho –dice Kaloyiru cuando tomo el primer sorbo.

–Hemos llevado a cabo una inspección rutinaria de las cuentas bancarias de Petrulias y hemos descubierto algunos ingresos difíciles de justificar con su sueldo –empiezo, escogiendo mis palabras para no asustarlo–. Estamos tratando de averiguar de dónde procedía el dinero. Casualmente, uno de esos ingresos se efectuó el día anterior al partido entre el Falirikós y el Tritón, el pasado mes de mayo. Tal vez usted, que conocía al árbitro, podría aclararnos este punto.

Me mira y estalla en unas carcajadas a juego con su voz de trueno.

–La pregunta en cuestión no es ésta, teniente. A usted le preocupa otra cosa.

–¿A qué se refiere?

–Usted quiere saber si soborné a Petrulias en el partido contra el Tritón, que ganamos por un penalti en el último minuto.

–Una falta que, según el juez de línea, no era penalti –añado, ya que ha sacado el tema.

–Podría responder simplemente que no, y usted no tendría forma de demostrarlo. Sin embargo, prefiero explicarle las razones que excluyen la posibilidad de un soborno.

–¿Son muchas las razones?

–Sólo dos, pero bastan y sobran. La primera es que casi todos los propietarios de equipos de tercera no tienen el menor interés en ganar la liga ni en ascender de división. Lo principal es que los equipos mantengan una puntuación media, lo cual permite demostrar pérdidas económicas y nos concede el derecho a subvenciones.

–¿Por qué?

Me mira como si fuera uno de sus empleados menos dotados intelectualmente.

–Ya debe de saber que soy dueño de la cadena Ecoelectrónica. Si quiere, puedo facilitarle la contabilidad de mi empresa, que me proporciona sustanciosas ganancias. Compré el equipo de Falirikós para tener otra empresa, deficitaria, que me permita desgravar impuestos. Así me ahorro el doble o el triple de lo que me cuesta el equipo.

–En ese caso, ¿por qué regañaba a sus jugadores por haber perdido un partido?

Suelta la misma risa estentórea. Por lo visto disfruta oyéndola.

–Es todo puro teatro, teniente. Sé muy bien que no pueden ganar. Por eso los elegí. El secreto consiste en contratar a un entrenador mediocre, o incluso malo, incapaz de ganar una liga. En cuanto a los jugadores, no es preciso pagarles con regularidad. Les basta con el sueño de que algún representante de un gran equipo se fije en ellos y les permita jugar en primera, aunque muy pocos lo consiguen.

–¿Y los demás?

–Los demás abandonan a los treinta y cinco y se enfrentan a la vida sin trabajo y sin dinero. Los regaño para fingir que el asunto me interesa y para evitarles la tentación de pedir remuneración regular, primas altas y cosas por el estilo. ¿Entiende ahora por qué no me conviene sobornar a los árbitros?

–¿Cuál es la segunda razón? –pregunto.

–¿Qué segunda razón?

–Acaba de decirme que existen dos razones por las que no sobornaría a un árbitro.

–Ah, sí. La segunda razón es que, aun suponiendo que me interesara, jamás lo haría contra un equipo de Kustas.

Al oír este nombre me siento como si me hubiese caído un rayo en un día claro y sin nubes. Lo observo atónito. Al cabo de unos segundos se me ocurre que es imposible, que sin duda se trata de una coincidencia, pero debo confirmarlo.

–¿Qué Kustas? –pregunto.

–Dinos Kustas, ya sabe, ese al que asesinaron delante de su club.

–¿Kustas era propietario del Tritón?

–Oficialmente sólo del Tritón, pero se rumorea que tenía dos o tres equipos más, dirigidos por personas de su confianza. En la práctica era el amo de toda la tercera división. Podía dar la liga a un equipo, mandar a otro al descenso y decidir quién perdía o ganaba un partido.

Mira por dónde, con Kustas hemos topado. No sé si debería alegrarme o tirarme de los pelos.

–¿El resto lo aceptabais sin más? –pregunto a Kaloyiru.

Se encoge de hombros en un ademán de indiferencia.

–Ya se lo he dicho. Los jugadores corren detrás de la pelota mientras nosotros jugamos en campos diferentes, nos interesan balones de otro orden. Kustas no se metía con nuestros partidos y nosotros le dejábamos jugar los suyos en paz.

Nasiulis tenía razón: los directivos de los equipos se ayudan unos a otros. Me enfrento a una defensa cerrada.

Kaloyiru menea la cabeza con tristeza, como si me hubiese leído el pensamiento.

–¿Qué esperaba de un mundo en el que todos los relojes marcan la misma hora, teniente? Antes, algunos se paraban, otros funcionaban y otros se quedaban atrasados. Uno se levantaba por la mañana y esperaba oír la radio para ajustar su reloj. Ahora todos los relojes marcan la misma hora. Vivimos en un mundo que favorece a los relojeros.

–¿A qué jugaba Kustas?

–No lo sé. Algunas cosas es mejor no saberlas.

–¿Le parecería lógico que fuera el propio Kustas quien sobornara a Petrulias, para que su equipo perdiera y no ganara la liga?

Kaloyiru medita la cuestión.

–Tal vez –responde, y se interrumpe bruscamente–. Ahora que lo menciona, acabo de acordarme de algo.

–¿De qué?

–Obicue me comentó que había oído a Kustas discutiendo con Petrulias después del partido.

–¿Quién es Obicue?

–El nigeriano que contraté como delantero centro. Ahora no puede jugar, sufrió una rotura de ligamentos y tuvieron que operarlo.

–¿Sabe dónde vive?

–No, pero puedo averiguarlo.

Saca un móvil del bolsillo y realiza una llamada, quizás a su entrenador inútil. Interrumpe la comunicación y me da una dirección: el número 22 de la calle Rodopis, en Taburia.

–¿Sabe en qué otros equipos mandaba Kustas?

–No, ya se lo he dicho. Mi interés en el fútbol es particular y limitado.

Se pone en pie. Yo no tengo nada más que preguntarle; además, quiero quedarme solo para reflexionar sobre la información que me acaba de proporcionar. Kaloyiru me estrecha la mano, vocifera que «ha sido un placer» y se larga.

24

Mi primera reacción es ir a interrogar al tal Obicue, pero después de meditar el asunto cambio de opinión. Es el primer día que conduzco y no me atrevo a ir solo hasta Taburia y luego volver a Atenas, de manera que regreso directamente a la oficina. En la calle Pireo hay poco tráfico, como suele ocurrir los lunes y los miércoles por la tarde, cuando los comercios están cerrados. Dejo que el Mirafiori circule a su aire mientras me devano los sesos intentando recordar si he leído en alguna parte que Kustas era propietario del Tritón. Por lo general, cuando leo un informe se me queda grabado en la memoria. Sin embargo, debido a mi reciente enfermedad es posible que se me hayan escapado detalles, no estoy seguro. En fin, tampoco reviste mayor importancia. Me preocupa más otra cuestión: si es posible que los asesinatos de un árbitro y del propietario de un equipo de tercera división estén relacionados, o si todo se debe a una mera coincidencia. Kustas tal vez pagó a Petrulias dos millones y medio de dracmas para que pitara el penalti, evitando así el ascenso del Tritón a la segunda división. Lo que ya no parece tan probable es que Petrulias pitara el penalti por iniciativa propia. Si Kaloyiru no se atrevía a meterse con Kustas, menos lo haría un árbitro. Tal vez una tercera persona, cuyos intereses extradeportivos se vieran afectados, ordenó la muerte de ambos. En tal caso, tendré que investigar todos los equipos de tercera y necesitaré un experto en fútbol que la Organización Nacional de Fútbol no me proporcionará, supongo.

Vlasópulos me aborda en cuanto me ve entrar en mi despacho.

–Su mujer ha llamado dos veces –me informa.

–Si vuelve a llamar, dile que aún no he regresado. –No tengo ganas de aguantar sus sermones–. Y tráeme el expediente de Kustas.

Me mira sorprendido.

–¿Reabrimos el caso?

–Aún no lo sé. –Le cuento mi conversación con Kaloyiru.

–¿Cree que los asesinatos guardan alguna relación?

–Te he dicho que no lo sé. Primero veamos el expediente de Kustas.

Al cabo de menos de un minuto los documentos están sobre mi mesa mientras Vlasópulos me observa con atención. Hojeo los informes y los leo un par de veces, pero no encuentro mención alguna del Tritón.

–Nada –comento a Vlasópulos.

Marco el número de la Brigada Antiterrorista y pregunto por el teniente Stellas. El subteniente que atiende mi llamada me informa de que ya se ha marchado.

–¿Quién más está al corriente del caso Kustas, el tipo que mataron delante de Los Baglamás, en la avenida Atenas?

–Yo mismo. Estuve allí.

–Dígame, subteniente, ¿recuerda haber oído que Kustas fuera propietario de un equipo de fútbol de tercera división, el Tritón?

–No. Lo cierto es que no nos ocupamos demasiado de ese caso, teniente. En cuanto comprobamos que no se trataba de un atentado terrorista, se lo dejamos a ustedes.

Ellos chupan el tuétano y nosotros roemos el hueso.

–Puedes irte –digo a Vlasópulos, que sigue observándome sin perder detalle–. Hoy ya no haremos nada más.

El giro de los acontecimientos me obliga a reabrir el caso Kustas y no sé cómo reaccionará Guikas, que duerme tranquilo pensando que está archivado. Podría hacerme el loco y seguir a lo mío. Si no consigo nada, vuelvo a cerrar el caso y todos contentos. Si por el contrario descubro algo importante, Guikas tendrá que enfrentarse a los hechos consumados. Lo malo es si alguien le va con el cuento entretanto. Entonces me vería metido en un buen lío por no haberlo informado. Creo que lo mejor será aclarar las cosas desde el principio.

Marco su número de teléfono y, para mi gran sorpresa, contesta él mismo.

–Tengo que verle, hay novedades –digo.

–Sube.

El escritorio de Kula está vacío y sus papeles ordenados. La puerta del despacho de Guikas aparece abierta, de forma que entro sin más. He venido para hablarle de mis hallazgos, pero él es mi superior, con lo cual su necesidad de desahogarse tiene preferencia.

–Desde que tiene novio –dice señalando con el dedo el escritorio de Kula, al otro lado de la pared–, su jornada termina a las cuatro. Hoy se ha largado porque ha quedado con el mozo; mañana desaparecerá para ocuparse de los preparativos de la boda; pasado, porque estará de baja por maternidad. Esto me pasa por contratar mujeres.

Mal empezamos, pienso. Está enfadado con Kula, pero el pato lo pagaré yo, porque lo que he de decirle no le gustará en absoluto.

Le cuento brevemente mi conversación con Kaloyiru.

–He seguido sus indicaciones al pie de la letra –concluyo. Nunca está de más hacerle un poco la pelota–. He partido de la base de que Petrulias murió por aceptar sobornos, pero me he topado otra vez con Kustas.

–¿Crees que los asesinatos están relacionados?

–No sé qué decirle.

–En todo caso, las circunstancias han sido muy distintas.

–Puede existir una relación sin que se parezcan.

–Ya lo sé, no me des lecciones –replica con cierta brusquedad. De momento no le queda más remedio que morderse la lengua, pero si se tercia acabará mordiéndome a mí.

–No podemos permitirnos archivar otro caso por culpa de Kustas.

Pongo el dedo en la llaga y él opta por cerrar la boca. Fija la mirada en la superficie de su escritorio y permanece pensativo. Buena señal. Me había prohibido «palpar la masa», como solíamos decir hace tiempo, pero ahora se da cuenta de que es inevitable. Sólo está buscando la manera menos comprometida de retractarse. Levanta la cabeza lentamente.

–Escúchame bien –dice–. De forma oficial, el caso Kustas sigue cerrado, aunque las investigaciones sobre el asesinato de Petrulias podrían conducirnos hacia él. ¿Entendido?

–Sí, señor.

–Si esto ocurriera, y sinceramente espero que no, ten bien presente que no se trata de investigar su asesinato, sino el personaje en sí, siempre que sus actividades guarden relación con Petrulias.

–Sí, señor.

–Por lo tanto, Kustas sigue archivado con los casos sin resolver. No quiero que des ni un paso sin informarme. ¿Entendido?

–Sí, señor.

Me alecciona como si se tratara de un abogado con su testigo o una mamá con su hijito cuando quiere hacerlo cómplice de las mentiras que ha de contar a papá.

–La recomendación de abandonar el caso Kustas vino de muy arriba –prosigue Guikas, ya más calmado.

–¿Tan arriba?

–No preguntes. No es preciso que lo sepas todo. Te lo digo para que no te embales, como siempre, y te metas en problemas.

Abre un cajón del escritorio y saca un folio para indicar que la entrevista ha terminado. Lo de Kustas lo he entendido a la perfección, lo que nunca he conseguido comprender es qué son esos documentos que se pasa el día leyendo. Sospecho que son copias mecanografiadas de novelas rosas, como esas que tanto le gustan a Adrianí, para que nadie se percate de sus debilidades. Antes de marcharme a casa, realizo una última llamada a la residencia de Kustas en Glifada.

–¿Diga? –responde una voz sofocada.

–¿Podría hablar con la señora Kusta, por favor?

–Ya no vive aquí.

El «diga» inicial me ha despistado y he creído que se trataba del guardia de seguridad. De pronto comprendo que al otro lado de la línea está Makis.

—¿Eres tú, Makis? —pregunto jovialmente—. Soy el teniente Jaritos.

—Ah, el poli. Ya me he deshecho de mi madrastra. Se ha mudado.

Será porque no aguantaba verte colocado de la mañana a la noche, pienso.

—¿Dónde vive ahora?

—En Kifisiá.

—¿Tienes su dirección? ¿Su teléfono?

—A ver... Dejó su número en alguna parte, con la esperanza de que la llame para preguntarle cómo le va. Ya puede esperar sentada.

Busca un poco y encuentra el número.

—Oye, Makis. ¿Sabías que tu padre había comprado un equipo de fútbol, el Tritón?

—¿Por qué tanto interés? ¿Quieres que te fichen? —Se troncha de risa con su propio chiste y me cuelga el teléfono antes de que pueda hacerle más preguntas.

25

Ya es de noche cuando salgo del aparcamiento de la Dirección General de Seguridad. He de preparar alguna estrategia de defensa para la bronca que me echará Adrianí. ¿Sigo la táctica del acusado arrepentido que pide la clemencia del tribunal? ¿Voy de poli duro que siempre tiene razón y suelta un guantazo a la que le aprietan las tuercas? La primera opción exige que baje la cabeza y aguante el chaparrón hasta que Adrianí se desahogue. La segunda implica una gran pelea, porque Adrianí está casada con un poli y sabe desde hace tiempo que si la bronca está justificada acabaré reconociendo mi error.

Estoy a punto de doblar por la calle Dimitsanas cuando veo que alguien me hace señas desde la acera, aunque está oscuro y no distingo de quién se trata. Cuando se acerca, veo que es Panos, el novio de Katerina.

–¿Cuándo has llegado? –pregunto sorprendido, porque Katerina no me había dicho nada.

–Hace unos días.

–¿Sabe Katerina que estás en Atenas?

–No.

Mi sorpresa va en aumento.

–¿No la has llamado?

Me mira directamente a los ojos. Quiere contarme algo que le preocupa, pero no se atreve.

–¿Podemos ir a algún sitio a hablar? –propone tímidamente.

Lo primero que se me ocurre es que tiene problemas con la policía y desea hablar conmigo antes que con Katerina, para que lo ayude. Cuando abro la puerta del coche, Panos se apresura a entrar y evita mirarme. Prefiere eludir la conversación hasta que estemos en un lugar tranquilo. Tuerzo a la derecha en Dimitsanas y otra vez a la derecha en Alfiú. Salgo a Panormu y aparco delante del Marruecos.

A estas horas la cafetería está casi vacía, sólo una parejita está sentada a una mesa algo alejada. Mientras hablan se frotan la nariz, como hacen los esquimales. Panos ya no esquiva mi mirada, pero sigue sin pronunciar palabra, con lo cual sólo consigue aumentar mi preocupación. ¿Tan grave es lo que quiere contarme? ¿Tan terrible que no sabe cómo empezar?

–¿Por qué no has llamado a Katerina? –pregunto para facilitarle el trance.

Tarda medio minuto en contestarme y su respuesta es lo último que esperaba oír.

–Nos hemos separado –murmura.

Es mi turno de guardar silencio. Si me lo hubiera contado Katerina, hasta podría haberme alegrado de la nueva situación. Ahora la noticia me pilla desprevenido y no sé si me alegro o no.

–¿Cuándo ha ocurrido? –pregunto.

–Hace una semana.

–Espera un momento, Panos. Katerina estaba en Atenas y tú en Salónica; ¿cómo es posible que os separarais?

–Me llamó para decírmelo.

–¿Así, por teléfono?

Vuelve a callar. Me observa fijamente, como si buscara una explicación.

–¿Usted no sabe nada? –pregunta al fin.

–¿Qué he de saber?

–Katerina. Se ha liado con su médico.

–¿Quién? ¿Uzunidis?

–No sé cómo se llama, pero ahora está con él.

Esta chica no está en sus cabales, pienso. ¿Yo ingresado en el hospital, con sueros y pastillas, yendo de acá para allá en silla de ruedas, de la habitación a los laboratorios y de allí a radiología, mientras mi hija se ligaba al médico en los pasillos? Es guapo el tipo, no cabe duda, pero conozco bien a Katerina: no es su estilo.

–¿Estás seguro? –pregunto con la esperanza de que se trate de un malentendido.

–Bueno, tal vez esté mintiendo –responde con una sonrisa amarga–. Sin embargo, me dijo que está locamente enamorada del médico de usted y que no puede seguir conmigo.

Es el tiro de gracia: destroza todas mis esperanzas. Si Katerina quisiera separarse de Panos, se lo diría sin necesidad de pretextar un arrebato amoroso por Uzunidis.

–¿Y en todos los días que llevas en Atenas no has querido verla? ¿No la has llamado?

–La llamo a diario, pero su madre siempre me responde que ha salido.

–Por las mañanas se marcha a la biblioteca para conseguir la bibliografía de su doctorado. –A pesar de mi cabreo, busco excusas para justificarla.

–La llamo a todas horas: por la mañana, al mediodía, por la tarde, por la noche... Siempre contesta su madre y me dice las mismas palabras: «Lo siento, Panos, no está en casa».

De golpe entiendo lo que ocurre. Adrianí está al corriente de todo. Mientras yo me encontraba en la cama del hospital, ellas conspiraban a mis espaldas. Siempre había creído que Katerina confiaba más en mí que en su madre. La quiere, por supuesto, pero a mí me contaba sus secretos y me hablaba de sus problemas. De repente, abro los ojos y descubro que su madre ha sido nombrada consejera oficial mientras que a mí me han dado la jubilación anticipada. Claro, por eso se ha quedado en Atenas, pienso con un nudo en la garganta. No por la bibliografía ni por mí, que a fin de cuentas ya me he repuesto, sino para estar bien cerquita de su cardiólogo particular.

Panos se inclina para acercarse a mí. No, si al final acabaremos frotándonos las narices y pensarán que somos una parejita.

–Quiero a su hija, señor Jaritos –murmura–. Llevamos cuatro años juntos. La quiero y no deseo perderla.

En ese momento se echa a llorar. Un hombretón hecho y derecho, con el pelo cortado a cepillo y una camiseta que reza «Hellraiser», llorando como un niño. La verdad es que este perito verdulero nunca me ha caído bien, pero el comportamiento de mi hija hiere mi condición masculina y, a pesar mío, me solidarizo con él.

–No sé qué decirte, Panos.

–En realidad no hay nada que decir –responde–. Usted, al menos, ha aceptado escucharme.

Se levanta y se va sin despedirse, aunque en estas condiciones no puedo tenérselo en cuenta. A solas me dedico a contemplar el helado de nata que he pedido y que detesto. De repente me acuerdo del melenudo que se echó a llorar cuando su chica le dio una bofetada. Me había equivocado en aquella ocasión: no sólo lloran los hombres que se dejan el pelo largo, sino también los que se lo rapan. Lloran como mujeres. La moda es unisex, todos los relojes marcan la misma hora y las bofetadas salen volando a diestro y siniestro. Me gustaría saber quién es el guapo que distingue a los corderos de los lobos.

26

-Buenas noches.

Está sentada en el sillón, inmóvil como una esfinge, mirando la tele con el cuerpo algo inclinado hacia delante, los codos apoyados en el regazo y los pies bien juntitos. Su postura me recuerda a la señorita Crisanti, la maestra de religión del colegio, que nos obligaba a aprendernos el Credo de memoria y, cada vez que nos equivocábamos, nos daba con la regla en los nudillos. La diferencia es que la señorita Crisanti solía llevar un breviario en la mano, mientras que Adrianí sostiene el mando a distancia. Además, la señorita Crisanti siempre nos llamaba «blasfemos» o «ateos», mientras que mi mujer parece haber hecho voto de silencio.

-Sotiris me dijo que habías llamado, pero he estado tan liado que no he podido telefonear.

Hablo en tono provocador a propósito, para cabrearla y conseguir que diga algo, pero no hay reacción alguna, ni física ni verbal. Debo reconocer que su táctica es eficaz, porque me ha desconcertado. Yo esperaba toda una retahíla de gritos y recriminaciones para los que había preparado una defensa basada en excusas, a continuación recurrir a los halagos y finalmente, como última estrategia, pasar a los insultos. Sin embargo, su silencio desmonta todos mis planes. Me siento en el sillón de enfrente.

-¿Cuándo me prepararás tomates rellenos? Los echo de menos -digo.

La respuesta habitual hubiese sido: «Vinagre y hiel te daré de comer», más acorde con el estilo de la señorita Crisanti. Pero no.

Piensa seguir sorda y ciega, aun a riesgo de que la encierre en una institución.

Se me plantea un dilema. Al entrar ya la he encontrado en esta posición, lo cual indica que no tiene la menor intención de moverse. Si me levanto, estaré reconociendo mi derrota. Si por el contrario me quedo, la obligaré a seguir mirando la pantalla hasta que le dé tortícolis. Opto por lo segundo y me acomodo para ver las noticias deportivas que de repente cobran gran interés, ya que aparece Nasiulis con un reportaje sobre Petrulias. Cita nuestra conversación de la mañana y concluye diciendo que la policía investiga la posibilidad de los sobornos como causa del asesinato, aunque no la considera muy probable. No sabe que así me perjudica. Hace apenas dos horas he jurado y perjurado a Guikas que sigo sus indicaciones al pie de la letra. El reportaje, si lo está viendo, me desmiente.

–¿Desde cuándo os interesan los deportes?

Es la voz de Katerina. Me vuelvo para mirarla. Está vestida, maquillada y enjoyada, lista para salir.

–¿Te vas? –pregunto.

–Sí, voy al cine.

–Saluda al cardiólogo de mi parte.

Lo he soltado como si fuera lo más normal del mundo, sin desviar la mirada de la pantalla. Con el rabillo del ojo, veo que Katerina se queda petrificada. Tenía ganas de soltarle una buena bronca, pero decido demorarla un poco para disfrutar del espectáculo que ofrece Adriani. Después de no hacerme el menor caso, se vuelve como un rayo y me observa detenidamente. Ansiedad, interrogantes, temores, de todo hay en esa mirada.

–Hoy he visto a Panos –digo conservando la calma y la naturalidad.

Adriani busca con desesperación palabras que decir, no lo consigue y mira a su hija, que es la primera en recobrar la compostura.

–¿Dónde lo has visto? –pregunta sin alterarse.

–Me esperaba en la puerta de Jefatura, por eso he llegado tarde.

Las últimas palabras van dirigidas a Adriani, y es la guinda del pastel. Tres necesidades acompañan al hombre hasta la tumba: mear, cagar y el deseo de venganza.

−¿No te lo había dicho? −comenta la hija a la madre−. Es un niño mimado que ha ido con el cuento a mi padre.

−¿Qué esperabas que hiciera, si te escondes detrás de tu madre y te niegas a hablar con él?

−Nos hemos separado y se acabó. No entiendo qué más debo decirle −replica con brusquedad.

−No os habéis separado, sino que lo has dejado, y encima por teléfono. Estas cosas no se hacen así, hija mía.

−Se lo dije por teléfono para evitar las escenas lacrimógenas.

−Bien hecho, porque lloraba como un niño.

−No importa, ya conocerá a otra y se le pasará. Las mujeres sienten debilidad por los cachas.

Vaya, como si ella hubiese sido la novia de Gandhi.

−Esto no es serio −insisto−. No puedes dejar a un hombre plantado porque de pronto te enamoras de otro que te presiona para que cortes tu relación.

Esto último lo digo porque soy un cretino, como todos los padres, e intento convencerme de que mi inocente hijita se ha visto arrastrada al camino del mal por una influencia ajena. La respuesta es tajante y definitiva:

−No metas a Fanis en esto, él no tiene la culpa. Panos y yo llevábamos cuatro años juntos e íbamos a separarnos de todas maneras. Estuvo bien al principio, después me convertí en su mamá. Tenía que animarlo a estudiar, ayudarlo a redactar sus trabajos..., ¡ya estoy harta! Lo de Fanis no ha hecho más que acelerar un fin inevitable. Además −añade en tono que no admite objeciones−, mis asuntos personales los decido yo. Ni Fanis, ni Panos, ni nadie más.

Tengo que tragarme el «nadie más», que se refiere a mí.

−Panos nunca te cayó bien, ¿por qué lo defiendes ahora? −interviene Adrianí, quien por fin se atreve a meter baza.

−¿No comprendes que esto era lo que pretendía? −se interpone Katerina−. Inquietarlo para tenerlo de su parte.

Se me acerca por detrás, me abraza y me da un beso en la coronilla, como si yo fuera un bebé y no quisiera irritar mi piel.

–¿Sabes una cosa? –Se inclina un poco más para mirarme a los ojos–. Me alegro de que haya pasado esto. Llevo días rompiéndome la cabeza intentando encontrar la mejor manera de decírtelo.

Y me da otro beso, éste en la mejilla. La sigo con la mirada mientras se dirige a la puerta. En vez de recobrar su actitud a lo Crisanti, Adrianí me dedica una tímida sonrisa. Ahora que Katerina se ha ido, teme convertirse en el blanco de mis iras. Me encantaría desahogarme, pero he de contener mi mal humor. Se trata de nuestra hija, hemos de hablar en serio, sin resquemores.

–Debería darte vergüenza –empiezo–. Habéis llevado todo esto a mis espaldas, guardando el secreto.

–Katerina quería contártelo ella misma.

–Claro, y, mientras tanto, tú la animabas a cortar con Panos y a liarse con ese Uzunidis.

–No sé de qué te quejas. Panos es un buen chico, desde luego, pero ¿qué futuro tiene un perito agrícola? Como mucho, a tener su propio huerto o aceptar un puesto de funcionario en el Ministerio de Agricultura para supervisar el crecimiento de las lechugas. Fanis es médico...

–¿Estás hablando en serio? No hace ni diez días que salen juntos y tú ya piensas en el matrimonio...

–No se trata de eso, pero si por aquellas cosas de la vida su relación llegara a buen puerto, Fanis es inspector de la Seguridad Social y debe de ganar... ¿Cuánto? ¿Trescientas y pico al mes? Sobres aparte.

–¿Qué sobres? –interrumpo porque se me han puesto los pelos de punta–. ¿Uzunidis acepta sobres?

–No lo sé, pero imagino que sí. Hoy en día todo el mundo los acepta. ¿Qué esperas? ¿Que se niegue y se convierta en blanco de la ira de sus compañeros?

Tiene razón. Yo soy el único idiota que renuncia a la baja por enfermedad y corre todo tipo de riesgos en su trabajo. De repente, me asalta una sospecha y me pongo de pie de un salto.

–¡Oye! –estallo–. ¿Tú también le diste sobres?

–Lo hubiera hecho, pero no fue necesario –responde sin perder la calma–. Uzunidis iba a tu habitación cada dos por tres para ver a Katerina de paso.

–Pues yo no quiero verlo más –declaro–. Me buscaré otro médico.

–¿Te has vuelto loco? La gente reza por que le atienda un médico conocido y a ti no se te ocurre más que renunciar a esta ventaja.

Mira por dónde, gracias a Katerina he conseguido un enchufe en el hospital. Como si me hubiese leído el pensamiento, Adrianí se levanta, se acerca a mí y me apoya una mano en el hombro.

–Kostas, cariño –dice con ternura–. Nuestra hija ya es mayor y dueña de su vida. Nosotros podemos apoyarla en sus decisiones, pero no tomarlas por ella.

Yo pienso exactamente lo mismo. La diferencia es que Adrianí ya tiene asumida la nueva situación, mientras que a mí se me indigesta. Por otra parte, debo admitir que tiene parte de razón. En efecto, Uzunidis debe de ganar unas trescientas y pico mil al mes. Contando los sobres, su sueldo alcanzará el medio millón. Cuando mi hija empiece a trabajar, entre los dos llegarán casi a las ochocientas mil y hasta podrán ayudarme en mi jubilación. A pesar de todo, no siento el menor entusiasmo. Será que han ofendido mis anticuados principios. Será que Panos me ofrecía la posibilidad de quejarme y protestar, mientras que Uzunidis me la quita, ya que en el fondo me cae bien.

–Mañana prepararé tomates rellenos –anuncia Adrianí con voz melosa.

Es la señal de que nos hemos reconciliado. Los tomates rellenos se han convertido en una especie de código interno. Después de veinticinco años de matrimonio, cuando discutimos podemos pasar varios días sin dirigirnos la palabra. Cada vez que Adrianí quiere dar el primer paso hacia la reconciliación, no me pide perdón ni rompe el silencio; se limita a preparar una bandeja de tomates rellenos que deja en la mesa de la cocina. Es la señal de que se ha roto el hielo.

Ahora que la relación entre Katerina y Uzunidis ya es oficial y se ha normalizado la situación entre Adrianí y Jaritos, puedo dedicarme a una idea que viene reconcomiéndome desde que me encargaron del caso Kustas. Estoy convencido de que la noche de su muerte llevaba algo en el coche, algo que no encontramos. Y estoy casi convencido de que era dinero que acababa de sacar de alguna de sus cuentas. Me acerco al teléfono y marco el número de Manos Kartalis, un pariente lejano que ocupa un puesto de director en el Ministerio de Economía.

–Manos, ¿podrías echarme una mano? –digo después de las formalidades iniciales–. ¿Conoces a algún inspector de Hacienda inteligente?

–¿Qué pasa? ¿Te persiguen por evasión de impuestos? –pregunta riéndose.

A punto estoy de decirle que recurra a mí cuando tenga problemas de salud, pero me callo.

–No. Necesito que me ayude en un caso. He de investigar la contabilidad de un equipo de fútbol y no sé ni por dónde empezar.

Se produce un breve silencio.

–Si se trata de una investigación policial, debes seguir los cauces oficiales –responde con cautela–. El Colegio de Contables Jurados.

–Esto es precisamente lo que prefiero evitar. He de ser muy discreto y necesito a una persona de confianza. Vendrá conmigo y no revelaré su identidad. Lo presentaré como ayudante mío.

–Déjamelo pensar, a ver quién se me ocurre. Te llamaré mañana al despacho.

Cuelgo el teléfono y voy a la cocina para cenar sopa y pollo cocido, a la espera de los tomates rellenos de mañana.

27

La nueva residencia de Élena Kusta se encuentra en la segunda planta de un edificio de la calle Skopelu, entre la avenida Kifisiá y J. Trikupi, en Kifisiá. Llamo al timbre esperando que me abra la filipina, pero aparece la señora Kusta en persona. Lleva tejanos, un jersey y zapatos planos, sin el menor asomo de maquillaje. En el espacioso recibidor aún se amontonan las cajas de la mudanza. El pedestal para el teléfono y el sillón de respaldo bajo ya están colocados en su sitio. El resto de los muebles siguen esperando su turno. Kusta me hace pasar a una amplia sala de estar donde Niki, la hija del primer matrimonio de Kustas, está colocando una butaca en la esquina. Retrocede dos pasos para contemplarla desde cierta distancia y asegurarse de que está en el lugar que le corresponde. En el resto de la habitación impera un desorden mayor que en el recibidor. Hay cajas por todas partes: en medio de la estancia y encima del sofá, las sillas y la mesa, mientras que los muebles atestan los pasillos y dificultan el paso. Tropiezo con la pata de la mesa y Niki Kusta se da la vuelta para ver qué pasa.

–Tenga cuidado –dice Élena–. Disculpe el desorden, pero apenas hace dos días que me mudé.

–Menos mal que la encuentro aquí –digo a Niki–. Así me evito un viaje al centro.

–He pedido el día libre para ayudar a Élena.

El majestuoso gato blanco se pasea por el salón olisqueando los rincones, las cajas y los muebles; nada escapa a su inspección. Al verme, abandona su importante cometido y se planta delante de mí, maullando airadamente.

–Tranquilo, *Michi*. Deja en paz al teniente, no te hará daño. –Élena despeja una silla de su carga de embalajes y me ofrece asiento–. Se comporta así con todos los desconocidos. Es un egoísta y un maleducado –se disculpa, como si el animal fuera su hijo y quisiera evitar que me ofenda con sus modales.

–¿Por qué decidió mudarse de repente, señora Kusta? –La pregunta, excesivamente directa, resulta bastante descortés, pero es necesario formularla.

–Me pareció más conveniente dejar la casa de Glifada a Makis –responde llanamente–. Le corresponde por derecho, ya que allí nació y creció. Después de la muerte de Dinos, mi presencia en ese lugar ya no tenía sentido.

Makis fue sincero conmigo: le hizo la vida imposible para que su madrastra se largara.

–Además, Glifada está lejos de Le Canard Doré –añade Kusta, como si me hubiera leído el pensamiento y quisiera disculpar a su hijastro–. He decidido ocuparme del restaurante y no me apetece hacer ese largo viaje cada día. Aquí estoy mucho más cerca.

Niki Kusta, que ha interrumpido su trabajo, la observa con su característica sonrisa infantil y un brillo de admiración en los ojos. La chica se acerca, la abraza efusivamente y le da un beso. Lo cierto es que a mí también me encantaría darle un beso, no tanto porque me atraiga físicamente cuanto porque admiro su discreta actitud ante los problemas. Se me ocurre que, aunque Makis le hubiese dado una paliza, ella habría salido con la cabeza bien alta y sin un reproche.

–¿Sabían que Dinos Kustas era propietario de un equipo de fútbol, el Tritón?

–Por supuesto –responden las dos al unísono.

–¿Por qué no me lo contaron?

–Supusimos que ya estaba al corriente –responde Élena Kusta–. Si mal no recuerdo, sus compañeros ya habían investigado el caso antes de encargárselo a usted. Imaginamos que lo habrían averiguado. Además, no era ningún secreto.

Es verdad: no era ningún secreto ni tenían motivos para ocultármelo. Sencillamente, la Brigada Antiterrorista perdió todo interés cuando comprobó que no se trataba de un atentado y dejó la investigación.

–¿Sabe si su marido tenía algún otro equipo, además del Tritón?

–No. Según los datos facilitados por su abogado, no poseía otro equipo ni otros locales que no fueran el Flor de Noche, Los Baglamás y Le Canard Doré.

–¿Sabe por qué compró el Tritón? ¿Por qué se interesó en él?

Kusta se encoge de hombros.

–Ya se lo dije el otro día, teniente: Dinos nunca hablaba de sus negocios. Ni siquiera hubiésemos sabido que había comprado este equipo de no ser por Makis.

–¿Por Makis?

–Sí. Un día llegó a casa y pidió que su padre lo metiera en el equipo. Así nos enteramos.

–¿Cómo sabía Makis del equipo?

–No tengo ni la menor idea. –Tras una pequeña pausa, añade–: Su petición no era tan extraña. A Makis le gustaba el fútbol desde niño y jugaba en el equipo del colegio. Cuando su padre se negó a contratarlo, empezó a insistir para que le confiara la gestión de Los Baglamás y el Flor de Noche.

–Éste era el problema entre Makis y mi padre, teniente –interviene Niki–. Mi hermano nunca ha ambicionado un gran futuro. En cambio, mi padre tenía grandes sueños y aspiraciones para él. Todos sus desacuerdos partían de esta diferencia básica.

Hasta que lo empujó a la droga, pienso. De pronto una teoría empieza a formarse en mi cabeza: si Petrulias era uno de los hombres de Kustas y Makis lo sabía, tal vez lo mató para vengarse de su padre. Tengo que averiguar dónde estaba Makis entre el 15 y el 22 de junio. No quiero preguntar a su madrastra ni a su hermana, para evitar que le pongan sobre aviso. Además, ni siquiera haría falta que Makis se desplazara a la isla en persona. Los yonquis, aunque provengan de familias ricas, tienen que moverse en los bajos fondos en busca de su dosis. Saben todo lo que pasa y conocen a todos los implicados, sean albaneses, rumanos o búlgaros, como dice Guikas. Cualquiera de éstos aceptaría cargarse a Petrulias a cambio de un fin de semana pagado en la isla.

No sé adónde me conduciría mi hipótesis, pero es la única que parece abrir una puerta hacia el esclarecimiento del asesinato de Petrulias. En cuanto a la muerte de Kustas, estoy casi convencido de que fue obra de profesionales y que por ahí no llegaremos a ninguna parte.

Me levanto para marcharme.

–Gracias, señora Kusta, y perdone lo intempestivo de mi visita. –He borrado de mi memoria los escotes y las faldas insinuantes de Élena Fragaki y me comporto como un caballero, porque Élena Kusta es toda una dama.

–Dele recuerdos a su mujer de mi parte –se despide ella con una sonrisa–. Es afortunado de tener una esposa como ella, teniente.

Lo sé, aunque no me guste reconocerlo. Niki Kusta ha vuelto a dedicarse a la decoración de interiores y me saluda con la mano sin volver la cabeza para mirarme.

28

Ir de la avenida Alexandras a Taburia es toda una odisea. El cielo está nublado, no sopla ni una brizna de aire y hace bochorno. Dermitzakis está en el asiento de al lado y percibo el olor de su transpiración; la ciudad apesta a contaminación. Cuando llegamos a la altura de la Seguridad Social, en la calle Pireo, empieza la taquicardia. No me explico por qué, si esta mañana me he despertado tranquilo y descansado. Tal vez se deba al bochorno o a la contaminación, o a ambos factores. Ya me dedico a emitir mis propios diagnósticos, como Adrianí. Me enfado conmigo mismo por haber olvidado el Interal en el despacho. Uzunidis me dijo que tomara media pastilla cada vez que empezara la taquicardia. En silencio, intento contar los latidos de mi corazón para comprobar si superan los cien por minuto, porque me da vergüenza tomarme el pulso mirando el reloj. A la altura de la calle Ermú empiezan a caer las primeras gotas de lluvia y cuando llegamos a Elaídos el cielo se precipita sobre nosotros. Recuerdo lo mucho que me mojé en Vuliagmenis y de pronto me entra el pánico. ¿Qué voy a hacer si nos quedamos atascados? Ya me veo en una ambulancia, camino del hospital. Un poco más abajo, distingo entre la lluvia el rótulo de una farmacia.

–Yorgos, hazme un favor. Ve corriendo a esa farmacia y cómprame un Interal. –Me pregunto en qué categoría va a incluirme, en la de los vejestorios impotentes o en la de los jefes ineptos, pero a estas alturas no puedo permitirme el lujo de preocuparme por las apariencias.

Supongo que me incluye en la categoría de los viajantes indispuestos, ya que me mira con aire de preocupación.

–¿El corazón, teniente?

–No, pero me toca tomarlo y me lo he olvidado en el despacho –respondo para no alarmarlo–. Un poco más abajo verás un quiosco. ¿Podrías comprarme una botella de agua?

Toma el dinero y sale disparado. Llega a la farmacia en dos zancadas y enseguida alcanza el quiosco. Su agilidad me produce envidia, sobre todo porque yo jamás he sido un hombre de acción.

–Lo siento, Yorgos –me disculpo cuando vuelve.

–Ni lo mencione, teniente.

En lugar de media pastilla me trago una entera, por si las moscas. Según Uzunidis, el medicamento tarda entre tres cuartos y una hora en surtir efecto, de manera que aprieto los dientes y espero. Dermitzakis está empapado de lluvia; yo, de sudor. Menos mal que el chaparrón no dura mucho. Al cabo de diez minutos ya ha escampado y media hora después llegamos a El Pireo. Desde Costa Kondili enfilamos la subida de la calle Dimitriu hasta llegar a Rodopis. La taquicardia empieza a remitir. Dermitzakis sale del coche para averiguar en qué sentido va la numeración de la calle. Los números aumentan hacia la izquierda, así que torcemos en dirección a Keratsini.

El edificio donde vive Obicue es un bloque de cuatro pisos que amenaza con desmoronarse al primer terremoto fuerza 5, sin oponer la menor resistencia y sin dejar de pie siquiera un dintel que ofrezca refugio. Junto a la puerta hay doce timbres, nueve de ellos con un nombre al lado y tres anónimos. A punto estamos de jugar a cara o cruz para averiguar a cuál de los timbres anónimos debemos llamar, cuando se abre la puerta y aparece un joven. Le preguntamos dónde vive el nigeriano y señala el sótano.

–Sólo hay una puerta, la verán en cuanto bajen.

Nos abre una mujer negra que bloquea la entrada por completo. Lleva un vestido chillón estampado con flores y un pañuelo colorido en la cabeza. El blanco de sus ojos sería lo único visible en la oscuridad.

–*Yes?* –pregunta en inglés.

–Policía. ¿Está Obicue?

Parece que «policía» es la única palabra que sabe del idioma griego, porque abre los ojos desmesuradamente. De repente y sin aviso previo, cae al suelo, se abraza a mis piernas y empieza a chillar como si estuviera viendo al mismísimo brujo de su tribu. Al principio se desgañita en inglés: «*No, no!*». Después sigue sin cambiar de tono en un dialecto africano.

Intento zafarme de sus brazos, pero me atenazan con tanta fuerza que me resulta imposible soltarme.

–Suéltame, no he venido para arrestarlo –grito, pero ella no entiende ni una palabra y si repito la única que conoce, las cosas se complicarán aún más.

Del interior del piso asoman cuatro negritos, dos niñas y dos niños. Las niñas están vestidas con unos retales que sobraron del traje de su madre, los niños llevan pantalones tejanos cortos y camisas rojas. Todos contemplan con horror a su madre, que arremete a cabezazos contra mis espinillas, se lanzan hacia ella y berrean a coro, mientras del fondo de la vivienda emergen los gritos de un hombre que vocifera en el mismo dialecto de la negra.

Dos cosas detesto en esta vida: el racismo y los negros.

–¡Quítamelos de encima! ¡Apártalos! –grito a Dermitzakis, temiendo que me asalte de nuevo la taquicardia a pesar de la pastilla de Interal.

Dermitzakis consigue apartar primero a los críos y, con un esfuerzo tremendo, también a la negra gorda. Los pequeños buscan refugio en un rincón y desde allí contemplan a su madre aterrorizados.

Me acerco a la negra, inmovilizada por Dermitzakis, y la toco suavemente en el hombro.

–Obicue –le digo, tocándome los labios con la punta de los dedos para darle a entender que quiero hablar con él. Sus aullidos se han convertido en un gimoteo monocorde y el llanto sigue manando como de una fuente. Con un gesto de la cabeza, señala el interior del piso.

Entramos en una sala de estar pequeñita, de cuatro metros por cuatro, que recuerda los puestos de venta ambulante en las ferias populares. El suelo aparece sembrado de juguetes de plástico, las dos tumbonas plegables están ocupadas por sendas montañas de ropa y la mesa se halla cubierta por una sábana sobre la que descansa la plancha eléctrica. Un penetrante olor agrede nuestro olfato, una especie de mezcla de ajo y cebolla, como si estuvieran preparando ajiaceite y estofado de conejo.

La mujer abre otra puerta y entramos en el dormitorio. En la cama yace un negro de estatura media y cuerpo atlético, con la pierna derecha vendada del pie a la rodilla. Los niños han decorado el vendaje con dibujitos de hombres, casas, árboles y nubes. En el suelo, a ambos lados de la cama, hay dos colchones de matrimonio donde, seguramente, duermen los críos.

–¿Eres Obicue? –pregunto en griego.

Asiente con la cabeza. Su mirada muestra también terror, aunque él no reacciona con gritos y lamentos, como su mujer. La negra le dice algo en su dialecto.

–¿Por qué se ha asustado tu mujer? –pregunta Dermitzakis.

–Yo lesión, no jugar –responde en un griego deficiente–. Miedo señor Kaloyiru mandar *police* echarnos. Yo enviar dinero Nigeria, comer dos *families*. No dinero, no *food*. No jugar, señor Kaloyiru echar, no *food*.

¿Por qué iba a echarlo, si de todas maneras no le paga?

–No tengas miedo, no somos de Inmigración –le explico. Entre la taquicardia y los aspavientos de la negra, me he olvidado del poco inglés que sabía y no consigo acordarme de cómo se dice «inmigración»–. ¿Recuerdas el partido contra el Tritón, el año pasado? –Él asiente de nuevo con la cabeza–. A la salida, viste que el árbitro discutía con el *boss* del Tritón. Queremos saber por qué discutían.

–¿Discutían? –No entiende la palabra.

–*Fight* –se ofrece Dermitzakis–. *Boss* Tritón *fight* con árbitro. De nuevo el terror en la mirada.

–No tengas miedo –intento calmarlo–. Es el propio señor Kaloyiru quien nos envía. Él nos dijo que presenciaste la conversación.

Por lo visto la información lo alivia. Reflexiona un poco y, al final, se decide.

–Pasar salida y oír –dice.

–¿Qué oíste?

–*Boss* Tritón decir *referee* «esto pagar».

–¿Esto me lo pagarás?

–*Yes.*

–¿Y qué contestó el árbitro?

–Reír. «A mí no hacer nada», decir. «Yo dar a ti tarjeta roja, yo sacar a ti de partido.»

–¿Le dijo que lo expulsaría con una tarjeta roja? –puntualiza Dermitzakis.

–*Yes.*

–¿Y después?

–*Boss* Tritón coger *referee like this.* –Tira de su pijama con ambas manos, para mostrarnos cómo agarró Kustas a Petrulias de la ropa–. Decir: «ingr..., ingr...» –Intenta recordar la palabra, pero no lo consigue.

–¿Ingrato?

–No. Decir: «pagar ingratud».

–¿La ingratitud se paga?

–*Yes* –exclama entusiasmado–. E ir.

La mezcla de ajo y cebolla llega hasta el dormitorio y me irrita la nariz produciéndome deseos de estornudar. El ambiente es sofocante y tengo ganas de salir corriendo.

–Vale, ya hemos terminado –digo a Obicue y dirijo un ademán a Dermitzakis.

La negra nos acompaña a la puerta. Ahora está tan feliz que se deshace en sonrisas y reverencias. Al alejarnos, la oigo gritar:

–*Bye-bye, bye-bye.*

La situación está clara. Kustas pagó dos millones y medio a Petrulias para asegurarse la victoria sobre el Falirikós y ganar la liga, pero Petrulias se quedó con la pasta y traicionó a Kustas y su equipo. «La ingratitud se paga» es una frase más que elocuente. Sin embargo, ¿por qué aceptaría Petrulias el dinero para después saltarse el acuerdo? ¿Cómo se atrevió a enfrentarse al mandamás de la tercera división? ¿Y qué significaba exactamente «la ingratitud se paga»? ¿Tal vez que Kustas mandó a Petrulias a criar malvas? Esto daría la razón a Guikas, quien considera que es un asunto de sobornos y que hay que empezar la investigación por lo evidente. Pero si Kustas ordenó la muerte de Petrulias, entonces ¿quién se cargó a Kustas? ¿Existe alguna relación entre los dos asesinatos?

Regresamos a Atenas. Tantos interrogantes me han mareado y siento náuseas.

29

El inspector recomendado por mi primo se llama Stavros Kelesidis y trabaja en la delegación de Hacienda número 12, en Ilisia. Hemos quedado a medio camino, en la avenida Reina Sofía delante del Hospital Militar.

Cuando me preguntó cómo nos reconoceríamos, le di el Mirafiori como punto de referencia. Temo que sea demasiado joven para haber visto otro Mirafiori, ya que apenas quedan cinco en toda Atenas, pero en cuanto paso por delante de la parada de Ilisia veo a un hombre que gesticula con la mano.

Rondará los treinta y cinco años y tiene el cabello tan rebelde que los mechones de pelo se yerguen en todas direcciones. Viste al estilo de los antiguos mayoristas del mercado de abastos: chaqueta deportiva y camisa abrochada hasta el cuello, aunque sin corbata.

–Hola, teniente, soy Kelesidis. El conocido del señor Kartalis.

–Sí, ya lo sé. Oye, hemos de ser muy discretos. Para empezar, no digas que eres de Hacienda.

–El señor Kartalis ya me ha informado.

–Te presentaré como ayudante mío. Otra cuestión: nuestro objetivo. Quiero que eches un vistazo a los libros de contabilidad y que compruebes si se realizaron grandes movimientos entre el 25 y el 30 de agosto. Podría pedir una orden judicial para investigar las cuentas del equipo, pero eso lleva su tiempo. Por eso necesito tu colaboración.

Suelta una risa bondadosa, casi ingenua.

–Será un juego de niños, teniente. Terminaremos en menos de media hora.

Las oficinas del Tritón se encuentran en la parte baja de la calle Mitropóleos, en la segunda planta de un edificio de tres pisos, un poco más allá del Registro Civil. El vestíbulo apesta a fritanga. Antes aquí meaban los perros, ahora mean los albaneses. Los perros han ascendido en la escala social y ahora hacen sus necesidades en las terrazas, donde los confinan los ciudadanos zoófilos. No hay ascensor y subimos por las escaleras. En la primera planta hay un taller de confección; en la segunda, un taller de prendas de piel. Las oficinas del Tritón ocupan dos pequeños despachos en el extremo del rellano.

El administrador es un tal Stratos Selémoglu, un tipo bajo y gordo que suda copiosamente. De vez en cuando, saca un pañuelo de papel del bolsillo y se seca la frente. A este ritmo, calculo que debe de gastar cinco paquetes de pañuelos al día. Como ya lo informé de que queríamos ver los libros de contabilidad, ha hecho venir al contable. No es Yannis, el colega de Niki Kusta, sino un tipo alto de nariz aguileña y gafas de montura gruesa, pasadas de moda.

Kelesidis pone manos a la obra. Revisa los libros y, como no es igual que yo, un completo inútil en temas de contabilidad, sabe muy bien qué ha de buscar. Repasa las entradas con rapidez y, al no haber nada que le llame la atención, sigue adelante. Lo dejo a su aire y me doy un paseo por la sede del Tritón. En el primer despacho, el de la dirección, hay un escritorio y dos archivadores donde guardan los contratos de los futbolistas, las nóminas, el contrato con el campo donde entrena el equipo y la correspondencia con la Organización Nacional de Fútbol. El segundo despacho es una especie de almacén donde guardan balones, camisetas y botas de fútbol. No espero encontrar nada, sólo pretendo insistir en el hecho de que soy policía. El contable se queda junto a Kelesidis, mientras que Selémoglu me sigue pisándome los talones. A lo mejor teme que le robe una pelota.

–¿De dónde provenían estas sumas? –oigo la voz de Kelesidis.

–Del banco, previo reintegro –responde el contable.

–Veamos los justificantes.

Algo me resulta sospechoso y vuelvo al otro despacho. Kelesidis echa un vistazo a los justificantes que el contable ha buscado en una carpeta clasificadora y me pasa uno sin decir palabra. Es el comprobante de un reintegro por valor de veinte millones de dracmas.

—En los libros figuran dos entradas distintas: una de cinco millones y otra de quince. ¿Por qué hacerlo así si sólo hubo un reintegro? —pregunta Kelesidis.

El contable mira a Selémoglu.

—Los cinco millones corresponden a los sueldos de los jugadores, del entrenador y del personal. Era primero de mes y teníamos que pagar las nóminas.

—¿Y los quince restantes? —pregunto yo.

—Se los quedó el señor Kustas —responde el contable—. Por eso hice una entrada distinta.

Kustas fue asesinado el 1 de septiembre. Por la mañana pasó por el banco, sacó veinte millones de la cuenta bancaria del equipo, dejó los cinco para las nóminas y se llevó el resto. Y yo venga a buscar las cuentas de sus establecimientos nocturnos.

—¿Lo hacía a menudo? —pregunto a Selémoglu—. ¿Sacaba dinero de la cuenta del equipo para uso personal?

—Sí, aunque eran sumas más pequeñas. Un par de millones, máximo tres.

—¿Para qué quería tanto efectivo?

—No se lo pregunté, teniente, no era asunto mío. El equipo era de su propiedad, podía hacer lo que se le antojara.

—¿Tal vez quisiera cubrir necesidades del equipo?

Él se echa a reír.

—Jugamos en tercera división, teniente, partidos de pacotilla. No movemos estas cantidades de dinero.

Entonces es que se llevó el dinero para pagar a alguien y lo tenía en el coche cuando lo asesinaron. Por eso salió solo de Los Baglamás: no quería que sus matones presenciaran la transacción, ya que a esas horas de la noche sólo podía pagar a alguien que le hiciera chantaje. Y ese alguien no podía ser Petrulias, porque ya estaba muerto. Kustas tenía dos clubes nocturnos, un restaurante y un equipo de fútbol, sólo empresas legales. Su vida familiar era normal. Su hijo, al menos oficialmente, había logrado desintoxicarse. ¿Qué oscuro secreto justificaría un chantaje? De repente, la idea que se me ocurrió por la mañana en casa de Kusta me asalta con fuerza redoblada. ¿Y si lo chantajeaban porque su hijo había matado al árbitro? ¿Y si Kustas aceptó pagar para protegerlo? Aunque, en tal caso, ¿no hubiese sido más fácil chantajear al propio Makis? Un yonqui no suele presentar demasiadas resistencias. Pero no. Sabían que el padre era el premio gordo, por eso se dirigieron a él. ¿Qué sucedió para que decidieran matarle? Al asesino ni se le ocurrió llevarse el dinero, sino que lo dejó y salió huyendo. ¿No podría cobrar primero y matarlo después? En ambos casos, me enfrento al mismo problema. Empiezo un silogismo, lo sigo hasta cierto punto, me encallo y lo abandono.

La excursión hasta Taburia, el viaje de vuelta a la avenida Alexandras y a continuación el traslado a las oficinas del Tritón han sido agotadores. Tengo los nervios de punta.

–Vámonos –apremio a Kelesidis–. Ya hemos terminado.

Él sigue encorvado sobre los libros. Levanta la cabeza para mirarme.

–¿Podemos quedarnos cinco minutos más?

–¿Por qué? ¿Qué has descubierto?

–Nada concreto, aunque hay algo que me llama la atención. Mire esto. –Y señala una serie de entradas idénticas: «Patrocinador: 20 millones»–. Un patrocinador ingresaba mensualmente veinte millones en la cuenta del equipo.

–¿Qué idiota se gastaría doscientos cuarenta millones al año en un equipo de tercera categoría? –me extraño.

–Ningún idiota, sino alguien que quería escamotear dinero al fisco. Paga doscientos cuarenta millones, pero luego se ahorra el doble o el triple en desgravaciones. ¿Y sabe lo más divertido? Es un procedimiento absolutamente legal, porque figura como gasto de publicidad. Oye, amigo –pregunta al contable–, ¿quién es vuestro patrocinador?

–No recuerdo el nombre..., es una empresa extranjera.

–Vaya... Grecia se ha convertido en un paraíso para el resto del mundo. Veamos los justificantes.

El contable vuelve a buscar en el archivo, encuentra un justificante y se lo entrega. Kelesidis lo lee y se echa a reír.

–Aquí tiene –me dice–. R.I. Hellas, sondeos y encuestas.

–¿R.I. Hellas? –farfullo, como hace Guikas cuando repite como un loro los informes que yo preparo ante los medios de comunicación.

–¿A santo de qué una empresa de sondeos y encuestas decidiría patrocinar a un equipo de tercera?

No contesto, porque a mí me preocupa otra cuestión: ¿cómo es posible que el equipo de Kustas reciba dinero de la empresa en la que trabaja su hija?

–¿Cómo encontrasteis a este patrocinador? –pregunto a Selémoglu.

–No lo sé, el señor Kustas se encargó de todo. Un buen día anunció que había encontrado un patrocinador dispuesto a pagar veinte millones mensuales al equipo. A partir de entonces, nos ingresaban esta suma a principios de cada mes y nosotros lo anotábamos en los libros.

–¿Desde cuándo?

–Hará unos tres años –responde el contable.

Kelesidis ha dejado los libros para seguir la conversación.

–Kelesidis, eres un tesoro –le digo, con ganas de darle un beso.

–¿Por qué? –se extraña.

–Porque has descubierto algo que yo no habría detectado ni en mil años. Ahora sí que nos vamos. Ya hemos terminado.

Al salir a la calle Mitropóleos, una respuesta y un interrogante se forman en mi cabeza. La respuesta concierne a la desaparición de los quince millones que Kustas tenía en el coche cuando lo asesinaron. Ahora ya sé adónde han ido a parar. El interrogante concierne a la relación de Kustas con la empresa donde trabaja su hija. Lo cierto es que he descartado de entrada que R.I. Hellas pagara doscientos cuarenta kilos al año a un equipo de tercera por iniciativa propia.

30

Lambros Mandás no se ha puesto el abrigo de botones dorados ni la gorra con trencilla, quizá porque son las diez de la mañana, demasiado pronto para lucir el uniforme oficial de portero de un club nocturno. Ha conseguido embutir sus carnes en una camiseta estampada con el dibujo de un extraterrestre que lleva bajo una cazadora de piel. Está sentado a la cabecera de la mesa; Vlasópulos se halla a su izquierda y yo justo delante, para incordiarlo mejor. No hay más que decir sobre la decoración de nuestra sala de interrogatorios: sólo tenemos una mesa y tres sillas rodeadas de paredes desnudas.

Mandás, inquieto, no deja de agitarse en el asiento. Mira alternativamente a Vlasópulos y a mí, preguntándose cuál de los dos empezará el interrogatorio. Para tranquilizarse saca un pitillo que deja colgando de sus labios y cruza las manos encima de la mesa. Nuestro silencio le permite recobrar la calma y la confianza en sí mismo.

–Bueno, Lambros –empiezo–. Fuiste testigo presencial del asesinato de Kustas. Cuéntanos qué pasó.

–Ya se lo dije a la Antiterrorista y también a vosotros. ¿Qué más queréis que añada?

–Necesitamos tu declaración oficial.

Vlasópulos saca un bloc y un bolígrafo, dispuesto a tomar nota.

Mandás pone cara de aburrido, queriendo indicar que esto no tiene sentido, pero que acepta para complacernos porque le caemos bien.

–De acuerdo, allá voy. Kustas salió del club a eso de las dos y media, solo. Le dije: «Buenas noches, jefe», pero él contestó que todavía no se iba. Se dirigió al coche, abrió la puerta y se agachó hacia el interior. Entonces vi que un tipo se le acercaba por detrás y le decía algo, porque Kustas se volvió. El desconocido le disparó cuatro veces. Kustas cayó al suelo y el asesino echó a correr hacia su cómplice, que lo esperaba en una moto. El tipo se subió, el cómplice arrancó y los dos desaparecieron. Corrí hacia Kustas y lo encontré bañado en sangre. Luego entré en el club y llamé a la policía.

–¿Viste si Kustas cogió algo del coche?

–Nada.

–¿Acaso entregó algo a su asesino antes de que le disparara?

–No. Ya te lo he dicho: disparó y echó a correr.

–¿No se agachó para recoger nada antes de darse a la fuga?

–No, corrió directamente hacia la moto.

–¿Viste si Kustas sujetaba algo cuando te acercaste? Un bolso, un sobre tal vez...

–Nada.

–Tenemos un problema, Lambros –digo suavemente.

–¿Qué problema?

–Sabemos que Kustas llevaba quince millones encima cuando lo asesinaron. Tú dices que no llevaba nada y nosotros tampoco los hemos encontrado en el coche. ¿Dónde está el dinero?

–Y yo qué sé. Si no lo han encontrado, será que no lo había.

–Sí lo había, de eso no nos cabe la menor duda. Aquella misma mañana lo sacó del banco. ¿Dónde están los quince millones, Lambros?

Me dirige una mirada hostil.

–¿Cómo quieres que lo sepa? Yo no era su cajero.

–Su cajero no, su cobrador. Encontraste los quince kilos y te los quedaste.

Hasta el momento el pitillo seguía colgado de sus labios en la pose característica del matón que se encuentra en una situación amistosa. En cambio, ahora Mandás se levanta de un salto, abre la boca para protestar y se olvida del cigarrillo, que se le cae al suelo. Ni siquiera se molesta en agacharse a recogerlo, tanta prisa tiene por manifestar su indignación.

–¿De qué estás hablando? –grita–. Cuando vi que mi jefe caía abatido, corrí a llamar a la policía. A los de la Antiterrorista les conté cuanto sabía con pelos y señales. Fui yo quien reconoció la moto en la comisaría de Jaidari. Luego apareces tú, y vuelta a contar la historia. ¿Cómo es posible que ahora me acuses de robo?

–Hay quien llega a matar por cuatro chavos –tercia Vlasópulos–. ¿Pretendes convencernos de que tú no te habrías quedado los quince kilos que te sirvieron en bandeja?

–Supongamos que en efecto me los llevé. ¿Dónde iba a esconder tanto dinero?

–Debajo de ese abrigo de almirante que luces cada noche.

Vuelve a levantarse de un salto y la camiseta se suelta de debajo del cinturón. El extraterrestre se encoge para mostrar un ombligo peludo. Mandás se sienta de nuevo y enciende otro pitillo, apretándolo entre los dedos para evitar que le tiemblen las manos.

–Escuchad –dice, tratando de no alterarse–. Kustas no tenía dinero ni nada en las manos. No sé si había alguna cantidad en el coche, tal vez sí. En tal caso, se la llevaron vuestros colegas de la Antiterrorista.

–¿Qué estás diciendo, hijo de puta? –grita Vlasópulos fuera de sí–. ¿Que los chicos se llevaron la pasta y nosotros te acusamos a ti para borrar las pruebas?

–Tranquilo, Sotiris. –Sujeto a Vlasópulos por el brazo y lo obligo a sentarse–. No lo presiones. El chico nos lo contará todo.

El viejo truco del poli bueno y el poli malo. Además, no comparto la indignación de Vlasópulos. Nosotros también somos humanos. Cualquiera que encuentre quince millones puede ceder a la tentación de quedárselos. La cuestión es que sé que se los llevó Mandás, no es preciso buscar en otra parte.

–Escucha, Lambros –prosigo–. Confiesa que te apropiaste del dinero y terminemos con esto. Negarlo sólo te traerá complicaciones.

–No habrá ninguna complicación, porque no tengo el dinero y puedo demostrarlo –insiste, aunque ya no parece tan seguro de sí mismo.

–Mira, voy a explicártelo. Kustas llevaba el dinero encima para pagar a alguien que lo chantajeaba, de eso no nos cabe la menor duda. Sin embargo, el chantajista y el asesino no eran la misma persona. ¿Por qué iba a matarlo si estaba dispuesto a pagar? Por lo tanto, el dinero iba dirigido a otra persona, concretamente a ti. Kustas salió del club sin guardaespaldas para entregarte los quince millones. Y una de dos: o bien te los dio antes de que lo mataran, o bien te los llevaste antes de avisar a la policía.

–Todo eso no es más que una hipótesis, teniente. Sólo intentas confirmar una teoría.

En vez de responder, me levanto y me acerco a la puerta. Me detengo con la mano en el picaporte.

–Enciérralo –ordeno a Vlasópulos–. Ya hemos intentado ayudarlo, pero se las da de duro. Pide una orden de registro de su casa y de sus cuentas bancarias. Cuando encontremos lo que queda del dinero, lo acusaremos de robo y de asesinato. Así dejaremos el asunto zanjado.

–Oye, oye –grita Mandás, levantándose como accionado por un resorte–. No podéis hacerme esto. A fin de cuentas, fui colega vuestro.

–¡Qué colega ni qué hostias! –grita Vlasópulos, agarrándolo por la cazadora–. ¿A quién pretendes engañar? Te expulsaron del cuerpo por vender protección a los clubes nocturnos, así te enteraste de los trapos sucios de Kustas. Te hiciste con la pasta y encargaste a tus amigos que lo mataran, porque sabías que de lo contrario te mataría él a ti. No nos vengas ahora con tu falso compañerismo. ¡Yo me cago en los colegas como tú!

Muy bien, Vlasópulos, pienso. Si presentamos estos cargos al fiscal, Mandás pasará el resto de sus días en la cárcel, nosotros estaremos orgullosos de haber resuelto el caso y el asesino de Kustas se frotará las manos. Por lo visto Mandás comparte esta opinión, porque grita:

–Yo no lo maté, teniente, te lo juro. De acuerdo, vi los billetes esparcidos por el suelo y caí en la tentación, pero no chantajeaba a Kustas ni lo maté. Fue por pura casualidad, te lo juro.

–¿Dónde estaba el dinero? ¿Dentro del coche o lo tenía Kustas en las manos?

–Lo encontré en dos grandes bolsas de plástico. Al principio ni siquiera me percaté de que era dinero, supuse que eran drogas y me entró el pánico. Cuando el asesino le habló a Kustas, él se volvió para entregarle las bolsas, pero el otro disparó cuatro veces y salió corriendo. Ni siquiera miró las bolsas. Kustas cayó al suelo y los billetes se desparramaron. Corrí a su lado y vi que estaba muerto. Agarré las bolsas, las escondí bajo el abrigo, como has dicho, entré en el club y llamé a la policía. Luego escondí las bolsas tras el telón de la orquesta y las recogí antes de irme.

–¿Qué has hecho con el dinero?

Agacha la cabeza.

–Compré un Mazda 323 –farfulla–. Hacía tiempo que quería uno. También me gasté un kilo, más o menos, en varias cosillas: un televisor, un equipo de música, un aparato de aire acondicionado para mi casa... Guardo los diez restantes debajo del colchón.

A punto estoy de sugerirle que desinstale el aire acondicionado de su casa y se lo lleve a la cárcel para no pasar calor en la celda, sería una lástima desaprovechar el dinero. No obstante, el tipo se me atraviesa y no quiero bromas con él. Arriesgó el pellejo por un coche, un televisor y un equipo estereofónico. Si el ladrón hubiese sido albanés, la inversión habría sido más útil: habría montado una empresa en su país.

–¿Qué hacemos con él? –pregunta Vlasópulos.

–Él no mató a Kustas, no es asunto nuestro. Entrégalo al Departamento de Robos.

Algunas de las palabras de Mandás siguen rondándome por la cabeza. El asesino habló y Kustas se volvió para entregarle las bolsas. Los quince kilos eran para el asesino, pero en lugar de llevárselos, el tipo lo mató. ¿Por qué? No lo sé, aunque una cosa es segura: no era el asesino quien chantajeaba a Kustas. El dinero provenía de negocios sucios, y la muerte de Kustas fue una ejecución a sangre fría. Seguramente se pasó de listo y los capos lo mataron para castigarlo.

31

Recobro el aliento en la quinta planta. Después de tantos días improductivos, el descubrimiento de que Kustas llevaba encima quince millones cuando lo mataron constituye un pequeño éxito, y tengo prisa por comunicárselo a Guikas, aderezado con la detención del ladrón. Hace días que me presiona por teléfono pidiendo alguna pista, cualquier tipo de información que pueda dar a los medios de comunicación. Las últimas novedades son más que suficientes para convocar a los periodistas y se convertirán en el plato fuerte de los próximos informativos. El único que sale perjudicado es el propio Mandás, que como ya le vaticiné en su día, tendrá que contárselo todo sin cobrar un duro. Evidentemente, la detención de Mandás no nos ha acercado a la solución de las dos muertes, más bien al contrario, ya que invalida mi teoría de la culpabilidad de Makis. No obstante, me reservo el hallazgo del inesperado patrocinador del equipo de Kustas. Con un poco de habilidad, podrá ser el tema del próximo comunicado a la prensa.

Entro impetuosamente en la antesala de Guikas y me quedo atónito. El escritorio de Kula parece un tenderete de saldos: papeles dispersos, carpetas clasificadoras, papel carbón, perforadoras, corrector, tijeritas para las uñas, frascos de esmalte para las uñas; todo está amontonado de cualquier manera y los cajones aparecen abiertos y vacíos. Kula, que está sentada con los codos apoyados en el escritorio y la cabeza apoyada en las manos, me oye y levanta la cabeza. Tiene los ojos hinchados y enrojecidos del llanto.

–¿Qué te pasa? ¿Qué ha ocurrido? –pregunto mientras me acerco a ella.

–Ya no me quiere. –Pienso que se refiere a su prometido, pero me doy cuenta de mi error cuando añade–: He sido trasladada. –Es evidente que habla de Guikas.

–Pero ¿por qué?

–La culpa es de ese cretino de mi novio. –Se echa a llorar de nuevo.

Lo primero que se me ocurre es que Guikas ha pedido su traslado porque no le interesa una secretaria que termina su jornada laboral a las cuatro de la tarde, pero prefiero comprobar mi hipótesis.

–No, no es eso –masculla entre hipidos–. Estaba construyendo una casa en Diónisos y la policía local ordenó que pararan las obras porque el permiso no estaba en regla.

–¿Edificaba sin permiso?

Asiente en silencio.

–Y al muy estúpido no se le ocurre otra cosa que irle al oficial con el cuento de que su novia es la secretaria particular del director general de Seguridad. El oficial llamó a Guikas y él se enfureció.

–No te lo tomes así, Kula –intento consolarla–. Encontraremos una solución.

–Ya está solucionado. Ha firmado una orden de traslado.

Retoma su postura inicial, con los codos apoyados en la mesa y sujetándose la cabeza con las manos. No sé qué más decirle y me dirijo al despacho del jefe. Guikas será un tipo complicado, pero también es honesto. Si se entera de que alguien se aprovecha de su posición para hacer favores o cometer estafas, ya puede ir despidiéndose. Lo encuentro de pie delante de la ventana, de espaldas a la puerta, señal de que está cabreado, porque sólo en estas ocasiones se levanta de la poltrona.

–¿A qué debo el honor de tu visita? –pregunta con ironía–. Últimamente eres caro de ver.

–Hay novedades –respondo, y le hablo del dinero que llevaba Kustas la noche de su asesinato y del papel desempeñado por Mandás.

–Por fin vamos a cerrar algunas bocas –asiente satisfecho y

vuelve a sentarse tras el escritorio, pues ya ha desaparecido el motivo para estar de pie–. Prepárame un resumen.

Tendrá que ser de un folio como máximo, así podrá memorizarlo para repetirlo ante los medios de comunicación. Si redactara dos folios, se vería obligado a consultar el texto.

–¿Pongo que Kustas iba a entregar el dinero a su asesino?

Me observa pensativo.

–Eso lo dice Mandás para exculparse. Personalmente, tu teoría me parece más convincente. El chantajista es Mandás y el dinero iba destinado a él, pero no quiere confesarlo para que no lo acusemos de extorsión.

Qué bien: la treta que me inventé para presionar a Mandás se está transformando en teoría. Prosigo con mi informe y le hablo de la empresa patrocinadora del equipo de Kustas.

–No veo qué importancia tiene eso –comenta malhumorado–. Todos los equipos buscan patrocinadores. Kustas recurrió a la empresa donde trabaja su hija.

–¿Doscientos cuarenta millones al año? Es mucho dinero para un equipo de tercera. ¿No le parece extraño?

–El inspector de Hacienda ya te explicó la causa: evitarse impuestos.

Como siempre opta por la explicación más sencilla, que a mí no me convence en absoluto. No pienso desistir tan fácilmente, aunque esto me lo callo. Si hablo demasiado sólo conseguiré que me prohíba investigar y me quedaré con el as guardadito en la manga.

Ya he terminado con mi informe oral y emprendo el camino hacia la puerta, aunque me detengo antes de salir.

–Kula lleva tres años trabajando para usted y conoce bien sus costumbres. La echará de menos –comento.

Me fulmina con una mirada que, en realidad, va dirigida a Kula.

–¿Sabes qué me ha hecho?

–Ella no, ha sido su novio. Kula asegura que no tenía ni idea.

¿A qué viene tanta compasión repentina? ¿A mí qué me importa si Kula acaba tramitando multas en cualquier comisaría de barrio? Lo cierto es que no sabría contestar a estas preguntas. Quizá se deba a la relación que ha iniciado mi hija con Uzunidis. Si pillaran al doctor aceptando sobres, yo tendría que correr en ayuda de mi hija para demostrar que estaba al margen del asunto. Esto me convierte en un insólito abogado de presos y malhechores. Vas por mal camino, teniente Jaritos, pienso. Si Sotirópulos llegara a enterarse, diría que la enfermedad te ha afectado.

—Kula es buena chica y cumple con su trabajo —insisto al salir.

La buena chica, que estaba llenando una bolsa de plástico con sus efectos personales, se acerca a mí corriendo.

—Quisiera despedirme, quizá no nos volvamos a ver —murmura.

—Vamos, tampoco te trasladarán a la frontera. Cuando sepas tu nuevo puesto, ven a decírmelo.

De pronto me abraza estrechamente.

—Usted siempre ha sido amable conmigo, señor Jaritos —comenta al borde de las lágrimas, y me da un beso en la mejilla.

Por lo general, huyo de las escenas emotivas, que sólo sirven para complicar las cosas, pero Kula está tan abatida que me siento impulsado a consolarla.

—Venga, no te desanimes. Todos hemos pasado por situaciones como ésta, forma parte del juego. —Le acaricio el cabello y me suelto de su abrazo. Ella me dedica una sonrisa amarga y vuelve a sus quehaceres.

Antes de entrar en mi despacho llamo a Vlasópulos. Mientras él se acomoda en una de las sillas, tomo un sorbo de mi café griego *ma non troppo*, que ya se ha enfriado.

—¿Qué hay de Mandás? —pregunto.

—Está detenido y van a presentar cargos.

Se me ocurre que los herederos de Kustas deberían estarme agradecidos, pues acabo de procurarles diez millones más. Sobre todo Makis, que así podrá financiar sus dosis del próximo trimestre.

—¿Descarta la posibilidad de que Mandás sea el asesino de Kustas? —pregunta Vlasópulos.

Eso sería más cómodo para todos, sobre todo para Guikas, pero no es así.

–¿Por qué iba a matarlo? ¿Qué razones tenía?

–Descubrió que Kustas llevaba mucho dinero encima, cayó en la tentación y lo mató para robárselo.

–¿No oíste lo que dijo Mandás? El asesino se dirigió a Kustas y éste se volvió para entregarle las bolsas con los quince millones.

–Es lo que dice Mandás. ¿Por qué no se llevó la pasta el asesino?

–Lo ignoro. Sólo sé que era dinero negro. Sospecho que Kustas pretendía librarse así de represalias, aunque en realidad los capos no querían el dinero, sólo pretendían cargárselo para demostrar su poder. Los asesinos de Kustas eran profesionales, Sotiris.

Como recelo de las explicaciones fáciles y soy tan cretino que disfruto complicándome la vida, he tardado casi un mes en llegar a las mismas conclusiones que la Brigada Antiterrorista dedujo en dos días. Vlasópulos se va sin presentar nuevas objeciones, aunque por su mirada infiero que no está muy convencido.

Tomo un folio para redactar el resumen que me ha pedido Guikas. A través del balcón abierto veo al melenudo del piso de enfrente abrazando y besando a una chica joven. Al principio pienso que, a diferencia de Panos, éste ha recuperado a su novia, pero cuando se separan descubro que no es la misma. Ésta es alta y lleva el pelo largo. Me acuerdo de las palabras de Katerina: «Las mujeres sienten debilidad por los cachas». No sólo por los cachas, al parecer también por los melenudos. Aunque tal vez no se trate de esto; ni los cachas ni los melenudos, sino los tíos que saben llorar. Menos mal que ya he dejado atrás la juventud; con estos baremos, jamás conseguiría casarme.

32

Aunque la recepcionista de R.I. Hellas se deshace en sonrisas, no me permite ver a Niki Kusta de inmediato, sino que me deja esperando mientras consulta con ella. Por suerte, enseguida se emite un pase y vuelvo a atravesar el pasillo que separa las dos filas de cubículos. La puerta del despacho de Kusta está abierta, como en mi visita anterior. Ella va vestida con sencillez y no lleva maquillaje. Su único adorno es su cabello, negro y brillante, recogido en la nuca.

–Últimamente nos vemos casi a diario –comenta–. ¿Alguna novedad?

–No, sólo una duda que quisiera aclarar.

–Espero poder ayudarlo.

–¿Cómo es posible que esta empresa patrocine al equipo de su padre, el Tritón?

–¿Se refiere a R.I. Hellas?

–Sí.

La cándida sonrisa infantil da paso a un gesto de incomprensión.

–No tengo la menor idea. Es la primera noticia. –Piensa un poco–. En cualquier caso, no es extraño que no esté al corriente, dado que no tengo nada que ver con la dirección de la empresa. Sólo me ocupo de sondeos y estudios de mercado.

–¿Nunca se lo oyó comentar a su padre?

–Creo que ya le mencioné que jamás hablaba de sus negocios.

–¿Nunca vino a visitar la empresa?

–No. De haberlo hecho, habría pasado a saludarme. Nos veíamos poco, pero no estábamos peleados.

—¿Quién podría informarme acerca del patrocinio del Tritón?

—La señora Arvanitaki, nuestra directora. Su despacho está en la tercera planta.

Al recordar la estrechez del ascensor, que tiene el tamaño de un retrete de barco, opto por utilizar las escaleras. Mi corazón parece evolucionar bien y ahora se me presenta la oportunidad de ponerlo a prueba.

Supero el examen con éxito ya que, al alcanzar el tercer rellano, aún me sobra aliento para seguir el ascenso. La tercera planta conserva todo el esplendor de una mansión de entreguerras. La sala principal, que en este caso no ha sido dividida, está amueblada con sofás, sillones y mesillas auxiliares. Debe de ser aquí donde reciben a los empresarios ansiosos por conocer si sus yogures tienen buena acogida entre los consumidores y a los políticos deseosos de saber su índice de popularidad antes de recibir dichos yogures en la cara.

Las puertas de los despachos están todas cerradas y provistas de rótulos: CONTABILIDAD, ADMINISTRACIÓN, PERSONAL. Ninguna de ellas me interesa y avanzo a lo largo del pasillo hasta encontrar la puerta con el rótulo DIRECCIÓN. Abro sin llamar y entro.

Una sesentona flaca y de cabello blanco, embutida en un traje sastre, levanta la cabeza y me mira por encima de sus gafas de lectura. La decoración no casa con el aspecto de la secretaria: es moderna, con muebles de cristal y acero.

—¿Qué desea? —pregunta fríamente, dispuesta a echarme antes de darme tiempo a responder.

—Soy el teniente Jaritos. Quisiera hablar con la señora Arvanitaki.

—¿Tiene cita? —Su expresión deja bien patente que a la señora Arvanitaki no se le ocurriría siquiera reunirse con un policía.

—No —me presto a confirmárselo.

—Lo siento, pero en este momento está ocupada.

—Sólo quiero hacerle una pregunta. No tardaremos más de cinco minutos.

—Le he dicho que está ocupada.

Por lo visto ha dado nuestra conversación por finalizada, porque aparta la mirada y se pone a archivar documentos en una carpeta. Me acerco al escritorio y me planto delante de ella.

–Escucha –empiezo, adoptando el tuteo de rigor–. Mañana la señora Arvanitaki recibirá una citación para comparecer en la Dirección General de Seguridad en un plazo de veinticuatro horas. Si protesta, le diré que me desplacé en persona hasta su despacho para hablar con ella, pero que su secretaria me echó.

Deja el documento que tiene en la mano, levanta la vista e intenta clasificarme a mí. ¿Dónde debe meterme? ¿Con los perros guardianes o con los fanfarrones? Se decide por la primera opción, para no correr riesgos innecesarios.

–Un momento –dice y desaparece tras la puerta del fondo. A los diez segundos, la vuelve a abrir y me invita a pasar. Si las miradas matasen, caería fulminado sobre la alfombra.

Arvanitaki podría ser la hermana menor o la sobrina de su secretaria. A primera vista, no tendrá más de cuarenta años. Lleva un conjuntito azul y una camisa blanca. Aunque su cabello empieza a encanecer, no se toma la molestia de recurrir a los tintes.

–¿En qué puedo ayudarlo, teniente? –pregunta mientras señala un asiento. Si mi presencia la inquieta, lo disimula bien.

–Estamos investigando la muerte de Konstantinos Kustas. –Me callo para observar su reacción, pero ella sigue mirándome, esperando que siga–. Nuestras indagaciones demuestran cierta relación entre Kustas y su empresa.

–El nombre no me suena, aunque esto no significa que no fuera cliente de R.I. Hellas. ¿En qué trabajaba?

–Era propietario de clubes nocturnos y de un equipo de fútbol.

Arvanitaki se echa a reír.

–Entonces dudo sinceramente que fuera cliente nuestro, teniente. Ni los clubes nocturnos ni los equipos de fútbol precisan de estudios de mercado para calibrar su público.

–En tal caso, ¿cómo explica que su empresa patrocinara al Tritón, el equipo de Konstantinos Kustas?

Tarda un poco en responder. Se reclina contra el respaldo del asiento y suspira profundamente.

—Yo me hago la misma pregunta. Jamás he comprendido por qué destinábamos tanto dinero a un equipo desconocido.

Sospecho que me está tomando el pelo, pese a que su expresión parece muy sincera.

—¿No fue usted quien decidió realizar el patrocinio?

—No, teniente. R.I. Hellas es filial de una compañía de inversiones, Greekinvest. La orden vino de arriba.

Su respuesta me desconcierta. Pensé que en R.I. Hellas encontraría la solución y ahora descubro que debo seguir investigando.

—¿Recibieron la orden verbalmente o por escrito? —pregunto.

—Por escrito, naturalmente. Si lo desea, puedo mostrarle el documento.

—Me gustaría verlo.

Arvanitaki pulsa el botón del interfono y le pide a su secretaria la documentación de Greekinvest. Cuando la mujer entra, le dedico una sonrisa melosa que ella responde con una mirada de hiel. No sólo la he obligado a aceptarme, sino que para colmo le echo encima más trabajo. Sospecho que está a punto de reventar de rabia dentro de su traje asfixiante. Deja los documentos sobre el escritorio y se vuelve para irse con los ojos clavados en el techo, justo en el punto donde debería haber una lámpara araña.

Arvanitaki busca el documento. Es una carta dirigida a R.I. Hellas, con fecha del 10 de septiembre de 1992.

«Por la presente les comunicamos que hemos acordado con la dirección del equipo de fútbol Tritón el patrocinio de dicho equipo por R.I. Hellas. La suma anual del mencionado patrocinio asciende a 240 (doscientos cuarenta) millones de dracmas, efectuado en doce pagos mensuales, a partir del mes en curso. Greekinvest depositará el importe íntegro en las cuentas de R.I. Hellas a principios de cada ejercicio. El acuerdo tiene validez anual y podrá ser prorrogado previa notificación. Rogamos se pongan en contacto con las oficinas del equipo, al teléfono 32 01 111, para formalizar los detalles.»

Leo la firma que figura al pie del documento y lo que descubro me deja boquiabierto. ¿Jristos Petrulias era el dueño de Greekinvest y ordenaba el patrocinio del equipo de Kustas por parte de su empresa? Tardo más de un minuto en levantar la vista. Arvanitaki me observa con curiosidad.

–¿Jristos Petrulias era dueño de Greekinvest?

Se encoge de hombros.

–Supongo, aunque no estoy segura. Desde luego, era su administrador.

–¿Solía visitar a menudo las oficinas de R.I. Hellas?

–No, sólo cuando había asuntos urgentes que atender.

–¿Cómo se comunicaban?

–Por fax o bien por teléfono.

–Señora Arvanitaki, ¿sabía que Jristos Petrulias ha sido asesinado?

Empieza a reacomodarse en la silla, como hacía Mandás.

–Lo sé –asiente.

–¿Por qué no nos comunicó que era el administrador y, tal vez, incluso el dueño de Greekinvest, que controla R.I. Hellas?

Me mira en silencio intentando encontrar una excusa que justifique su comportamiento, tarea harto difícil. Al final, se resigna.

–Escuche, teniente. Nuestra empresa realiza sondeos de opinión y estudios de mercado. Nos relacionamos con empresarios y partidos políticos. ¿Se imagina las repercusiones si se hiciera público que Jristos Petrulias era administrador de la empresa madre? Dado que su asesinato nada tenía que ver con R.I. Hellas, opté por callar, con la esperanza de que no se descubriera su relación con nuestra empresa.

–¿Su jefe fallece de muerte violenta y a usted le preocupan los sondeos?

–En efecto. Si realizáramos un sondeo de la fama de Petrulias, ¿cuántos cree que sabrían quién era? He oído decir que actuaba como árbitro. Pongamos que lo conocían sus colegas y algunos futbolistas. A los productos comerciales y a los políticos los conoce todo el mundo. Lamento sinceramente la muerte de ese hombre, pero yo tenía que proteger el nombre de la empresa que dirijo.

¿Cómo lo había expresado Kaloyiru? Desde luego, no cabía esperar nada más de un mundo en el que todos los relojes marcan la misma hora.

–¿Quién estaba al corriente en la empresa de la identidad de Petrulias?

–Nadie.

–De acuerdo, pero él fue asesinado en junio. Desde entonces han pasado tres meses. ¿De quién recibían órdenes entretanto?

–Había un coadministrador o, mejor dicho, una coadministradora.

–¿Quién? ¿Cómo se llama?

–Es la señora Lukía Karamitri. Si a Petrulias lo veía poco, a ella no la he visto nunca. Sólo la conozco por teléfono y por leer su firma en los faxes.

El nombre de Lukía Karamitri no me dice nada, aunque bien es cierto que yo no tomo notas, como mis ayudantes. Todo queda registrado en mi memoria.

–Tendrá que venir a Jefatura a prestar declaración –le digo.

–¿Puedo pedirle un favor?

–¿De qué se trata?

–Que no se haga pública la relación de Petrulias con nuestra empresa.

–No se hará pública si no guarda relación con su asesinato.

Suspira con alivio.

–Ya es algo. Estoy segura de que no existe ningún vínculo. ¿Puede devolverme el documento? –pregunta señalando la carta con la firma de Petrulias.

–Sí, aunque necesitaré una copia.

Sale de detrás del escritorio y me conduce a la antesala. La secretaria la contempla extrañada, o más bien disgustada de que se haya tomado la molestia de acompañarme y de hacer ella misma la fotocopia, que me entrega para quedarse con el original.

Bajando la amplia escalera de madera, hojeo otra vez el documento y me encallo en el membrete. Greekinvest se encuentra en el número 8 de la calle Fokíonos. R.I. Hellas, en

Apólonos. Las oficinas del Tritón, en Mitropóleos. No hay más que una manzana de distancia entre las tres. ¿Por qué? No tengo la respuesta, pero no creo que se trate de una simple casualidad.

Estoy impaciente por volver a Jefatura y me apresuro a bajar las escaleras. En el segundo rellano, sin embargo, cambio de opinión y me dirijo de nuevo al despacho de Niki Kusta.

–¿Ha visto a la señora Arvanitaki? –me pregunta.

–Sí, he conversado con ella. Quisiera formularle otra pregunta. ¿Le dice algo el nombre de Jristos Petrulias?

–No. ¿Debería?

Pues no, ya que Arvanitaki lo guardaba en secreto.

–Me pregunto si tal vez su padre lo mencionó alguna vez.

–Nunca.

–¿Ha oído hablar de la señora Lukía Karamitri?

Su sonrisa infantil se borra de un plumazo y se muerde el labio en silencio. Cuando decide hablar, no obstante, su voz suena con firmeza.

–No es sólo que haya oído hablar de ella: es mi madre.

La contemplo atónito. ¿Su madre? ¿Qué madre?

–¿Se refiere a la señora Kusta?

–No, a Élena no. Me refiero a mi madre biológica, la que me trajo al mundo.

Bajo los dos tramos de escalera sumido en mis pensamientos, me olvido de saludar a la recepcionista y, una vez en la calle, tengo que detenerme delante de la puerta porque el hilo de mis cavilaciones me para los pies.

¿Cómo es posible que Petrulias y la primera mujer de Kustas sean administradores de la misma empresa? ¿Cómo es posible que, entre los dos, autorizaran el pago de doscientos cuarenta millones al año al equipo de Kustas? Cabe en lo posible que este último y Petrulias tuvieran asuntos turbios entre manos, pero la ex mujer... Lo deja por un cantante, corta toda relación con sus hijos y, al cabo del tiempo, ¿acepta financiar el equipo de su ex marido? ¿Y Petrulias señala un penalti inexistente para que perdiera el equipo que él mismo patrocinaba?

Llego al coche sin percatarme siquiera. Me quedo con las

manos en el volante y la mirada fija en el parabrisas, como los niños que juegan a conducir con el motor apagado. Podría aventurar muchas explicaciones para la relación entre Kustas y Petrulias, pero el vínculo entre Karamitri y su ex marido me resulta incomprensible.

33

Ya de buena mañana estallan los enfrentamientos entre un servidor y el bloque formado por Adrianí y Katerina, que últimamente han establecido una estrategia común, como hacen los europeos en la guerra de Bosnia. Hoy he de volver al hospital para someterme a un nuevo examen. Katerina insiste en acompañarme, pero yo me niego rotundamente. Ya tendré suficiente con enfrentarme a Uzunidis. Si viene ella, estaré pendiente de los gestos, las risitas y los intercambios de miradas, y me pondré muy nervioso. Soy consciente de que tal vez sea producto de mi imaginación, pero ésta es la impresión que tengo y nadie va a quitármela. Mi propuesta de ir solo se estrella contra el muro defensivo de Adrianí. Al final conseguimos llegar a un acuerdo. Adrianí me acompañará al hospital y Katerina irá a la biblioteca.

–¿Cuándo volverás a Salónica? –pregunto a mi hija.

Me mira sin su habitual sonrisa irónica.

–¿Quieres que me vaya? –Su mirada es hostil, aunque la pregunta más bien ha sonado como una queja.

Me doy cuenta de que la relación con mi hija se está deteriorando y yo no hago nada para evitarlo. Por un lado, intuyo que la culpa es mía; por el otro, sospecho que no sigue en Atenas para reunir bibliografía, sino para disfrutar de la compañía de Uzunidis, y eso me basta para desear que se marche. Antes, la inminencia de su ausencia me deprimía, y aunque estoy seguro de que ahora también lo sentiré mucho prefiero que regrese a Salónica.

–No quisiera que tus estudios se resintieran por mi culpa.

−Sólo es una media mentira y, como todas las medias mentiras, resulta convincente. Katerina me abraza y me da un beso.

−Ay, papá, tú y tus prejuicios... −dice riéndose.

Deja mis prejuicios en paz, pienso. Un poli sin prejuicios no es poli ni es nada. Aunque nuestra discusión haya terminado, salgo de casa con los nervios de punta. Hemos acordado que Adrianí pasará por el despacho a recogerme a las once y media. Ahora estoy en la cantina, esperando que Aliki me sirva el griego *ma non troppo*. Está cuchicheando con una amiga y yo ya empiezo a perder la paciencia, aunque más vale permanecer tranquilito.

Café en mano, paso por el despacho de mis dos ayudantes en busca de Dermitzakis, pero no lo encuentro.

−¿Dónde está Dermitzakis? −le digo a Vlasópulos.

−Habrá salido.

−Claro que habrá salido; si no, estaría aquí. Quiero saber si te comentó adónde iba o si cada cual hace lo que le da la gana sin molestarse en dar explicaciones.

−No me dijo nada.

−Que pase por mi despacho en cuanto vuelva. Quiero hablar con él.

Apenas he tomado el primer sorbo de café, se abre la puerta y aparece Dermitzakis.

−¿Quería verme?

−Sí. Llama a Makis Kustas y a su hermana. Quiero organizar un careo entre los dos.

−¿Hay alguna novedad? −pregunta Dermitzakis tímidamente.

−Te lo diré en cuanto haya hablado con ellos. Vamos, ¿a qué esperas? Ah, la próxima vez que tengas que salir di adónde vas.

−Sólo he ido a comprar tabaco.

−No importa. Tenemos que saber dónde estás, aunque sea en los lavabos.

Intenta en vano encontrar una explicación para mi mal humor matutino. Yo sí conozco la razón, me basta con mirar la hilera de medicamentos encima de mi escritorio. Me preocupa la visita al médico. Hace unos días que ya no tengo molestias y he vuelto a fumar algún que otro cigarrito a escondidas, aunque siempre en el despacho, nunca en casa. Temo que Uzunidis lo descubra y entonces sálvese quien pueda de mi actual mujer y mi futuro yerno. Hoy vuelvo a tener taquicardia y decido tomarme una pastilla de Interal entera para llegar tranquilo al hospital y que el electrocardiograma salga lo mejor posible.

Son las diez, falta hora y media para que llegue Adrianí, tiempo de sobra para informar a Guikas de mis descubrimientos de ayer. Ahora que ha quedado demostrada la relación entre Kustas y Petrulias, habrá que reabrir el caso que archivamos. Aún no sabemos si existe alguna relación entre las dos muertes, pero no nos queda más remedio que investigarlas a la vez. Aunque los acontecimientos no serán del agrado de Guikas, a mí sí me complacen, lo cual me levanta un poco el ánimo. Estoy a punto de llamar al jefe cuando se abre la puerta del despacho y entra Sotirópulos.

–¿Qué es eso que nos cuenta Guikas? ¿Kustas llevaba quince millones la noche del asesinato y su propio portero se los robó? –pregunta incrédulo.

–No entiendo por qué me lo preguntas, si ya lo sabes.

–Porque aquí hay gato encerrado. Seguro que tenéis más información y la ocultáis a la opinión pública. –Me mira con la expresión de un perro que no se conforma con un solo hueso.

–Esto es lo que hay. Si quieres, te lo cuento desde el principio.

–¿Qué has de contar? ¿Que después de un mes de investigaciones habéis logrado detener a un pillo mientras el asesino anda suelto? Si Mandás hubiese sido un poco más listo, habría atracado un banco, así no lo hubierais encontrado en la vida. ¿Qué digo yo ahora en las noticias?

Algo se le ocurrirá, alguna historia que pueda repetir tres noches seguidas, aderezada con la foto del cadáver de Kustas.

–¿Qué hay de Petrulias?

–Nada todavía.

–Ya te lo dije. Estás de capa caída.

Me imagino qué cara pondría si le hablara de la relación de Kustas con su ex mujer y con Petrulias. Descuelgo el teléfono para llamar a Guikas pero me doy cuenta de que ya sólo dispongo de tres cuartos de hora. Si me entretiene demasiado, no podré salir a tiempo y faltaré a la cita con el médico. Hago bien en no llamar, ya que Adrianí aparece con media hora de antelación, temerosa de llegar tarde al hospital.

Tardamos un cuarto de hora en cubrir la distancia entre la avenida Alexandras y el Hospital General. Quince minutos son más que suficientes para que mi ánimo decaiga, aplastado por la agonía de los nervios. Nos han citado a las doce, pero Adrianí se apresura a anunciar nuestra llegada a Uzunidis y regresa acompañada por una enfermera.

–Te harán los análisis enseguida, así estarás listo cuando llegue tu turno. –Sonríe orgullosa de haber conseguido un trato de favor.

La enfermera, bajita y patizamba, luce patillas y bigote.

–Venga –me ordena.

Menos mal que esta vez me libro de la silla de ruedas con cisterna de váter individual. Me dan prioridad en todos los servicios, con lo cual me convierto en blanco de las miradas asesinas de los pacientes que aguardan su turno. Sin duda piensan que he untado a los médicos. Cómo van a imaginarse la razón de tanto privilegio.

Los análisis concluyen en un cuarto de hora y me siento en una silla de plástico en el pasillo, mientras espero a que me permitan entrar en la consulta del cardiólogo, apretando los sobres de los resultados con mis manos sudorosas. Se abre la puerta de la consulta y la patizamba nos indica que pasemos.

Inesperadamente, me encuentro ante un Uzunidis desconocido. El joven amable y sonriente que me atendió cuando estuve ingresado ha sido sustituido por un hombre frío y distante, que sólo me dirige la palabra cuando es estrictamente necesario. Estudia las pruebas con semblante ceñudo y me manda que me desnude de la cintura para arriba y me tumbe en la camilla. La experiencia del policía se impone por un instante a la angustia del paciente y comprendo el cambio de actitud. Katerina le ha dicho que estoy al corriente de su relación e intenta mantener distancias para que no lo regañe. De todos modos no pensaba hacerlo, pero su comportamiento me indigna y decido pagarle con la misma moneda. Así empieza una comunicación telegráfica que de buena gana hubiese sido monosilábica.

–Respire hondo.

Silencio.

–¿Le duele?

–No.

–No se levante.

Silencio.

–¿Taquicardias?

–Pocas.

–Puede vestirse.

Silencio. Mientras me estaba auscultando el contacto era más cómodo porque no era preciso que nos miráramos. Ahora que estoy de pie, surge el problema de cómo evitar que se crucen nuestras miradas.

–Todo va bien –anuncia fríamente mientras anota sus observaciones en el historial–. Los análisis son buenos, y el electrocardiograma, muy satisfactorio.

De pronto me siento más ligero que una pluma. Lo primero que se me ocurre es que debería disculparme ante Vlasópulos y Dermitzakis por mi mal humor de la mañana.

–Es que se cansa mucho, doctor –interviene Adrianí, que parece haber jurado aguarme todas las fiestas–. Se va por la mañana a las ocho y no vuelve hasta las siete de la tarde.

–No importa, le conviene andar. Ya que su situación se ha normalizado, puede llevar una vida normal. –La amabilidad que me niega a mí la derrocha con Adrianí. Quise evitar las risitas y los jueguecitos con mi hija y ahora tengo que sufrirlos con mi mujer.

Uzunidis recompone su expresión gélida para hablar conmigo.

–Suspenda toda la medicación menos el Digoxin, y vuelva dentro de tres meses para una revisión.

Tú di lo que quieras, que yo seguiré tomando mi medio Interal, por si las moscas.

–Menos mal que no te hice caso en lo de cambiar de médico –dice Adrianí satisfecha mientras nos dirigimos al coche.

Podría quejarme del trato que me ha dispensado, pero no quiero ponerme nervioso. Menos mal que no lo veré en tres meses, si es que vuelvo a verlo.

34

–¿Han detenido al asesino de papá?

–Aún no.

–Pensé que nos llamaba por esa cuestión.

Niki y Makis están sentados ante mí, al otro lado del escritorio. Él lleva su cazadora de piel, los tejanos y las botas camperas. Ella, una falda que no llega a las rodillas, una blusa y una chaqueta. Dan la sensación de apoyarse mutuamente y, al mismo tiempo, de tener opiniones opuestas. Nadie diría que son hermanos. Makis no se ha afeitado, parece deprimido y mayor de lo que en realidad es. Niki viste ropa sencilla y elegante, y su sonrisa infantil le confiere una apariencia juvenil. Los he llamado porque necesito cierta información antes de ponerme en contacto con su madre, la señora Lukía Karamitri. Además, me gustaría aclarar de una vez por todas la relación de Niki Kusta con R.I. Hellas.

–Si hubiésemos detenido al asesino, habría avisado también a la señora Kusta.

–A lo mejor se lo cargó ella y está en chirona –suelta Makis, y se echa a reír.

–No seas injusto, no hables así de Élena –lo reprende su hermana. Ya ha salido a relucir la primera de las diferencias que pretendo fomentar y que tal vez me faciliten algunas respuestas.

–¿Saben si su padre siguió viéndose con su madre después de la separación?

–No fue una separación; ella lo dejó plantado –puntualiza Makis–. Un buen día nos despertamos y mamá ya no estaba en casa. Papá nos dijo que se había marchado para siempre. Desde entonces no volvió a hablar de ella y hasta nos prohibió que pronunciáramos su nombre.

–¿Su madre poseía bienes propios?

Niki esboza su cándida sonrisa infantil.

–Cuando mi madre se fue, Makis tenía catorce años y yo, doce. No sabíamos nada de bienes o de dinero.

–¿Tampoco si tenía empresas a su nombre?

–No, al menos mientras vivía con nosotros; porque se pasaba todo el día en casa. No sé qué hizo después.

–¿Cómo entraste en R.I. Hellas?

–Cuando volví de Inglaterra empecé a buscar trabajo. Papá me habló de una empresa que precisaba un analista de mercados. Hablé con Arvanitaki y ella me contrató.

Es posible que nadie mediara para su contratación. La chica estudió en Inglaterra y los analistas de mercado no abundan tanto como los abogados o los ingenieros. Sin embargo, también es posible que Kustas pidiera a Karamitri o a Petrulias que la contrataran.

–¿Estás segura de que tu madre no tuvo nada que ver en ello?

–¿Mi madre?

Me mira estupefacta y Makis se levanta de un salto.

–¿A qué viene tanta insistencia? –grita–. ¿Qué tiene que ver mi madre con el asesinato de mi padre, si lo dejó hace quince años? ¿Por qué iba a matarlo ahora?

–¿Conoces a un tal Jristos Petrulias? –le pregunto.

–Esta mañana ya me lo preguntó y le dije que no lo conozco –interviene Niki.

–Se lo pregunto a su hermano.

–¿Y por qué tendría que conocerlo yo? –pregunta Makis.

–Porque te gusta el fútbol y querías jugar en el equipo de tu padre. A lo mejor lo conocías por sus arbitrajes.

–Yo sólo he jugado al fútbol en los descampados. Mi padre nunca quiso que fuera futbolista. ¿Cómo iba a conocer a un arbitrucho de mierda?

–Colaboraba con tu padre.

–Quieres decir que mi padre lo sobornaba. ¿Y qué? No era el único.

–Yo no he hablado de sobornos, sólo he dicho que colaboraba con él. No sólo tu padre, sino también tu madre –añado para comprobar su reacción.

–¡Deja a mi madre en paz! –grita–. ¡No tiene que ver ni con mi padre ni con la pasma!

–Tu madre era socia de Petrulias –explico con calma–. Juntos dirigían una empresa, Greekinvest, que controla R.I. Hellas, donde trabaja tu hermana. R.I. Hellas financiaba el equipo de tu padre, previa orden de tu madre y Petrulias. Por eso he preguntado si vuestra madre continuó viéndose con vuestro padre después de la separación.

Ambos me contemplan en silencio. Makis intenta en vano farfullar algo mientras Niki me observa boquiabierta.

–¿Está seguro? –pregunta al final.

–Me lo dijo Arvanitaki.

–¿Arvanitaki sabe que Lukía Karamitri es mi madre?

–No. Sólo conocía el nombre, pero me confirmó que R.I. Hellas pagaba al Tritón doscientos cuarenta millones al año por orden de Greekinvest.

De repente, la cándida sonrisa infantil es sustituida por una mirada cargada de odio.

–¿Por qué no pregunta a la inútil de mi madre qué significa todo esto? Como si no le bastara habernos abandonado a nuestra suerte, ahora sigue creándonos problemas.

–No hables así de mamá, Niki. No quiero que hables así de ella.

Makis se deja caer en la silla y oculta el rostro con las manos. Niki se acerca y lo abraza.

–Está bien, lo retiro. Tienes razón, no debería hablar así.

Makis levanta la cabeza y la mira.

–Fui a verla –susurra.

–¿A quién?

–A mamá. Fui a verla.

–¿Cuándo?

–Poco después de que se marchara me enteré de que vivía en Varibopi. No me preguntes cómo conseguí llegar a ese rincón dejado de la mano de Dios, pero lo hice. «Soy yo, mamá», le dije cuando me abrió la puerta. «Tu hijo, Makis. He venido a verte.» Por un momento, me miró en silencio. «Vete», me ordenó enseguida. «Vete y no vuelvas nunca más.» Y me cerró la puerta en las narices. –No es a su hermana a quien cuenta el episodio, ni tampoco a mí. Está hablando para sí mismo–. A mí no quiso verme y en cambio accedió a tener negocios con el hombre a quien había abandonado...

Guarda silencio y permanece inmóvil. Niki le acaricia la cabeza para tranquilizarlo.

–Alguien chantajeaba a vuestro padre. La noche en que lo mataron, salió a buscar quince millones de dracmas que guardaba en el coche, probablemente para pagar al chantajista, al que estamos buscando. –Acto seguido les refiero la historia de Mandás.

–Alguien que conocía los desmanes de mi madrastra –grita Makis en tono triunfal.

–¿A qué te refieres? –pregunto.

–¡Makis! –La voz de Niki denota terror y también una advertencia.

Él prescinde de la admonición y prosigue con los ojos brillantes, como siempre que se apasiona.

–Pregunta a Élena adónde ha ido los martes por la tarde en estos últimos tres años. Los martes por la tarde papá asistía al entrenamiento del equipo y ella se escapaba de casa. ¡Todos los martes, sin excepción! ¡Pregúntale adónde iba! Yo te lo diré: ¡a ponerle los cuernos! Mamá al menos tuvo el valor de dejarlo. Ella lo engañaba.

–Makis, Élena no engañaba a papá. El odio te hace hablar de ese modo.

–Tú no lo sabes, no estabas en casa –susurra el chico, que de pronto parece perder toda su energía.

Bonita combinación, pienso. El hijo acusa a la madrastra y adora a la madre, mientras que la hija acusa a la madre y adora a la madrastra.

Niki lo ayuda a ponerse en pie despacio, con cuidado, como si fuera un jarrón valioso y muy frágil, sujetándolo por los hombros. Después se dirige a mí:

−¿Ha terminado, teniente? ¿Podemos irnos ya? −suplica casi.

−Sí, ya hemos terminado.

Makis arrastra los pies y ella sigue sosteniéndolo mientras se acercan a la puerta. Si tuviera aquí la silla de ruedas con la cisterna, con mucho gusto se la ofrecería.

A solas en mi despacho pienso que buscando información acerca de Karamitri he averiguado algo con respecto a Élena Kusta. Descuelgo el teléfono interior y ordeno a Dermitzakis que venga a verme.

−Que sigan a Élena Kusta −le digo y repito las palabras de Makis.

Me mira extrañado.

−¿Va a confiar en un yonqui?

−No, pero debemos confirmar cualquier información que obtengamos. −Lo que me callo es que me falta poco para caer rendido ante Élena e intuyo que debo poner freno a mis sentimientos.

−Se lo encargaré a Antonópulos −dice Dermitzakis−. Es un tipo listo.

Se trata de un agente recién trasladado de la Brigada Antivicio. Incoloro e inodoro, tiene el don natural de pasar inadvertido. Dermitzakis ha elegido bien. Recojo mis papeles, me despido y me dispongo a regresar a casa.

35

–Papá, ¿podrías dejarme en la calle Héroes de la Politécnica? Tengo que ir a la Ciudad Universitaria –comenta Katerina por la mañana.

–Por supuesto.

Subimos al coche en silencio. Yo mantengo la vista fija en la calle mientras Katerina contempla absorta la acera de la derecha, observando a los transeúntes que caminan apresurados o se apretujan en las paradas del autobús, listos para atacar a patadas y codazos en cuanto llegue el vehículo. A la altura de Imitú, rompe el silencio:

–Quería que me acompañaras para hablar a solas contigo.

Se muestra tan directa que me sorprende. Vuelvo la cabeza para mirarla, pero ella sigue ensimismada contemplando las aceras.

–De acuerdo, hablemos –respondo–. ¿De qué se trata?

–En el coche, no. Mejor vayamos a un lugar tranquilo.

Tengo el corazón en un puño. Tal vez ha decidido abandonar los estudios para quedarse en Atenas y casarse con Uzunidis, pienso. Buscará cualquier empleo con un sueldo mísero. Seguro que se trata de eso y quiere comunicármelo con delicadeza. Tanto tiempo en la universidad, tantos años de penurias en los que no teníamos ni para ir de vacaciones, para que aparezca un medicucho y lo mande todo al garete. Los pobres, como los gorriones, sólo tenemos dos opciones para llegar alto: o decidimos volar, o dejamos que nos pille el gato y nos suba al tejado entre sus fauces. Katerina ha descartado la primera opción y se ha inclinado por la segunda. Sé que debo ser paciente, pero mi voluntad flaquea.

—¿Se trata de tus estudios? —pregunto.

—No, no es eso. Ya hablaremos.

Contengo un suspiro de alivio. Si no abandona los estudios, lo demás tendrá solución.

—Mejor que no sea hoy, no sé a qué hora terminaré. —De pronto temo que se lo tome a mal—. No es que pretenda evitar el tema —me justifico—, pero estoy investigando dos asesinatos y ando de trabajo hasta el cuello.

—Ya lo sé. —Pasamos muchas travesías antes de que se digne dedicarme una sonrisa—. No entres en la Ciudad Universitaria, déjame en la esquina.

Baja del coche en cuanto me detengo en el semáforo. La veo cruzar la calle y me pregunto si no seré como Kustas, que nunca supo comprender a su hijo hasta que al final Makis se quedó encallado irremediablemente.

Esta idea sigue atormentándome mientras circulo por la nacional Atenas-Salónica hacia la casa de Karamitri en Varibopi. Cuando le comuniqué mi visita por teléfono, al principio protestó porque la obligara a quedarse todo el día en casa esperándome. Al instante le ofrecí la alternativa de que pasara ella por Jefatura cuando quisiera. No tardó ni un segundo en cambiar de parecer, ya que a nadie le apetece ser interrogado en un despacho de policía; todo el mundo prefiere la comodidad de su hogar.

Así que ahora transito lentamente por el carril derecho de la nacional. La carretera está casi vacía y los pocos coches que circulan adelantan al Mirafiori como liebres a la tortuga. Mejor para ellos, a mí me trae sin cuidado porque ya estoy acostumbrado a que me adelanten hasta los ciclomotores, y además porque eso me permite seguir pensando en Katerina. Superado el susto de los estudios, ya puedo alegrarme de su deseo de hablar a solas conmigo, lo cual significa que aún recuerda los tiempos en que conspirábamos a espaldas de su madre. Ya sé que ahora cada uno miramos a un lado distinto; yo a la calle y ella a la acera, pero por algo se empieza. No me resulta difícil adivinar de qué quiere hablarme. Descartados los estudios, sólo queda Uzunidis. Intentará justificar la actitud del otro día en el hospital, más gélida que el iglú de un esquimal. Aun así, el hecho de que no necesite el apoyo de su madre es buena señal.

Poco después de la curva de Nea Eritrea me espera la segunda sorpresa agradable del día. Todos los que me adelantaron están atascados en la carretera, gritando, maldiciendo y tocando el claxon. Me atasco yo también y me dispongo a esperar. Transcurridos diez minutos, bajo del coche. Adelanto a pie dos turismos, una furgoneta y un camión, y me acerco al arcén. Unos ciento cincuenta metros más adelante, distingo algunos coches y camiones atravesados en la calzada, cortando la carretera. Detrás de ellos, un montón de gente. Unos llevan pancartas imposibles de leer y otros gritan a través de altavoces imposibles de oír. Delante de la barrera de vehículos, a ambos lados de la carretera, esperan las Fuerzas Antidisturbios, los coches celulares y las patrullas.

Un camionero, pitillo en boca, hace gestos obscenos a cuanto ve por el parabrisas: los coches, los policías, los manifestantes y el paisaje.

–¿Qué pasa? –le pregunto.

–Los de Menidi han cortado la carretera para protestar contra el vertedero –dice.

–¿Van a colocar un vertedero en Menidi? –No sabía nada de este asunto.

–No.

–¿Por qué protestan, entonces?

–Porque el Ministerio piensa instalar una depuradora en uno de los diez municipios circundantes de Atenas.

–¿Por eso protestan?

–Menidi es uno de los diez municipios, y ellos no quieren formar parte del proyecto. Que se apañen los demás, dicen.

Delante del camión, espera un BMW blanco, último modelo. El conductor ha salido del coche y está apoyado en el capó, sosteniendo un puro en la mano derecha y un teléfono móvil en la izquierda, a través del cual mantiene una conversación en inglés. «Yes, yes», grita para hacerse oír. «Not more than an hour.»

Si espera salir de aquí dentro de una hora, va fino, pienso. Aunque tal vez esté hablando con alguien que no es de la Comunidad Económica Europea y desconoce nuestras miserias. Así ya se puede mentir.

—¿Y yo qué culpa tengo? —despotrica el camionero a mi lado—. Llevo mercancía perecedera, pescado congelado. Si el bloqueo continúa hasta la noche, ya puedo ir buscando un caldero para hervir los mújoles y una parrilla gigante para asar los salmonetes. Se van a pudrir y tendré que tirarlos. ¡Cualquier desaprensivo se cree con derecho a cortar las calles! ¡Qué país, éste!

—Tú transportarás pescado —se oye una voz del otro lado; es el conductor del BMW, que se acerca a la ventanilla del camionero con el puro en la boca—, pero a mí me esperan en Salónica para firmar un contrato multimillonario, y corro el riesgo de perder el cliente.

—A mí tus millones me traen sin cuidado —replica el camionero—. Yo tengo que llevar comida a la gente.

El tipo lo mira con sarcasmo.

—A mí, desde luego, no. Yo el pescado congelado ni lo pruebo. Si no es pescadito fresco, recién salido del mar...

—¿Sabes qué te mereces? —grita el camionero—. Que descargue la mercancía sobre tu coche, así tendrías que hacer el resto del camino a pie. ¡Paletos! Hace diez años cagabais en el campo y ahora queréis montaros en el dólar.

Me alejo de esta lucha de clases que ha dejado de constituir delito para convertirse en un espectáculo callejero y maldigo la hora en que se me ocurrió tomar la nacional para evitar los embotellamientos de Kifisiás. Tal vez podría escapar marcha atrás, pero de pronto observo que a estas alturas se ha formado una caravana de varios kilómetros. Unos cien metros más adelante, una pareja de guardias urbanos contemplan el caos apoyados en el coche patrulla. Me acerco a ellos.

—¿Cuándo despejarán la carretera? —pregunto después de presentarme.

—No sé qué responderle, teniente —contesta uno—. Al principio dijeron que tardarían cuatro horas, pero ahora la coordinadora está reunida. Podrían prolongar el corte cuatro horas más, veinticuatro o indefinidamente. Tienen la sartén por el mango.

Les explico adónde voy y por qué.

–Lo entiendo, pero lo único que podemos hacer es llevarle en el coche patrulla –se ofrece el otro.

–¿Y mi coche?

Se echa a reír.

–Seguramente lo encontrará en el mismo sitio cuando vuelva. Si por casualidad abrieran la carretera, lo llevaremos a la comisaría de Nea Eritrea para que usted lo recoja allí.

La única alternativa es asumir una espera indefinida. Volvemos juntos hacia el Mirafiori. Unos quince conductores se han reunido delante del camión. El camionero y el tipo del BMW han llegado a las manos y los demás intentan separarlos. Entretanto, aprovechan para soltar alguna hostia. El guardia urbano los observa con indiferencia.

–Esto es un manicomio –comenta, y sigue caminando convencido de que el altercado no le concierne, ya que no es psiquiatra.

36

Tomando desvíos y callejuelas, el coche patrulla me lleva a una calle dedicada a la primera víctima de la Corporación Nacional de Municipios: Aristóteles. Antes de llamar al timbre del número 8, observo la casa. A primera vista, parece una belleza venida a menos. Es una de esas viviendas campestres que fueron construidas cuando las humildes parcelas de Varibopi empezaron a ganar prestigio a ojos de los atenienses. Alguien la edificó con gran cariño para después abandonarla a su suerte, como si se tratara de una amante desdeñada. El color blanco de las paredes ha adquirido una tonalidad marronácea, la pintura se ha desconchado y las pocas flores del jardín sufren el acoso de hierbajos y ortigas. Empujo la verja, que cede con un chirrido, y recorro el camino de cemento que conduce a las escaleras, agrietado y en algunos puntos totalmente invadido por las malas hierbas.

Subo las escaleras y llamo al timbre. Al parecer me esperaban con impaciencia, porque la puerta se abre enseguida. La mujer que aparece en el umbral debe de rondar los cincuenta años, aunque aparenta diez más. Los rizos de cabello, teñido de un rojo encendido, rodean su rostro abotargado. Seguramente en sus tiempos fue hermosa, pero ahora las carnes cuelgan fláccidas como un viejo corsé demasiado usado.

–¿El teniente Jaritos? Pase –dice al recibir mi respuesta afirmativa–. Soy Lukía Karamitri.

Abre una puerta a la izquierda y entramos en la sala de estar, donde predomina la misma sensación de belleza ajada. Sillas con la tapicería desteñida, sofás y sillones cubiertos de una tela verde brillante, una especie de maquillaje que pretende ocultar su deterioro, como el cabello rojo de Karamitri. Un hombre ocupa uno de los sillones. Me resulta imposible determinar su edad, ya que su rostro queda oculto tras una espesa barba negra, mechones de cabello negro y gafas negras. Me recuerda esos teólogos islámicos de Egipto o Palestina que a veces he visto en televisión.

—Le presento a Kosmás Karamitris, mi esposo —dice la mujer—. Le he pedido que se quede porque nuestra conversación le concierne también a él.

Karamitris me mira ceñudo, sin hacer el menor ademán de saludo. Ahora recuerdo que había sido cantante de música popular. Si el hijo de la señora Karamitri es un vaquero de los clubes nocturnos, su marido es el ayatolá de los tugurios.

—Tome asiento —me invita, señalándome el sillón tapizado de verde.

Voy directo al grano.

—Quisiera que me hablara de la empresa que usted representa, Greekinvest.

—¿Qué puedo decirle? No sé nada —se limita a contestar. Advierte mi recelo y se apresura a añadir—: Ya sé que parece increíble, pero cuando le cuente la historia lo entenderá.

—Muy bien, adelante, la escucho. —¿Será una historia o un cuento? No lo sé, pero prefiero ponerme al corriente antes de pasar al ataque.

—Ya debe de saber que estuve casada con Dinos Kustas.

—Así es.

—Entonces sabrá también que lo abandoné.

—Sí.

Guarda silencio un momento, probablemente para ordenar sus pensamientos.

—La vida con Dinos Kustas no fue fácil, teniente. Era un hombre brusco, autoritario, que siempre quería salirse con la suya. Yo todavía era joven, buscaba sus caricias como una gatita, pero él me trataba a patadas. Yo quería disfrutar de la vida, y él me dio dos hijos y me encerró en casa.

Mira de soslayo a su marido actual. Quizás espera que él intervenga para confirmar sus palabras, pero él permanece impasible, como un mendigo ciego que hubiera perdido su acordeón. La mujer comprende que no puede esperar ninguna ayuda de su parte y que tendrá que componérselas sola.

—Aquella situación asfixiante se prolongó durante catorce años. Mi única distracción era Los Baglamás. Dinos acababa de inaugurar el club, que yo visitaba algunas noches. Allí conocí a Kosmás. Él empezó a llamarme a casa, supongo que yo buscaba una oportunidad para librarme de Dinos, y tuvimos una aventura. Viví un año de terror; si Dinos nos hubiese descubierto, nos habría destruido. Kosmás comprendió que aquella situación no podía eternizarse y entonces me propuso que abandonara a mi marido para que viviéramos juntos. Una noche que Dinos estaba en Los Baglamás, metí algunas prendas en una maleta, renuncié al resto de mis cosas y me fui. Con el dinero que había ganado como cantante, Kosmás abrió una pequeña empresa discográfica, Fonogram. Al principio nos alojábamos en hoteles, después alquilamos esta casa. En aquella época nadie más vivía por aquí, pero a nosotros nos convenía porque queríamos estar lo más lejos posible de Dinos.

De nuevo guarda silencio. Mientras me contaba lo sucedido, yo pensaba en Élena Kusta que según Makis desaparece de casa todos los martes por la tarde. Lo mismo debió de hacer Karamitri.

—¿Puedo ofrecerle algo? ¿Un café? —Intenta ganar tiempo, sea porque no soporta relatarlo todo de un tirón o porque ahora empiezan las mentiras y necesita tiempo para pensar.

—No, muchas gracias.

Vuelve a sentarse y respira hondo.

—Supuse que Dinos vendría tras de mí, que me perseguiría, pero su única reacción fue sabotear el trabajo de Kosmás. De pronto dejó de tener ofertas. Cada vez que estaba a punto de firmar un contrato, el negocio se iba misteriosamente al traste. Al final Kosmás se quedó sin dinero y tuvo que recurrir a los prestamistas.

Calla y mira a su marido. Le suplica con la mirada que continúe, pero él permanece inexpresivo.

–Una noche, a eso de las nueve, sonó el timbre. Me asomé y vi una furgoneta aparcada delante de la verja y toda la ropa que había dejado atrás al huir desparramada por el jardín. Dinos estaba allí de pie, riéndose. «Te he traído tus cosas», dijo. En los casi quince años que viví con él, sólo lo había visto sonreír en Navidad y Semana Santa. En cambio, en ese momento se estaba tronchando de risa. La verdad es que me asusté. Cuando tienes que vértelas con un hombre tan seco que de golpe se ríe a mandíbula batiente, la impresión que te produce no es de alivio, sino más bien de pavor. «Ven, quiero hablar contigo», me dijo y entró en casa. «¿Cómo va eso, Kosmás?», preguntó a mi marido en un tono desenfadado, como si hablase con un viejo amigo. «Me he enterado de que tienes algún problema en los negocios. Bueno, tengo algo para ti.» Abrió la cartera y sacó un papel.

–Era un pagaré de quince millones que yo había dado a un prestamista como garantía. –Karamitris irrumpe en la conversación de improviso, como si fuera un actor que estuviera esperando su turno–. La verdad es que sigo sin explicarme cómo logró localizarlo y comprarlo, es un misterio. Para divertirse un poco me preguntó si disponía del dinero para pagarle, aunque sabía muy bien que no teníamos ni para comer, que no podía pagar ni los intereses. Entonces soltó su proposición.

–¿Qué proposición?

–Dijo que no intentaría cobrar el cheque y que además añadiría los intereses debidos a la cantidad prestada, siempre que aceptáramos dos condiciones.

–¿De qué se trataba?

–En primer lugar, que nunca más viera a mis hijos –dice Karamitri, que retoma el hilo de la narración–. Lo cierto es que no entendí por qué ponía esta condición, ya que nunca había intentado ver a Niki ni a Makis.

Yo sí lo entiendo. Makis estaba pasando muy mala época, sufría por la pérdida de su madre, y Kustas quería asegurarse de que Lukía no cedería si el chico recurría a ella, como en efecto sucedió.

–¿Y la segunda condición?

–Que aceptara el cargo de administradora de una de sus empresas, obedeciendo siempre sus órdenes. «Mientras cumplas tu promesa, no tendréis nada que temer. Nunca exigiré cobrar el pagaré», dijo.

–¿Y usted aceptó?

–¿Acaso tenía otra salida? Estábamos con el agua al cuello.

–¿Por qué no vendiste tu empresa? –pregunto a Karamitris.

–Supongo que lo dirá en broma. Una empresa endeudada no vale ni un millón. Además... –No termina la frase.

–Además ¿qué?

–Kustas se ofreció a invertir dinero en Fonogram. Puso veinte millones más, firmé otro pagaré y la empresa salió adelante. Desde entonces hemos ido tirando, aunque los beneficios de Fonogram nunca nos alcanzaron para saldar la deuda con Kustas. Nos tenía pillados.

De repente, como si acabara de reparar en el suplicio de todos esos años, el quieto e inexpresivo Karamitris se levanta bruscamente, temblando como una hoja, y las gafas casi se le caen.

–Hemos sido sus esclavos –grita–. Ni siquiera puedo divorciarme de ella. –Señala a su mujer–. Si lo intentara, exigiría el pago de mis deudas y acabaría en la cárcel. ¿No lo entiendes? Tengo que cargar con ella durante el resto de mi vida.

Se deja caer en el sillón. Lleva gafas, pero su ceguera es de otro tipo. Si la hubiese dejado, Lukía estaría libre y habría podido romper su compromiso con Greekinvest.

Ella le dirige una mirada despreciativa.

–No te quejes, las cosas no te han ido tan mal. ¿Qué eras tú? Un cantante de poca monta que hacía de telonero mientras la gente cenaba. La que salió perdiendo fui yo. Dinos era un monstruo, pero a su lado disfruté de todas las comodidades. Dejé los lujos para hundirme en la miseria.

–¿Por qué no me dejaste entonces? –pregunta Karamitris–. Nos habríamos salvado los dos.

–Porque te quería. –Guarda un minuto de silencio en memoria de su amor muerto, pero nadie se pone en pie para honrarlo, ni su marido ni tampoco yo.

–¿Cuál era tu trabajo en Greekinvest? –pregunto tuteándola, para devolverla al presente.

–Ninguno. En todos estos años, Dinos jamás me pidió nada, hasta el punto de que llegué a olvidarme de su existencia. Sin embargo, a partir de junio pasado empezó a enviarme documentos para que los firmara.

Claro. Hasta entonces había contado con la firma de Petrulias: se había asegurado por partida doble, y cuando Petrulias murió recurrió a Karamitri. Por mucho que Élena se queje de que su marido la tenía encerrada en casa, ella ha salido bien parada. Y fue más lista, si las acusaciones de Makis son ciertas.

–¿Qué tipo de documentos tenías que firmar?

–No lo sé.

–Oye, ¿me estás tomando el pelo? ¿No leías los papeles que firmabas?

–No había nada que leer. Eran documentos en blanco, con el membrete de la compañía y una crucecita hecha a lápiz en el lugar donde tenía que estampar mi rúbrica.

Kustas le hacía firmar papeles en blanco y después escribía lo que quería. Así se cursó la orden del patrocinio de su equipo.

–¿Conocías a Jristos Petrulias?

–¿Quién es? –pregunta sorprendida.

–Tu coadministrador en Greekinvest.

–Es la primera vez que oigo este nombre.

Tiene que ser cierto: lo normal es que Kustas evitara a toda costa que sus dos administradores se conocieran, así que les mantenía bien alejados y los utilizaba según sus conveniencias.

–¿Es el árbitro que fue asesinado o se trata de una coincidencia? –pregunta Karamitris.

Lo miro sorprendido.

–¿Lo conocías?

–No, aunque había oído hablar de él. Desde que Kustas me cargó con un equipo de fútbol, tengo que seguir los partidos.

–¿Con qué equipo te cargó?

–Con el Jasón, de tercera división.

De pronto recuerdo las palabras de Kaloyiru. Oficialmente, Kustas sólo era dueño de un equipo, el Tritón; sin embargo, controlaba toda la tercera división. Mira por dónde, aparece otro equipo de su propiedad. Lo cual me sugiere otra idea. ¿Y si Greekinvest patrocinaba todos los equipos de Kustas?

—Quiero las llaves de Greekinvest —digo a Karamitri—. Tenemos que registrar las oficinas de la empresa.

—Regístrenlas, pero yo no tengo llaves.

—Escucha —le digo—, no empeores las cosas. Te estoy pidiendo que colabores. Sería fácil obtener una orden de registro, forzar la entrada y ponerlo todo patas arriba.

—Fuerce la entrada —replica—. Prenda fuego y quémelo todo. Yo nunca he tenido las llaves. Cuando Dinos quería que firmara un documento, me lo enviaba a casa.

Tampoco en casa de Petrulias encontramos llaves. Si las hubo, los que registraron su vivienda se cuidaron de llevárselas. Ya no tengo más preguntas que hacer y me dispongo a marchar.

—Teniente. —Karamitris me detiene—. ¿Qué pasará si encuentran mis pagarés durante el registro? —Su rostro permanece inexpresivo, pero su voz delata la agonía que experimenta.

—Acabarán en manos de sus legítimos herederos.

—En manos de sus hijos, pues. Tal vez cambien las cosas —dice esperanzado—. Yo me divorcio de su madre y ellos me devuelven los cheques.

—No te hagas ilusiones —interviene la mujer—. Después de mi comportamiento mis hijos no querrán verme ni en pintura.

Tal vez Niki no, pero Makis sí. Sin embargo, ella no lo sabe.

—¿Dónde estabas la noche que mataron a Kustas? —pregunto a Karamitris.

—¿Cuándo lo mataron?

—El martes 1 de septiembre, a las dos de la madrugada.

—Estuve aquí en casa, con Lukía. Cenamos, vimos un rato la televisión y nos acostamos.

—¿Hay testigos que puedan confirmarlo?

—No —responde con un amago de sonrisa—. De haber sabido que iban a matarlo, habría invitado a algunos amigos para celebrar la ocasión.

—¿Sospecha de Kosmás? —interviene su mujer—. ¿Por qué motivo iba a matar a Kustas? Esta muerte no le beneficia en nada, ya que la deuda sigue pesando sobre nosotros.

Cierto, pero junto con la deuda, ahora tiene un equipo de fútbol, y su mujer es propietaria de Greekinvest. Tengo que morderme la lengua para no decirlo. Primero quiero registrar las oficinas de Greekinvest, averiguar qué otros equipos pertenecían indirectamente a Kustas y después sacar conclusiones.

La mujer me acompaña hasta la puerta.

—Tu hijo vino a verte y tú lo echaste.

Ella suspira.

—Vino tres o cuatro días después de la visita de Dinos y tuve miedo de que lo enviara su padre para ponerme a prueba.

—Si no hubieses tenido miedo de tu ex marido, ¿lo habrías dejado entrar en tu casa? ¿Habrías hablado con él?

Reflexiona unos segundos y, al final, se encoge de hombros.

—No sé, tal vez. —Se produce una breve pausa—. En realidad, nunca fueron hijos míos —añade a modo de explicación—. Tanto Makis como Niki eran hijos de Dinos. Hasta sus nombres... Makis lleva el nombre del padre de Dinos, y Niki, el de su madre. Ni siquiera se le ocurrió ponerles al menos el nombre de uno de mis padres. Eso quedaba fuera de toda discusión: los hijos eran suyos. Yo sólo serví para traerlos al mundo.

Dos calles más abajo, en Venizelu, paro un taxi para que me lleve a la comisaría de Nea Eritrea. A lo largo del trayecto, me entretengo en decidir si la historia de Karamitri y su marido pertenece a la categoría de negocios multimillonarios, como el del conductor del BMW, o a la de mercancía podrida, como la del camionero.

37

En cuanto llego al despacho, llamo a Vlasópulos y a Dermitzakis.

–Pide una orden judicial para registrar las oficinas de Greekinvest –indico a Vlasópulos–. Llama al fiscal y solicita su aprobación por teléfono, luego ya recibiremos el documento por escrito. –De todas formas, en las oficinas no habrá nadie a quien entregárselo.

–¿Cuándo llevaremos a cabo el registro?

–En cuanto tengas la aprobación verbal. Necesitaremos un cerrajero.

–¿Puedo ayudar? –se ofrece Dermitzakis–. No tengo nada urgente que hacer. –Teme que encontremos algo importante y que él se quede al margen de todo.

–Tengo otro trabajo para ti. Llama a la Organización Nacional de Fútbol y diles que nos manden cuanto antes un fax con el listado de los propietarios de equipos de tercera división. Si ponen dificultades, amenázalos.

No le gusta el reparto de tareas, pero no le queda más remedio que tragar. Yo por mi parte debería darme de cabezazos contra la pared por no haber solicitado el listado antes de hablar con los Karamitris. No será fácil localizar a los propietarios fantasma que utilizaba Kustas, pero si investigamos los nombres uno por uno, tal vez averigüemos algo.

Todavía debo informar a Guikas; decido dejarlo para más adelante. Primero terminamos con el registro de Greekinvest y después le expongo toda la historia con pelos y señales. Hasta ahora he cometido el error de tener prisa, tal vez porque no me encargué de los casos desde el principio. El asesinato de Petrulias se descubrió con meses de retraso y el cadáver apareció en un lugar distinto al de la muerte. Por otra parte, el caso de Kustas sólo llegó a mis manos cuando los de la Antiterrorista decidieron que no les concernía. Además, contaba con muy pocos datos y daba palos de ciego tratando de sacar algo en limpio. Si bien el error de la prisa es justificable, no me perdono el del método: debí investigar enseguida los demás equipos que podían ser propiedad de Kustas. Cuantos más equipos, más estrecho su vínculo con Petrulias y, con ello, los dos asesinatos. Menos mal que se me ocurrió interrogar a Niki y a su hermano acerca de su madre y me enteré de lo de Élena Kusta. Tal vez Makis se lo haya inventado, pero, de ser cierto, he cometido un tercer error: dejar que mi simpatía por Élena Kusta se interponga en mi trabajo.

Ahora que los males ya son tres, decido avanzar con la máxima cautela. Aunque los dos casos se van resolviendo, por otro lado también se complican cada vez más. No cabe duda de que Kustas y Petrulias eran uña y carne. Y aquí tenemos la complicación. ¿Para qué necesitaba Kustas a Petrulias? ¿Para amañar los partidos del Tritón? Para ello le bastaba con sobornarlo antes de cada encuentro. ¿Por qué nombrarlo administrador de Greekinvest y depender de su firma para los patrocinios? Además, ambos negocios eran de Kustas. ¿Por qué iba a sacar dinero de un bolsillo para metérselo en otro? Es como si se hubiera inspirado en el modelo oficial, según el cual el Estado se paga impuestos y contribuciones a sí mismo. La única explicación es la que dio Kelesidis: evasión de impuestos. Aun así, ¿por qué involucrar a su ex mujer y al marido de ésta? ¿Para vengarse de ellos? Resultaría verosímil si no hubiera esperado a recurrir a Karamitri hasta después de la muerte de Petrulias. La mantuvo en reserva durante años para recurrir a ella en caso de necesidad. En realidad, no lo movía la venganza. El Kustas que he ido conociendo a través de las descripciones de su hijo, su hija y sus dos esposas era un hombre frío, desapasionado. Hay algún otro factor en juego, pero no sé cuál. Espero que el registro de las oficinas de Greekinvest me proporcione respuestas, por eso prefiero demorar mi informe.

Vlasópulos asoma la cabeza por la puerta.

–Ya podemos irnos.

–¿El cerrajero?

–Nos esperará en la entrada.

No nos llevamos el Mirafiori, sino un coche patrulla. Conduce Vlasópulos, que sigue el trayecto por las calles Dinokratus, Suecia, Maraslí y de ahí a la avenida Reina Sofía. Viajamos en silencio. No sé qué estará pensando él aunque a lo mejor sólo pretende no interrumpir mis reflexiones. No consigo olvidar la extraña relación que existe entre Petrulias, Kustas, su ex mujer y el segundo marido de ésta. Si el asesinato de Kustas no fue obra de profesionales, los únicos interesados en que desapareciera del mapa eran Lukía Karamitri y su marido. No pongo en duda la veracidad de su historia, porque saben que me resultaría fácil cruzar datos y comprobar si mintieron. Ellos no mataron a Petrulias porque no lo conocían. Por su parte, tampoco Petrulias conocía a Karamitri, ya que Kustas los mantenía a distancia y los utilizaba según le convenía. No obstante, es posible que el matrimonio averiguara el papel de Petrulias después de la muerte de éste y decidiera aprovechar la oportunidad que se les presentaba. Liquidan a Kustas. Greekinvest, R.I. Hellas y todas las propiedades de éste pasan a manos de Karamitri, mientras que su actual marido se convierte en dueño del Jasón. Aunque aparecieran los pagarés, pueden negociar con ventaja con el portador.

–¿Qué estamos buscando? –pregunta Vlasópulos cuando enfilamos la calle Mitropóleos.

–¿Qué se busca en un registro, Vlasópulos? –respondo irritado, porque ha interrumpido un proceso lógico que empezaba a satisfacerme mucho.

–Me refiero a si buscamos algo en concreto.

–No. Nos llevamos todo lo que hay, como el primer día de rebajas.

Las oficinas de Greekinvest se encuentran en el número 18 de la calle Fokíonos. El cerrajero ya está esperándonos allí. La puerta de la calle está abierta; entramos y empezamos a leer los nombres de los timbres, aunque por suerte no tenemos que buscar mucho. En el timbre correspondiente a la puerta de la izquierda, planta baja, se lee GREEKINVEST. El cerrajero examina la cerradura y tarda menos de un minuto en abrirla. Entramos en un piso sumido en una completa oscuridad, ya que las persianas están bajadas. Vlasópulos sube una de ellas y la luz grisácea del día ilumina las dos pequeñas habitaciones a las que se accede directamente desde el rellano, ya que no hay recibidor. A un lado de la primera estancia está la cocina, al fondo, la segunda habitación y, frente a la entrada, un pequeño cuarto de baño. En la primera habitación hay un escritorio, una silla y un archivador contra la pared: un escueto espacio de trabajo. Encima del escritorio, una máquina de escribir eléctrica y un teléfono con fax. La otra habitación está vacía y huele a humedad. En la cocina no hay tazas, ni vasos, ni un fogón para hacer café. Lo mismo en el cuarto de baño: un único rollo de papel higiénico, ni toalla ni jabón.

–No tardaremos ni un cuarto de hora –dice Vlasópulos, lo cual me llena de desesperación.

Salta a la vista que, como todas las empresas fantasma, Greekinvest no tenía empleados. Alguien pasaba aquí el tiempo justo para redactar una carta o enviar un fax. Los cajones del escritorio no están cerrados con llave. ¿Por qué iban a estarlo, si en ellos no hay nada que esconder? En el primero hay folios con el membrete de Greekinvest, en el segundo encuentro bolígrafos y un rollo de cinta para la máquina de escribir, el tercero está vacío.

El cerrajero se dirige al archivador, que está cerrado con llave, y se dispone a abrirlo mientras Vlasópulos se limita a observarnos desde el centro de la habitación. En el primero de los tres cajones del archivador encontramos tres carpetas. Me llevo la de arriba, con la etiqueta de R.I. Hellas, me siento al escritorio y la abro. Vlasópulos, aburrido, se acerca al archivador y empieza a registrar los otros dos cajones.

El primer documento que encuentro es una carta fechada el 26 de agosto de 1995, firmada por Karamitri, que prorroga el patrocinio del Tritón por un año más. Más abajo aparece una copia del fax recibido por Arvanitaki y firmado por Petrulias. Sigo buscando en la carpeta y encuentro una serie de cartas que me llaman la atención: son una serie de encargos de sondeos de opinión para ciertos diputados. El nombre del ex ministro que es tres veces más popular que el jefe de su partido aparece en tres ocasiones. Observo que el último encargo, también firmado por Karamitri, es del pasado mes de agosto. Seguramente se trata del sondeo en el que trabajaba Niki Kustas la primera vez que fui a verla a su despacho. Más adelante leo los nombres de otros dos diputados, ambos muy conocidos y muy activos políticamente, en otras palabras, asiduos a los programas de entrevistas de televisión. Los demás encargos están todos firmados por Petrulias.

–Teniente. –Me vuelvo y veo que Vlasópulos sujeta un montón de libros de contabilidad–. Los libros de la empresa –anuncia.

Aunque los lea, tampoco me enteraré de nada.

–Nos los llevamos –respondo y vuelvo a centrarme en la carpeta de R.I. Hellas.

¿Por qué Kustas encargaba a R.I. Hellas sondeos de opinión sobre personajes políticos? Ya sé que ésta es la función de la empresa, pero las compañías de sondeos suelen recibir sus encargos de los periódicos, los partidos políticos o la televisión. ¿Qué interés tenía Kustas en estos diputados en concreto? Arvanitaki no comentó que hubiese recibido encargos de Petrulias ni de Karamitri. Otro misterio que, de momento, no puedo resolver. Dejo la carpeta.

Me acerco al archivador y cojo las otras dos carpetas. Una de ellas tiene una etiqueta con un nombre: ATLÉTICO. No tardo demasiado en comprender que se trata de una tienda de artículos deportivos, en unas galerías comerciales de Marusi. Hasta yo, que detesto los deportes y las compras, sé que se trata de un establecimiento que no gana ni para el alquiler. Empiezo a hojear la carpeta y me topo con un fax idéntico al que recibió R.I. Hellas para el patrocinio del Tritón. En este caso, la tienda llamada Atlético recibía orden de Petrulias de patrocinar al Jasón, el equipo que Kustas «cargó» a Karamitris.

La tercera carpeta lleva la etiqueta MURALLA CHINA y hace referencia a un restaurante chino en Livadiá. ¿A qué loco se le habrá ocurrido abrir un restaurante chino en la cuna de la carne asada? En Livadiá comen carne incluso en cuaresma, ¿a quién le iba a apetecer la dieta china? Sospecho que me toparé con otro patrocinio futbolístico, y no me equivoco. En esta ocasión se trata del Proteo, un equipo local. Aunque ignoro quién es el propietario, sabiendo el nombre del equipo no me resultará difícil averiguarlo. La orden es idéntica a las del Tritón y el Jasón, y el dinero salía de Greekinvest. Proteo, Jasón, Tritón y falsas cariátides en el jardín. Kustas debía de ser un amante de la Grecia antigua.

Dejo las carpetas a un lado y vuelvo a mis deducciones lógicas. ¿Con qué datos cuento? En primer lugar, Kustas controlaba Greekinvest desde la sombra, usando a Petrulias y a Karamitri como títeres. En segundo lugar, Greekinvest controlaba abiertamente R.I. Hellas, la tienda de artículos deportivos Atlético y el restaurante Muralla China. En tercer lugar, las tres empresas eran patrocinadoras de equipos controlados, directa o indirectamente, por Kustas. Me siento pillado en un círculo vicioso. Partiendo de Kustas, he pasado por Greekinvest y la tercera división de fútbol para encontrarme de nuevo en el punto inicial. La cosa se está complicando mucho, y no creo que la evasión de impuestos fuera la única razón de todo este embrollo.

–Recoge todo eso, que nos vamos –digo a Vlasópulos.

Sólo los libros de contabilidad me ayudarán a descubrir lo que se esconde detrás de todo esto. Necesito la colaboración de un experto, pero antes que nada he de conseguir la aprobación de Guikas. Me temo que pronto volveré a caer en manos de Uzunidis.

38

Entro en el ascensor con Vlasópulos, aunque en la tercera planta nos separamos. Él sale para ir a su despacho y yo sigo hasta la quinta planta.

–¿Qué hago con esto? –pregunta refiriéndose a los libros y carpetas que lleva en los brazos.

–Guárdalos en tu escritorio, ya te avisaré.

Primero he de hablar con Guikas y aclarar hasta dónde tengo permiso para hurgar en los negocios de Kustas. Hasta el momento, mi jefe ha encontrado diversas excusas para frenar la investigación; no obstante, ahora ya dispongo de datos y no le será fácil pasarlos por alto sin exponerse. No acababa de comprender por qué me ponía tantas trabas, pero los sondeos de opinión que he encontrado sugieren una explicación. Aún no sé cuál es la finalidad de esos estudios, aunque no me cabe duda de que son la causa del «estreñimiento» de Guikas y de que no le gustará en absoluto el «laxante» que pienso proponerle.

En la antesala me topo con Kula, que me saluda con una amplia y alegre sonrisa.

–¿Todavía estás aquí? –exclamo, incapaz de ocultar mi sorpresa. Soy consciente de que parece una grosería, como si tuviera prisa por deshacerme de ella, pero aún tengo viva su imagen compungida.

–Al final no me voy –responde–. Es otro el que se larga. –A modo de explicación me muestra ambas manos para que vea que ya no lleva anillo.

–¿Habéis roto?

–Lo he despachado, para ser más precisos. No iba a casarme

con un estafador que utiliza mi nombre para cubrir sus desmanes. El señor Guikas tenía razón.

–¿El director te sugirió que dejaras a tu novio? –No doy crédito a mis oídos. ¿Desde cuándo se ocupa Guikas de los asuntos personales de los empleados? A mí no vino a verme al hospital y, sin embargo, de repente se preocupa por el futuro de Kula.

–No me sugirió que lo dejara –precisa ella–. Sólo me dijo que, si deseo ascender en el cuerpo, no basta con que yo sea honrada, también han de serlo mis allegados. Lo medité y decidí que me convenía separarme de Sakis para no acabar sirviendo los cafés en una comisaría de barrio.

–¿Cuántos años llevabais juntos?

–Cinco.

–¿Y no te dolió cortar con él? ¿No estabas enamorada?

–Estoy más enamorada de mi trabajo –replica con voz mimosa–. ¿Dónde encontraría otro puesto como éste? Es más fácil sustituir a un hombre. Además..., siempre están los monasterios. –Se echa el cabello hacia atrás en un gesto de coquetería, como si pretendiera sugerir que los monjes harían cola para que les pasara revista.

Me admira la habilidad de Guikas en utilizar mi consejo según su conveniencia. Le advertí que echaría de menos a Kula, y él no sólo consiguió separarla de su novio, sino que garantizó su presencia en el despacho hasta las nueve de la noche. Amores, compromisos, peladillas, todo queda en agua de borrajas, sin una triste instantánea de recuerdo. Sólo un arcón cicládico en miniatura. Las peladillas no cuentan, porque se echan a perder. La cajita siempre puede servir para guardar los granos de pimienta en la cocina.

Entro en el despacho de Guikas e interrumpo así una de las dos actividades que suelen amenizar sus jornadas: estar sentado en su sillón o hablar por teléfono. Ahora se dedica a la segunda labor y espero a que termine. Sé que no tardará mucho, no porque su amabilidad le impida hacer esperar a sus subordinados, sino porque tiene el sentido de la conspiración muy desarrollado y prefiere mantener en secreto sus conversaciones telefónicas. Efectivamente, cuelga a los quince segundos.

–¿Qué hay de nuevo? –pregunta.

Empiezo a informarle acerca de lo que hemos averiguado de Karamitri y su marido, del registro de las oficinas de Greekinvest, de las empresas que ésta controlaba y del dinero que Kustas procuraba a sus equipos de fútbol. Por último, le hablo de los sondeos que Kustas encargaba a R.I. Hellas. Guikas no es un hombre muy alto y a medida que avanza mi informe, él va encogiéndose cada vez más. Cuando llego a los sondeos, sólo se le ve la cabeza. Su desaparición detrás del escritorio basta para confirmarme que recibe presiones de los estamentos políticos.

–No pienso investigar a los diputados –concluyo y advierto que se incorpora en el sillón–. A fin de cuentas, R.I. Hellas se dedica a realizar sondeos y es normal que recibiera encargos en este sentido.

–Desde luego. –Sus palabras rezuman alivio–. Pero no me gusta este lío con las empresas de Kustas. Por lo general, cuando uno no quiere figurar como propietario de todas sus pertenencias, recurre a su mujer o a sus hijos. En cambio Kustas recurrió a un árbitro, a su ex mujer y al marido de ésta, con quienes se llevaba a matar.

He de apretar los puños para no frotarme las manos de satisfacción, porque ya lo tengo donde lo quería.

–A lo mejor pretendía evadir impuestos –sugiero para no inquietarle demasiado–. Sus libros tal vez lo confirmarían, aunque para ello necesito la colaboración de un experto.

–¿Qué experto?

–Alguien del Cuerpo de Contables Jurados.

Guikas suspira.

–Si nos liamos con los contables jurados, mañana todo el mundo estará al corriente y sus herederos montarán un escándalo en televisión. Sin ser un gran empresario, Kustas tenía ocho o nueve empresas. En estos tiempos, no es preciso ser Onassis para salir en la tele. Todo el mundo es capaz de realizar declaraciones trascendentales.

Razón no le falta, por eso ya me he preparado una respuesta.

–Existe una solución más discreta: llamar a un amigo de Hacienda. Es un tipo listo y de confianza.

–Perfecto –asiente, de nuevo con claro alivio–. Veamos primero qué dicen los libros y después ya decidiremos el siguiente paso. No pierdas de vista al marido de Karamitri, podría ser la clave del problema.

–No pienso perderlo de vista.

Encima de mi escritorio está la lista de propietarios de los equipos de tercera división. Empiezo por el Jasón. Propietario: Kosmás Karamitris. Más adelante figura el Proteo. La sorpresa es el nombre del propietario: Renos Jortiatis. Mira por dónde, el administrador de Los Baglamás es dueño de un equipo de Livadiá, financiado por Greekinvest a través de un restaurante chino. Aunque, pensándolo bien, no debería sorprenderme. Kustas pasó su segundo equipo a un hombre que tenía bien agarrado por donde más duele, Karamitris, y su tercer equipo a su hombre de confianza, Jortiatis. De repente recuerdo que en mi última visita a Los Baglamás, cuando Makis gritó a Jortiatis que lo despediría, éste último se partió de risa. Ahora ya sé por qué: se reía porque se sentía seguro. Aunque Makis lo despidiera, con Kustas muerto, él cobraría el patrocinio del Muralla China y saldría ganando.

Descuelgo el teléfono y llamo a casa de Kelesidis.

–¿Cuánto tiempo necesitas para repasar los libros de una empresa?

–Depende de los libros.

–Hay varios, los de una empresa de inversiones, de una compañía de sondeos, de una tienda de artículos deportivos, de dos clubes nocturnos, de dos restaurantes y de dos equipos de fútbol.

–¿Tiene que ver con aquel equipo de tercera, el Tritón?

–Sí.

Kelesidis se echa a reír.

–Sin hacer horas extras, me llevaría un mes.

Imposible, no me hallo en disposición de prolongar las investigaciones durante tanto tiempo.

–Se me ocurre una solución. Empecemos por la empresa de inversiones, a ver adónde nos conduce.

Se produce un silencio.

–No puedo inspeccionar libros de empresas que pertenecen

a otras delegaciones, teniente –dice Kelesidis al cabo de un momento con cierta vacilación–. Lo hice una vez, extraoficialmente, para ayudarlo, pero lo que me pide constituye una infracción.

–¿Y si recibieras la orden del Ministerio de Economía?

–Eso cambiaría las cosas.

–Bien, lo arreglaré. Procura estar en mi despacho mañana, a las nueve. Y no comentes este asunto con nadie.

Manos Kartalis, mi primo segundo, se echa a reír cuando le digo que vuelvo a necesitar a Kelesidis.

–Al final lo sacarás de Hacienda para incluirlo en tu equipo –dice–. De acuerdo, le cubriré.

Cuando consulto mi reloj, descubro que ya son las siete. Prefiero interrogar a Jortiatis hoy mismo, así termino con los encuentros futbolísticos y averiguo el tanteo final. No tiene sentido volver a casa, es mejor ir pronto a Los Baglamás, antes de que empiece la juerga, y hablar tranquilamente con Jortiatis.

Llamo a Adrianí para que no me espere para cenar.

–¿Vas a trasnochar otra vez? –pregunta en tono de reproche.

–No voy a trasnochar, llegaré a las doce como muy tarde. Uzunidis me dijo que llevara vida normal.

–Y tú has decidido cambiar de trabajo y convertirte en guardia nocturno –responde con sarcasmo antes de colgarme el teléfono.

39

Después de tres días de rayos y truenos, cae una llovizna que no merece ni el desgaste de los limpiaparabrisas. Son las nueve de la noche y voy circulando lentamente desde las luces de la avenida Panepistimíu a las tinieblas de la plaza Omonia. Coches y motos giran despacio alrededor de las obras del metro, como los bueyes de una noria. Hay pocos peatones y los expositores de los quioscos, dispuestos para recibir la primera edición de los diarios, están vacíos.

En la avenida San Konstantino han desaparecido los montones de basura que la cubrían la primera vez que fui a Los Baglamás. En la esquina con Menandru, delante de la iglesia de San Konstantino, dos tipos muy juntitos se dedican al negocio del hachís. Los del coche patrulla que me precede no los ven –o deciden no prestarles atención– porque ningún policía se detiene a arrestar a un camello de poca monta a menos que desde las alturas le hayan ordenado que inicien una operación, por otro lado condenada al fracaso. «La Acrópolis y Plaka, las estatuas y los parques...», decía una vieja canción, la más popular en la academia de policía después del himno nacional. La ponían por los altavoces al menos dos veces al día, ya fuera para vendernos una Atenas inexistente o porque estaban convencidos de que el gobierno de la Junta recuperaría una ciudad «rosa y vaporosa». El plan fracasó estrepitosamente. La Acrópolis no se distingue ni desde el mismísimo barrio de Plaka que la rodea, mientras en los parques, bajo las estatuas, duermen inmigrantes ilegales, yonquis, o ambas cosas a la vez; dos en uno, como los champús.

En la avenida Atenas hay más tráfico que la otra vez, aunque mejor repartido. Los camiones circulan en dirección a Skaramangás, los autobuses de línea en dirección a Atenas. La llovizna se ha convertido en lluvia y el tráfico avanza a paso de tortuga. Tardo media hora en llegar a Los Baglamás. Dejo el coche en la plaza de aparcamiento de Kustas, que está libre.

En el puesto de Mandás, en la entrada, hay ahora un tipo alto y macilento.

–¿Está aquí el señor Jortiatis? –pregunto.

–¿Qué quiere?

–Eso no es asunto tuyo. Yo hago las preguntas y tú me das respuestas. –La última frase es la clave para que entienda que soy un poli.

–Pase –dice, abriéndome la puerta.

La sala no ha cambiado desde mi última visita; la misma tapicería color hígado con los rombitos brillantes, la misma disposición de mesas y sillas. Sólo falta la cantante que lamía el micrófono como si fuera un helado. La chica del bar se dedica a su quehacer habitual: secar las copas.

–¿Dónde puedo encontrar al señor Jortiatis? –pregunto.

–En su despacho –responde ella mientras se contempla en el cristal de una copa, que brilla como un espejo.

–¿Dónde está su despacho?

–Tercera puerta a la izquierda. –Señala el pasillo que ya conozco de mi anterior visita.

Echo un vistazo en el camerino de Kaliopi, alias Kalia, pero está vacío. Llamo a la puerta que me han indicado y entro sin esperar respuesta. Renos Jortiatis se levanta de un salto y me tiende la mano en un gesto mecánico. En cuanto ve a alguien, extiende el brazo, como si hubiese pasado años trabajando en los peajes de la autopista.

–¡Teniente! ¿Qué lo trae por aquí?

–Necesito cierta información acerca de las actividades empresariales de Dinos Kustas.

–Tome asiento, por favor.

Nos sentamos y dejo que me observe un minuto largo.

–¿Eres el propietario de un equipo futbolístico, el Proteo?

Aunque le pillo desprevenido, no tarda en recuperar la sonrisa.

–¿Es aficionado al fútbol, teniente?

–No lo era, pero tu ex jefe me está convirtiendo a marchas forzadas en un auténtico forofo. Bueno, ¿eres el propietario del Proteo o no?

–Sí.

–¿Y el Proteo es un equipo de Livadiá?

–Sí.

–¿Tú eres de Livadiá?

–Nací en Salónica pero me crié en Livadiá. Me trasladé a Atenas después de cumplir el servicio militar.

–¿Por eso has organizado un equipo en Livadiá? ¿Porque viviste allí?

–Yo no lo organicé; el club ya existía, aunque ocupaba los últimos lugares de la clasificación. Se me ocurrió tomar las riendas del cuadro y ayudarlo a subir, para que Livadiá tuviera un buen equipo de fútbol, aunque fuese de tercera.

–¿Fue éste el verdadero motivo? ¿O tal vez lo hiciste porque el Muralla China, el patrocinador, también estaba en Livadiá?

Sonríe y contesta sin vacilar.

–Teniente, es normal que un equipo de Livadiá busque su patrocinador en la misma ciudad. Hubiese resultado imposible encontrarlo en Atenas.

–¿Sabías que Kustas era propietario del Muralla China?

Su sorpresa parece auténtica.

–No –responde.

–¿No fue Kustas quien propuso que el restaurante fuese el patrocinador?

–No –repite–. Los responsables del restaurante vinieron a verme y me dijeron que les gustaría financiar a un equipo de su ciudad.

–¿Cuánto dinero daban al equipo?

–Ciento veinte millones al año.

Más los doscientos cuarenta del Tritón, la suma asciende a trescientos sesenta millones. Sólo queda que Kelesidis encuentre la cantidad entregada al Jasón, el equipo de Karamitris.

Las respuestas parecen correctas porque Jortiatis no miente, sólo cuenta medias verdades. Kustas no tenía ningún motivo para revelarle su relación con el restaurante chino, de manera que ordenó al director del restaurante que se pusiera en contacto con Jortiatis.

–¿Qué tenía Kustas contra ti? –pregunto de repente.

–¿A qué se refiere?

–El Proteo no es de tu propiedad, ¿no es cierto? Era de Kustas. Tú sólo le servías de tapadera.

–Se equivoca –chilla con su voz de pito y se levanta bruscamente–. El equipo es mío, está a mi nombre.

–Puede que esté a tu nombre pero detrás estaba Kustas.

–En absoluto. Mi relación con Kustas era limpia.

–¿Y en qué consistía esta relación tan limpia?

A pesar de que hasta el momento se mantenía sereno, ahora empieza a titubear.

–No tenía suficiente dinero para comprar el Proteo y Kustas se ofreció a prestarme cierta cantidad.

–¿Se la devolviste?

La situación lo incomoda cada vez más y trata de evitar mi mirada.

–No. Cuando vio que tenía dificultades, propuso convertirse en socio invisible del equipo para cubrir la deuda. –Me mira de nuevo–. Los socios en la sombra no son ilegales. Algunos empresarios controlan diez o doce empresas por este sistema.

–No te sulfures, nadie te está acusando. ¿A cuánto ascendía su participación en el negocio?

De nuevo se muestra incómodo.

–Un veinticinco por ciento, al principio. Para cuando murió, había llegado al sesenta por ciento.

–¿Por qué? ¿Te prestó más dinero?

–No, pero financiaba la contratación de nuevos jugadores.

Salvado por los pelos. Si no lo hubieran asesinado, Kustas habría acabado controlando todo el negocio. Con tres casos distintos entre manos, empiezo a distinguir las tácticas que empleaba Kustas para reclutar colaboradores. Mantenía un tipo de relación con Petrulias, quien a todas luces era su hombre de confianza; otro tipo de relación con Jortiatis, que era un empleado; y otro más con Karamitri y su marido, que eran sus enemigos. El único nexo, el único denominador común, es el paso del dinero de una mano a otra. Lo que en un primer momento pareció un círculo vicioso no es más que un ciclo de lavado. Kustas blanqueaba dinero, ésta es la única explicación razonable. Si al final mi hipótesis se demuestra, habremos confirmado que Kustas y Petrulias murieron a manos de asesinos profesionales. Los de la Antiterrorista tenían razón, aunque no los mataron los capos de la noche sino los del crimen organizado. La idea me deprime porque estoy perdiendo el tiempo. El pájaro ya ha volado. Tal vez logre descubrir la trama del asunto, pero me resultará imposible echar el guante al culpable.

–No tengo más preguntas, hemos terminado –digo y me pongo en pie. Él vuelve a tenderme la mano como un autómata, se la estrecho y me voy.

Al pasar por delante del camerino, veo que Kalia se está maquillando.

–¿Cómo te va? –pregunto desde la puerta.

Interrumpe su trabajo y contempla mi reflejo en el espejo. No me devuelve el saludo enseguida, porque tarda algunos segundos en recordar quién soy.

–El teniente, ¿verdad? –dice finalmente a modo de saludo.

–El teniente –confirmo mientras me acerco–. ¿Qué quería Kustas de ti la noche en que lo mataron? –Desde luego, no me creí su respuesta del otro día, cuando me comentó que la había amenazado por no mover el culo en el escenario.

Encoge los hombros con indiferencia.

–¿Qué podía querer de una chica como yo? ¿Que me abriera de piernas? En cualquier caso, para eso no necesitaba recurrir a mí. Tenía a su disposición mujeres mucho más interesantes que yo.

–La otra vez me dijiste que te había amenazado con ponerte a fregar el suelo porque no movías bien el culo en el escenario.

–Si tú lo dices...

–Lo que yo digo es que tuvo que hablarte de otro tema. ¿De qué, Kalia?

–Mira, yo no me acuerdo de lo que te conté a ti ni de la conversación con Kustas. Déjame en paz, tengo que prepararme.

Podría llevarla a Jefatura y presionarla un poco, pero ¿para qué? Lo que ya sé de Kustas basta para comprender sus tejemanejes. Y, desde luego, no hablaría con Kalia de su relación con la mafia.

Al salir del camerino, me topo con Makis, que sigue fiel a su atuendo de vaquero y me fulmina con una mirada incendiaria. Me pregunto cuándo lava la ropa.

–¿Has investigado lo que te dije de mi madrastra? –pregunta.

–¿Desde cuándo tengo que pasarte informes de mis actividades?

Llego a casa quince minutos antes de lo prometido, a las doce menos cuarto. Adriani está viendo la televisión, a pesar de que suele acostarse alrededor de las once.

–¿Por qué no duermes? –pregunto.

–Se me ocurrió esperarte por si querías comer algo.

Le pido que me traiga un poco de cena porque me sabe mal que se haya quedado esperándome.

40

Esta mañana, antes de salir de casa, quedo con Katerina para vernos por la tarde y mantener la conversación pendiente. Ella propone que nos encontremos en el Marruecos, que está cerca de Jefatura, pero fue allí donde hablé con el perito verdulero que lloraba amargamente y temo que su recuerdo influya en mis sentimientos. Al final, quedamos a las seis en La Flauta Mágica. Kelesidis llega a Jefatura a las nueve y media. Lo recojo en la entrada y lo conduzco inmediatamente a la sala de interrogatorios. Le doy los libros de Greekinvest, los documentos de las cuentas bancarias y, de postre, la declaración de renta de Petrulias. Lo dejo trabajar a sus anchas y subo a mi despacho. Armado con papel y lápiz, me propongo realizar un esquema que me ayude a encontrar el vínculo que relacione los distintos negocios de Kustas.

EMPRESAS KUSTAS
Los Baglamás
Flor de Noche
Le Canard Doré
C.F. Tritón . . . . Patrocinador: R.I. Hellas

EMPRESAS GREEKINVEST
R.I. Hellas
Atlético (Artículos deportivos)
Muralla China (Restaurante)

EMPRESAS KARAMITRIS
Fonogram . . . . Ninguna relación con Kustas, a excepción
del préstamo
C.F. Jasón . . . . Patrocinador: Atlético

EMPRESAS JORTIATIS
C.F. Proteo . . . . Kustas controla el 60 %
Patrocinador: Muralla China

A primera vista, no parece existir relación alguna entre las empresas de Kustas, las de Karamitris y el club de fútbol de Jortiatis. El único vínculo, aunque discutible, serían los patrocinios. El que recibe el Tritón de R.I. Hellas relaciona esta empresa, y por extensión Greekinvest, con Kustas, pero nada parece conectarlo con los demás negocios de Greekinvest, ni con los de Karamitris y Jortiatis. Consultaré la cuestión con Kelesidis. No obstante, estoy bastante seguro de que no sería fácil vincular estas empresas con Kustas mediante una inspección fiscal. Además, todas ellas operan dentro de los márgenes legales, con lo cual sería imposible detectar irregularidades. Desde luego, las sumas son excesivas para el patrocinio de unos equipos de tercera, pero al fin y al cabo es su dinero, pueden hacer con él lo que les dé la gana, incluso tirarlo a la basura. La impotencia del inspector fiscal es mi propia impotencia. Suponiendo que blanqueara dinero..., ¿cómo lo hacía? ¿Utilizaba los patrocinios como tapadera? Las cantidades destinadas a los tres equipos equivalen a un capital de quinientos millones al año. ¿Hizo todo este montaje para blanquear quinientos millones de dracmas? En este contexto, semejante cantidad es simple calderilla. Aunque estudio el esquema, por más que me devano los sesos no consigo llegar a ninguna conclusión. Todo depende de Kelesidis; sin embargo, prefiero no decírselo para que no se dé ínfulas.

Se abre la puerta y entra Sotirópulos, que a estas alturas ni se molesta en llamar y entra como Pedro por su casa. A ver si me acuerdo de darle una llave para que abra cuando yo no esté.

–¿Qué quieres? –pregunto hoscamente para bajarle los humos, a la vez que me apresuro a cubrir mi esquema con un folio en blanco.

–Conocer las novedades. Desde el día en que nos entregaste al portero del club, aquí nadie ha dicho esta boca es mía.

–No hay novedades. En cuanto las haya, os lo comunicaremos.

Me mira con una gran dosis de recelo.

–Me estás tomando el pelo –dice–. Seguro que te traes algo entre manos y no quieres contármelo. Me obligarás a denunciar en el informativo que la policía oculta información a la opinión pública.

–Comunícales que nos hemos topado con una muralla china que se resiste tenazmente.

Esboza una amplia sonrisa de satisfacción y se olvida de su recelo.

–Ya te dije que Kustas era un hueso duro de roer. Todo el mundo sabía que andaba metido en algún asunto sucio, pese a que nadie podía demostrarlo. ¿Y qué hay de Petrulias? ¿Cómo no habéis averiguado nada acerca de él? –Resurge el recelo–: Oye, ¿no será que existe una relación entre ambos casos? Quizá tuvieras razón tú y no Nasiulis.

Me pone en un aprieto porque no me hallo en disposición de revelar este dato. Por suerte, en este momento suena el teléfono. Descuelgo el auricular y oigo la voz de Kelesidis.

–Teniente, ¿podría venir un momento? Creo que he encontrado algo.

–Guikas quiere hablar conmigo –miento a Sotirópulos y me levanto apresurado.

–No me has contestado. ¿Existe alguna relación entre los dos casos?

–Ya te he dicho que no sabemos nada.

Que ponga mala cara; me importa un comino. El ascensor vuelve a hacer de las suyas: llega al cuarto piso, cambia de opinión y sigue subiendo. No me encuentro en el estado de ánimo más adecuado para pasar un test de paciencia, de forma que bajo por las escaleras. Me pregunto qué ha podido encontrar Kelesidis que se me haya escapado a mí, aunque por supuesto él es de Hacienda, es normal que vea con ojos distintos las empresas y su capital.

Entro en la sala de interrogatorios y veo los libros desparramados por la mesa, como platos después de un banquete navideño.

–¿Qué has encontrado? –pregunto.

Está tan inmerso en el papeleo que se sobresalta. Al verme, se echa a reír.

–Un cacao –responde–. A simple vista, Kustas debía de blanquear al menos un billón al año, aunque para confirmarlo debería revisar los libros de los clubes nocturnos y compararlos con su movimiento de cuentas. Aun así, no creo equivocarme mucho.

–¿Qué esperas encontrar?

–Empecemos por el principio: el capital invertido en patrocinios.

–Esto ya lo he visto –lo interrumpo–. Blanqueaba unos quinientos millones al año. ¿Qué hacía con el resto?

–Los quinientos millones correspondían a la mitad de los beneficios de las empresas filiales de Greekinvest. La otra mitad quedaba en su haber, aunque Greekinvest jamás declaraba beneficios.

–¿Cómo es posible?

–Cada año Greekinvest recibía de cierta cuenta del Banco Jónico un préstamo que oscilaba entre quinientos y setecientos cincuenta millones. Estoy convencido de que el capital prestado provenía de un fondo de dinero negro, con el que la empresa financiaba sus clubes de fútbol. Al final de cada ejercicio, los beneficios legítimos de las filiales de Greekinvest servían para cancelar el préstamo, que se renovaba a principios del año siguiente. Le concedían préstamos de dinero negro que la empresa devolvía con dinero legal, aparte de los patrocinios que cobraba, también legítimamente, a través de los equipos. No sé a nombre de quién está la cuenta del Banco Jónico, pero sospecho que si lo comprueba hallará el nombre de Kustas. Añada a esto unos ciento cincuenta millones más que blanqueaba con la ayuda del Estado.

Lo miro estupefacto.

–¿Qué me estás diciendo? ¿Que el Estado blanqueaba los capitales de Kustas?

–Todos los equipos de tercera división reciben unos cincuenta millones al año en concepto de ayuda pública, de forma oficial y con el sello correspondiente. Multiplicados por tres, son ciento cincuenta millones.

–¿Y el resto?

Kelesidis sonríe con expresión de maestro que ilumina a un alumno.

–Por eso necesito los libros de los clubes y sus cuentas bancarias. Le diré qué espero encontrar allí: los equipos siempre han de tener unos beneficios legales. En algunas ocasiones, sin embargo, figurarán unos ingresos en caja tres o cuatro veces superiores a lo habitual, que corresponderán a los días en que Kustas emitía recibos falsos, hinchando artificialmente unas ganancias que en realidad correspondían a la entrada de dinero negro. Así blanqueaba el resto.

–Pero tenía que pagar impuestos por él.

–Nadie ha dicho que el blanqueo de dinero tenga que salir gratis –dice Kelesidis riéndose–. Los titulares del dinero negro blanqueado por Kustas pagaban los impuestos correspondientes más un porcentaje por sus servicios. Si cobraba el veinticinco por ciento, que es lo habitual, sacaba setecientos cincuenta millones libres de impuestos al año, más los beneficios de sus clubes.

Me cabreo conmigo mismo. Si no me hubiese conformado con un repaso rápido de la contabilidad de Kustas, habría descubierto todo esto mucho antes. El recuerdo de las cuentas bancarias de Kustas me lleva a pensar en un detalle de la declaración de la renta de Petrulias.

–¿Cómo es posible que Petrulias no declarara ni un céntimo de beneficios de Greekinvest? –pregunto a Kelesidis.

–Porque como administrador de la empresa no cobraba ni un céntimo. ¿Quién iba a sospechar de la declaración de un administrador cuya empresa no declara beneficios? La contribución de Petrulias se basaba en los dos pisos y el coche de lujo de su propiedad. Hacienda no tenía por qué sospechar de él, y todos estaban contentos. Kustas pagaba a Petrulias con dinero negro, teniente. Se ve claramente en su cuenta bancaria.

¿Cómo iba a imaginármelo yo, orgulloso propietario de un mísero Mirafiori?

–Sin embargo, hay algo que no entiendo... –Kelesidis empieza a hojear el movimiento de cuentas de Petrulias–. Resulta fácil detectar el dinero negro que recibía de Kustas. He encontrado ingresos de uno, dos y hasta cinco millones que provienen de Kustas. Pero de pronto aparece un ingreso de ciento cincuenta millones. Es el único, y no entiendo cómo consiguió esta suma de repente.

–¿Cuándo se hizo el ingreso? –pregunto.

–El 25 de mayo. –Me observa, muy sorprendido con mi inquietud.

Mis piernas ya no me sostienen y me dejo caer en una silla.

–Mira cuándo vencían los plazos del préstamo que el Banco Jónico concedía a Greekinvest.

Lo busca y levanta la cabeza asombrado. No sé si lo asombra el descubrimiento o la capacidad de mi ingenio, pero si se trata de lo segundo, se equivoca.

–Solía pagar a finales de cada mes –anuncia.

Ahora ya sé quién ordenó la muerte de Petrulias: lo hizo el propio Kustas. La discusión que presenció el nigeriano después de ese partido no se debió al penalti, sino a una cuestión mucho más importante. El penalti no fue más que un pretexto. Petrulias esperaba algo de Kustas, o sabía algo de él, y lo amenazó con perjudicarlo. Por eso habló de tarjeta roja, una cartulina que le mostró el 25 de mayo, fecha en que decidió ingresar el dinero en su propia cuenta en lugar de pagar el plazo del préstamo. Kustas lo descubrió y ordenó su muerte. Y yo he de ocuparme de la investigación de su asesinato, a la que tuve que dar carpetazo por falta de pruebas. Entonces, ¿quién mató a Kustas? No llego a meditar sobre la cuestión porque se me ocurre una idea nueva.

–Kustas blanqueaba el dinero de otros a los que rendía cuentas –digo a Kelesidis–. Por consiguiente, debía de anotar en algún lugar las entradas y salidas de capital.

–Por supuesto, en los otros libros de cuentas.

–¿A qué te refieres?

Desde luego, si algo ha de admirar ahora, no es mi perspicacia.

–La mayoría de las empresas llevan una doble contabilidad –explica–. Los libros oficiales, donde figura el balance en base al cual son fiscalizados, y los libros clandestinos, los que reflejan la verdadera imagen del negocio, de la que Hacienda nunca llega a enterarse. Si encuentra los libros clandestinos, descubrirá cómo llegaba el dinero a manos de Kustas y de qué manera devolvía él los capitales blanqueados.

–¿Dónde podría encontrar estos libros?

Kelesidis se echa a reír.

–Si los de Hacienda pudiéramos adivinarlo tan fácilmente, la mitad de los empresarios estarían en la cárcel, teniente.

–De acuerdo. Continúa con tu trabajo; te traeré los libros de los clubes y las cuentas bancarias de Kustas –concluyo antes de salir corriendo.

Los de la Antiterrorista fueron idiotas y yo el más idiota de todos, por confiar en la palabra de Élena Kusta y no registrar su casa.

41

En esta ocasión, para ir a casa de Kustas circulamos por el bulevar Vuliagmenis en lugar de tomar por la avenida de la costa. Es el segundo día de llovizna. No se decide a llover del todo ni a escampar de una vez, sino que caen unas gotitas dispersas que crispan los nervios. Es como tener unas décimas, no te encuentras bien ni estás enfermo. Un tiempo de mierda.

–¿Para qué necesitas el limpiaparabrisas? –me quejo a Dermitzakis–. En lugar de ayudar, aún ensucia más el cristal.

Lo paro y me tranquilizo, me distraía tanto vaivén y no me permitía pensar. Mira por dónde, Nasiulis tenía razón. Kustas había organizado una defensa en zona imposible de romper, incluso después de su muerte. Franqueas la primera línea, que son sus clubes, y te topas con Greekinvest. Apartas Greekinvest y chocas con Karamitri. Eludes a Karamitri y te encuentras con Jortiatis. Y cuando logras esquivarlos a todos, topas con el guardameta: la contabilidad clandestina y los socios mafiosos. Cierto que me hallo en posesión del balón, pero no consigo pasarlo a un compañero ni mucho menos marcar un gol. Me pregunto si Guikas y la Antiterrorista me asignaron el caso justamente porque sabían que no sería capaz de superar la defensa en zona de Kustas. Ahora me dispongo a registrar su residencia, aunque mi entusiasmo se ha esfumado y no confío en obtener ningún resultado positivo. Un gato viejo como él no guardaría las pruebas en su propia casa. Antes teníamos los archivos secretos del Foreign Office y, cada vez que afloraba un documento, se producía un escándalo. Ahora todo quisque tiene archivos secretos y el Foreign Office se ha desprestigiado.

La residencia de Kustas sigue ofreciendo el mismo aspecto de fortaleza que recuerdo de mi visita anterior, aunque el parecido no va más allá. Llamo al timbre, se oye un chasquido y la puerta se abre sola. Ni guardias de seguridad ni filipinas con recetas de soja. En el jardín, las pocas flores languidecen por falta de agua y las estatuas de imitación aparecen cubiertas por una capa de mugre, como si hubieran pasado siglos a la intemperie.

La puerta de la casa está cerrada y volvemos a llamar. Makis abre con un «dónde has estado, coño» y se sorprende al vernos. Sus ojos inquietos saltan de un lado a otro y sus músculos están en tensión. Supongo que esperaba al camello que le proporciona su dosis y se pone histérico cuando nos ve.

–¿Se puede saber qué coño quieres? –grita, presa del pánico y de la desesperación.

–Cálmate, Makis –respondo en tono sereno–. Sólo queremos registrar la casa. Creemos que tu padre escondió aquí unos documentos que necesitamos.

–Imposible, estoy esperando a unos amigos. Haber llamado antes.

Qué amigos ni qué tonterías, lo que está esperando es a su camello.

–No tardaremos mucho. Registraremos su despacho y asunto concluido.

Makis se echa a reír.

–¿Qué despacho? Mi viejo no tenía despachos, ni en casa ni en ningún otro sitio. Evitaba establecer una sede fija para así escabullirse con facilidad.

–Entonces echaremos un vistazo por la casa.

La idea no le entusiasma, pero como todos los yonquis prefiere evitar enfrentamientos con la policía.

–Bueno, pues pasa y registra –dice–. Desde luego, eres como las moscas. Cualquiera diría que te gusta remover la mierda. –Y se dirige a la sala de estar.

Lo único que queda en la estancia es la oscuridad. Todo lo demás está en vías de desaparición. El sofá y los sillones se hallan ocultos por un montón de pantalones, camisas y cazadoras. Las dos sillas de madera donde imaginé al rey Arturo en compañía de Ivanhoe están llenas de botellas de vino y de whisky, y latas de Coca-Cola. En el estante hay toda una colección de copas, como si estuvieran de oferta en un supermercado. Makis se deja caer en un sillón, aplastando la ropa.

–¿Dónde está la asistenta? –le pregunto.

–La he despedido, a ella y a todos los demás –responde con una repentina expresión de felicidad–. Mi padre y mi madrastra les pagaban para que me espiaran. Era como tener la pasma en mi propia casa, todo el día vigilando adónde iba, qué hacía, si comía o si bebía. En cuanto me deshice de Élena, los eché también a ellos, así estoy más tranquilo. –Se expresa con la alegría de un chico que, recién cumplida la mayoría de edad, se ve libre de la dependencia de sus padres para caer de lleno en otra peor.

–¿Qué habitaciones hay en la planta baja? –pregunto.

–El comedor, la cocina y un cuarto de baño. Arriba hay tres dormitorios y dos cuartos de baño. En el jardín, junto a la puerta de la cocina, veréis una escalera que lleva al sótano.

–Empecemos por el sótano –indico a Dermitzakis. Si Kustas hubiese escondido algo en su casa, lo más probable es que lo hubiera metido allí.

De nuevo en el recibidor, me fijo en una puerta cerrada. La abro y paso a un comedor cuyas ventanas aparecen cubiertas por pesados cortinajes. Salta a la vista que Makis no lo utiliza, porque está decorado con esmero y parece una sala de museo donde se exhiben objetos del periodo Élena Kusta. La mesa es rectangular y espaciosa, con lugar más que suficiente para las diez sillas que la rodean. El aparador es de cuatro hojas y ocupa toda la pared de la derecha. Encima, distingo una hilera de objetos de cristal: jarrones, platos y fuentes. En la pared de la izquierda, dentro de una vitrina, están expuestos los objetos de plata. Colgados sólo hay tres cuadros: dos retratos separados por un paisaje. Las flores del jarrón de cristal que adorna la mesa se han marchitado y sus pétalos, esparcidos sobre la superficie, confieren al lugar un aspecto de bodegón otoñal.

La cocina, que está junto a la sala de estar, es grande, espaciosa y repulsiva. Si Adrianí estuviera aquí conmigo, se desmayaría y tendría que recurrir a las sales para reanimarla. Los platos apilados en el fregadero llegan hasta el mismísimo grifo y los mármoles a ambos lados de la pila aparecen cubiertos de cajas con restos de pizza, papeles con *suvlakis* a medio comer, patatas fritas resecas y un pollo asado destripado. Cualquiera diría que los basureros se han declarado en huelga indefinida por lo que al domicilio de Kustas se refiere. A Makis se le debió de derramar naranjada o Coca-Cola porque al primer paso los zapatos se nos pegan al suelo y corremos el riesgo de salir descalzos.

En el jardín, Dermitzakis y yo hacemos ejercicios de respiración para airear los pulmones. La escalera que conduce al sótano sólo tiene cuatro escalones. La puerta de madera no está cerrada y tras abrirla de un empujón, pasamos a una habitación más oscura que el resto de la casa. A tientas, Dermitzakis encuentra el interruptor. Menos mal que Makis se ha acordado de pagar la factura de la luz.

El sótano ocupa toda la extensión de la casa y cumple la función de bodega a la vez que de sala de estar para el servicio. Contra la pared de la izquierda hay una lavadora y una secadora. A su lado, dos cestos enormes, probablemente para la ropa sucia. Dermitzakis se acerca, echa un vistazo y abre la lavadora. Se limita a cumplir con su deber y, como es de esperar, no encuentra nada. Apoyadas en la pared del fondo veo dos bicicletas, que seguramente pertenecieron a los hijos de Kustas. Niki dejó la suya y se fue, Makis se dedicó a otros menesteres, de manera que las bicicletas se están oxidando en el olvido.

El espacio a la derecha alberga la bodega, donde destaca un armatoste con cuatro anaqueles para guardar las botellas tumbadas. Son vinos de importación, probablemente franceses, porque ni siquiera soy capaz de deletrear los nombres de las etiquetas. Al parecer Kustas se llevaba a casa algunas de las provisiones de Le Canard Doré para disfrutarlas en privado. Me acerco al botellero. Es un esqueleto de madera con un tablero en la parte posterior, apoyado en la pared sin ningún tipo de sujeción.

—Ayúdame a apartar esto —ordeno a Dermitzakis. Si Kustas tenía un escondrijo para sus documentos ilegales, éste es el lugar más probable.

—Se caerán las botellas —me advierte Dermitzakis.

—Pues que se caigan. El que las trajo ya no las necesita, y su hijo más vale que deje la bebida.

Agarramos el armatoste para separarlo de la pared, aunque pesa mucho y nos cuesta bastante moverlo apenas unos centímetros hacia delante. Debido a la humedad, la pintura está desconchada y cubierta de verdín, pero no hallamos caja fuerte ni abertura secreta alguna, así que volvemos a dejar el botellero como lo hemos encontrado.

Echo un vistazo a mi alrededor para asegurarme de que no hay otro lugar apropiado para que Kustas escondiera sus libros de contabilidad.

—Vámonos —indico a Dermitzakis—. Aquí no encontraremos nada. El sótano era nuestra única esperanza y dudo de que en los dormitorios descubramos algo interesante.

El primer piso ofrece la misma imagen que la planta baja. El dormitorio de Makis está hecho una pocilga, mientras que los otros dos permanecen limpios y ordenados. Empezamos a registrar la habitación de Kustas, buscando en los cajones y debajo del colchón como esos detectives de película que desprestigian el trabajo policial con sus chorradas, cuando de pronto suena el busca de Dermitzakis.

—Es de Jefatura —dice y corre al dormitorio de Makis, donde hay un teléfono.

Sigo buscando sin confianza y sin resultados, hasta que oigo la voz de Dermitzakis a mi lado.

—Vlasópulos quiere hablar con usted, teniente.

El hecho de tener una excusa para abandonar el registro casi representa un alivio.

—Teniente, acaba de llamar Antonópulos. En este momento Élena Kusta se encuentra en un piso en Kipseli. Antonópulos pregunta qué debe hacer.

—Que no se mueva de donde está. Dame la dirección.

—Calle Prinopulu, número 4, segundo piso.

—Nos largamos —anuncio a Dermitzakis al colgar el teléfono—. Aquí no hay nada que hacer.

—¿Adónde vamos?

–Al nido de amor de Élena Kusta, en Kipseli.

Al pasar por delante de la puerta de la sala de estar, veo que Makis sigue sentado en el sitio donde lo hemos dejado, contemplando la pared de enfrente con ojos vidriosos. Nada indica que se haya percatado de que nos marchamos.

42

En el trayecto de vuelta, Dermitzakis recurre a la sirena. Es ensordecedora pero la aguanto porque quiero llegar a tiempo al piso donde está Élena. Aun con la ayuda de la sirena, tardamos tres cuartos de hora en llegar a Evelpidon, torcer por Lefkados y enfilar Kafkasu.

La calle Prinopulu se encuentra a la derecha de Kafkasu, pero nos entretenemos en la entrada porque delante del número 6, que corresponde al bloque de pisos adyacente al que buscamos, están estacionados dos coches patrulla, dos ambulancias y un mogollón de curiosos. Antonópulos no se encuentra en la puerta del número 4, según lo convenido. Lo busco con la mirada y lo localizo junto a los coches patrulla, con los demás espectadores, escuchando los gritos y chillidos de una cuarentona gorda cuyos brazos rechonchos se levantan hacia el cielo con los puños cerrados para precipitarse a continuación sobre su cabeza. Dos enfermeros aparecen en la entrada con una camilla cubierta por una sábana. La mujer suelta un aullido y se abalanza sobre la camilla, pero un par de policías aciertan a detenerla.

Antonópulos advierte mi presencia y se acerca corriendo.

–¿Qué ha pasado? –pregunto.

–Una familia rusa, en el semisótano. Los han liquidado a todos, en pleno día. Padre, abuela y dos niños, todos muertos. Debe de ser obra de la mafia rusa, ya que el hombre estaba metido en drogas. La mujer se ha salvado porque había ido al supermercado a comprar. Ahora está desesperada.

–¿Y tú por qué has abandonado tu puesto? –pregunto después de escuchar su informe–. ¿Les faltaba personal y te has ofrecido como refuerzo?

–Sólo me he acercado un momento para ver qué pasaba.

–¿Y si mientras tanto Élena Kusta se ha largado? –No sabe qué responder y se queda mirándome–. ¿Se ha largado o no? –insisto.

–No lo sé.

–Imbécil.

Los asesinatos de albaneses, árabes y rusos están a la orden del día. Mueren tantos que los expedientes ni siquiera llegan a Jefatura: los cierran las comisarías locales. Aprovechando que los de Jefatura estamos aquí, nos distraen de nuestra labor principal. Me acerco a la puerta para mirar los timbres.

–En el segundo –oigo la voz de Antonópulos a mis espaldas–. El timbre está a nombre de una tal Triantafilidu, lo he comprobado –añade, satisfecho de sí mismo.

–Menos mal que te dio tiempo de hacerlo antes de que se cargaran a los rusos.

Empujo la puerta entreabierta y paso. Dermitzakis pretende seguirme, pero lo detengo.

–Tú quédate con Antonópulos. –Me mira con desazón–. No es necesario que subamos en rebaño, no somos de Antivicio –le explico. Retrocede y yo entro en el ascensor.

No le he indicado que se quedara para evitar llamar la atención, sino para proteger a Élena Kusta. No quiero que un desconocido la vea en la cama con su amante. Mis propias reacciones me irritan, no sé qué me impulsa a mostrarme tan considerado con ella. Quizá me sienta culpable por haber imaginado que era una furcia cuando en realidad es toda una señora. Sin embargo, si se confirma mi primera impresión y la pillo in fraganti con su amante, la señora Kusta-Fragaki será sospechosa del asesinato de su marido. Aun así, me resisto a comprometerla. Será cosa de mi enfermedad, como dice Sotirópulos, tan aficionado a las explicaciones fáciles.

El piso a nombre de Triantafilidu es el último de la derecha. Llamo al timbre y me abre una mujer de unos sesenta años con el cabello blanco, vestida de negro y gris. Blusa gris, falda negra, medias grises, zapatillas negras..., ropa pasada de moda, de la época de los parques y las estatuas limpias. La sorpresa es mutua, porque ni ella esperaba ver a un desconocido ni yo a una vieja en un nidito de amor. A no ser que alquile su piso por horas. *Rooms to let* para follar.

–¿Qué desea? –pregunta.

–Soy el teniente Jaritos. Quisiera hablar con la señora Kusta.

La mujer consigue controlar enseguida su sobresalto inicial.

–Se equivoca, aquí no hay ninguna señora Kusta –responde con firmeza.

–Mira, si no me dejas entrar por las buenas, lo haré por las malas.

–Keti, deja pasar al teniente –indica Élena Kusta desde el interior, invalidando mi amenaza.

La sesentona se aparta y me permite entrar en un recibidor pequeño y sin muebles. Kusta, de pie en el umbral de una puerta a la izquierda, me sonríe amablemente.

–Adelante, teniente –indica, apartándose a un lado.

Entro en una sala de estar modesta, amueblada únicamente con una mesa, cuatro sillas y dos sillones en las esquinas. Junto a la mesa, un hombre joven, que rondará los veinticinco años, está sentado en una silla de ruedas, con la cabeza vencida a un lado, como si contemplara un mundo torcido. La lengua asoma por la boca abierta y descansa sobre el labio inferior, mientras sus ojos se mantienen fijos en un reloj de cuco colgado de la pared de enfrente. Lo observo detenidamente, aunque sospecho que él ni se percata de mi presencia. Levanta las manos, que mantenía apoyadas en el regazo, da un par de palmadas y las deja caer de nuevo. Repite la operación sin apartar los ojos del reloj.

–Es mi hijo –dice Élena Kusta a mis espaldas.

Me vuelvo, estupefacto, y Kusta me dedica una sonrisa amarga. El cuco sale del reloj y suelta un «cu-cú» para indicar la media hora. El chico vuelve a aplaudir cuatro veces y grita de alegría.

–¿Sorprendido? –pregunta Kusta–. Supongo que esperaba descubrir algo distinto.

–Pues sí. –¿Cómo admitir que di crédito a las palabras de Makis y he venido a pillarla con su amante?

–Eso es todo, teniente. Le presento a Stéfanos, mi hijo. Lo tuve a los veinticinco. Ahora le doblo la edad. –Habla con calma, con voz neutra, como si estuviera prestando declaración–. ¿Cómo lo supo? –pregunta–. ¿Cómo supo dónde encontrarme?

–Nos contaron que usted se marchaba de casa todos los martes por la tarde y no volvía hasta la noche. –Aunque es evidente que hemos estado siguiéndola, no me atrevo a decírselo tan abiertamente.

–¿Quién los informó?

–Lo siento, pero no me está permitido revelar mis fuentes de información.

Kusta sonríe.

–No es difícil adivinarlo. Niki ya no vivía en casa, mi marido está muerto y usted no llegó a hablar con Serafina, la filipina. Sólo quedan los guardias de seguridad y Makis. –Guarda silencio en espera de mi respuesta, pero yo permanezco callado–. De ahí se deduce que fue Makis. ¿Qué le dijo?

Ya no tiene sentido seguir fingiendo.

–Que cada martes por la tarde usted se reunía con su amante.

La sonrisa se convierte en una risa amarga.

–Pobre Makis, no me extraña. ¿Cómo iba a suponer la verdad? Éste ha sido siempre su problema: a pesar de partir de una buena base, ha seguido caminos equivocados hasta llegar a su situación actual.

–¿Su marido lo sabía?

–Sí, desde el principio. Cuando me propuso matrimonio, le pedí que viniera a mi casa porque quería mostrarle algo. Le presenté a Stéfanos y le expliqué que era un niño autista e hijo ilegítimo.

Seguimos de pie. Kusta se acerca a su hijo y lo abraza por detrás, aunque el chico, ajeno al contacto de su madre, no reacciona y mantiene la mirada fija en el reloj, sin dar palmadas. Tal vez sabe que el cuco tardará en salir o puede que se haya aburrido.

–¿Cómo reaccionó?

–Aseguró que no le importaba. –Repite las palabras de Kustas con una sonrisa maliciosa–: «No me importa», dijo, como si se tratara de un detalle insignificante. Sugirió que buscara un piso y a una mujer de confianza para que cuidara del niño. Se ofreció a correr con todos los gastos, con una sola condición: que no volviera a ver a mi hijo. «Sabrás que se encuentra bien pero no debes verlo jamás», dijo.

–¿Y usted aceptó?

–Al principio me negué. Sin embargo, luego pensé que de este modo Stéfanos tendría la vida resuelta, cosa que yo, con mi trabajo de entonces, jamás podría garantizarle. Llamé a Keti, una prima lejana de mi madre que vivía en Katerini, y le pedí que viniera y cuidara de él. –Tras un momento de silencio, vuelve a hablar con pasión, como si estuviera justificándose ante su marido muerto–. No podía vivir sin él. Lo intenté durante seis meses, pero mi vida era un infierno. Un martes por la tarde, sabiendo que Dinos asistía al entrenamiento de su equipo, tomé una determinación: salí de casa y vine a verlo. Me aterrorizaba la posibilidad de que mi marido lo descubriera, pero jamás llegó a enterarse. De manera que, casi todos los martes por la tarde, me escapaba de casa como una ladrona y me reunía con mi hijo. –Respira profundamente y sonríe–. Ahora ya lo sabe todo, teniente. No tengo más secretos.

Soy consciente de ello. Además, sus secretos ya no me sirven de nada, con la excepción de un pequeño detalle que, a estas alturas, casi carece de importancia. Kustas estaba ya metido en sus negocios de blanqueo de dinero o le faltaba poco para iniciarlos, por eso quería alejar a su mujer del chico, para evitar que la relación se convirtiera en un punto débil que sus clientes aprovecharan para perjudicarlo a él. No quería perder a la mujer, pero tampoco convertirse en blanco de amenazas y chantajes.

–Perdone la molestia –farfullo como un idiota, mientras le tiendo la mano. No sé qué más decir.

–Adiós, teniente –responde ella–. Supongo que ahora ya no hará falta que me sigan.

Lo dice sin rencor, sin ánimo de ofender, y esto me avergüenza aún más. Siento el impulso de confesar mi turbación por haber pensado mal de ella, por haber deseado que los acontecimientos desmintieran a Makis. No obstante, ante la tristeza que esta mujer sabe convertir en dignidad, mis complejos de poli se me atragantan y no me permiten pronunciar palabra.

Doy la vuelta y me voy.

43

Llego a La Flauta Mágica con media hora de retraso. Aunque he pasado un montón de veces por delante del establecimiento, es la primera vez que entro en este lugar lleno de intelectualoides: arquitectos, ingenieros y abogados. La expresión de mi rostro –o mi traje barato– delatan mi condición de poli, y todos se vuelven al mismo tiempo para observarme. Paso de ellos y busco a Katerina. La encuentro sentada en el último de los compartimientos alineados en la izquierda del local, sorbiendo lentamente un café. Me acerco y ocupo la otra banqueta.

–Perdona el retraso –me disculpo.

–No te preocupes: mi padre es policía, y ya sé que los policías no son dueños de su tiempo.

Nos reímos y me relajo un poco. El lugar me resulta desagradable, no puedo evitar pensar en los libros secretos de Kustas y, en general, estoy de mal humor. Si esta mañana hubiese podido prever los acontecimientos de la jornada, no la habría citado para hoy. El camarero se planta a mi lado y, para deshacerme de él, pido un zumo de naranja.

–¿De qué querías hablar? –pregunto.

Tarda un poco en responder. Acaricia la taza con los dedos y me observa.

–Ya tenía preparado y ordenado mi discursito, pero ahora que estás aquí, no sé cómo empezar –dice con una sonrisa tímida.

–Empieza como quieras –contesto–. ¿Tan difícil te resulta hablar con tu padre?

–A veces, sí. Últimamente, a menudo –susurra.

–Vamos, cuéntame. Te escucharé y hablaremos de lo que quieras. Siempre nos hemos entendido bien tú y yo.

Vuelve a observarme en silencio, como si no estuviera segura de mis intenciones. Después se arma de coraje.

–Bien. Quería preguntarte qué tienes contra Fanis. ¿Por qué lo tratas así?

Estaba preparado para oír protestas, quejas, incluso para una discusión, pero no para una recriminación de este tipo.

–¿Yo? –exclamo a punto de estallar–. ¿Cómo lo estoy tratando?

–El otro día, cuando fuiste para tus análisis, vio tu expresión y se quedó helado.

–¿Yo? ¿Mi expresión? Pues será que no se miró la suya.

–No grites.

–¿Sabes cómo me trató? Como a un paciente sin cartilla...

–No grites.

–... que los médicos no saben cómo quitarse de encima. Apenas me saludó y, encima, ni siquiera me miraba a la cara. Al final...

–No grites.

–... dio sus instrucciones a tu madre, como si yo fuera menor de edad y hablara con mi tutora. ¿Y luego se extraña de mi actitud? ¿Esperaba que le hiciera reverencias?

–Por favor, no grites.

En efecto, estoy gritando y los intelectualoides me miran asombrados. Yo mismo me he colgado el sambenito del poli bruto, pero estoy tan indignado que no me importa.

–Papá, el día anterior Fanis estaba muy contento ante la perspectiva de verte, pero tu comportamiento al entrar en la consulta lo desanimó.

–¿Mi expresión le desanimó? ¿Y qué pasa conmigo?

–No sé. Yo no estaba allí, pero se lo pregunté a mamá y ella me dijo lo mismo, que tenías cara de querer...

–¿Qué? ¿Matarlo?

–No. Ponerle las esposas y llevarlo detenido a Jefatura. Fanis se dio cuenta y se cerró en banda, porque temió que montaras una escena y lo comprometieras en el hospital.

Nos miramos en silencio. Intento recordar el rostro de Uzunidis: frío, profesional, la expresión de un médico que no permite que sus pacientes le hagan preguntas. ¿Fue mi actitud lo que provocó su reacción, o la suya la que provocó la mía? Será otro caso sin resolver. Por un lado, porque allí no había ningún espejo donde observar mi expresión, por otro, porque Adriani ya ha tomado partido por Uzunidis y, diga lo que diga, él tendrá razón.

–¿Sabes por qué quiero estar con Fanis? ¿Entiendes por qué? –pregunta Katerina.

–Porque te has enamorado. Como te enamoraste de Panos.

–Te equivocas. Conocí a Panos cuando me mudé a Salónica, recién salida del colegio. Fue la primera vez que me alejaba de vosotros; me sentía sola y necesitaba apoyarme en alguien. Quizá por eso elegí a un chico fuerte, para sentirme segura, aunque luego resultó ser un niño mimado. Sabía que no te caía bien y no me importaba. En el fondo, a mí tampoco me caía bien.

–¿Y Uzunidis? –Lo siento, no consigo llamarle Fanis–. ¿Qué pasa con él?

Mi hija estudia el fondo de la taza mientras intenta organizar sus pensamientos.

–El otro día le dije que estoy terminando la bibliografía y la próxima semana vuelvo a Salónica.

–¿Y por qué no me lo habías comentado?

–Porque siempre que me voy se os cae la casa encima. Prefiero avisaros en el último momento. ¿Sabes qué me contestó Fanis?

–¿Qué?

–Dijo que lo entiende, pero que él tiene sus pacientes y sus guardias, de manera que no le será fácil ir a verme a menudo. «Quizá logre algún fin de semana libre, pero no te enfades si volvemos a vernos en Atenas, en Navidad.» –Se detiene para observar qué efecto me causan sus palabras. Ante mi silencio, prosigue–: Es lo que me gusta de él. Me quiere, pero también le importa su trabajo y no piensa sacrificarlo por mí. Esto significa que nunca me pedirá que abandone los estudios por él. Panos, por el contrario, se había pegado a mí como una lapa.

Siempre me he sentido orgulloso de que mi hija se pareciera más a mí que a su madre, pero ahora empiezo a comprender que tampoco se parece a mí. Me sale muy bien lo de investigar crímenes, descubrir los móviles y analizar los métodos, pero soy incapaz de analizarme a mí mismo, hasta tal punto que muchas veces no sé qué me pasa, no entiendo mis reacciones ni sé qué espero de los demás. Katerina, por el contrario, se conoce y se analiza como si ella misma fuera uno de los textos que estudia. De pronto, me asalta la imagen de Élena Kusta con su hijo. La imagino volviendo a casa después de sus funciones teatrales y corriendo para llegar junto a la cama del autista y cerciorarse de que estaba dormido. O saliendo a hurtadillas de casa de Kustas para pasar un par de horas con el niño. Me molesta que Élena Kusta se interponga entre mi hija y yo, pero la imagen está ahí y me resulta imposible ahuyentarla.

–¿En qué piensas? –pregunta Katerina, devolviéndome a la realidad–. Te he cansado con mis historias.

–No, en absoluto, cariño. Lo que me cansa es este caso que no consigo resolver.

–¿Cuál? ¿El caso Kustas?

–Sí. –Prefiero no hablar de Élena Kusta ni de su hijo autista y recurro a otra explicación–. Quiero encontrar la contabilidad clandestina de Kustas y no sé dónde. Esta tarde hemos registrado su casa, pero no hemos hallado nada.

–¿Por qué no se lo preguntas a su contable?

La miro sorprendido. ¿Cómo es posible que me haya olvidado de Yannis, el contable de Kustas, que trabaja en R.I. Hellas? Quizá porque lo relacionaba más con la hija que con el padre.

–Durante un seminario de derecho mercantil, el profesor invitó a un inspector de Hacienda. En un momento dado, el inspector bromeó diciendo que los contables conocen todos los secretos de los empresarios, desde la existencia de una amante hasta la contabilidad clandestina.

–Katerina, creo que acabas de resolver un gran problema.

–Al menos he resuelto algo. –Se ríe–. Aunque no sea el problema que me preocupa –añade con cierta amargura.

–¿Piensas casarte con él? –pregunto.

–¿Con Fanis?

–Sí. ¿Piensas casarte con él?

–Ahora hablas como mamá –observa, y se pone seria–. Primero he de terminar el doctorado y buscar algún trabajo. De momento, el matrimonio no entra en mis planes.

–Oye, ¿por qué no invitas al médico a comer con nosotros el domingo?

Me observa durante una fracción de segundo para asegurarse de que no le estoy gastando una broma y después se muestra radiante de alegría. A punto está de darme un beso, pero se contiene para que no hagamos el ridículo y se limita a estrechar mis manos entre las suyas.

–No sabes qué alegría me das.

–¿Porque invito a Fanis a comer?

–No, porque he logrado convencerte.

Ya en la calle, rodea sus hombros con mi brazo. Llegamos al Mirafiori como una parejita de enamorados que acaban de comprar su primer cacharro y se disponen a celebrarlo.

44

Yannis Stilianidis, el contable de Kustas, ocupa el mismo asiento que ayer ocupó Kelesidis. Sólo le veo la cara, porque el resto del cuerpo queda oculto por tres pilas de libros de contabilidad que están encima de mi escritorio, correspondiente a Los Baglamás, el Flor de Noche y Le Canard Doré, respectivamente. Escojo un libro al azar y empiezo a hojearlo. Las entradas me resultan incomprensibles, pero las repaso con la mirada del experto que se dispone a ordenar la evasión de cincuenta millones. Vlasópulos permanece muy cerca del contable para intimidarlo con su presencia.

–¿Esto es todo? –pregunto después de una larga inspección silenciosa.

–Sí, señor.

Parece bien dispuesto a ayudarnos. Me traslado a la silla que está junto a él y cruzo los brazos.

–¿Por qué me mientes? –pregunto tranquilamente.

–No le estoy mintiendo, teniente. Lo he traído todo: libros de ingresos y de gastos, rollos de cajas registradoras, facturas, todo.

–Todo menos la contabilidad secreta de Kustas.

Lo pillo por sorpresa, pero mantiene la calma.

–¿Qué contabilidad secreta? No sé a qué se refiere.

–Yannis, si intentas hacerte el héroe acabarás metido en un buen lío. Me refiero a los libros secretos de Kustas, en los que registraba sus transacciones ilegales.

–No existen tales libros y, si existen, nunca me habló de ellos.

Vlasópulos lo agarra bruscamente de los hombros y empieza a zarandearlo.

—¡Conozco otras maneras de hacerte hablar, hijo de puta! ¡Será mejor que nos lo cuentes todo por las buenas!

—¡Pero si no sé nada! —grita el contable, asustado—. Si existe una contabilidad secreta, no sé dónde está. —No se atreve a mirar a Vlasópulos y me suplica con los ojos que lo ayude.

—Yannis, nosotros no somos de Hacienda. —Sigo empleando un tono tranquilo.

—Ya lo sé.

—Por lo tanto, no perseguimos la evasión de impuestos. Nos interesa otro delito.

—¿Cuál?

—El blanqueo de tres billones de dracmas anuales, cómo lo hacía Kustas y a quién pertenecía el dinero que blanqueaba. —Me observa con atención y prosigo en el mismo tono—. Tú fuiste su contable, tenías acceso a las facturas y los recibos. Tal vez sospechabas que había negocios sucios, tal vez no. Si nos revelas dónde están los libros secretos de Kustas, nadie te acusará de blanqueo de dinero. En cambio, si prefieres dártelas de duro y por casualidad llegamos a encontrarlos, tendrás problemas. Kustas ha muerto, de manera que no saldrá perjudicado. Sin embargo, a ti podemos acusarte de cómplice.

Mientras hablo, él no deja de enlazar y desenlazar los dedos hasta que al final no sabe qué hacer con las manos.

—Ignoro si Kustas mantenía una contabilidad secreta —farfulla—. De lo contrario, se lo diría.

—Empecemos por el principio. ¿Quién guardaba los libros legales de Kustas?

—Yo.

—¿Dónde?

—En mi casa.

—¿Y quién te llevaba los justificantes de las transacciones?

—Uno de sus guardaespaldas.

—¿Adónde, a tu casa o a la oficina?

—A casa. Todos los lunes por la tarde me traía los justificantes de la semana correspondientes a los tres locales.

–Y aseguras que jamás te mostró su contabilidad secreta.

–Nunca –corrobora tras una breve vacilación.

Vlasópulos vuelve a agarrarlo de los hombros, aunque esta vez lo levanta como si fuera un saco de patatas y lo estampa contra la pared.

–¡No nos vengas con cuentos, cabrón! –grita y le pega un par de bofetadas–. ¿Nos has tomado por imbéciles? –Dos nuevas bofetadas–. Guardabas los libros en tu casa y te entregaban los justificantes. ¿Pretendes que creamos que nunca viste la otra contabilidad? ¿Quieres tomarme el pelo, desgraciado? –Lo inmoviliza con una mano y se dirige a mí–: Teniente, estamos perdiendo el tiempo. Deje que le pegue una paliza y ya verá cómo canta.

Stilianidis cierra los ojos para no ver las hostias que le esperan si doy permiso a Vlasópulos para que cumpla su amenaza. Me pregunto por qué se obstina en mantener la boca cerrada cuando, de pronto, recuerdo mi primera visita al despacho de Niki Kusta. Creo haber resuelto el misterio.

–Suéltalo –ordeno a Vlasópulos–. No habla porque va de protector. –Me levanto y me acerco al contable–. ¿A quién quieres proteger, Yannis?

–A nadie –farfulla.

–A Kustas no será, porque ya está muerto. A ti lo que te da miedo es perjudicar a Niki Kusta, ¿no es cierto?

Abre los ojos y me mira. Vlasópulos lo ha soltado pero él sigue pegado a la pared, como si no se diera cuenta de que está libre. Recuerdo cómo miraba a Niki aquel día en su despacho y sé que he acertado.

–Escúchame –prosigo–. Niki Kusta nada tenía que ver con los negocios de su padre, eso queda fuera de toda duda. Vivía lejos de él, trabajaba en algo completamente distinto y lo veía de uvas a peras. Niki no corre ningún peligro.

El chico sigue dudando.

–¿Es cierto eso? ¿No es un truco para que hable?

–No. Necesitamos los libros para averiguar quién mató a Kustas, pero ni tú ni su hija sois sospechosos del asesinato.

–Kustas tenía un almacén en la calle Kranaú, junto a la iglesia armenia –dice al final–. Cada quince días iba allí a verlo y me ocupaba de dos libros.

–¿Libros que Kustas traía consigo?

–No. Los guardaba allí, en una caja fuerte. No había facturas ni recibos, sino que él me dictaba las cantidades que tenía que anotar. Las traía escritas en un trozo de papel.

–¿Nunca te explicó a qué correspondían aquellas cantidades?

–En cierta ocasión admitió que, como todos los hombres de negocios, estafaba a Hacienda. También me ordenó que no mencionara a nadie la cuestión de los libros ni del almacén.

–Y tú obedeciste.

–Ningún contable denuncia a su jefe por evasión de impuestos, teniente. A fin de cuentas, ésta es su labor: escamotear dinero a Hacienda.

Pero Kustas no escamoteaba nada a Hacienda, sino que cobraba comisiones por blanquear dinero. Es posible que Yannis se hubiera dado cuenta, pero no es seguro. De todas formas, Kustas debía de pagarle generosamente para que guardara el secreto.

–De acuerdo, Yannis –concluyo–. Ya no te necesito más, puedes irte.

Stilianidis permanece inmóvil y me mira con recelo: no acaba de creerse que se haya librado tan fácilmente. Observa a Vlasópulos, descubre que él también le sonríe con amabilidad, se levanta y se dirige a la puerta.

–Por favor, no hagan daño a Niki Kusta –añade antes de salir–. Si le pasa algo por mi culpa, les juro que me mato.

Debe de ser la primera vez que reconoce abiertamente su amor por Kusta, y lo hace delante de mí, la persona equivocada y en el momento equivocado.

–No te preocupes, no le pasará nada.

Sale del despacho y cierra la puerta.

–Quiero un coche patrulla –digo a Vlasópulos–. Y un cerrajero de Identificación. Que Dermitzakis averigüe a qué nombre está el almacén de la calle Kranaú. –Sospecho que no figurará a nombre de Kustas.

La llovizna ha cesado. Hoy es un día de nubes y claros. Salimos de la plaza Omonia para desplazarnos de Sofokleus a Menandru, pero la calle Sarrí está colapsada y nos vemos obligados a abandonar el coche encima de la acera. El almacén se encuentra en un sótano, enfrente de la iglesia armenia. La puerta es de hierro y tiene una cerradura de seguridad. Nos disponemos a esperar al cerrajero, que llega al cabo de un cuarto de hora, irritado e indignado.

–Salir de Mitropóleos ha sido una proeza –protesta. Es el mismo cerrajero que nos abrió las oficinas de Greekinvest. Echa un vistazo a la cerradura–. No es difícil aunque me llevará un rato. –Tarda diez minutos en abrir la puerta y los tres entramos en el almacén.

Es un sótano grande. Contra la pared de la derecha se alzan tres pilas de embalajes de cartón. Cerca de la pared de la izquierda veo un gran escritorio con una silla giratoria, teléfono y fax. La caja fuerte se halla junto al escritorio y llega a media altura de la pared. El cerrajero la estudia, saca las herramientas y se pone manos a la obra. Vlasópulos se dedica a registrar los cajones del escritorio.

No me quedan más que las cajas en la otra pared. Dos de las pilas están marcadas con el nombre SOFREC. Abro las dos primeras cajas y descubro dos tipos distintos de quesos en sus correspondientes envoltorios. Las cajas de la tercera pila son más altas y llevan el sello de Tripex. En la primera, hay seis botellas de vino tinto, probablemente provisiones para Le Canard Doré. Me desentiendo de las cajas y me acerco a Vlasópulos.

–Aquí no hay nada, están vacíos –comenta él, señalando los cajones del escritorio.

No importa, no esperaba encontrar nada allí. La caja fuerte es la única baza que nos queda para averiguar los secretos de Kustas, y el cerrajero aún no ha descubierto cómo abrirla. Me acerco y me planto a su lado. ¿Y si no lo consigue?, me pregunto. Por lo visto intuye mi preocupación, porque levanta la cabeza y me sonríe.

–No se preocupe –me tranquiliza–. He traído dinamita. Si no logro abrirla, la volaremos.

Transcurre otro cuarto de hora. Vlasópulos y yo estamos desesperados. De pronto, el cerrajero da cuatro vueltas a la llave en la cerradura, acciona la palanca y la puerta se abre.

–Listo, teniente –anuncia antes de retirarse.

Dentro de la caja fuerte hay tres estantes. El superior es, en realidad, otra caja fuerte.

–Todavía no has terminado –indico al cerrajero, señalando la caja. Vlasópulos se agacha por encima de mi cabeza para ver mejor.

–Ésta es pan comido –dice el cerrajero y va en busca de sus herramientas.

En el segundo estante están los libros que Stilianidis ponía al día quincenalmente. Los hojeo sin prestar mayor atención, porque están llenos de números que no entiendo.

–Toma –digo a Vlasópulos–. Para nuestros especialistas.

En el último estante encuentro una carpeta bastante voluminosa. La llevo al escritorio, me siento en la silla giratoria y la abro. Está llena de resguardos de transferencias bancarias, todas en divisas alemanas, que oscilan entre los cincuenta mil y los trescientos mil marcos. Las transferencias se realizaban por medio de una cuenta en divisas del Banco Jónico, y siempre a la misma entidad: Unibank, de Vaduz. No tengo la menor idea de dónde queda Vaduz, un nombre que me evoca una ventosa. Como titulares de las cuentas figuran Sofrec y Tripex.

Hasta aquí, todo me resulta comprensible sin ayuda de ningún experto. Se trata de empresas fantasma que enviaban dinero negro y recuperaban capitales blanqueados. Kustas tenía una cuenta en divisas y, a través de ella, movía el dinero de sus clientes. Ellos introducían el capital inicial en Grecia, ya fuera efectivo dentro de bolsas o a través de diversas transferencias, luego Kustas lo pasaba por la tintorería de sus empresas y finalmente lo devolvía limpio y planchadito. Los vinos y los quesos no eran más que tapaderas. Lo más probable es que el crédito a Greekinvest saliera de la misma cuenta del Banco Jónico.

Por eso no quería que su hijo se ocupara del club: prefería pagar toda una serie de terapias de desintoxicación antes que meterlo en el ojo del huracán. Pienso en Makis con su cazadora de piel, sus botas camperas y su mirada esquiva, y la imagen me deprime.

–Ya está –anuncia el cerrajero, y vuelvo a acercarme a la caja fuerte.

En la caja interior, Kustas guardaba tres sobres amarillos. El primero contiene fotocopias de los documentos de una transferencia de propiedad inmobiliaria que habla por sí sola. Un piso de cuatro habitaciones, a nombre de Konstantinos Kustas, quien a su vez lo transfiere a uno de esos diputados con alto índice de popularidad.

Al abrir el segundo sobre, caen de su interior dos fotografías de la isla en la que se produjo el terremoto cuando Adriani y yo estábamos de vacaciones. La primera es una postal parecida a las miles de postales que se venden en cualquier quiosco o tienda de recuerdos; una fotografía idílica, hecha desde el mar, que abarca la isla entera. La segunda, en cambio, es obra de un aficionado. En ella aparece una colina, un lugar que no recuerdo haber visto ni me suena de nada. Al observarla con mayor detenimiento distingo la bahía con la pensión donde se alojaban Anita, su amigo inglés y el filósofo-domador de fieras, y ato cabos: es el lugar donde enterraron a Petrulias antes del desprendimiento que reveló el cadáver.

Contemplando la fotografía empiezo a ordenar mis pensamientos. Ahora ya comprendo por qué Kustas llevaba encima quince millones la noche de su muerte: alguien sabía dónde estaba enterrado Petrulias y lo chantajeaba. Por eso las dos fotos. Kustas conocía al asesino, que era la misma persona que lo extorsionaba. Por eso quiso responder cuando le habló, junto al coche. Sin embargo, las fotos confirman algo más: que Kustas ordenó la muerte de Petrulias. ¿Por qué, si no, iba a ceder al chantaje?

Abro el último sobre, que contiene una película revelada y la fotografía en color de un hombre desnudo tumbado en una cama, con el rostro vuelto hacia la cámara, los ojos cerrados y la boca entreabierta. Evidentemente, está gimiendo de placer, ya que una mujer, también desnuda, está sentada encima de sus caderas, con la cabeza echada hacia atrás, los ojos abiertos y el semblante inexpresivo. La mujer es Kalia y el hombre que yace bajo ella no es otro que el ex ministro cuyos índices de popularidad superan a los del jefe de su partido.

Resulta que el diputado ha salido más beneficiado que el ex ministro, pienso, puesto que le tocó un piso de cuatro habitaciones, mientras que todo un ex ministro tuvo que conformarse con Kalia. Es el destino de los sementales de tres al cuarto. Ésta es la razón por la que Kustas tenía R.I. Hellas. Si se descubría el blanqueo de dinero, echaría mano de sus políticos para que influyeran en el cese de las investigaciones. No obstante, como su condición pública no bastaba, aumentaba su prestigio con falsos sondeos. Sin embargo sospecho que Kustas no se detenía ahí. Debía de apuntar mucho más alto. Si no cambiaba el Gobierno, el célebre diputado pronto llegaría a ministro. Si cambiaba el Gobierno, el ex ministro tan popular pondría rumbo rápido hacia el puesto de primer ministro. Y Kustas tenía una fotografía de este nuevo primer ministro recibiendo los favores de Kalia, aparte de que su hija analizaba los resultados de los falsos sondeos. Ahora ya sé quiénes quisieron dar carpetazo al caso Kustas: el diputado y el ex ministro.

Sé también de qué hablaron Kustas y Kalia la noche del asesinato. Es obvio que la envió a varios amigos suyos para que se divirtieran con ella, hasta que la chica se hartó. Por eso discutieron. Además, la propia Kalia aludió a esa situación la segunda vez que hablamos, cuando dijo que lo único que podía pedirle Kustas es que se abriera de piernas, aunque no para él sino para otros a los que Kustas manipulaba.

Pero ¿por qué no se llevó el asesino los quince millones sino que prefirió matarlo? No tengo la respuesta a eso. Resuelto un misterio, aparece otro. ¿O tal vez ocurra que el asesino y el chantajista no son la misma persona? En ese caso, quizá Kustas esperaba al chantajista para darle el dinero, pero el asesino llegó antes y se lo cargó. Es la única explicación posible y, sin embargo, no me acerca a la identidad del asesino.

45

Cuando llego a casa, me veo obligado a tomar un Interal y echarme en la cama ya que la taquicardia me incordia de nuevo tras concederme muchos días de tregua. Mi corazón late a ritmo de barca motora que abandona el puerto. No me extraña. Los libros de contabilidad secreta, los documentos incriminatorios y, sobre todo, las fotografías que encontramos en el almacén de Kustas vuelven a complicar la investigación. Es evidente que me encuentro en un callejón sin salida. Si doy un paso adelante y enseño a Guikas las fotos de la isla y el contrato de traspaso del piso al diputado, con la foto del ex ministro y Kalia, seguro que le da un infarto. En el mejor de los casos, hará público el negocio de blanqueo de dinero para demostrar el papel de Kustas como instigador del asesinato de Petrulias, pero desde luego no aceptará divulgar la participación del diputado y del ex ministro. Con todo ello me será imposible resolver el caso Kustas, ya que es bastante probable que uno de ellos, o ambos, estén implicados en su muerte.

Si por el contrario retrocedo un paso y prosigo con la investigación sin informar a Guikas, me arriesgo a una denuncia por acoso o extorsión a personalidades políticas, hecho que supondría el fin de mi carrera y el carpetazo definitivo a la investigación.

Por más vueltas que doy al asunto, no encuentro solución alguna. Al final decido olvidarme provisionalmente del dilema y presionar a Kalia, esa pobre mariposa nocturna, a la que uno puede acosar, abofetear y hasta violar en los lavabos sin que nadie proteste.

Me levanto de la cama y busco los tres sobres que guardé en el bolsillo de mi americana. Me quedo con el que contiene la fotografía del ex ministro y dejo los otros dos en el cajón de mi mesilla de noche.

Adrianí está viendo el *reality show* de Methenitis, que hoy lleva americana azul, camisa amarilla y pantalones color granate.

—¡Me voy! —le grito desde el recibidor.

Vuelve la cabeza y me mira preocupada.

—¿Volverás tarde?

—No lo sé, pero no empieces con tus sermones, que ya tengo bastantes problemas.

Ante mi actitud, no se atreve a regañarme.

Me incorporo al tráfico moroso que circula en dirección a la plaza de Omonia, sufriendo primero el tradicional embotellamiento de la avenida Panepistimíu y después el atasco de la calle San Konstantino, propio de la hora de cierre de los comercios. ¿Por qué tenía tanta prisa por salir de casa? En Los Baglamás no estarán todavía ni los camareros. Hasta los talleres de Sarakakis avanzamos a paso de tortuga, algo que por una vez en la vida me conviene. Prefiero estar en el coche que sentado en una de las mesas del club, esperando al jefe.

El portero me reconoce y se aparta para dejarme pasar. Las mesas están ya preparadas para recibir a los clientes. Los músicos de la orquesta, inclinados sobre sus instrumentos, hablan por lo bajo. El fotógrafo está sentado a la última mesa, junto a la puerta. Mientras observo la facilidad con que coloca el carrete, una idea empieza a tomar forma en mi cabeza. Me acerco y me siento a su lado.

—Buenas noches —saludo.

—Buenas noches, teniente —responde mientras enrosca el *flash* a la cámara—. Ha venido pronto. El señor Jortiatis nunca llega antes de las diez.

—No quería hablar con Jortiatis, sino contigo.

—¿Conmigo? —Me mira extrañado.

—Sí. Voy a enseñarte una fotografía y quiero que me digas quién pudo hacerla.

Saco la foto del ex ministro con Kalia y la dejo sobre la

mesa. Él la toma y la examina con manos temblorosas, lo cual delata su esfuerzo por aparentar indiferencia. La observa largo rato y al final le da la vuelta, supongo que para ver el nombre del fotógrafo en el reverso. Todo teatro, para ganar tiempo y recobrar la calma.

—No lo sé —responde finalmente—. La revelaron en un laboratorio privado.

—¿Cuándo la hiciste? —le suelto.

Por lo visto ya esperaba esta pregunta, porque me devuelve una mirada llena de inocencia.

—Se equivoca, esta foto no la saqué yo.

Me inclino hacia él, acercando mucho mi cara a la suya.

—Dime la verdad. Sé que la hiciste por orden de Kustas.

—No fui yo —insiste.

—¿Tienes idea de lo que pasará si la foto llega a manos del político en cuestión? Enseguida sabrá que es tuya, te cerrará todas las puertas y acabarás fotografiando a los niños y los turistas que se pasean por la plaza de Síntagma. En cambio, si me cuentas cómo y por qué la hiciste, nadie se enterará de nada y dormirás tranquilo.

Vuelve a tomar la foto y la contempla con expresión de artista que admira su obra.

—Está bien, tiene razón: Kustas me pidió que la hiciera. Le dije que no quería líos pero él insistió y me amenazó con echarme. El club se llenaba todas las noches, ganaba un buen dinero aquí.

—¿Cuándo sucedió esto?

—Hace más de un año.

—¿Qué te dijo exactamente?

—Me dio las llaves de la casa de Kalia. Dijo que ella pasaría la noche con un hombre y que quería fotos de los dos, desnudos en la cama. Llevé la otra cámara, la que tiene el *flash* incorporado. Salí al balcón del dormitorio y dejé las persianas entreabiertas. Acerqué el objetivo a una de las rendijas y esperé. Cuando el tipo se metió en faena, empecé a hacer fotos. Tiré medio carrete, pero él estaba tan absorto en lo suyo que ni se dio cuenta. Unos días después, vi su cara en la tele y descubrí a quién había fotografiado. Me entró el pánico, pero Kustas me tranquilizó.

–¿Qué hiciste con el carrete?

–Lo revelé en mi laboratorio y se lo entregué a Kustas, junto con las cinco fotografías que pasé a papel. No me quedé ni una copia, se lo juro.

No hace falta que lo jure: sé que no se atrevería a jugar con Kustas. Se me ocurre la posibilidad de que fuera él quien hizo la fotografía de la isla, pero finalmente la descarto. Aquélla la hizo alguien como yo, que no sé distinguir el disparador del objetivo. Sin embargo, no entiendo el papel de Kalia en todo esto. ¿Kustas le pagó para que lo hiciera, o también la chantajeaba a ella?

–¿Está Kalia en el club? –pregunto.

El fotógrafo me mira sorprendido.

–¿No lo sabe? Kalia ha muerto.

La noticia cae sobre mí como una bomba.

–¿Cuándo ha sido? –consigo preguntar después de medio minuto largo.

–La encontraron en su casa hace cuatro días, muerta por sobredosis. Había desaparecido del club y no contestaba al teléfono. Jortiatis supuso que se había marchado, pero Marina, la chica que salía con ella al escenario, se preocupó porque sabía que se pinchaba. Llamó a un cerrajero para abrir la puerta de su apartamento y la encontraron muerta en la cama.

–¿Dónde está Marina?

–A lo mejor la encuentra en su camerino. Si no, Jortiatis sabe dónde vive.

Al enfilar el pasillo, me topo con la cuarentona tetuda que lame el micrófono cual cucurucho helado cuando canta, ataviada con el vestido negro de siempre. La luz del camerino de Kalia está encendida y la silla está ocupada por la pelirroja que vi en el escenario en mi primera visita, acompañando con Kalia al gitano de patillas largas.

–¿Eres Marina? –pregunto.

No me mira en el espejo, como hizo Kalia, sino que se vuelve en la silla.

—Sí, señor —responde con una gentileza que no pega con las pelirrojas teñidas.

—Háblame de Kalia.

La chica se muerde el labio.

—¿Qué quiere que le diga?

—Cómo la encontraste, dónde la encontraste; toda la historia.

Me cuenta exactamente lo mismo que el fotógrafo. Al principio le tiembla la voz pero, poco a poco, consigue sobreponerse.

—¿Dónde estaba cuando la encontraste?

—En la cama, desnuda y envuelta en una toalla. Al parecer tomó un baño para relajarse y después... el chute.

—¿Qué hiciste cuando la viste?

—No lo sé, no me acuerdo. De repente, aparecieron dos agentes de policía. Según me contó el cerrajero, sufrí un ataque de histeria y él llamó a la policía. Yo no me acuerdo de nada.

—¿Dónde vivía Kalia?

—En el número 7 de la calle Inois, en Níkea.

—Gracias —digo y salgo del camerino.

Puesto que Kalia murió en su casa, la comisaría de Níkea debió de encargarse de las formalidades de rutina, es decir, llamar al forense para establecer la causa de la muerte y ordenar el levantamiento del cadáver. Hay tantos yonquis que la palman a diario por sobredosis que las comisarías hacen funciones de funerarias. Sin embargo, siento el contacto de la foto en mi pecho y no consigo zafarme de los interrogantes. La encontraron muerta y envuelta en una toalla de baño. ¿Quién asegura que no estuvo con el ex ministro o con otro «cliente» antes de chutarse? Y, en ese caso, ¿habrá quedado alguna huella de su amante en el piso?

46

A las diez y media el tráfico en la avenida Atenas es más fluido. Conduzco siguiendo un autocar que lleva las luces interiores apagadas. Un pasajero dormita en los asientos traseros. Su cabeza, inclinada hacia delante, se mece de un lado a otro pese a sus repetidos esfuerzos por mantenerla erguida. En sentido contrario, una caravana de camiones que se dirigen a Scaramangás ocupa el carril de la izquierda y empiezan a tocar el claxon todos a la vez, no sé por qué. Los escasos turismos se apartan aterrorizados a la derecha, pero las ventanas oscuras del autocar no despiertan de su sopor.

Enfilo la avenida Tebas a la derecha y paso por delante del Tercer Cementerio para entrar en Petru Ralli. Mantengo la vista fija en la calzada, no tengo ganas de soñar luego con cementerios. A pesar de todo, echo un rápido vistazo antes de alejarme y me pregunto si enterraron a Kalia ahí.

La comisaría se encuentra en la esquina de Panayí Tsaldari con Alatsatón. Es un edificio de cemento de tres plantas, como los que construyen últimamente, todos igualitos, como salidos del mismo molde.

El oficial de guardia debe de andar por los treinta y el trabajo aún no le ha agriado las facciones. Mira fijamente a una pareja que está de pie delante de su escritorio. El hombre lleva barba de cinco días y resulta difícil distinguir sus rasgos. Del cuello le cuelga un acordeón. La mujer, que viste falda negra y blusa roja, lleva colgada del cuello una fotografía plastificada en la que aparece ella misma abrazando a dos niñas. En el margen superior de la fotografía han anotado con rotulador: «Refugiados serbobosnios».

–En un minuto estoy con usted –me dice el oficial y se vuelve hacia los serbobosnios–. Según la denuncia, entrasteis en la cafetería para robar –reprende al hombre.

–¡No robar! –grita el refugiado–. Nosotros *music*, ganar pan hijos. –Y señala a las niñas de la fotografía.

Parece que la mujer no entiende el griego, porque mira alternativamente a su marido y al oficial de guardia con aire aturdido.

–Ya, ya, ganar pan robando a los clientes mientras estaban distraídos viendo el partido de la tele.

–Yo no robar, yo *music* –insiste el hombre y, para confirmar sus palabras, toca las teclas del acordeón. La melodía invade la comisaría para los chorizos, los drogatas y los apaleados, y los polis asoman la cabeza por la puerta para escuchar. La mujer supone que les han pedido que toquen y entona una canción triste y quejumbrosa que evoca un lamento. Nos deprimimos todos menos las niñas de la fotografía, que siguen sonriendo.

–Vale, vale, ¡podéis marcharos! –exclama el oficial–. La próxima vez que os echen de un local, salid enseguida, antes de que os acusen de robo.

El hombre deja de tocar, agarra a la mujer de la mano y la arrastra fuera del despacho, dando repetidamente las gracias. El oficial los observa y después se dirige a mí.

–En la academia nos decían que debemos imponer la ley y el orden, perseguir a los maleantes y librar a la sociedad de parásitos –dice–. Nadie me advirtió de que los parásitos llegarían a darme pena.

Aún no sabe que he venido a preguntarle acerca de otro «parásito».

–Hace unos días encontrasteis a una mujer muerta en el número 7 de la calle Inois.

–Sí, una tal Kaliopi... –No recuerda el apellido. Se levanta para buscar el expediente–. Kaliopi Kúrtoglu.

–¿Tenéis el informe del forense?

–No tengo el informe, pero recuerdo que murió de una dosis de heroína pura.

–¿Encontrasteis alguna prueba que apunte a un crimen premeditado? –Me dirige una mirada de extrañeza–. Es posible que esta muerte guarde relación con un caso de asesinato –le explico.

–No encontramos nada sospechoso.

–¿Huellas dactilares?

Vuelve a hojear el expediente.

–Sólo las de la víctima. Excepto... –Se detiene para leer el informe.

–Excepto ¿qué?

–En la mesilla de noche había dos copas y una botella de whisky. En una de las copas encontramos las huellas de la mujer. La otra estaba totalmente limpia.

–¿Y la botella?

–Limpia también.

Debería alegrarme por no haber aceptado sin más la información que me dieron el fotógrafo y Marina. En cambio, me cabreo.

–¿Y no os pareció sospechoso que no hubiera huellas en la copa y en la botella? –pregunto, esforzándome por mantener la calma–. Alguien estaba con ella cuando murió, alguien que borró sus huellas para no ser identificado. ¿Cómo sabéis que no fue él quien le inyectó la heroína pura para matarla?

Me dirige la mirada de condescendencia que merecería un retrasado mental.

–La encontramos envuelta en una toalla de baño, teniente.

–Ya lo sé. ¿Y qué?

–Su acompañante debía de ser otro adicto y quedaron para chutarse juntos. Eso lo hacen a menudo los yonquis, no les gusta colocarse solos. La vio morir, se acojonó y salió corriendo para no verse metido en líos.

–¿Por eso borró sus huellas dactilares?

–Si tiene antecedentes, sabía que lo localizaríamos. –Es una explicación lógica, y el oficial me mira orgulloso de haber dejado sin argumentos al jefe del Departamento de Homicidios de la Jefatura de Policía de Atenas.

–¿Encontrasteis el bolso de la víctima?

–Sí. Contenía una cartera con su documentación, un billete de cinco mil y una agenda de teléfonos.

–Déjame ver la agenda.

Sale del despacho para volver casi enseguida con una libretita pequeña. La abro y veo el nombre del ex ministro y su número de teléfono. De ello deduzco que el polvo de la foto no fue ocasional, sino que el tipo era un cliente asiduo. Al parecer Kustas no le había hablado todavía de las fotos y el ex ministro seguía disfrutando de los favores de Kalia sin temor.

–Me gustaría ver el piso.

–Justo a tiempo –responde el oficial–. Mañana entregamos las llaves.

–¿Podéis prescindir de un agente? Sería más fácil si alguien me guiara.

–Puedo prescindir de un agente, pero no de un coche patrulla. Sólo tenemos dos, y están de servicio.

–No importa, he venido en mi propio coche.

–¡Kontokostas! –llama el oficial, y casi de inmediato se presenta un joven agente uniformado–. Quiero que acompañes al teniente a la casa de Kúrtoglu, en el número 7 de la calle Inois. –Abre el cajón y le entrega las llaves.

–¿Quién encontró el cadáver? –pregunto al agente mientras subimos por la calle Beloyannis.

–Un compañero, Balodimos, y yo. Nos avisó el cerrajero que ayudó a la amiga a abrir la puerta.

La calle Inois es un pasaje estrecho que parte de Solomú. Kalia, o Kaliopi, vivía en la planta baja. La puerta sigue precintada. Kontokostas arranca la cinta amarilla y abre con la llave que le ha dado el oficial de guardia. El piso es un pequeño apartamento de dos habitaciones, ambas exteriores, amueblado con modestia aunque limpio y ordenado.

–Enséñame dónde la encontrasteis.

Me conduce al dormitorio. La cama está en un rincón de la habitación, revuelta, con la manta y la sábana arrugadas a los pies. En la almohada se aprecia todavía la marca de la cabeza de Kalia.

No veo nada sospechoso, todo parece estar en su sitio. Abro el cajón de la mesilla, que está lleno de productos de belleza. En primera fila, una goma elástica y varias jeringas desechables.

Kalia solía pincharse en la cama, como hizo la noche de su muerte.

–¿Dónde estaban los vasos?

–Encima de la mesilla. La botella estaba en el suelo, junto a la cama.

En una silla, junto a la puerta, han quedado una camiseta, unos pantalones tejanos y una cazadora. Bajo la silla, un par de zapatillas deportivas. En el armario guardaba otros tejanos, dos mallas y dos vestidos, todo colgado de perchas. En el primer cajón hay ropa interior, en el segundo, blusas y en el tercero, tres jerséis. Aparentemente, nadie registró los cajones, ya que la ropa sigue bien ordenada.

Salgo del dormitorio y me dirijo a la cocina, situada justo enfrente. Kontokostas viene pisándome los talones, sea porque teme que robe o porque es la primera vez que ve a un teniente de Homicidios en acción y quiere ilustrarse. En la cocina tampoco encuentro nada que llame la atención. Los vasos y la vajilla colocados en los armarios, y la pila, limpia. Después de tantos años en la Brigada Antivicio, es la primera vez que me topo con un drogadicto tan pulcro. Recuerdo a Kalia y su cinismo y pienso que ha tenido que morir para que yo descubriera lo que se escondía detrás de la fachada.

El orden impera también en la pequeña sala de estar. Ya me dispongo a marchar cuando me fijo en la mesilla del televisor. Junto al aparato hay un marco de 25 por 20, más o menos, vuelto boca abajo. Al levantarlo, el respaldo se despega del resto. No hay foto, el marco está vacío.

–¿Qué es esto? –pregunto a Kontokostas.

–Un marco.

–¿Y no te llama la atención que esté vacío? ¿Tú decoras tu casa con marcos vacíos, Kontokostas?

–No.

–¿Dónde está la fotografía, pues?

Levanta las manos en señal de desconcierto.

–No lo sé.

Podría comentarle que el mismo que se entretuvo en borrar sus huellas de la copa y de la botella se ocupó de sacar la foto del marco, pero prefiero callarme. No tendría sentido explicar que la noche de su muerte Kalia estaba con una persona muy cercana, alguien cuya fotografía estaba al lado del televisor, para contemplarla mientras veía el *reality show* de Methenitis. Si este alguien no estuvo involucrado en su muerte, al menos es evidente que tuvo miedo, borró sus huellas y desapareció. Podría investigar a todos los que figuran en su agenda, pero comprobar tantas coartadas de una en una sería un trabajo interminable. Por otra parte, la fotografía indica algo más. Si fuera de su novio o de un familiar, no habría sido necesario llevársela. La presencia de la fotografía en casa de Kalia no significa que la persona retratada estaba con ella cuando murió. No, el hombre de la foto es una personalidad conocida o relacionada con mis investigaciones. Y la única personalidad conocida que guarda relación con el caso es el ex ministro.

–Hemos terminado –digo a Kontokostas.

Lo dejo en la comisaría y emprendo el camino de vuelta a Atenas. Llego a casa pasada la una. Abro la puerta y me encuentro con todas las luces encendidas. Adriani me está esperando de pie en el recibidor.

–¿Qué horas son éstas de volver a casa? –pregunta, indignada.

–Ya te dije que tenía trabajo.

–¿Tan importante es ese trabajo que te olvidas de tu casa, de tu salud y de tu hija, que se va dentro de pocos días? Tú no estás enfermo del corazón, sino que eres un adicto al trabajo, y Fanis nada puede hacer al respecto.

Me agarro al nombre de Uzunidis como a una tabla de salvación.

–¿Qué comida piensas prepararle a mi médico? –pregunto con la esperanza de calmarla.

Me mira atónita. Cuando llego al dormitorio, la oigo gritar:

–¿No tienes nada más que decirme? ¿No se te ocurre nada más?

Cuando entra en la habitación ya estoy acostado. Después de tantos años de matrimonio, aún le da vergüenza desnudarse delante de mí, de manera que se va al cuarto de baño para ponerse el camisón. Finalmente, se tiende a mi lado y me da la espalda.

–Pensaba preparar tomates rellenos –dice justo en el momento en que apago la luz–. ¿No te importará que los cocine para él? Había pensado en ese plato porque siempre me sale bien.

Mira por dónde, me ha salido un socio culinario.

–No me importa, pero pregunta a Katerina cuáles son sus intenciones. Porque, después de probar tus tomates rellenos, seguro que le pide que se case con él.

Adrianí se da la vuelta y apoya el brazo sobre mi pecho.

–Buenas noches –dice dulcemente y cierra los ojos.

47

Me despierto decidido a concederme un día más de margen, lo cual significa que debo desaparecer del despacho. Si no estoy, no informaré a Guikas y, por consiguiente, dejaré las fotos y el contrato de cesión del piso para otra ocasión. Es mi último plazo. Si a lo largo del día de hoy no consigo demostrar la implicación del ex ministro en la muerte de Kalia, entregaré las pruebas a Guikas para que archive el asunto. ¿Cómo divulgar el caso de Kustas con todas sus ramificaciones sin revelar también el papel del ex ministro? Imposible. Cerrarán el caso, tal como Guikas previó desde el principio.

Llamo por teléfono a Vlasópulos para comunicarle que necesito aclarar algunos detalles del caso Petrulias y que llegaré tarde al trabajo. Ni una palabra de Kustas. Evidentemente, corro el riesgo de que Guikas solicite el informe a Vlasópulos, pero no me atrevo a pedirle que no mencione nuestros hallazgos de ayer en el almacén. De todos es sabido que a cualquier buen subordinado le encanta poner la zancadilla a su jefe. Si lo aviso al respecto, informará al director deliberadamente para ganar puntos. Es un riesgo calculado, ya que Guikas sólo acepta informes de los jefes de departamento.

La segunda llamada telefónica es a Markidis.

–¿Te suena el nombre de Kaliopi Kúrtoglu? –le pregunto.

–No. ¿De qué se trata?

–De una chica que encontraron muerta por sobredosis, hace cinco días, en su domicilio de la calle Inois número 7, en Níkea.

–Seguramente se encargó Korkas. Un momento. –Me deja

esperando con el auricular en la mano y vuelve al cabo de cinco minutos–. Es como tú has dicho –confirma.

–¿A qué te refieres?

–Murió de sobredosis.

–¡Qué bien, no me mintieron! ¿Algún dato más?

–Encontraron restos de semen en la vagina. Debió de mantener relaciones sexuales treinta minutos o una hora antes de su muerte.

–¿Por qué no informasteis a la comisaría de Níkea?

–Porque nadie preguntó y el informe aún no ha sido mecanografiado.

–¿Cuánto tiempo tardáis en mecanografiar un informe?

–¡Por Dios! –exclama indignado–. La chica era drogadicta y murió de una dosis de heroína pura. ¿Qué importa si se había acostado con alguien? ¿Sabes lo que suponen para nosotros esos yonquis que mueren como moscas a diario? Una sobrecarga de trabajo imposible de manejar. Sólo tengo dos secretarias, una de ellas con baja de maternidad. Te juro que no doy abasto.

–Vale. Cuando esté el informe, mándame una copia.

–¿A qué viene tanto interés? –pregunta curioso.

–La chica trabajaba en uno de los clubes de Kustas y su muerte tal vez esté relacionada con el asesinato.

Se produce una pausa, después oigo una breve exclamación y se corta la línea.

He dejado la llamada más importante en último lugar. Marco el número del ex ministro y me contestan de su oficina. Pregunto a qué horas recibe al público, sin revelar mi identidad; insinúo, eso sí, que soy un votante en busca de favores. La secretaria me informa de que el señor ministro recibe cada día entre las once y las dos.

Consulto mi reloj. Son las diez. Antes de visitar al ex ministro tengo que averiguar cómo conseguía sus altos índices de popularidad, una información que tal vez me resulte útil.

Niki Kusta se sorprende de verme. Al principio se muestra cohibida, quizás a causa de nuestro último encuentro en mi despacho.

–Necesito tus conocimientos profesionales –le digo.

—¿Por qué? ¿Piensa realizar un sondeo de popularidad?

—Yo no. Necesito saber si es posible manipular los resultados de los sondeos sobre una personalidad política o un producto comercial.

Niki Kusta se relaja y se echa a reír.

—Claro que sí. Siendo policía, ya sabrá que los trucos siempre son posibles.

—¿Qué haría si quisiera falsear un sondeo?

—Yo soy analista, teniente, me limito a elaborar los datos que me ofrecen. El truco se produce durante la obtención de estos datos, en lo que llamamos muestreo; por eso es tan difícil detectarlo.

—Es decir, que a ti te entregan la información ya preparada.

—Exactamente.

—¿Quién la prepara?

—Los responsables del muestreo.

—¿Quién decide cómo se realiza el proceso?

—La señora Arvanitaki.

—Gracias —digo y me pongo de pie.

—¿A qué se debe este repentino interés por los sondeos? —pregunta con su habitual sonrisa inocente.

—Quisiera aclarar un punto.

—¿Relacionado con la muerte de mi padre?

—Tal vez.

La dejo atónita y subo a la tercera planta. La secretaria sesentona lleva el mismo traje ceñido y las mismas gafas de lectura. No se inmuta al verme, porque difícilmente podría ser más hostil que de costumbre.

—Necesito hablar con la señora Arvanitaki. Es urgente y no me importa que esté ocupada —digo bruscamente.

Echa una mirada a la centralita telefónica.

—Está hablando por teléfono. Espere.

Cabe la posibilidad de que no esté hablando, que esta bruja lo haga a propósito para obligarme a esperar y salirse con la suya. Me obliga a esperar cinco minutos. Cuando siente que su ego ha sido vindicado, me permite pasar.

Arvanitaki está estudiando unos informes mecanografiados.

Son las once de la mañana, pero va vestida como si se dispusiera a asistir a una recepción: un conjuntito azul oscuro, un pañuelo azul celeste en el bolsillo de la chaqueta, una blusa blanca y gran profusión de joyas.

–¿Qué le trae por aquí, teniente? –pregunta con una sonrisa tensa.

–Necesito que me aclare algunos interrogantes que han surgido en el curso de las investigaciones.

La sonrisa desaparece de su rostro. Parece que mi introducción no le ha gustado en absoluto.

–¿En relación con Greekinvest?

–También con R.I. Hellas. Le doy mi palabra de que nuestra conversación no saldrá de aquí –le prometo y acto seguido tomo asiento.

–De acuerdo, aunque no sé de qué secretos podríamos hablar usted y yo.

Decido prescindir de la ironía porque se esfumará en cuanto oiga lo que tengo que decir.

–Señora Arvanitaki, usted se encarga de los sondeos de popularidad de dos diputados, uno del Gobierno y otro de la oposición. –Le doy los nombres del ex ministro y del diputado que recibió el piso de regalo.

–Sí.

–¿Quién le encargaba la realización de estos sondeos?

Arvanitaki intenta escabullirse.

–Eso es información reservada, teniente.

–Escuche, he venido como amigo y le he asegurado mantener nuestra conversación en secreto. ¿Prefiere que la llame a declarar en Jefatura?

Suspira y responde a regañadientes:

–Todos los encargos provenían de Greekinvest, nuestra empresa madre.

–¿Cómo llegaban a sus manos?

–Por fax.

–¿Cabe la posibilidad de que estos sondeos estuvieran..., digamos..., manipulados?

–¿Manipulados? –repite extrañada–. ¿A qué se refiere?

–De tal modo que el proceso del sondeo determine los resultados.

Reflexiona un poco, y cuando empieza a hablar parece sopesar sus palabras.

–Las empresas de sondeos son compañías privadas, teniente. Ofrecen unos servicios y tienen la obligación de obedecer los deseos de sus clientes. Si el cliente quiere un sondeo objetivo, los resultados serán objetivos. Si pretende obtener un resultado determinado, el sondeo se lo proporcionará. Evidentemente, las empresas tienen que preservar su reputación, para lo cual toman ciertas precauciones.

–¿De qué tipo?

–Si afirman que el sondeo se ha realizado a partir de una muestra representativa, los resultados son objetivos. Si la palabra «representativa» no figura en el informe, se entiende que los resultados tal vez no sean tan objetivos.

–¿Qué es una muestra representativa?

Arvanitaki sonríe.

–Tomemos el ejemplo de un partido político. Si la muestra proviene de todo el territorio nacional, es representativa. Pero si sólo proviene de las circunscripciones tradicionalmente inclinadas a votar por ese partido político en concreto, los índices de popularidad serán elevados, aunque en absoluto representativos.

–¿Qué ocurría en el caso de los dos diputados?

Arvanitaki vuelve a suspirar.

–El cliente determinaba el modo en que debíamos realizar el sondeo.

–¿Es decir?

–Solicitaba que encuestáramos a los asistentes de los mítines políticos de dichos diputados, o sus respectivas circunscripciones.

–Y puesto que a los mítines acuden los amigos del político y los electores de su circunscripción suelen ser afines a él, los índices de popularidad aparecían siempre inflados.

–En efecto.

–¿Y cómo es posible que el ex ministro resulte más popular que el jefe de su partido?

–Me pone en un aprieto, teniente.

–Yo me encuentro en la misma situación, señora Arvanitaki.

–¿Tengo su palabra de que nada de esto transcenderá? –La ironía ha desaparecido, ahora el tono es más bien de súplica.

–La tiene. Los datos quedarán entre usted y yo.

–En teoría, recurriría a una muestra representativa en lo que al jefe del partido se refiere, y la compararía con una muestra no representativa de la circunscripción del ex ministro. En tal caso, el índice de popularidad de éste sería siempre más elevado que el de su jefe.

–¿Y esto no constituye una estafa?

–Yo diría que se trata más bien de un truco, teniente.

Puesto que hoy en día es imposible vivir sin trucos, las estafas han quedado abolidas. Algo que no puede comprender Niki Kusta con su sonrisa infantil.

–¿Y si alguien descubre el ardid?

Por primera vez se ríe espontáneamente y sin inhibiciones.

–¿Quién iba a investigar, teniente? Normalmente, los que reciben altos índices de popularidad se vanaglorian en público y los que pierden denuncian los sondeos como falsos, pero ninguno tiene pruebas para demostrarlo, porque las guardamos nosotros. Y, ya que los perdedores tienden a rehuir cualquier investigación, la gente nos cree a nosotros y no a ellos.

Como no tengo nada más que preguntar, me levanto. Ya sé cómo conseguía Kustas fabricar políticos con carisma. Sé, además, cómo se manipulan los sondeos y me felicito por no prestarles nunca atención.

Antes de salir del despacho, Arvanitaki me recuerda mi promesa una vez más y yo le reitero mi palabra de guardar el secreto. En la antesala, la secretaria, inclinada sobre sus papeles, libra una lucha silenciosa consigo misma para evitar mirarme.

48

La oficina del ex ministro se encuentra en la avenida Akadimías, en uno de esos edificios que albergan notarías y bufetes de abogados. También él debió de ser letrado antes de dedicarse a la política y librar así al Colegio de Abogados de su presencia. Los economistas inútiles acaban siendo contables; los abogados inútiles, diputados. Así funcionan las cosas. Entro en una estancia grande que recuerda las salas de espera de los médicos de provincias. Junto a las paredes han colocado sillas de madera alineadas y en el centro hay una mesilla cubierta de revistas atrasadas. Las paredes del señor ex ministro están forradas de sus fotografías. Un retrato en el que sonríe a sus votantes desde las alturas; una fotografía, tomada en el curso de un mitin electoral, donde se lo ve saludando a las multitudes con la pancarta del partido como telón de fondo; otra donde aparece junto al jefe de su partido, y una serie de instantáneas más pequeñas junto a empresarios, militares y personalidades extranjeras. Contemplándolas, me pregunto en qué lugar colgaría la foto con Kalia.

Tres de las sillas están ocupadas por un hombre mayor, otro de mediana edad con un paquete envuelto en una bolsa de plástico y una cincuentona tocada con pañolón. Al fondo de la sala hay una mampara divisoria de cristal ante la que destaca el escritorio de una empleada joven, incolora e inodora. Será la hija de algún votante en espera de conseguir un puesto de funcionaria que, entretanto, trabaja para su protector.

–Soy el teniente Jaritos. Quisiera hablar con el señor ministro –le digo. Levanta la mano para señalarme las sillas pero añado «es un asunto del departamento» y la mano queda suspendida antes de emprender un curso descendente.

–Espere –dice. Se dirige tras la mampara y vuelve casi enseguida–. Pase, la señora Kutsafti lo recibirá.

Evidentemente, la señora Kutsafti es la secretaria particular del señor ministro, una cincuentona de cabello gris, vestido verde, un broche enorme y un fular en el cuello. A su derecha se erige la Gran Puerta, la entrada al despacho del ex ministro, acolchada de un material oscuro y tachonada.

–¿Cuál es el motivo de su visita? –pregunta la secretaria.

–Ya le he dicho a la chica que se trata de un asunto del departamento. ¿No la ha informado?

Frunce los labios y alza la vista al techo, pero no se halla en disposición de echarme.

–Acomódese –indica, señalando uno de los dos sillones situados junto a la mampara y separados por otra mesilla.

Me siento en el estrecho espacio entre la mampara y la mesilla, mientras Kutsafti cruza la Gran Puerta y la cierra tras de sí. Pronto la reabre, asoma la cabeza y me invita a entrar.

Resulta incómodo enfrentarse de golpe a un señor impecablemente vestido con traje gris oscuro, camisa a rayas azules y corbata color granate, cuando ya le conoces en su desnudez, compartiendo cama con una chica. Tengo que morderme el labio para contener la risa. El ex ministro se pone de pie y me tiende la mano, luciendo la misma sonrisa de la foto en la que saluda a las multitudes.

–Bienvenido. Me alegro de conocerle, señor Jaritos. He oído hablar mucho de usted.

No ha oído nada, pero los políticos suelen fingir que se preocupan por los cuerpos de seguridad hasta el punto de conocer a los oficiales por su nombre. Lo cierto es que sólo se acuerdan de nosotros cuando nos necesitan para sus mítines y manifestaciones.

–Lamento mucho haberme presentado así, sin previo aviso, señor ministro –respondo con toda formalidad–. Estamos investigando la muerte de Konstantinos Kustas y han surgido algunos interrogantes acerca de los cuales preciso hablar con usted.

No parece preocupado; al contrario, asume una expresión de familiar afligido.

–Un desgraciado suceso –comenta, meneando la cabeza–. Una pérdida trágica.

–¿Usted lo conocía?

–Por supuesto. Era propietario de un restaurante francés en Kifisiá, Le Canard Doré. Me encanta la cocina francesa y soy un cliente asiduo. Le aseguro que nada tiene que envidiar a los mejores restaurantes franceses.

–También era propietario de dos clubes nocturnos, Los Baglamás y el Flor de Noche.

–He estado en ellos un par de veces, aunque para serle sincero la música popular no me entusiasma. Sin embargo, los políticos nos vemos obligados a frecuentar lugares como éstos de vez en cuando, para potenciar nuestra imagen pública. –Se interrumpe y me observa–. Mis relaciones con Dinos Kustas no iban más allá de eso; me pregunto en qué puedo ayudarlo.

–Durante mis investigaciones he encontrado algo que le pertenece y he creído conveniente devolvérselo personalmente.

–¿Algo que me pertenece? No sé de qué se trata. –Me mira extrañado, aún no ha empezado a inquietarse. Saco el sobre con la foto del bolsillo y lo dejo encima de su escritorio. Los negativos los he dejado en casa. Él recoge el sobre y lo abre. Como brotan las setas después de la primera lluvia, así brotan las gotas de sudor en la frente del ex ministro. Le tiemblan las manos y sujeta la fotografía con fuerza para que no se le resbale.

–Nunca la había visto –farfulla.

–¿A quién? ¿A la chica?

–No, la fotografía. A la chica la vi una vez, cuando fui con un grupo de votantes a ese club..., ¿cómo ha dicho que se llama? –Finge no recordar el nombre, aunque también es posible que lo haya olvidado debido a la sorpresa.

–Los Baglamás.

–Eso es, Los Baglamás. Mis votantes se entusiasmaron y Kustas nos envió a la chica para entretenernos. Nos fuimos de madrugada. Habíamos bebido mucho, estaba un poco ebrio y me dio por ser generoso. Le ofrecí acompañarla a casa en mi coche y al llegar me invitó a tomar una copa... Entonces pasó lo que tenía que pasar. –Calla y vuelve a contemplar la foto, que había dejado encima del escritorio–. ¿Cómo iba a imaginarme que era una artimaña para que uno de los hombres de Kustas nos fotografiara?

–¿La ha vuelto a ver?

–No, nunca más.

–Entonces, ¿por qué tenía su teléfono anotado en la agenda? –Saco del bolsillo la hoja de la agenda donde Kalia había anotado el número de teléfono del ex ministro y se la muestro.

–No lo sé –responde él–. Pregúnteselo a ella.

–Desgraciadamente eso no será posible, señor. La mujer está muerta.

–¿Muerta? –repite, mirándome desconcertado. Su asombro parece genuino, aunque los políticos son actores profesionales.

–Sí, murió de sobredosis hace cuatro días. En el momento de la muerte no se encontraba sola, pero su acompañante procuró borrar todas sus huellas antes de desaparecer.

El ex ministro me observa con atención.

–¿Cree que ese acompañante era yo? –pregunta lentamente.

–¿Lo era?

–No.

–¿Dónde estaba la noche del lunes?

–En una reunión maratoniana del partido, que duró hasta muy tarde.

–¿Hasta qué hora?

–Las once.

–¿Y después?

–Me fui directamente a casa.

–¿Había alguien con usted?

–No. Estoy divorciado y vivo solo. Cené un poco, vi el informativo de las doce y me acosté.

–En cualquier caso, no hay nadie que confirme su coartada.

De repente, se despierta el animal político.

–¿Necesito a un testigo fidedigno? –pregunta con la voz severa de un ministro que reprende a un director ineficaz.

–No sé qué contestarle. A usted la muerte de Kalia, o Kaliopi, le convenía, y Kustas ya estaba muerto, de manera que ya no quedaba nadie que pudiera hacer público su..., su pequeño desliz.

–¡Esto es intolerable! –grita fuera de sí–. Mi trayectoria política no permite este tipo de insinuaciones, teniente. He sido diputado durante veinte años, fui ministro de un Gobierno anterior y jamás he dado pie para que nadie me chantajee.

–Kustas lo hacía o pensaba hacerlo. ¿Por qué, si no, iba a sacar esta foto? ¿Qué tipo de relación mantenía con él?

–Ya se lo he explicado, una relación únicamente basada en la gastronomía.

–No creo que lo chantajeara por cenar en Le Canard Doré.

–Me gustaría mencionar el plato de carne cruda que me sirvieron allí, pero por desgracia no recuerdo su nombre–. ¿Tal vez estaba relacionado con sus sondeos de popularidad?

Por primera vez me mira con inquietud.

–¿Qué tiene que ver Kustas con los sondeos? Los realiza R.I. Hellas, una empresa que pertenece a un tal Petrulias.

–Quien por cierto también murió asesinado. Petrulias sólo era la fachada. Kustas movía todos los hilos, y usted lo sabía. ¿Qué le pedía Kustas a cambio de obtener índices de popularidad superiores a los del jefe de su partido? ¿Que colaborara ocultando el blanqueo ilegal de tres billones de dracmas al año, quizá?

Palidece como un fantasma, pero responde con voz fría y firme.

–¿Saben sus superiores que ha venido usted a formularme estas preguntas?

–No, no lo saben. Si los hubiese informado, habría tenido que mostrarles la foto y la agenda de Kaliopi Kúrtoglu, con su número de teléfono. He preferido ocultar estas pruebas y venir a entregárselas en persona para evitar un escándalo.

–Se lo agradezco. Es un gesto loable.

Todavía no comprende que su agradecimiento no vale un comino.

–A cambio, esperaba que se mostrara dispuesto a hablarme de sus relaciones con Kalia y con Dinos Kustas.

–Ya le he dicho cuanto sé.

–Muy bien, pues.

No le doy la mano porque prefiero no tocarlo siquiera. Estoy a punto de abrir la puerta cuando el ex ministro me llama y me vuelvo.

–¿No hay otras? –pregunta señalando la fotografía.

–No, tiene mi palabra.

–Gracias de nuevo. Y no olvide que no sabía nada de la chica –añade.

En rigor, debería pedirle una muestra de semen para compararla con los restos hallados en la vagina de Kalia, pero eso sería de todo punto imposible. El semen tiene la inmunidad parlamentaria.

49

Me pregunto si he jugado bien mis cartas. El problema es que sólo tenía dos: la fotografía y la hoja de la agenda de Kalia. Me faltaba el as, y he tenido que usar la baza de los sondeos. Si el ministro se ha tragado el anzuelo, su reacción lo delatará. Estoy seguro de que estuvo con Kalia la noche en que ella murió. La versión del oficial de guardia de la comisaría de Níkea, según la cual el acompañante de Kalia era un yonqui que se asustó y decidió borrar sus huellas, no me convence en absoluto. A un yonqui no se le ocurriría limpiar la copa y la botella ni quitar la foto de su marco, sino que saldría huyendo a ciegas, tropezando con los muebles. Sólo una mente serena que tiene en cuenta las consecuencias se entretendría en borrar huellas. Y la mente serena fue la del ex ministro, no la de algún drogata atolondrado.

«*Cópula.*» Según el Liddell-Scott, existen tres acepciones: «1. Encuentro, atadura, ligazón de una cosa con otra. / 2. Unión sexual, acción de copular. / 3. Término que une al sujeto con el atributo».

«Unión sexual, acción de copular», por lo tanto. No creo que el ex ministro se juntara con Kalia para ligar una cosa con otra ni para construir una frase. Buscaba la unión sexual y su perfeccionamiento en las ciencias del coito.

El *Diccionario hermenéutico de términos hipocráticos* ofrece una sola acepción: «contacto carnal. IX. Epístola 23, pág. 398: ... ministerio copulativo...».

Me quedo prendado del ejemplo. Si Hipócrates hubiese añadido la palabra «ex» en su epístola, «ex ministerio copulativo», habría demostrado ser adivino además de médico.

Me tiendo en la cama rodeado de mis diccionarios para relajarme, pero no dejo de pensar en el ex ministro. Me pregunto cuál será su próximo movimiento. Probablemente se pondrá en contacto con Arvanitaki para pedirle que elimine las pruebas de los sondeos. Si Petrulias estuviera vivo, hablaría con él directamente, pero esa puerta ha quedado cerrada. No creo que conozca a Karamitri, puesto que Kustas la mantenía en la sombra, de manera que intentará solucionar el problema por sus propios medios y meterá la pata. Porque, desde el momento en que trate de destruir las pruebas, quedará patente que conocía los tejemanejes de Kustas, con quien había contraído una deuda por haberle conseguido altos índices de popularidad.

Considero la idea de intervenir los teléfonos del ex ministro, el de su casa y el de su despacho. Si decide ponerse en contacto con Arvanitaki, no se atreverá a presentarse en su oficina, sino que lo hará a través del teléfono. No obstante, la idea queda descartada, porque tendría que solicitar permiso para intervenir la línea de un sospechoso, algo que no me concederían en la vida. Prefiero esperar un par de días y después pedir una orden de registro de las oficinas de R.I. Hellas. Esta mañana Arvanitaki me dijo que guarda los informes en sus archivos. Si no los encontramos, significará que ha hecho el favor de destruirlos. En tal caso, el ex ministro estará con el agua al cuello. Rezo para que actúe enseguida, porque mañana por la mañana tendré que presentar a Guikas las pruebas encontradas en el almacén de Kustas y, a partir de ese momento, sólo dispondré de unas pocas horas antes de que archive el caso.

He de levantarme de la cama para abandonar estos pensamientos. Adriani está en la cocina, rodeada de tomates y pimientos decapitados y dispuestos simétricamente, un tomate, un pimiento, color rojo, color verde. Delante tiene una ensaladera con el relleno. Toma un pimiento, lo llena y luego vuelve a colocar la parte superior. A continuación repite el proceso con un tomate. Trabaja a una velocidad sorprendente, como si hubiera aprendido el oficio en una línea de montaje industrial.

–¿Ya estás preparándolos? –pregunto.

Levanta la cabeza y me sonríe.

–Sí. Mejor dejarlos reposar una noche, así absorben mejor el aceite. Mañana haré el lucio a la *espetsiota*.

–¿También pescado?

–No vamos a servir un solo plato. ¿Quieres que nos tome por tacaños?

Claro. Como tampoco le ofreceremos el tradicional sobre, podríamos quedar mal. Adrianí vuelve a su línea de montaje y la observo mientras rellena tres pimientos y dos tomates. En ésas estamos cuando nos interrumpe el teléfono. Contesto desde la sala de estar y descubro que es Kula.

–Señor Jaritos, el director quiere que se persone en el despacho del secretario general a las siete en punto.

Me sorprende, ya que no veo al secretario general del Ministerio más de un par de veces al año.

–¿Ha comentado el motivo?

–No. Sólo ha dicho que vaya usted allí.

–Bien, Kula, muchas gracias.

Cuelgo el teléfono y trato de ordenar mis pensamientos. Que soliciten mi presencia a las siete de la tarde no es buena señal. Voy al dormitorio y saco del cajón de la mesilla tres sobres: el que contiene los negativos de las fotografías del ex ministro y los otros dos. Mejor me los llevo, nunca se sabe.

–He de salir –aviso a Adrianí, de camino ya hacia la puerta.

–Dime a qué hora piensas volver para tenerte preparada la cena.

–No lo sé. Me ha llamado el secretario general.

Son casi las seis y media, hora punta. El lento avance del tráfico me sienta fatal, porque me deja tiempo para pensar en la reunión. Si sólo quisieran información, Guikas habría encontrado el modo de excluirme de esta visita, ya que le preocupa conservar el monopolio de los contactos con la dirección política del Ministerio. ¿Querrá asegurarse de que no hemos logrado avances sustanciales en el caso Kustas para tener la excusa de cerrarlo? En ese caso, a Guikas le conviene mi presencia como chivo expiatorio: ya que no he conseguido solucionar el caso, a él no le queda más remedio que archivarlo. Yo aparezco como un inútil, ellos cumplen con su deber y... asunto concluido. La idea no me gusta en absoluto pero no veo qué puedo hacer. A fin de cuentas, sigo sin encontrar al asesino. Si hubiera seguido el consejo de Stellas, de la Brigada Antiterrorista, yo mismo habría archivado el expediente y ahora no tendría que cargar con este fracaso.

Encuentro a Guikas acomodado en uno de los sillones de la antesala del secretario general y me siento a su lado.

–La has cagado –sisea como una serpiente, fulminándome con una mirada venenosa.

–¿Yo? ¿Qué he hecho yo?

–Ya te enterarás. Sólo te digo una cosa: no puedo respaldarte en esto. Tendrás que arreglártelas por ti mismo.

No me da tiempo a responder: la puerta se abre y una secretaria nos invita a pasar.

El despacho del secretario general del Ministerio parece haber sido decorado con objetos de segunda mano, como si hubieran renovado el del ministro y destinado los muebles viejos al secretario. Se trata de un espacio relativamente pequeño y abigarrado. El secretario, que parece atrapado detrás de su enorme escritorio, no se levanta ni tiende la mano para saludarnos, sino que se limita a señalar los dos sillones colocados frente al escritorio. Guikas se sienta con el cuerpo vuelto hacia el secretario, casi dándome la espalda.

El ataque frontal se inicia con una salva de artillería pesada.

–Señor Jaritos, siempre lo he tenido por un oficial muy eficiente, pero hoy me ha defraudado.

–¿Por qué razón, señor secretario?

–¿Quién le ha dado permiso para chantajear a un miembro del Parlamento, a un ex ministro, ni más ni menos? ¿Quién se lo ha autorizado?

–Puntualicemos: no lo he chantajeado.

–Le amenazó para conseguir información. Si deseaba conocer la índole de su relación con Konstantinos Kustas, podría habérselo preguntado al señor Guikas o incluso a mí mismo. El pobre hombre temblaba de indignación cuando me llamó para asegurarme que sólo conocía a Kustas por frecuentar su restaurante. Ha decidido presentar una interpelación al Parlamento, solicitando que el ministro explique su comportamiento.

¡Qué hijo de puta! En cuanto se aseguró de que no habían más fotos incriminatorias, llamó al secretario general para evitar que siguiera incordiándolo.

–¿No le comentó nada de la fotografía? –pregunto como por casualidad.

–¿Qué fotografía?

Saco los tres sobres del bolsillo. Separo el que contiene la película y se lo doy al secretario general. Los otros dos me los reservo, para no quemar todos los cartuchos de una sola vez. El secretario sostiene la película a contraluz para examinar los negativos, y al instante deja caer la película como si le quemara los dedos.

–¿Qué es esto? –pregunta.

–Los negativos de unas fotografías en las que aparece el señor ex ministro en la cama con una de las chicas que trabajaban en Los Baglamás, uno de los clubes de Kustas. Las encontramos en un almacén donde Kustas guardaba sus archivos secretos. La chica murió de una sobredosis, y tengo razones para suponer que el señor ex ministro estaba con ella en el momento de su muerte.

–¿Cree que la mató él?

–Aún no tengo pruebas en este sentido. No obstante, Kustas chantajeaba al señor ex ministro, y ésta es la otra razón por la que quise hablar con él.

–¿Por qué lo chantajeaba? ¿Qué tenía contra él?

–Kustas utilizaba sus establecimientos como tapadera para dedicarse al blanqueo de dinero. –Le expongo la defensa en zona alineada por Kustas. Guikas se ha vuelto noventa grados y me observa con los ojos entornados. Sé que me guardará rencor hasta el día de mi jubilación, pero por el momento ésta es la menor de mis preocupaciones. El secretario general ha apoyado la barbilla en las manos y ha cerrado los ojos.

–Y hay más –añado y le sirvo los otros dos sobres de postre.

Abre los ojos con dificultad y escoge el sobre mayor, el que contiene los documentos de la cesión del piso. Al ver el nombre del diputado, que es de su mismo partido, ya no sabe qué hacer con los papeles y se los da a Guikas. Luego abre el sobre con las dos fotografías de la isla, que enseguida entrega también a Guikas. Son como dos amiguetes que se van pasando las instantáneas de las últimas vacaciones, primero uno y luego el otro.

—¿Qué significa todo esto? —pregunta el secretario general.

—La primera es una foto de la isla donde fue asesinado Petrulias. En la segunda aparece el lugar donde enterraron su cadáver. En cuanto a su significado, estoy convencido de que fue Kustas quien ordenó la muerte de Petrulias. Alguien más estaba al corriente y lo chantajeaba. Por eso llevaba quince millones la noche de su muerte.

—¿Quién lo chantajeaba?

—Todavía no lo sé. Quizá los mismos asesinos, para sacar dinero. Quizá la rubia que acompañaba a Petrulias, cuya pista se ha perdido.

—¿Desde cuándo dispone de estos datos?

—Desde anteayer por la tarde.

—¿Por qué no informó enseguida a su superior? Encontró pruebas que implican a personalidades políticas y las guardó en secreto.

—Además, ya te había advertido que no hicieras ningún movimiento sin informarme antes —añade Guikas, hundiéndome más en mi tumba.

—Sólo hace dos días que las encontré. Pensaba entregárselas.

—Las entrega hoy, porque lo he convocado y tiene que salir del aprieto. De lo contrario, tal vez las habría retenido un par de semanas más.

Éste es mi punto débil. Debí informar a Guikas enseguida pero decidí correr un riesgo y ahora tengo que pasar auténticos apuros para salir indemne. Hasta el momento, yo era la estrella de la representación, el equivalente a Karteris, el cantante de Los Baglamás. Ahora estoy a punto de convertirme en el equivalente de Kalia para el departamento.

—Quise investigar los datos antes de presentar un informe completo al señor director.

—¿Cómo pensaba llevar a cabo sus investigaciones? ¿Chantajeando también al diputado que recibió el piso de Kustas?

-Me han asignado dos asesinatos, además de un negocio de blanqueo de dinero. Creí que mi deber era resolverlos.

-Su deber consiste en informar a sus superiores cuando sus investigaciones conciernen a personalidades políticas. Su deber consiste en pedir instrucciones. Hace muchos años que pertenece al cuerpo, sabe perfectamente cuáles son las normas. Usted tomó iniciativas sin informar a nadie, un comportamiento muy poco profesional, teniente.

-Los constructores del *Titanic* eran también profesionales, señor secretario general, pero el mundo lo salvó Noé, un simple aficionado.

Su tez adquiere una tonalidad verdosa que recuerda las manzanas ácidas.

-Entregue los expedientes al señor Guikas -me ordena, conteniendo la ira-. Considérese apartado del servicio. Deberá someterse a un consejo disciplinario por haberse excedido en sus funciones.

-No he cometido ningún exceso. Si investigo dos asesinatos relacionados entre sí, me considero en la obligación de analizar todas las posibilidades.

-Desde luego, pero también tiene la obligación de actuar dentro de los límites de sus funciones. Usted no es Noé y nosotros no hundiremos el arca para complacerlo. Hemos terminado.

Claro que hemos terminado. Ya han visto los negativos, los documentos y las fotografías de la isla. ¿Qué más podrían decir? Me levanto y me encamino a la puerta sin pronunciar palabra. Los del comité disciplinario pensarán que estoy loco. Yo mismo me he puesto la soga al cuello, en lugar de haber entregado las pruebas -y la responsabilidad- a Guikas. Así habría actuado cualquiera para dormir con la conciencia tranquila. Basta con dar un paseo por los archivos para ver la montaña de casos sin resolver y admitir que soy un idiota.

-Quiero los expedientes en mi escritorio el lunes por la mañana -oigo la voz de Guikas a mis espaldas.

No contesto, ni le miro siquiera. Abro la puerta y salgo del despacho.

50

Desde anoche me atormenta un dilema: ¿debo contarles a Adriani y a Katerina que me han apartado del servicio? Por lo general, compartir un problema con alguien es como pedir un préstamo: de momento representa un alivio, pero después hay que pagar a plazos la ayuda recibida. Si confieso en qué trance me hallo, sin duda me sentiré mejor, pero Adriani se pondrá en pie de guerra para evitarme un posible infarto y me someterá a una auténtica represión. Además, existen otros argumentos adicionales a favor del silencio: Katerina vuelve a Salónica mañana por la noche y no quiero que se preocupe por mí. Al margen de eso, Uzunidis viene a comer hoy sábado, porque mañana estará de guardia en el hospital, y no me parece correcto que le recibamos con un humor más propio de un velatorio.

Sin embargo, todas estas dudas no hacen sino aumentar la rabia que siento. Con los datos que tanto me costó reunir, el secretario general tiene a los dos políticos contra las cuerdas. Evitará que el ex ministro presente su interpelación al Parlamento y, de propina, lo contentará habiéndome apartado del caso. Los políticos cambian de chaqueta, en lugar de ser esclavos de Kustas pasarán a depender del secretario. Me pregunto qué será peor para ellos. Hasta podrían seguir manipulando sus índices de popularidad, para utilizarlos como armas de mayor envergadura. Guikas cierra el caso y se afianza en su carrera hacia el ascenso. En cuanto a mí..., lo dicho, me convertiré en la Kalia del departamento. Tendré que llevar mi cruz hasta el fin, como Kalia tuvo que cargar la suya.

–¿No te vistes? Son las once. –Adriani ha aparecido en la

puerta del dormitorio. A primera hora de la mañana ya se puso de punta en blanco, como si pensara ir a misa.

–¿A qué hora viene?

–No concretamos la hora. ¿Piensas recibirlo en pijama?

Me levanto de mala gana y Adrianí lo advierte.

–¿Qué te pasa? –pregunta alarmada.

–Nada. La pereza del fin de semana.

–Vístete y ven a la cocina a probar el pescado.

–¿Por qué? ¿Si no me gusta prepararás otro?

–Ay, qué listillo –dice y se va riéndose.

Elijo una camisa limpia, los pantalones de mi traje de vestir y un jersey. No pienso ponerme corbata en honor a Uzunidis. Además, lo más probable es que el comité disciplinario me proponga aceptar una jubilación anticipada para no mancillar mi expediente, de modo que podré prescindir para siempre de los trajes y las corbatas, que odio.

Me afeito rápidamente y me encamino a la cocina, donde me espera Adrianí con un café, tenedor en ristre.

–Prueba esto.

Se le ha ido la mano con la pimienta, pero si se lo digo sufrirá una crisis.

–Delicioso.

–Pero ¿qué pintas son éstas?

Me vuelvo y veo a Katerina vestida con tejanos, un jersey, zapatos planos y sin maquillar.

–¿Qué pinta tengo? –pregunta a su madre.

–¿No podías ponerte un vestido?

–¡Papá, te has olvidado de comprarme el traje de lentejuelas!

Me echo a reír a pesar de mi mal humor.

–¡Sois insoportables! –protesta Adrianí–. Al menos, tú eres un hombre. Pero mi hija... No sé cómo logra enamorar a los chicos.

A las doce y cuarto suena el timbre. Adrianí me agarra de la mano y me arrastra hasta la sala de estar, donde ha puesto la mesa. Mantel blanco, la vajilla buena que nos regaló mi madrina cuando nos casamos, las copas que ganamos a mitad de precio gracias a los cupones del diario, todo dispuesto con tanta simetría como si mi mujer hubiese medido las distancias con una regla. Sólo los cubiertos son los de diario. Hace años que Adrianí insiste en comprar una cubertería buena, pero yo siempre me he hecho el longuis. Ésta sería la ocasión ideal para machacarme con el tema, pero Adrianí está tan ansiosa por recibir a Uzunidis que ni se le ocurre.

Katerina lo acompaña hasta la sala de estar y allí lo suelta con un «pasa, ya conoces a mis padres», antes de dirigirse a la cocina para dejar la tarta que ha traído el médico.

El recibimiento sería mucho más breve si Adrianí no empezara con sus «por fin» y sus «cuánto nos alegramos», como si hubiésemos estado toda la vida agonizando por su ausencia. Cuando me llega el turno de saludarlo, ambos estamos más tiesos que un palo. Él recuerda mi expresión en la consulta, yo recuerdo la suya, y al final sonreímos algo cohibidos.

Al principio la conversación se desarrolla torpe y entrecortada, y nos limitamos a comentar los caprichos del tiempo, tema en el que nos ponemos inmediatamente de acuerdo, por lo cual callamos. Después Uzunidis habla del tráfico, que siempre es pesado los sábados por la mañana, porque los atenienses salen a comprar zapatos. Todos nos reímos a la vez y volvemos a callar. De repente, el esfuerzo de comportarme como un buen anfitrión me resulta insoportable y siento que me abandonan las fuerzas. Menos mal que pronto nos sentamos a la mesa, llega el lucio y empiezan los cumplidos. Uzunidis dice que sus padres viven en Veria, en el norte, que él está solo en Atenas, que echa mucho de menos la comida casera... Adrianí le dirige una sonrisa radiante y se olvidan de mí.

Tal vez no me preocuparía tanto de no ser por los dos miembros del Parlamento. Nadie te sanciona ni te obliga a aceptar la jubilación anticipada por excederte en tus funciones. Exceso que, en realidad, no debería calificarse como tal. En el curso de mi investigación de dos crímenes, interrogué a un diputado que andaba metido hasta el cuello en el asunto. ¿En qué consiste mi presunto exceso? Lo malo es que no sé hasta dónde está dispuesto a llegar el secretario general. Si me ha apartado del caso para darle carpetazo sin problemas, mi posición no es tan mala y seguramente me libraré con una amonestación verbal. En cambio, si pretende aprovecharse del punto débil de los políticos, me obligará a retirarme para que estén en deuda con él. ¿Cómo vamos a subsistir con mi mermada pensión? La casa, el alquiler, los estudios de Katerina, que aún tardará al menos un par de años en terminar su doctorado... ¿Qué le diré a mi hija? ¿Tienes que abandonar los estudios porque tu padre es un cretino que decidió meterse con los políticos para descubrir el asesino de un tal Kustas, propietario de una lavandería de dinero? Menuda pérdida. El que lo mató en realidad nos hizo un favor a todos. Tendré que buscar trabajo en una de esas agencias de guardias de seguridad privados que contratan a ex policías, y acabaré protegiendo la casa del Kustas de turno.

–¡Papá!

Desde luego, más vale que no cuente con el apoyo de Guikas, porque me he ganado su enemistad. Si lo tuviera de mi parte, tal vez intercedería a mi favor. Es evidente que desde su puesto se halla en disposición de ejercer cierta influencia.

–Papá, ¿no oyes? ¡Te están hablando!

Aparto la mirada de mi plato y veo tres pares de ojos que me observan fijamente. Adrianí me está fulminando con una mirada de mamá que regaña en silencio a su hijo por los malos modales que muestra en la mesa. Katerina espera a salir de su sorpresa para enfadarse después. Sin embargo, la mirada más sobrecogedora es la de Uzunidis, que me contempla con la misma expresión helada del día de mi revisión médica, como si deseara despacharme rápidamente para no verme más. Lo he estropeado todo. Ahora ya habrá llegado a la conclusión de que me cae mal y de que soy tan grosero que no tengo el menor empacho en demostrárselo en mi propia casa. Después no habrá quién convenza a Katerina de que la frialdad en el trato nace de él y no de mí.

–Lo siento, ayer ocurrió una cosa en el trabajo que me tiene preocupado.

–Tú siempre pensando en el trabajo. –Adrianí inicia las hostilidades–. ¿No podrías ser más amable con nuestros invitados? ¿Qué ha pasado esta vez? ¿Se te escapó alguna menudencia?

De pronto siento que me ahogo. Todo me ahoga: el secretario general, Guikas, el ex ministro y sus fotos de pacotilla, el dinero blanqueado por las mafias y que a nadie le importa un pito, la injusticia de mi situación..., todo. Es como si una mano me apretara el cuello. Si no grito, creo que moriré asfixiado. Mi voz, sin embargo, no sale con la fuerza de un grito, sino con la dificultad del estertor.

–Me han apartado del servicio.

Oigo una especie de campanilla. Es el tintineo que produce el tenedor de Adriani al caérsele en el plato. Uzunidis se vuelve para dirigir a Katerina una mirada en la que la inquietud ha sustituido a la gelidez. Quizá tema que se desmaye, pero mi hija es la más fuerte de todos nosotros.

–¿Cómo ha sido? –pregunta tranquilamente–. ¿Por qué te han apartado del servicio?

En alguna parte oí que el elefante es el animal más lento, hasta que echa a correr. A mí me sucede lo mismo. Primero, me reprimía para no hablar, pero en cuanto abro la boca, ya no hay quien me pare. Empiezo por el cadáver de Petrulias en la isla y termino con mi visita al secretario general. Mi confesión confirma la validez de esa famosa frase policial: habla, te encontrarás mejor. Cuando termino, me siento tranquilo y aliviado.

–¿Te han apartado del servicio por haber interrogado a un diputado? –pregunta Katerina, incrédula.

–A un ex ministro.

–Aunque sea un ex ministro.

–Ya decía yo que bajo la Junta se vivía mejor –irrumpe Adriani–. Al menos, entonces el Estado respetaba a la policía.

–¡Piensa antes de hablar, mamá! –grita Katerina, indignadísima–. No la respetaba. ¡La usaba para torturar a la gente!

–¿Acaso tu padre torturó a alguien, alguna vez? –La pobre imagina que si lo hubiera hecho se lo diría.

–¿Qué tiene que ver esto?

–Sí tiene que ver. Por eso lo han apartado del servicio.

–La Junta nada tiene que ver con eso –dice Uzunidis en tono sereno, y se dirige a mí–: ¿Sabe? Cuando entré a trabajar en el hospital, todos mis compañeros se desvivían por ayudarme. Yo estaba en la gloria. Sin embargo, al cabo de seis meses empezaron a distanciarse; me evitaban, chismorreaban a mis espaldas y me miraban de soslayo. Yo me devanaba los sesos para adivinar la causa, hasta que un día el director me llamó a su despacho y me preguntó si aceptaba sobres de los pacientes. Entonces imaginé que ésa era la razón de mi aislamiento: «El que diga que acepto sobres, es un embustero», protesté indignado. «Haces bien en no aceptarlos», respondió el director, «pero haces mal en presumir de ello. Más vale que piensen que los aceptas.»

–¿Te pidió que rechazaras el dinero pero que fingieras que lo aceptabas? –pregunto estupefacto.

–Lo mismo pregunté yo. ¿Sabe qué me contestó? «Te lo digo por tu propio bien. Si no, te harán la vida imposible y acabarán pagándolo tus pacientes.»

–¿Qué hiciste? –pregunta Katerina.

–Una pequeña variación sobre el tema –responde él riéndose–. Sigo rechazando dinero bajo mano y guardo silencio sobre el tema. Sencillamente, les dejo suponer que acepto esos dichosos sobres.

Yo nunca llegué a comprender lo que el médico dedujo en tan poco tiempo: que la diferencia no se establece entre lo moral y lo inmoral, sino entre las apariencias. El ex ministro cobraba de Kustas pero lo disimulaba. El médico no cobra de los pacientes pero finge que sí. El primero aparenta ser moral, el segundo aparenta ser inmoral. También yo debí pretender que no había descubierto el papel del ex ministro en la empresa de blanqueo de dinero, así adoptaría la imagen de un policía sensato y fuera de problemas.

Adrianí, que había estado conteniendo el llanto, se levanta de repente y sale de la habitación. Sé que irá a la cocina para llorar a sus anchas. En realidad, no la angustian tanto los problemas que esta situación conlleva como la injusticia de la que he sido objeto. Quiero salir tras ella para consolarla pero Katerina me retiene.

–Déjala, es mejor que se desahogue –dice.

En efecto, vuelve poco después con una sonrisa en los labios. Debe de haberse lavado la cara, porque no hay huellas de lágrimas. Lo mejor de mi confesión es que el ambiente resulta mucho más relajado y pronto nos encontramos inmersos en una conversación animada. Cuando hacia las seis de la tarde el médico y Katerina deciden salir a dar una vuelta, ya hemos intercambiado promesas de no dejar de vernos cuando ella se vaya. Me equivoqué con el ex ministro y me equivoqué con el médico. Los subestimé a los dos. Adrianí va a la cocina y Katerina se prepara para salir.

–¿Qué edad tiene ese secretario general que te ha apartado del servicio? –pregunta Uzunidis cuando nos quedamos solos.

–Unos cuarenta y cinco.

–Tuve un profesor de psiquiatría en la universidad. ¿Sabes qué nos decía?

–¿Qué?

–Pobres de nosotros cuando la generación contraria a la Junta empiece a operar. Ahora sé que se equivocaba.

–¿Por qué?

–Porque la generación contraria a la Junta nunca se ha dedicado a la medicina, sino a la política. Éste es nuestro drama.

No sé a qué drama se refiere. Entonces les pegábamos nosotros, ahora nos pegan ellos. Esto es todo.

51

Lo que no sucedió el sábado, acaba ocurriendo el domingo. Durante la noche del sábado al domingo, para ser más precisos. Me despierto cada media hora presa de la ansiedad y me paso media hora más dando vueltas en la cama hasta que logro conciliar el sueño de nuevo. Adrianí percibe mi inquietud y me vigila, pero mantengo los ojos cerrados para que piense que sigo dormido.

Me despierto a las nueve de la mañana, exhausto y con una taquicardia galopante. Mi pulso es de 105. Me tomo un Interal y me tiendo en la cama boca arriba, con la mirada fija en el techo. Me gustaría recurrir a un diccionario para relajarme un poco pero no tengo fuerzas para llegar a la estantería. Finalmente, Adrianí acude para preguntarme qué pasa.

–Nada, no me marees –respondo bruscamente para evitar que me dé la lata.

A las once la taquicardia sigue galopando, las pulsaciones no bajan de cien y me tomo otro Interal. Ya me veo otra vez en el hospital cuando aparece Katerina.

–Ya tengo la maleta hecha –anuncia, pero al verme inmóvil se detiene–. ¿Qué te pasa? –pregunta con voz tranquila.

–No le digas nada a tu madre, tengo mucha taquicardia. Ya me he tomado dos Interal, pero no mejora. Katerina sale de la habitación en silencio y regresa poco después con un vaso de agua y media pastilla.

–¿Qué es esto?

–Lexotanil. De parte de Fanis.

–¿Está aquí?

—No, los compró anoche en una farmacia de guardia. «Si tu padre vuelve a tener taquicardia, dale medio Lexotanil y se le pasará enseguida», dijo. Aquí lo tienes, tómatelo.

No me siento con ánimos para discutir y me trago la pastilla sin rechistar.

—Si mamá nos viera ahora, diría: «Menos mal que tenemos un médico en la familia». —Se echa a reír, se inclina hacia mí y me abraza—. No te preocupes, todo irá bien. A ellos tampoco les interesa montar un escándalo. Archivarán el caso y se olvidarán del comité disciplinario.

—Guikas no lo olvidará.

—Guikas hará lo que le manden sus superiores. Por eso ha llegado a donde ha llegado mientras que tú te has quedado en teniente.

—¿Te importa que no haya logrado ascender?

—En absoluto. Fanis tampoco hará una gran carrera con las ideas que tiene, y no me importa.

Tres cuartos de hora después me veo obligado a reconocer que Uzunidis es un buen médico. Me levanto de la cama y voy a la cocina, donde Adrianí y Katerina están conversando.

—¿Ya te has levantado? —pregunta Adrianí con un suspiro de alivio—. ¿Te apetece un café?

—Pues sí.

Mientras lo saboreo suena el teléfono y Katerina atiende la llamada.

—Papá, Fanis quiere hablar contigo —anuncia desde la sala de estar.

—¿Cómo adivinaste que tendría taquicardia? —pregunto en cuanto levanto el auricular.

Uzunidis se echa a reír.

—¡Menudo diagnóstico! No es un problema cardíaco, sino de la ansiedad que padeces. ¿Cómo te encuentras?

—Mejor.

—Perfecto. Si mañana reaparece la taquicardia cuando vayas a entregar los expedientes, no te asustes y tómate medio Lexotanil. Si la molestia persiste, llámame. Katerina tiene el número de mi casa y también el del hospital.

–Muchas gracias.

–No me des las gracias. ¿Acaso no soy tu médico? –Guarda silencio un instante y luego añade–: No te quedes en casa hoy. Sal a comer con tu mujer y tu hija, y después acompañadla a la estación.

Debo de estar más asustado de lo que había imaginado, porque sigo su consejo sin una protesta testimonial siquiera. Digo a las mujeres que se preparen porque nos vamos a comer fuera. Está lloviznando y el tráfico dominguero es muy reducido. En la taberna sólo hay dos mesas ocupadas aparte de la nuestra. Durante el almuerzo me cuesta apartar los ojos de Katerina. Mi hija está triste por tener que dejarnos, a nosotros y a Fanis, pero consigue parecer alegre y risueña. Adrianí, en cambio, oscila entre el alivio de verme recuperado y la tristeza por la partida de su niña, y no sabe cómo comportarse.

Después de comer, decidimos tomar el café en Kifisiá. Llegamos a la estación a las seis y media de la tarde. El tren de Katerina sale a las siete y ella nos dice que no es preciso que esperemos, pero nosotros insistimos en verla instalada en su vagón. Lo hicimos para su primer viaje y lo hemos repetido sin excepción desde entonces. Antes de despedirnos, me abraza con fuerza.

–No te preocupes por nada –me susurra al oído–. Y si tienes molestias, llama a Fanis.

–Estoy bien –susurro a mi vez para tranquilizarla.

–Ya te conozco. Si no quieres sincerarte con mamá, habla al menos con Fanis. Mañana te llamaré para que me cuentes todas las novedades.

Después de tantas semanas disfrutando de su compañía, sin Katerina la casa parece vacía, desolada. Adrianí aguza el oído como si buscara algún sonido que indique la presencia de su hija. No se oye nada, el silencio es absoluto, y los ojos de mi mujer se llenan de lágrimas.

–Se ha ido –consigue pronunciar.

Cometo el error de abrazarla y empieza a sollozar desconsoladamente, con la cabeza apoyada en mi pecho.

–No te lo tomes así, sólo faltan un par de meses para Navidad y la tendremos otra vez aquí.

–Sí, pero qué despacio pasarán estos dos meses...

Aunque yo también sé con qué lentitud pasará el tiempo, de momento decido matar las dos primeras horas viendo la tele con Adrianí, que elige el programa «Cita a ciegas». Al principio me aburro, pero me quedo con ella como acto de solidaridad. Sin embargo, poco a poco voy descubriendo los efectos positivos de estos programas. Uno los ve como su nombre indica: a ciegas. Mantengo la mirada fija en la pantalla, sin apreciar los vestidos de noche ni oír las estupideces que dicen, mientras mi mente viaja por otras regiones, al encuentro de Guikas y el secretario general. Quizá no debí entregar todos los negativos sino quedarme con algunos para mostrárselo al comité disciplinario. Me hubiera convenido fotocopiar los documentos del piso antes de dárselos. Creía que mis pruebas los impresionarían y metí la pata. ¿Cómo convencer al comité de que tenía pruebas incriminatorias cuando fui a interrogar al ex ministro, y cómo convencer a Guikas de que las presente? Por un lado, temo que den carpetazo al caso; por el otro, se lo pongo en bandeja para que lo cierren. Mi única esperanza es que suceda lo que vaticinan Uzunidis y mi hija: que no quieran llegar al extremo y se olviden de las sanciones.

Doy vueltas a la misma idea hasta que empieza el informativo. En ese momento me levanto, porque no tengo el cuerpo para noticias. Ya he alcanzado la puerta cuando oigo la voz del presentador: «Revuelo en el Departamento de Policía debido al caso Kustas», y en el acto doy media vuelta. Adrianí me echa una mirada interrogante y yo encojo los hombros. No sé qué van a decir, no sé si Guikas o el secretario general han hecho declaraciones, y mi corazón vuelve a las andadas.

Escucho la información relativa a las inundaciones en el Peloponeso, a un yonqui que apareció muerto en un suburbio, a las veintidós violaciones de nuestro espacio aéreo por parte de aviones turcos y a la muerte de un agricultor en manos de dos albaneses en Yánena, antes de que el presentador se digne decir:

–El asesinato de Konstantinos Kustas, caso que sigue sin resolverse, ha producido un gran revuelo en el Departamento de Policía. Menis Sotirópulos les amplía los detalles.

Enseguida aparece Sotirópulos, con sus Armani y sus Timberland, delante del edificio de Jefatura, en la avenida Alexandras.

–Buenas noches, Nikos; buenas noches, amigos telespectadores. Desde la tumba, Konstantinos Kustas ha conseguido organizar una auténtica revolución en la policía de Atenas. Rumores sin confirmar aseguran que el teniente Kustas Jaritos, jefe del Departamento de Homicidios, ha sido apartado del servicio.

–De ser ciertos esos rumores, Menis, ¿crees que guardan relación con el asesinato de Kustas?

–En efecto, es la primera vez que el Departamento de Policía mantiene sus descubrimientos a tan buen recaudo, y desde luego existe una razón para ello. Era un secreto a voces que Kustas colaboraba con redes clandestinas, aunque nunca hubo acusación ni condena por tales actividades. Según se comenta, el teniente Jaritos quiso interrogar a ciertas personalidades políticas aparentemente relacionadas con una operación de blanqueo ilegal de dinero, dirigida por Kustas.

–¿Es ésa la razón por la que el teniente ha sido apartado del servicio?

–Aún no hemos comprobado esta cuestión. Sin embargo, el teniente Jaritos es uno de los oficiales más honrados y eficaces de nuestra policía y, si se confirman los rumores, cabe la posibilidad de que lo hayan apartado del servicio para archivar el caso y encubrir las actividades de dichas personalidades políticas.

–Es decir, que Jaritos es su chivo expiatorio.

–Sinceramente, espero que no. No obstante, si se demuestra esta hipótesis, puedes estar seguro de que el público sabrá toda la verdad y la operación de encubrimiento fracasará.

–Gracias, Menis. Nos mantendremos a la espera de tus noticias.

Cambian de tema. Aparece en pantalla el jefe de la oposición mayoritaria, vestido informalmente y denunciando al Gobierno ante dos hombres y tres mujeres. Me devano los sesos para adivinar los motivos de Sotirópulos. Ni yo le caigo especialmente bien ni él a mí. No obstante, ha salido en mi defensa. ¿Por qué? ¿Para presentar una noticia sensacionalista? Para eso no era preciso que cantara mis alabanzas.

Vuelvo la cabeza y miro a Adrianí, que está sonriendo de oreja a oreja con los ojos brillantes.

–¿Has visto a Sotirópulos?, y eso que no te caía bien –comenta.

–Y pensar que estaba contra la Junta... –respondo.

52

–¿Sabe a nombre de quién estaba el almacén de Kustas? –me grita Vlasópulos de buena mañana, en cuanto me ve aparecer por el pasillo–. De Lukía Karamitri.

–No me importa. Tráeme los expedientes de Kustas y de Petrulias. –Hablo con brusquedad y me apresuro a entrar en mi despacho para ponerme a salvo de las inútiles manifestaciones de solidaridad y las miradas de matices varios: simpatía, comprensión, malicia..., quiero evitarlas todas.

No he pedido café ni cruasán, no sólo porque el café produce taquicardia, sino también porque no quiero olvidar que hoy sólo estoy de paso: he venido para entregar los expedientes a Guikas y después pienso volver a casa. No quiero ni imaginar los días que tendré que pasar allí mano sobre mano, peleándome con Adrianí.

Vlasópulos aparece con los dos expedientes y los deja encima de mi escritorio.

–Ayer vi las noticias –dice–, pero supuse que se trataba de un montaje de Sotirópulos.

–Preferiría no hablar de este tema.

–Claro, lo entiendo.

Sale y cierra discretamente la puerta. Primero abro el expediente de Petrulias. Aquí está todo: la declaración de Anita y de su amigo inglés, la declaración del filósofo-domador de fieras y la suplementaria que prestó en Alemania, el informe de Markidis, y las declaraciones del presidente de la asociación de árbitros y de la vecina de Petrulias. Dejo el expediente a un lado y abro el de Kustas, que me interesa más. No me gustaría olvidarme de ningún documento, podrían acusarme de ocultación intencional de pruebas. En circunstancias normales redactaría un extenso informe para Guikas, para facilitarle el estudio de los expedientes; no obstante, en esta ocasión sólo me pidió los documentos y no estoy dispuesto a poner ni una coma de mi parte.

Sotirópulos me encuentra ordenando los documentos por orden cronológico. Suele llegar alrededor de las once, pero hoy tenía prisa por comprobar los resultados de su reportaje en mi carrera. Me siento incómodo en su presencia, porque no sé si debo darle las gracias o pretender que no sé nada. Por suerte, él toma la iniciativa.

—Eres más inteligente de lo que pensaba: me hiciste creer que no sabías nada, cuando en realidad estabas dando un repaso completo a los negocios de Kustas. Y éste fue tu error.

—¿Cuál? ¿Repasar sus negocios?

—No, guardarlo en secreto. Si hubieras revelado parte de lo que habías averiguado, nadie te habría tocado ni un pelo, pero tú vas de perro fiel por un lado y, por el otro, de cabezota incorregible, dos actitudes incompatibles que siempre acaban perjudicándote.

—¿Por qué lo hiciste? —pregunto bruscamente.

—¿A qué te refieres?

A lo de anoche, aparecer en televisión y ponerme por las nubes. ¿Por qué lo hiciste? Ya sé que hace años que nos conocemos, pero no me negarás que siempre hemos tenido nuestras diferencias.

Sotirópulos se encoge de hombros.

—No lo hice por ti, sino por mí.

—¿Cómo?

—Sí. En mi trabajo tengo que tratar con todo tipo de basura. De vez en cuando, va bien levantar la cabeza y respirar un poco de aire puro. Si no, temo que acabaré hundido en la cloaca. Me has dado una buena oportunidad de respirar, esto es todo.

Permanece de pie delante de mi escritorio, enfundado en sus Timberland y sus Armani. En algún rincón oculto tras la fachada pija sigue ardiendo una llamita comunista. Da media vuelta y se dirige hacia la puerta, pero antes de salir se detiene un momento.

–No es demasiado tarde –dice.

–¿Para qué?

–Para hablar. Si de verdad acaban relevándote del servicio, cuenta todo lo que sabes. No se atreverán a tocarte, te lo garantizo. Ya sabes dónde encontrarme.

Acto seguido desaparece. También él ha seguido la misma trayectoria, del comunismo a las apariencias. Dice que lo ahogan las basuras, pero su buena acción del día le reporta beneficios. Sujeto los dos expedientes bajo el brazo y salgo al pasillo. Dermitzakis está hablando con Sotirópulos en su despacho. Que diga lo que quiera, ahora ya me da igual.

El ascensor me espera con los brazos abiertos, contento de deshacerse de mí. Pulso el botón del quinto.

–¡Qué locura! ¿Qué está pasando hoy? –pregunta Kula sin saludarme siquiera–. Los teléfonos no han dejado de sonar. El secretario general ha llamado tres veces y los periodistas... ni sé cuántas.

Si ha llamado tres veces es porque quiere asegurarse de que entrego los expedientes.

–No te preocupes, pronto te dejarán en paz –replico y entro en el despacho de Guikas sin tomarme la molestia de anunciarme. Si tanto les urge tener los expedientes, sobran las formalidades.

Encuentro a Guikas de pie, admirando la vista de su ventana, es decir, el hospital oncológico y el viejo campo del Panathinaikós. Al oír la puerta se da la vuelta, descubre que soy yo y se sienta para recibir los expedientes con pose oficial. Me acerco y dejo los legajos encima del escritorio.

–Los expedientes de Kustas y de Petrulias. Completos, no falta nada.

Me mira sin tocarlos. Ahora representará el numerito del jefe desolado, sin dejar de puntualizar que la culpa es mía. A lo mejor quiere que me remuerda la conciencia por haberlo puesto en una situación tan comprometida.

–Los expedientes te los quedas tú –dice. Mi sorpresa es evidente, pero él ni siquiera se inmuta–. El ministro vio anoche el reportaje de Sotirópulos y se puso como una fiera. Reprendió al secretario general y ordenó que prosiguiéramos las investigaciones, prohibiendo expresamente cualquier intento de encubrimiento del papel de los diputados. Es cierto que disfrutan de inmunidad parlamentaria, pero sólo el Parlamento puede decidir cuándo y cómo debe aplicarse tal inmunidad. Por su parte, la policía ha de cumplir su cometido. –Nos miramos en silencio medio minuto largo antes de que decida proseguir–: No debiste ocultarme las pruebas que encontraste en el almacén de Kustas. Lo hiciste porque creías que daría carpetazo al caso, y eso me ofende.

Ya lo creo que habría dado carpetazo, pero ahora se siente respaldado por el ministro. Me inclino y recojo los expedientes del escritorio.

Guikas sigue mirándome fijamente. Parece a punto de decir algo, pero no encuentra las palabras apropiadas. Lo que acaba de contarme es tan increíble que, de repente, comprendo que tiene que haber más. Ningún ministro se preocuparía por un teniente de Homicidios hasta el extremo de reprender a su secretario general y disgustar al director de Seguridad. Preferiría sustituir al teniente antes que enfrentarse a dos de sus más estrechos colaboradores.

–No es sólo el reportaje de Sotirópulos. Hay algo más que no me ha contado.

–Pues sí, has acertado –masculla incómodo.

–¿De qué se trata?

–Esta mañana encontraron a Lukía Karamitri muerta en su coche. La mataron de un balazo en la sien.

Ahora entiendo lo sucedido: el encubrimiento se ha complicado cada vez más. Ahora que ya son tres los asesinatos sin resolver, no les conviene en absoluto verse obligados a dar explicaciones por mi sanción.

–¿Dónde la encontraron?

–En el bosque de Varibobi. La encontró una pareja joven que paseaba por allí en moto.

Ya estoy en la puerta cuando su voz me detiene:

–Cuando vuelvas, redáctame un breve informe para la prensa. Ya no podemos seguir callando.

Ha salido limpio y quiere recitar su poemita. Poco le importa Karamitri. Ese quebradero de cabeza me toca a mí.

53

Lukía Karamitri, reclinada en el respaldo de su asiento y con la boca entreabierta, parece contemplar por el parabrisas las copas de los pinos que bordean ambos lados de la carretera hasta perderse en el horizonte. Su pecho opulento casi roza el volante, mientras que la mano derecha cae lacia sobre el asiento del acompañante. Está vestida con sencillez, blusa amarilla, falda azul y una cazadora roja, como si se hubiera preparado apresuradamente para acudir a una cita inesperada. Inclinado sobre su cuerpo, Markidis la está examinando.

–¿Qué hay? –le pregunto.

–Tómatelo con calma, acabo de empezar.

Le dejo realizar su trabajo. Unos veinte metros más allá veo el coche patrulla aparcado y en la otra cuneta a un chico de unos veinte años, apoyado en una moto de gran cilindrada. Lleva una cazadora de cuero negro, pantalones de cuero negro y botas de cuero negro. Si no fuera por las gafas negras, lo habría confundido con un sillón de oficina. Al verme, se separa de la moto y me sigue hacia el coche patrulla.

En el asiento posterior está la chica, que apenas habrá cumplido los veinte, ataviada también con una armadura negra. Quizá les hagan descuento por comprar dos prendas iguales de cada. Está estrujando un cigarrillo entre los dedos. Con gesto nervioso se lo lleva a la boca, aspira el humo con fuerza y mira la brasa para comprobar cuánto se ha consumido.

–¿La encontraste tú? –pregunto.

Asiente con un gesto y empieza a temblar, a punto de estallar en un llanto histérico.

—¡Tranqui, tía! –grita su amigo–. Vamos, suelta el rollo a ver si terminamos de una vez.

—Llévatelo de aquí –ordeno al agente que ocupa el asiento del acompañante.

Le he alegrado el día. Sale del coche, agarra al chico del hombro y empieza a empujarlo con violencia.

—¿Cómo te llamas? –pregunto a la chica.

—María... María Stazaki.

—Cuéntame cómo fue, María. Tranquila, tómate el tiempo que precises. Después podrás irte.

Vuelve a fumar con nerviosismo y a examinar la punta del cigarrillo.

—Stratos y yo íbamos a Oropós para tomar el barco –susurra–. Se me ocurrió pasar por Varibobi, porque el bosque es precioso por la mañana. Nos perdimos y no sabíamos volver a la nacional. Vimos el coche aparcado y Stratos me pidió que fuese a preguntar. La mujer estaba... como la ha visto. Golpeé la ventanilla con los nudillos, pero ella no volvió la cabeza. Me pareció extraño.

Empieza a temblar otra vez y se echa a llorar. Temo que no podrá seguir hablando, pero ella consigue farfullar:

—Pensé que le pasaba algo y abrí la puerta del coche... Le toqué el hombro, pero no se movió... Entonces... vi el agujero en la sien. –Solloza violentamente.

—Y te diste cuenta de que estaba muerta.

Asiente con la cabeza.

—Llamé a Stratos. Él también vio que estaba muerta y llamó a la policía.

—¿Cómo llamó?

—Con el móvil.

—Tranquilízate, María. Ya hemos terminado. Hablaré un momento con tu amigo y podréis marcharos.

Enciende otro cigarrillo. El chico se ha subido a la moto, ha puesto el motor en marcha y se dispone a esfumarse. Mentalmente, nos maldice por haberle tratado con brusquedad.

—¿A qué hora llamaste a la policía? –pregunto.

—Serían las nueve y media.

—¿Cuánto rato después de haber descubierto el cadáver?

—No miro el reloj cada dos minutos —responde con aire provocador.

—¿Cinco minutos? ¿Diez? ¿Una hora?

—Unos diez minutos.

—¿Visteis pasar a alguien mientras estabais aquí?

—¿A quién?

Me dan ganas de abofetearlo.

—No sé, precisamente por eso te lo pregunto. Un paseante, un coche, una moto, cualquier cosa móvil que no fuera tu teléfono.

—No vimos a nadie, esto estaba desierto. ¿A quién se le iba a ocurrir pasearse por el bosque a esas horas? Sólo a nosotros.

—Y a Karamitri, que acabó con un agujero en la cabeza, pienso—. Aunque recuerdo haber visto un coche de camino hacia aquí.

—¿Iba o venía?

—Iba en dirección a Atenas. Un Toyota Corolla. Nos lo encontramos a unos quinientos metros de aquí.

—¿Te fijaste en la matrícula?

—No.

—¿En el conductor?

—Sí.

—¿Quieres contármelo de una vez? —le digo, enfadado.

—Lo vi bien porque conducía con la ventanilla bajada. Un tipo de cabello blanco.

—¿Blanco? —Lambros Mandás, el portero de Los Baglamás, me había dicho que el asesino de Kustas tenía el cabello blanco—. ¿Le viste la cara?

—No me dio tiempo. En cuanto nos divisó pisó el acelerador y desapareció.

Llamo a uno de los agentes del coche patrulla.

—Toma sus datos para que vengan a Jefatura a prestar declaración. Después pueden irse.

Si no se trata de una mera casualidad, el asesino de Kustas y el de Karamitri son la misma persona. El hecho de haber acelerado cuando vio a la pareja refuerza esta posibilidad.

Markidis ha terminado y está recogiendo sus bártulos.

–¿Qué hay? –pregunto.

–Le dispararon a quemarropa en la sien derecha. ¿Ves? –Se inclina para señalarme el orificio de la bala. Ha quedado la huella de la boca del cañón. El agujero es redondo y el cabello de alrededor aparece seco y chamuscado. A simple vista se aprecia la grasa negra de la bala, que salió por la sien izquierda, chocó contra el cristal de la ventanilla y rebotó. La encontraréis dentro del coche.

–¿Cuándo murió?

–Hace un par de horas, como máximo.

Consulto el reloj. Son las once.

–¿Hay señales de lucha?

–No.

–¿Qué tipo de arma emplearon?

–A primera vista, diría que una treinta y ocho. Te lo confirmaré después de la autopsia.

A lo lejos aparece la ambulancia que viene a llevarse el cuerpo. Aparca junto al coche patrulla, y los dos enfermeros se acercan empujando la camilla. Llamo a Dimitris, de Identificación.

–Buscad la bala, tiene que estar dentro del coche.

Si la mataron con una 38, el asesino de cabello blanco es el mismo que acabó con Kustas. Sin embargo, en vez de resolver el enigma, esta posibilidad lo complica aún más. El tipo se cargó a Kustas porque era el cerebro de la operación. ¿Por qué eliminar a Karamitri? Hay algo que no acaba de encajar en toda esta historia. Aunque, si fue el mismo que mató a Petrulias, es posible que se trate de una operación de limpieza para borrar huellas. Pero esto sólo nos lo confirmaría el propio asesino o la rubia que acompañaba a Petrulias, que ni sabemos quién era ni dónde se encuentra.

La ambulancia se aleja y se cruza con un Nissan plateado que se detiene delante de mí. Se abre la puerta y aparece Kosmás Karamitris.

–Me avisaron hace media hora. ¿Es verdad? –pregunta alarmado.

–Sí. Alguien disparó a su esposa a bocajarro. ¿Dónde lo han localizado?

370

–En mi despacho.

–¿A qué hora se marchó esta mañana?

–A las ocho y media, como siempre.

–¿Su mujer estaba en casa?

–Sí, aún no se había levantado.

El asesino, pues, sabía los horarios de Karamitris o bien lo vigiló para controlar cuándo se iba de casa. Después, llamó a su mujer y la citó aquí. ¿Por qué salió Lukía Karamitri al encuentro de un desconocido? ¿O acaso conocía al asesino, como en el caso de Kustas? Si así fuera, estaba más involucrada en sus negocios de lo que quiso reconocer.

Dimitris se acerca con una bolsita de plástico que contiene una bala.

–La hemos encontrado, teniente. Es del calibre treinta y ocho. Seguro que es la misma arma con la que liquidaron a Kustas.

–¿A Kustas? –interviene Kosmás Karamitris, sorprendido–. ¿Qué están diciendo? ¿Que a mi mujer la mató la misma persona que asesinó a Kustas?

No contesto porque, de repente, se me ocurre una nueva posibilidad. ¿Y si estuviera equivocado? ¿Y si el que mató a Kustas y a Lukía Karamitri no fuera de la mafia sino un tercero a quien le convenía quitarlo de en medio? Con la excepción de la muerte de Kalia, que tal vez fue casual, al margen de que el ex ministro estuviera con ella o no, los otros dos crímenes fueron cometidos siguiendo el mismo patrón.

–Quisiera que me acompañara a mi despacho –indico a Karamitris–. De todas formas, tiene que prestar declaración.

–Me han dicho que vaya al depósito de cadáveres para identificar el cuerpo.

–Eso no corre prisa, es un simple trámite. Además, ya lo he reconocido yo.

Me mira extrañado pero no puede negarse.

–Vámonos –accede.

–¿Le importaría que primero registrásemos su casa?

Esto ya empieza a mosquearlo más.

–¿Me consideran sospechoso? –pregunta.

Me encojo de hombros.

–En los casos de asesinato, el entorno inmediato de la víctima siempre se considera sospechoso hasta que se demuestra lo contrario –contesto sin precisar más–. Si acepta el registro voluntariamente, significará que no tiene nada que ocultar.

Vacila un poco y al final termina aceptando.

–De acuerdo, pero quisiera estar presente.

Reúno a Vlasópulos y a Dermitzakis, que fueron a buscar posibles testigos presenciales, un trámite que ha resultado inútil. Karamitris va por delante en su coche y nosotros lo seguimos.

Vlasópulos y Dermitzakis inician el registro sin más demoras, mientras Karamitris y yo nos sentamos en los sillones cubiertos con la tela verde brillante. Echo un vistazo a mi alrededor y observo que nada ha cambiado desde mi última visita: la misma imagen de decadencia mal disimulada.

–Mis empleados pueden atestiguar que llegué al despacho a las nueve y cuarto, como de costumbre –dice Karamitris.

–No me cabe la menor duda. –Ya sé que el asesino es el tipo de cabello blanco, pero no pienso compartir esta información con él.

–Entonces, ¿por qué llevan a cabo este registro?

–Porque tal vez hallemos alguna prueba que facilite la investigación.

La prueba aparece al cabo de diez minutos en manos de Vlasópulos.

–Mire, teniente.

Me entrega un pagaré sin fecha por valor de quince millones de dracmas. La firma resulta legible y compruebo que es la de Karamitris.

–¿Qué es esto? –pregunto mostrándole el cheque.

–Un pagaré.

–Ya veo que es uno de los pagarés que utilizaba Kustas para chantajearte. ¿Cómo ha llegado a tus manos? –Enseguida añado, antes de darle tiempo a responder–: Cuidado, no me mientas, porque investigaré tus cuentas bancarias y sabré si has pagado.

–Llegó por correo –farfulla él.

–¿Por correo? ¿Me estás tomando el pelo?

–No, es la pura verdad. Llegó por correo anteayer.

–¿Dónde está el sobre?

–Lo tiré a la basura.

–¿Qué hay del otro pagaré que firmaste a Kustas, el de los veinte millones?

–No lo sé. El sobre sólo contenía éste.

Las piezas empiezan a encajar. Ofuscado pensando en la mafia y en los capos de la noche, tenía la solución delante de mis narices y no la veía. Ya sospeché de él la primera vez que hablamos, pero las operaciones de blanqueo de Kustas me despistaron.

–Bueno, creo que tendrás que acompañarme a Jefatura para darme muchas explicaciones –le digo.

–El cheque llegó por correo, se lo juro.

–No me vengas con cuentos. ¿Quién iba a regalar un pagaré de quince millones, y encima por correo ordinario, ni siquiera por mensajero? Buscad el otro –ordeno a Vlasópulos.

Por más que buscan, no logran dar con él. El otro cheque tenía que ver con su compañía discográfica, de manera que seguramente estará en su despacho. El vehículo de Karamitris queda aparcado delante de su casa y nos vamos todos en el coche patrulla.

54

Vlasópulos y Dermitzakis encierran a Karamitris en la sala de interrogatorios. Lo dejo en paz para que tome una sauna de angustia y me encamino a mi despacho. Si quisiera seguir el protocolo al pie de la letra, debería informar a Guikas, sin embargo prefiero interrogar a Karamitris primero.

El teléfono suena cuando estoy en la puerta y me apresuro para contestar. Es Adrianí.

–¿Qué ha pasado? Dijiste que volverías pronto –pregunta ansiosa.

–Me quedo. Se han producido cambios. –Y le cuento lo sucedido.

–Se lo tienen merecido –replica con cierto rencor–. Ahora que se las arreglen ellos solitos. –Habla como si el departamento fuera el responsable de que Lukía Karamitri esté muerta–. ¿Llegarás tarde?

–Yo qué sé, no tengo la menor idea.

–Bueno, ven cuando puedas. –Hoy todo me sale bien. El ministro me retira la sanción y Adrianí me concede permiso indefinido.

El teléfono vuelve a sonar y esta vez es mi hija.

–¿Qué hay de nuevo, papá?

–¿Has tenido un buen viaje?

–Olvídate de mi viaje y cuéntame qué ha pasado. –Vuelvo a referir la historia desde el principio–. Ya te dije que no se atreverían a sancionarte –añade al final, satisfecha.

–¿Qué hago con los Lexotanil? –pregunto para pincharla un poco.

—Guárdalos. Como siempre te lo tomas todo tan a pecho, pronto volverás a necesitarlos.

Cuelgo y llamo a Dermitzakis.

—Que la parejita que encontró el cadáver de Karamitri hable con el dibujante de Identificación. Quiero un retrato robot del asesino.

—Por lo que dicen, sólo lo vieron de refilón.

—Ya se acordarán de más detalles cuando se pongan en ello. Si es necesario, llama a Mandás. Aunque él vio al asesino de noche, seguro que algo recordará. Y quiero una orden de registro del despacho de Karamitris.

Me levanto para dirigirme a la sala de interrogatorios pero el teléfono me interrumpe de nuevo. Me sorprende oír la voz de Élena Kusta.

—Acabo de enterarme por las noticias de la muerte de la ex mujer de Dinos, teniente. ¿Cree que yo también estoy en peligro? —Su voz suena preocupada.

—No, señora Kusta, no lo creo. Lukía Karamitri estaba involucrada en los negocios de su marido. Usted, no.

Se produce una breve pausa.

—¿Es cierto que Dinos se dedicaba a blanquear dinero negro? —pregunta al final.

Preferiría no disgustarla, pero no tiene mucho sentido mentir, ya que en pocos días estallará la bomba públicamente.

—Sí, en efecto.

—¿Y afirma que no estoy en peligro?

Cuelga el teléfono antes de darme la oportunidad de explicarle que el blanqueo de dinero no guardaba relación directa con las dos muertes. Kustas y Karamitri murieron por otras causas. Cuando Vlasópulos y yo entramos en la sala de interrogatorios, Karamitris está sentado a la cabecera de la mesa. Vlasópulos se sitúa a su lado, como hizo con Yannis, el contable de Kustas.

—La noche que mataron a Kustas yo estaba en casa con Lukía. Ya se lo dije cuando me preguntó —afirma al vernos.

—Lo recuerdo —respondo y me siento a su lado.

—Por desgracia, Lukía ya no se halla con nosotros para confirmarlo.

–No es preciso. Te creo.

Se sorprende y el alivio se apodera de él.

–Esta mañana salí de casa a las ocho y media. Lukía acababa de despertarse. Llegué al despacho a las nueve y cuarto; pregúnteselo a mis empleados si desea confirmarlo.

–Lo haré, aunque estoy seguro de que es cierto.

Al descubrir que confío en sus palabras, recobra el ánimo y levanta la voz.

–¿Por qué me ha traído hasta aquí, entonces?

Me inclino hacia él y lo miro fijamente a los ojos.

–Te he traído aquí para que me hables del tipo del cabello blanco.

–¿A quién se refiere?

–Al que contrataste para que matara primero a Kustas y luego a tu mujer.

Su mirada se torna gélida y se dirige a mí tuteándome, como muestra de su indignación.

–¿Que yo ordené la muerte de Kustas y de mi mujer? ¿De qué estás hablando? ¿Te has vuelto loco?

–Karamitris, fuiste inteligente, lo reconozco. Por supuesto, los negocios sucios de Kustas obraron a tu favor. Cuando descubrí que lo había matado un hombre con el cabello blanco, supuse que se trataba de algún mafioso. Y seguiría suponiendo lo mismo si no hubieras cometido el error de ordenar la muerte de tu esposa.

Karamitris ha empezado a temblar.

–Te equivocas –masculla–. No contraté a nadie para matar a Kustas ni a Lukía.

–Lo de Kustas lo entiendo –prosigo con calma–. Te tenía agarrado por el cuello, y te amenazaba con cortártelo en cualquier momento. Imaginaste que si lo eliminabas tendrías tiempo para buscar los pagarés, como, en efecto, ha sucedido. Si te hubieras conformado con esto, es muy posible que nunca hubiésemos llegado a resolver la muerte de Kustas, porque nuestras investigaciones se centraban en las mafias. Por desgracia, la avaricia te cegó. Al ver con qué facilidad te habías librado de Kustas, se te ocurrió deshacerte también de tu mujer y quedarte con las empresas que estaban a su nombre: la empresa de sondeos, la tienda de artículos deportivos y el restaurante chino.

–¿Por qué iba a matar a Lukía? Era mi esposa, ya compartíamos los bienes que recibió tras la muerte de Kustas.

–Porque os llevabais como el perro y el gato, Karamitris. Lo vi con mis propios ojos. ¿Es preciso que te recuerde lo que me dijiste aquel día, en tu casa? Que no podías divorciarte porque Kustas no te lo permitía. Y ella te llamó «cantante de poca monta», no se me ha olvidado. Os llevabais de pena y, tras la muerte de Kustas, temiste que fuera ella quien pidiera el divorcio. A lo mejor incluso te comunicó su intención de hacerlo, y te apresuraste a matarla antes de que iniciara los trámites. Eres el instigador de ambos crímenes, confiésalo y acabemos con esta historia.

Se diría que el miedo le da alas, porque se levanta de un salto y empieza a gritar:

–¡Yo no he matado a nadie, coño! ¡Queréis cargarme dos asesinatos porque no sois capaces de encontrar al verdadero culpable!

–Ya lo encontraremos, no te preocupes –interviene Vlasópulos–. Pero esto no cambiará la situación. Tú cumplirás cadena perpetua como instigador.

De pronto me invade la sensación de que algo se me escapa desde el principio de la investigación, un detalle que me llamó la atención y luego se me olvidó. Me devano los sesos para recordarlo.

–No soy instigador de nada –insiste Karamitris–. En mi vida he visto a ese tipo de cabello blanco del que habláis.

–¿Cómo explicas, entonces, que encontráramos en tu casa el pagaré de quince millones? –pregunto.

–Ya te lo he dicho. Vino por correo.

–¿Cuándo?

–Anteayer.

–¿Cómo? ¿Por correo normal, certificado, cómo?

–No lo sé. Lo encontramos en el buzón. El destinatario era Lukía.

–¿Y el remitente?

–No figuraba el nombre del remitente ni llevaba sello. Alguien puso el sobre en el buzón y se largó.

–¿Qué chorradas son éstas? –Vlasópulos lo agarra por las solapas y lo obliga a ponerse en pie, sacudiéndole con violencia–. Primero dices que llegó por correo, luego que alguien lo echó en el buzón. ¿Nos has tomado por imbéciles? ¿Quién va a dejar un pagaré de quince millones en un buzón?

–No sé quién lo dejó. Por extraño que parezca, así sucedió.

–¿Dónde está el otro pagaré que firmaste para Kustas, el de veinte millones? –pregunto.

–Lo ignoro, de verdad. En el sobre sólo había un pagaré, os lo juro. Hace apenas una hora registrasteis mi casa y no lo encontrasteis. Si queréis, registrad mi despacho; tampoco lo encontraréis allí.

–No lo encontraremos porque lo has roto –dice Vlasópulos y lo empuja contra la pared.

–Entonces, ¿por qué no rompí los dos?

–No lo sé –contesto–. A lo mejor el otro era para pagar al asesino. Sus honorarios por matar a Kustas, librarte de tu mujer y encontrar los cheques.

–¿Es eso, mamón? ¿Por eso no lo rompiste? ¡Habla! –grita Vlasópulos, golpeándolo contra la pared.

–¡No tenéis ningún derecho a tratarme así! ¡No he cometido ningún delito! ¡Quiero hablar con mi abogado!

–Hablarás con tu abogado cuando hayas confesado –replico.

El interrogatorio prosigue un par de horas más, en el mismo tono. Por mucho que lo presionamos, Karamitris insiste en declararse inocente, mientras yo me esfuerzo en vano por recordar el detalle que se me ha pasado por alto. Al final, Vlasópulos y yo salimos de la sala de interrogatorios.

–Enciérralo en una celda con algún ratero –le digo–. Si pasa una mala noche, tal vez confiese. Entretanto, registraremos su despacho, aunque no creo que encontremos el otro pagaré. Seguro que lo ha destruido, por eso nos da vía libre a su oficina.

Entro en el ascensor y no respiro libremente hasta encontrarme en el despacho de Guikas. Está reunido con Stellas, de la

Brigada Antiterrorista. A éste también le conviene aprender una lección. Los casos no se cierran sin investigarlos.

–¿Qué noticias nos traes? –pregunta Guikas.

–Aún no hemos encontrado al asesino, pero hemos cazado al instigador de ambos crímenes.

–¿Quién es? –pregunta, y se levanta de un salto temiendo que se trate de alguno de los diputados.

–Kosmás Karamitris, el marido de Lukía Karamitri. Primero dispuso la muerte de Kustas, quien lo chantajeaba con dos pagarés por un valor total de treinta y cinco millones. Después dispuso la de su mujer, para quedarse con las propiedades que Kustas había puesto a nombre de ella.

–¿Por qué, si estaban casados? –interviene Stellas. Sería un buen abogado para Karamitris.

–Porque los dos querían divorciarse. Al parecer, Lukía iba a dar el primer paso, Karamitris se acojonó y contrató a un asesino antes de que ella tramitara la petición de divorcio.

–¿Hay pruebas? –pregunta Guikas.

Le doy el pagaré que hemos encontrado en casa de Karamitris.

–Es uno de los dos documentos que Karamitris había firmado a favor de Kustas.

–¿Cómo llegó a sus manos?

–Según él, lo metieron en el buzón de su casa, dentro de un sobre.

Ambos se echan a reír.

–Prepárame una nota para la prensa. Aunque no hayamos detenido al asesino, tenemos al instigador. Eso bastará para afirmar que hemos resuelto ambos casos. El de Petrulias ya estaba resuelto.

–Tendrá la nota mañana por la mañana.

–Te felicito, lo has hecho muy bien –añade Guikas cuando ya llego junto a la puerta. Es la primera vez que me felicita, seguramente le resulta más fácil que disculparse por haberse mostrado dispuesto a apartarme del servicio.

–Desde luego, los de Homicidios sois de una pasta especial –comenta Stellas riéndose–. No os rendís fácilmente.

Por eso conseguimos detener a algunos asesinos, mientras que vosotros no cazáis ni a un terrorista, pienso, pero decido callarme la boca.

Salgo del despacho de Guikas hinchado como un pavo. Llamo a Dermitzakis para preguntarle si ya han terminado el retrato robot del asesino.

—La parejita está ahora mismo con el dibujante, pero no creo que acaben hoy —dice él.

—¿Has pedido que traigan a Mandás de la cárcel?

—No, pensé que era mejor esperar hasta ver qué sale del retrato robot.

—Que lo traigan, no perdamos tiempo. ¿Tenemos ya la orden de registro?

—Mañana por la mañana.

Me parece que ya está todo. Me dispongo a marcharme cuando suena el teléfono.

—Stratopulu al habla —dice una voz femenina—. ¿Se acuerda de mí, teniente? —El nombre me suena, pero no logro recordar de qué—. De la agencia San Marín, alquilamos el velero al señor Petrulias —añade al advertir mi vacilación.

—Por supuesto, ahora la recuerdo. —¿Es éste el detalle que se me escapaba? No, se trata de otra cosa que sigo sin recordar.

—El velero ha estado en uso. —Lástima, pensaba alquilarlo para recorrer las islas del mar Jónico—. Ahora, sin embargo, volvemos a disponer de él y nos han entregado algunas pertenencias del señor Petrulias. Al parecer, las había guardado en un armario bajo el timón y a nadie se le ocurrió mirar allí. ¿Quiere que se las lleve?

—Si no le es molestia...

—Se las dejaré en Jefatura mañana a primera hora, antes de ir al despacho.

—Muy amable, señora Stratopulu.

55

«*Taimado:* disimulado, ladino, marrullero, avisado...» La lista de sinónimos es más larga que la de criminales buscados por la policía. «...Artero, hipócrita, malévolo, pérfido, calculador...» El diccionario se me cae de las manos. Me quedo dormido, taimadamente satisfecho por la metedura de pata del secretario general, mucho más evidente tras el asesinato de Lukía Karamitri. Es la primera noche que duermo como un bendito, sin sobresaltos ni pesadillas. Hasta digiero sin problemas los últimos tomates rellenos que sobraron de la comida con Uzunidis. Desde las siete de la tarde hasta las diez y media de la noche, hora en que nos acostamos, Adrianí fue un ángel. Preparó verdura para cenar, una comida que me encanta pero que ella odia profundamente, porque la verdura cruda le provoca una reacción alérgica en las manos cuando la lava.

Por la mañana me despierto optimista y de buen humor, con ganas de ir al trabajo pronto para cerrar el expediente de Kosmás Karamitris. Como en los buenos tiempos, mi aparición en el pasillo de la tercera planta es saludada por cámaras, micrófonos y un pelotón de periodistas que me obstaculizan la entrada en el despacho.

–Paciencia, muchachos, el señor Guikas pronto hará declaraciones –digo apartándolos para pasar.

–¿Es cierto que Kosmás Karamitris es el asesino de Kustas y de su mujer? –grita alguien a mis espaldas.

–Tened un poco de paciencia, chicos.

–Has salido con bien del aprieto –susurra Sotirópulos al pasar por su lado–. Me debes una.

En realidad no le debo nada, porque no le había pedido nada. Hizo lo que hizo por iniciativa propia, aunque es de esos que se ofrecen voluntariamente con la esperanza de ponerse medallas. Con las prisas, me he olvidado de pedir mi café y el cruasán, pero de momento no pienso salir del despacho, porque los de fuera me están acechando como cuervos. Me dispongo a redactar el informe para Guikas cuando Dermitzakis me interrumpe.

–Mandás ha llegado de la cárcel y está con la parejita. Entre todos intentan terminar el retrato robot del asesino de cabello blanco.

–Bien. Quiero verlo en cuanto acaben.

–También tengo la orden de registro.

–Ve con Vlasópulos a registrar el despacho de Karamitris, yo he de redactar el informe del jefe.

Estoy seguro de que no encontrarán nada, de manera que no vale la pena perder el tiempo con este asunto. Me centro en el informe. No sé cómo meter los tres casos –Petrulias, Kustas y Karamitris– en un folio y medio, la extensión máxima para que Guikas lo memorice. Estos informes me recuerdan los resúmenes de libros y películas, aunque en este caso el desenlace no se produce en la pantalla sino en la cárcel de Koridalós.

Ahora es Stratopulu quien me interrumpe. Me había olvidado de ella por completo. Lleva el bolso colgado del hombro, un maletín en la mano derecha y una pequeña bolsa de plástico en la izquierda.

–Aquí tiene, teniente –dice y deja la bolsita de plástico encima de mi escritorio.

–Muchas gracias, señora Stratopulu. Siento haberle causado molestias.

–No se preocupe, nos conviene mantener buenas relaciones con la policía. En nuestro trabajo, los roces con las autoridades portuarias son frecuentes. Si usted quisiera interceder a nuestro favor, sería de gran ayuda. –Me dedica una gran sonrisa y se va.

Últimamente el curso de mis investigaciones me lleva a deber favores a diestro y siniestro. Abro la bolsa de plástico y saco una camiseta azul marino enrollada como un pergamino. La extiendo y aparece el pasaporte de Jristos Petrulias. Mi primer pensamiento es que se preparaba para salir del país. Se hizo a la mar para confundir las pistas y, en cuanto terminara de arreglar sus asuntos, se esfumaría sin dejar rastro.

Hojeo el pasaporte en busca de un visado para algún país del tercer mundo cuando de pronto cae una fotografía que contemplo con asombro. Cierro los ojos y los vuelvo a abrir para asegurarme de que no estoy viendo visiones. En la foto aparece Petrulias, desnudo hasta la cintura, cubierto sólo por una gorra de marinero y los pelos del pecho. Con la cabeza apoyada en su hombro, Niki Kusta sonríe a la cámara. Su cabello, rubio, le cubre los hombros.

La rubia misteriosa ha estado a mi alcance desde el principio, he hablado varias veces con ella, sólo que durante el proceso se ha cortado el cabello y se lo ha teñido. La Niki Kusta que yo conozco es tan distinta que apenas la reconocería de no ser por su sonrisa infantil, la misma en la foto que en la vida real, y por sus ojos, que brillan juguetones.

Cuando por fin reacciono, al cabo de cinco minutos, voy corriendo al despacho de mis ayudantes, pero ya se han ido.

–Ponte en contacto con el coche patrulla –ordeno a Azanosópulos–. Que Vlasópulos y Dermitzakis se olviden del registro y vayan a buscar a Niki Kusta, en R.I. Hellas. Que la traigan aquí.

Lo dejo con la radio y subo corriendo al quinto. Los periodistas están reunidos en la antesala de Guikas, hablando todos a la vez, y la mirada de Kula indica que está a punto de asesinar a alguien. Al verme se abalanzan todos sobre mí.

–¿Hará declaraciones? –se apresuran a preguntar para cazar la noticia al vuelo.

No respondo para no repetir inútilmente lo mismo y me abro paso hacia el despacho de Guikas.

–¿Listo? –pregunta al verme–. Esta mañana me tienen harto.

–No, no estoy listo; habrán de esperar un poco más.

–¿Por qué?

Saco del bolsillo la foto de la pareja y se la muestro.

–El hombre es Petrulias. ¿Y la mujer? –pregunta él. Sabe que es la rubia que buscábamos, pero no conoce a Niki Kusta.

–Es Niki, la hija de Kustas.

Ahora le toca a él quedarse pasmado.

—¿La rubia que buscábamos? —Yo asiento con la cabeza y él añade—: ¿Qué hacemos ahora?

—Tendremos que posponer las declaraciones hasta que la interroguemos. Vlasópulos y Dermitzakis la traerán a Jefatura. Es posible que esté relacionada con el asesinato.

—De acuerdo, pero no te duermas.

—Si nos retrasamos, haga las declaraciones preliminares y deje esta información para más tarde.

—Será mejor que les comuniquemos también lo de la chica, los impresionará más. —Habla como si Niki Kusta viniera a realizar un sondeo de opinión.

Al atravesar de nuevo las líneas de los periodistas, Sotirópulos me observa con curiosidad y recelo. Regreso a mi despacho y él aparece al cabo de pocos minutos.

—Aquí está pasando algo raro —dice—. Hay novedades, tú no me engañas.

—No me vengas con ésas de que te debo una —lo interrumpo—. No te debo nada, excepto las gracias por haberme ayudado en un momento difícil. En cualquier caso, si quieres un notición, espera en el pasillo.

—¿Qué notición? —Los ojos le brillan como si fuera un maniaco, o más bien un periodista.

—No voy a decírtelo ahora; si quieres saberlo todo, espera fuera.

Abre la puerta y se sitúa en el pasillo para no perderse ningún detalle. No se lo pierde, porque el notición aparece un cuarto de hora más tarde, custodiado por Vlasópulos y Dermitzakis. Niki Kusta está indignada.

—¿Qué es esto? —grita—. ¿Cuándo me he negado a contestar a sus preguntas? ¿Era necesario mandar a sus gorilas para que montaran un espectáculo en mi empresa?

—¿Cuándo te cortaste y te teñiste el pelo?

La pregunta la pilla por sorpresa y vacila un momento, pero recobra la calma enseguida.

—Después de vacaciones. ¿Desde cuándo le interesa mi estilo de peinado?

–No me interesa tu peinado, sino la rubia que acompañaba a Petrulias antes de su muerte.

Le muestro la fotografía y Niki la contempla largo rato, como si quisiera convencerse de que, efectivamente, ella aparece junto a Petrulias.

–¿Dónde la ha encontrado? –La voz le tiembla tanto como la mano con que sostiene la fotografía.

–En un armario debajo del timón del velero que alquilasteis, junto con estos objetos.

Saco la camiseta azul marino y el pasaporte de Petrulias de la bolsa de plástico. Ella tiembla cada vez más y está a punto de echarse a llorar.

–¿Podemos hablar a solas? –pregunta con voz quebrada.

A lo mejor confesará antes si estamos solos, de manera que dirijo un ademán a Vlasópulos y Dermitzakis para indicarles que salgan del despacho.

–Adelante, te escucho.

–¿Qué espera oír? Mantenía relaciones con Jristos Petrulias.

–Eso ya lo sé, y también que Petrulias murió por orden de tu padre. Lo que sigo sin saber es qué papel desempeñabas tú en todo este asunto. Explícate.

Saca un pañuelo y se enjuga las lágrimas. Después esboza su habitual sonrisa infantil, que en esta ocasión está teñida de amargura.

–Yo soy hija de Kustas –susurra–. Por eso he salido con vida.

–¿A qué te refieres? Niki, hasta aquí hemos llegado. Ya nos has mentido bastante. Dime cómo te viste involucrada en la muerte de Petrulias. ¿Fue un favor que hiciste a tu padre?

Se sienta en la silla y me observa un rato en silencio.

–Conocí a Jristos a principios de enero –empieza–. Pasó por el despacho, ya no recuerdo por qué, y estuvimos un rato charlando. Cuando salí del trabajo, lo encontré en la calle, según él por pura casualidad, aunque no estoy muy segura. Me propuso que fuéramos a tomar algo y acepté. No tuvo que insistir mucho, en nuestro tercer encuentro ya entablamos relaciones de pareja. –Calla, cierra los ojos y suspira profundamente–. Era un hombre muy seductor. Sabía ser tierno y divertido a la vez, me cautivó enseguida. –Guarda silencio de nuevo. La descripción de Petrulias sirve para aplazar el punto más escabroso–. Pasaron cuatro meses. Nos veíamos a diario y pasábamos los fines de semana en su casa o en la mía. A mediados de mayo me llamó mi padre para decirme que quería verme. Me extrañó, porque hablábamos muy pocas veces. Por lo general, yo llamaba a casa y hablaba con Élena o con Makis. Nos vimos aquella misma noche y me ordenó sin rodeos que dejara a Jristos. No sé cómo se había enterado, pero lo sabía todo: el tiempo que llevábamos juntos, adónde íbamos, todo. Le respondí que no pensaba abandonar a Jristos y que no tenía derecho de inmiscuirse en mis asuntos. Entonces empezó a insultarlo, dijo que era un árbitro corrupto, un mafioso, que estaba metido en la mierda hasta el cuello y que cualquier día encontraría su cadáver en un vertedero. Discutimos y, desde entonces, se cortó la escasa relación que existía entre nosotros. Cuando se lo conté a Jristos, él se rió y me explicó que, en alguna ocasión, había trabajado con mi padre, pero que la relación había sido tan tensa que desde entonces mi padre le tenía ojeriza. En realidad, la explicación sobraba. Mi padre había hablado de Jristos de un modo que no dejaba dudas con respecto a este odio. A finales de mayo decidimos realizar un crucero por las islas durante las vacaciones de verano. No se lo conté a nadie, ni siquiera a Élena o a Makis, sólo les comenté que pensaba irme de vacaciones. Por supuesto, mi padre imaginaría con quién, pero no me importaba. Vivíamos contentos, nos sentíamos muy felices, hasta que un día...

En ese punto se interrumpe bruscamente. Comprendo que alude al día del asesinato y yo también guardo silencio, esperando. Niki Kusta, temblando como una hoja, se muerde el labio para contener las lágrimas.

–Después de Santorini, nos dirigimos a la isla donde..., donde encontraron el cadáver. Habíamos atracado en el muelle y, hacia las seis de la tarde del segundo día, aparecieron dos hombres que subieron a bordo sin ser invitados. Uno de ellos dijo a Jristos que tenían que hablar a solas. Cuando volvieron, Jristos estaba pálido como un fantasma. «Busca a tu padre», gritó mientras lo obligaban a bajar al muelle. «Los ha mandado él para matarme.» En ese momento me desesperé y quise correr tras ellos, pero uno de los desconocidos me fulminó con la mirada. Hubiese seguido adelante, a pesar de todo, de no haber sido por Jristos. «No me sigas», gritó, «llama a tu padre.» Lo metieron en un coche. Intenté llamar al móvil de mi padre, pero lo tenía desconectado. Una hora después desistí y empecé a buscar a Jristos como loca. No lo encontré a él ni a los otros tres.

–¿Tres? Acabas de decir que eran dos. –Según el informe forense de Markidis, los asesinos habían sido dos.

–Eran tres. El tercero conducía el coche. Un hombre de cabello blanco.

–¿Cabello blanco? –Me pongo de pie de un salto.

–Sí. Pregunté en las tiendas y en las cafeterías, pero nadie los había visto. –Se echa a llorar, incapaz de seguir conteniéndose. Sigue hablando entre sollozos–: Volví al barco y pasé toda la noche intentando hablar con mi padre. A última hora de la tarde siguiente Élena me dijo que estaba en Lárisa por cuestiones de trabajo, aunque su móvil seguía desconectado. Por la mañana Jristos aún no había vuelto. Fui al puerto para esperar el primer barco de línea, con la absurda esperanza de que esos tipos se lo hubiesen llevado a El Pireo. Vi que embarcaban con el coche, pero cuando descubrí que Jristos no estaba con ellos, entonces comprendí que nunca más volvería a verlo. Recogí nuestras pertenencias, llamé a la empresa para decir que el señor Petrulias había caído enfermo y había sido trasladado a Atenas, subí al barco y regresé.

–¿Por qué no lo denunciaste a la policía?

Niki respira profundamente. Consigue contener los sollozos y sonríe con amargura.

–En cuanto llegué a Atenas, fui a ver a mi padre y se lo conté todo. «Te advertí que le dejaras, que era un hijo de puta y alguien acabaría cargándoselo, pero no me hiciste caso», se limitó a decir con indiferencia. Lo amenacé con ir a la policía. «Adelante», respondió, «¿cómo vas a demostrar que estoy implicado en el asesinato? ¿Simplemente porque él te lo dijo? El día en que lo mataron, yo estaba en Atenas y después fui a Lárisa. Tengo una veintena de testigos. En el futuro me darás las gracias por haberte librado de ese cabrón.» Ésas fueron sus últimas palabras. ¿Qué iba a contar a la policía? No tenía pruebas, teniente, sólo la acusación de Jristos, y él estaba muerto. Además, aunque la hubiese tenido, ¿cómo denunciar el asesinato de Jristos sin revelar la participación de mi padre? Ni me veía capaz de mandarlo a la cárcel, ni su encarcelamiento me hubiese devuelto a Jristos. Aquélla fue la última vez que hablé con mi padre. Al día siguiente me corté el pelo y me lo teñí, porque no soportaba siquiera verme en el espejo. Tenía la sensación de que Jristos aparecería a mi lado en cualquier momento. –Vuelve a suspirar y añade casi con alivio–: Ahora ya sabe la verdad, teniente.

–¿Por qué se llevó Petrulias el pasaporte?

–Yo también llevaba el mío. Pretendíamos ir a la isla de Samos y desde allí cruzar a Turquía.

Tal vez tú planearas ir a Turquía, pero Petrulias proyectaba huir, pienso. No sé si debo detenerla, ya que su versión de la historia coincide con lo que he averiguado en mis investigaciones. Por otra parte, relatada así, entre lágrimas y sollozos, no parece una invención. Además, en el fondo la fotografía habla a su favor: si tienes intención de matar a alguien, no te dejas retratar con tu víctima.

–¿Por qué no me contaste todo esto cuando te interrogué después de la muerte de tu padre? Él ya no corría peligro de ir a la cárcel.

Se encoge de hombros.

–Para mí, su muerte fue su castigo. Si hubiera hablado, sólo habrían cambiado las vidas de Élena y de Makis, que nada sabían de lo sucedido. Makis, sobre todo, ya tiene bastantes problemas y no quería agravar su situación.

–¿Fuiste tú quien envió las fotos a tu padre?

Me mira sorprendida.

–¿Qué fotos?

–Una de la isla y otra del lugar donde enterraron a Petrulias. Las encontré en una caja fuerte de tu padre. ¿Las enviaste tú?

–¿Cree que estaba en condiciones de fotografiar paisajes? –pregunta con amarga ironía.

–No sé, tal vez sí, para chantajearlo...

–¿Por qué razón? De haber querido dinero, lo habría conseguido sin recurrir al chantaje.

Es cierto. Kustas habría pagado con mucho gusto sólo para calmarla.

–Quiero que veas el retrato robot del hombre de cabello blanco, y después podrás irte, aunque tal vez te llame para una declaración suplementaria.

Se encoge otra vez de hombros.

–Llámeme cuando quiera y aquí estaré. No es preciso que mande a sus ayudantes para ponerme en evidencia.

Llamo a Dermitzakis por la línea interior para ver cómo van con el retrato robot.

–Ya casi está, lo tendrá en cinco minutos.

Los cinco minutos se convierten en quince, que pasamos en silencio. Niki Kusta permanece sumida en sus pensamientos mientras yo intento esbozar el informe para Guikas. Transcurrido el cuarto de hora, aparece Dermitzakis con el retrato robot. El dibujante ha trabajado sobre fondo negro para destacar el cabello blanco. Es el rostro de un hombre de unos cincuenta años que me resulta totalmente desconocido.

–¿Es éste el tipo de cabello blanco? –pregunto a Kusta, mostrándole el dibujo.

Ella lo contempla largo rato.

–En líneas generales, se le parece –responde al final, dudosa.

–¿Alguna observación? ¿Alguna corrección?

–No, sólo lo vi de pasada cuando arrancó el coche.

–Bien. Puedes irte.

Al menos ya sabemos qué aspecto tiene, a grandes rasgos. Llamo a Guikas y le transmito la información que acaba de proporcionarme Niki Kusta.

–¿Crees que se halla involucrada? –pregunta él.

–Investigaré al respecto, aunque dudo que encuentre algo que desmienta su declaración, que por otra parte confirma lo que ya sabíamos. La única novedad es la implicación del tipo de cabello blanco, cuyos rasgos ya conocemos.

–Tenemos que encontrarlo. Envía su retrato a las comisarías, y hazme llegar una copia para los medios de comunicación. Con un poco de suerte es posible que demos con él.

–A lo mejor; siempre que no esté en Moscú tomándose unos vodkas.

Cuelgo el teléfono y trato de poner en orden los datos que me ha proporcionado Niki Kusta. Estoy convencido de que su relación con Petrulias no fue casual y que él la tenía planeada: primero se ligó a la hija de Kustas, después le jodió el equipo de fútbol para presionarlo y, cuando Kustas no cedió a su coacción, se largó con el dinero y con la hija. Calculó mal, no contó con la intransigencia de Kustas. Él no iba a ceder, ni siquiera por su hija, tal vez porque no podía. El dinero no era suyo, sino de sus compinches, que no se andan con chiquitas. Cuando pienso en Kustas se me ponen los pelos de punta. Mató al novio de su hija, empujó a su hijo a la droga y alejó a su segunda mujer de su niño inválido. Y todo eso por unos cuantos centenares de millones libres de impuestos.

Pese a todo ello, sigo sin recordar ese detalle que se me escapa. Mi olvido debe de haberlo ofendido y habrá decidido marcharse para siempre. Sólo soy consciente de que debo enseñar el retrato robot a alguien, pero ¿a quién? Los únicos que vieron al asesino de Kustas fueron Niki, el portero del club y la pareja que encontró el cadáver de Karamitri, y ellos ya han dicho cuanto sabían de él.

56

La idea se me ocurre cuando menos lo espero, mientras duermo. Abro los ojos y miro el despertador en la mesilla de noche: son las tres y diez de la madrugada. A mi lado oigo la respiración tranquila y regular de Adrianí. Me levanto de la cama y me encamino a la sala de estar para pedir por teléfono el número de la comisaría de Jaidari. Mi exceso de celo siempre me acarrea problemas, pero no puedo evitarlo: estoy sobre ascuas. Llamo a la comisaría y pregunto por el oficial Kardasis.

–No está, teniente –responde el agente de guardia–. Entra a las ocho de la mañana.

Aunque vuelvo a acostarme no consigo conciliar el sueño. Estoy completamente desvelado. Consulto otra vez el despertador, son casi las cuatro y media. Voy a la cocina y me preparo un café, que me sale aguado: la falta de costumbre. Lo tomo sorbito a sorbito mientras intento imaginar adónde me conducirá el detalle que por fin he recordado. Quizás a ninguna parte. De todas formas, estamos buscando una aguja en un pajar.

Adrianí me encuentra sentado a la mesa de la cocina.

–¿A qué hora te has levantado? –pregunta sorprendida.

–De madrugada. Me asaltó una idea y no he logrado volver a dormir.

–Cariño, si pusieras tanto empeño en una profesión liberal, a estas alturas seríamos ricos –comenta con retintín.

Estoy tan inquieto que cometo el error de salir de casa antes de lo habitual, en plena hora punta. El tráfico es imposible y maldigo el momento en que decidí no tomarme un Lexotanil y esperar mi hora normal de salida.

En cuanto llego al despacho, llamo al oficial Kardasis. Por suerte, esta vez lo encuentro.

—Soy el teniente Jaritos —me presento—. Una noche pasé por la comisaría.

—Sí, le recuerdo, teniente.

—¿Qué sabes de aquel tipo que quería denunciar a su padrino de boda por insinuarse a su mujer?

Kardasis se echa a reír.

—¿Aquél? No ha vuelto por aquí, nos ha dejado en paz.

—Me comentaste que la noche en que murió Kustas también había denunciado a otro tipo. ¿Lo recuerdas?

—Ahora que lo dice...

—Encontrasteis la moto que utilizaron para el asesinato en la calle Leonidu, delante de la delegación de Hacienda de Jaidari, ¿no es cierto?

—Sí, señor.

—¿Dónde ocurrió el incidente con el coche?

Se oye el ruido de hojas.

—El coche estaba aparcado en doble fila en la calle Anexartisías, impidiendo la entrada a la calle Pavlu Melá. —Deduce el hilo de mis pensamientos y añade—: Pavlu Melá es la primera paralela a Leonidu hacia Profeta Elías.

—Si hubo denuncia, tendrás las direcciones de esos dos.

—Sí. El tipo que vio en la comisaría se llama Aristos Moraítis y tiene un taller mecánico en el número 4 de la calle Patroklu, en Egaleo. El otro se llama Pródromos Terzís y tiene un pequeño taller de ropa infantil en la calle Kajramanu, numero 5, Nea Ionía.

Salgo corriendo del despacho llevándome el retrato robot. Antes de bajar a la calle, paso por la oficina de mis ayudantes.

—Me voy y no sé cuándo volveré —anuncio—. Quedaos aquí por si os necesito.

—¿Qué hacemos con Karamitris? —pregunta Vlasópulos.

—Ya lo interrogaremos cuando vuelva, que se vaya acostumbrando a las rejas. Ni sé cuánto tiempo pasará en la cárcel.

Si doy con el tipo de cabello blanco, habré encontrado al ejecutor de los tres asesinatos y tendré a Karamitris atado de pies y manos. Sin embargo, sigo sin entender cómo es posible que el asesino de Petrulias acabara matando también a Kustas y a Lukía Karamitri. Tal vez se trate de una coincidencia, una explicación que siempre resulta útil, a falta de otras.

El tráfico en la avenida Atenas nunca varía, pero durante el día, sobre todo si hace buen tiempo, uno tiene la sensación de salir de fin de semana, como si fuera un viernes, y emprendiera el camino de Xilókastro o Akrata, en el Peloponeso. La ilusión perdura hasta el Palacete, donde tuerzo a la izquierda en la calle Karaiskaki y otra vez a la izquierda en Kerkiras, para salir a la calle Patroklu.

El taller mecánico de Aristos Moraítis es bastante grande y, a juzgar por la cantidad de coches que aguardan su turno, el tipo debe de ganarse bien la vida. Dos jóvenes vestidos con monos de trabajo están inclinados sobre un Suzuki Swift.

–¿Aristos Moraítis? –pregunto a uno de ellos.

–En el despacho –responde el otro, mientras que el primero ni siquiera se digna mirarme.

El despacho es un espacio separado del resto mediante unas mamparas, tamaño retrete. Desde lejos distingo la cabeza de Moraítis. Cuando entro en el despacho, me cuesta reconocerlo. No lo recordaba con exactitud, pero me había quedado con la impresión de que era un hombre corpulento. El que tengo delante es un tipo macilento, sin afeitar y con la mirada apagada, como si acabara de recuperarse de una grave enfermedad.

–¿Aristos Moraítis? –pregunto para asegurarme.

–Sí, soy yo.

–Teniente Jaritos. No sé si me recuerdas, nos conocimos una noche en la comisaría de Jaidari. Querías denunciar a un tipo por haberse insinuado a tu mujer.

Reacciona como si hubiera chocado contra un camión articulado.

–¡No me la recuerdes! –chilla–. ¡No me hables de esa puta! –Ante mi evidente sorpresa, se apresura a explicar–: Me dejó –grita y su voz resuena por el taller–. Se largó con un mayorista de carne. ¡Y pensar que la trataba como a una reina! Todos estos coches pagaban sus trajes, sus zapatos y sus joyas. Cada noche de farra, ella bailando encima de las mesas y yo rociándola de flores. Me desvivía por ella, y no se le ocurre más que dejarme por un mayorista de carne.

Lo suelta todo de carrerilla y vuelve a sentarse, jadeando. Ni una palabra de las denuncias, las noches en comisaría y las escenas que le montaba. Y su mujer, tal como la recuerdo, jugosa y entrada en carnes, seguramente estará más feliz con un mayorista del gremio.

–Son cosas que pasan –digo para consolarlo y ganarme su simpatía.

–¿A ti te ha pasado?

–No, gracias a Dios.

–Entonces no me vengas con monsergas –replica en tono agresivo.

Nuestra conversación va por mal derrotero y me apresuro a entrar en materia.

–He venido para hacerte una pregunta. ¿Recuerdas que, unas noches antes de nuestro encuentro en la comisaría, habías denunciado a un tipo que había aparcado en doble fila y te impedía pasar? Creo que incluso llegasteis a las manos.

–Ah, ése –dice con indiferencia–. Al final retiré la denuncia. Desde que Fofó me abandonó, no tengo ganas de meterme en líos con los tribunales.

–Cuando al salir de la comisaría fuiste a la calle Anexartisías para recoger tu coche, ¿viste por casualidad a dos hombres con una moto Yamaha?

–¿De qué me estás hablando? Yo estaba a punto de asesinar a alguien y tú preguntas si me fijé en dos tíos con una Yamaha.

–A veces, al cabo de un tiempo, nos acordamos de cosas a las que en un principio no prestamos atención. ¿Te suena esta cara? –Le muestro el retrato robot del hombre de cabello blanco.

Apenas le echa un vistazo.

–Si ni siquiera me acuerdo de cómo entré en el coche, ¿cómo iba a fijarme en este idiota?

Mi próxima pregunta no le va a gustar, pero no me queda más remedio que hacerla, porque su mujer podría haber visto la Yamaha.

–¿Dónde vive ahora tu mujer?

Me fulmina con una mirada siniestra.

–¿Y yo qué sé? En casa del mayorista, supongo. Pregunta en el mercado.

Lo dice con despecho, pero no es mala idea. El mayorista andará presumiendo de mujer, no será difícil averiguar dónde vive.

Moraítis ha vuelto a hundirse en su depresión. Lo dejo con los recuerdos de su rolliza mujer y de sus rollos con la policía, y me voy.

Para ir de Egaleo a Nea Ionía hay que tomar dos Interal y tres Lexotanil. Son ya las dos de la tarde, y dentro del coche el calor es insoportable. Estoy sudando, pero no quiero abrir las ventanillas para no tragarme toda la contaminación. Aprieto los dientes hasta la avenida de Konstantinopla, pero allí me rindo y acabo bajando las ventanillas. Que sea lo que Dios quiera. Giro a la derecha en la calle San Meletio y entro en la avenida Ionías. Cincuenta metros más allá, me quedo atascado. Busco una vía de escape y la encuentro en la calle Sarandaporu, que me permite llegar a la avenida Iraklíu. El tráfico no está mucho mejor aquí, pero al menos nos movemos un poco. Cuando consigo alcanzar la calle Alatsatón y poner rumbo a Kajramanu, son ya las cuatro menos veinticinco. He tardado una hora y treinta y cinco minutos en llegar aquí.

El taller de ropa infantil de Pródromos Terzís se encuentra en un pequeño local en una planta baja. Las ventanas están divididas en cristales cuadrados enmarcados en hierro, como en las viejas fábricas. En el interior, hay tres bancos de madera y una máquina planchadora. Unas empleadas están usando dos de los bancos como apoyo para empaquetar prendas de ropa. La planchadora permanece mano sobre mano.

–¿El señor Terzís? –pregunto a una de las chicas.

Señala a un hombre de unos cuarenta y cinco años, que está agachado sobre el tercer banco, en el fondo del local. Junto a él, una pareja contempla las camisas y pantalones infantiles expuestos sobre el banco. A juzgar por el volumen de su cintura, Terzís es un hombre macizo; aunque si se utiliza su barriga como baremo, indudablemente es un hombre gordo. Me recuerda a Aristos antes del disgusto del mayorista. Lleva el pelo rapado al uno y una larga barba, probablemente para conseguir cierto equilibrio estético entre el tronco y la cabeza. Viste una camiseta de algodón y de vez en cuando se pasa la palma de la mano por el cráneo. Debe de temer que le crezca el cabello sin querer.

–¿El señor Terzís? –pregunto al acercarme.

–Sí.

–Soy el teniente Jaritos. Quisiera hablar con usted de un asunto que no le atañe directamente, aunque tal vez fue testigo presencial.

–Tengo mucho trabajo. ¿Y si habláramos en otro momento?

–Imposible, es urgente.

–Disculpadme, chicos. No tardaré –dice dirigiéndose a la pareja. Luego se vuelve hacia mí y añade–: Acompáñeme.

Abre una puerta en el fondo del local y bajamos al sótano, que hace las veces de almacén. En un rincón está su escritorio y una silla para las visitas, que ahora mismo está ocupada por una bolsa. La dejo en el suelo para sentarme, pero él acude corriendo, la levanta y la deja encima del escritorio.

–Disculpe, pero no quisiera que se ensuciase –dice. Después saca un trapo y empieza a quitar el polvo de la superficie del escritorio.

Me he topado con un quisquilloso, no conseguiré averiguar nada. Mi única esperanza es la mujer de Aristos, que se fugó con el mayorista de carne.

–Señor Terzís, hace un mes, más o menos, estuvo en la comisaría de Jaidari por la denuncia que le puso un tal Moraítis...

–Ah, ese cabrón. –Aún está indignado–. Llevaba unas muestras a un cliente y tuve que dejar el coche en doble fila porque no encontraba aparcamiento. Si alguien toca el claxon, pensé, ya bajaré y quitaré el coche. Pero ese hijo de puta me atacó en cuanto salí a la calle. Estaba muerto de cansancio tras pasear las muestras todo el día arriba y abajo, y aquel cabrón me llevó a comisaría a la una de la madrugada.

–Cuando volvió para recoger su coche, ¿recuerda haber visto una moto Yamaha con dos pasajeros?

Entorna los párpados y trata de recordar.

–No vi ninguna moto –dice al final–. Había dos tipos, pero se metieron en un coche.

–¿Dónde estaban?

–Los vi al enfilar la calle de Tracia. El coche, creo que era un Opel Corsa, estaba aparcado delante de un colegio. –Mientras hablamos, ha vuelto a limpiar el escritorio y ha vaciado el cenicero tres veces.

–¿No se fijó en la matrícula?

–No, pero recuerdo el color, verde claro.

–¿Y los pasajeros?

–Uno de ellos tenía el cabello blanco.

Por fin ha aparecido el protagonista. Dejaron la moto y se largaron en un Opel Corsa de color verde claro. Seguramente estará denunciado como robado, aunque dudo que encontremos huellas dactilares u otro tipo de pruebas en él. Muestro el retrato robot a Terzís.

–¿Era éste?

Lo mira pero no parece reconocerlo.

–No sé, es posible. Estaba oscuro, sólo le vi el pelo blanco.

–¿Y el otro hombre? –pregunto con la esperanza de que me describa a Karamitris.

–No era un hombre, sino una mujer.

–¿Una mujer?

–Sí, señor. Al principio yo también pensé que era un hombre, porque llevaba el cabello muy corto, pero la iluminaron los faros de mi coche al pasar y vi que era una mujer.

Guardo silencio. Terzís me observa extrañado, bayeta en mano.

De repente, me han servido en bandeja la solución de los tres asesinatos.

57

Son ya las siete y media cuando llamamos a la puerta del piso de Niki Kusta, en el número 12 de la calle Fokilidu. Al principio se sorprende al vernos, pero enseguida se echa a reír.

–Cuando no me obliga a ir a Jefatura con dos agentes, teniente, es usted quien viene a mi casa con dos agentes. Pasen.

Nos acompaña a la sala de estar, un espacio decorado con sencillez. Dos sillones, una mesita de cristal y unos cuantos almohadones dispersos por el suelo, para los aficionados a los contorsionismos. En un rincón, un televisor con pantalla negra gigante, de las que muestran al presentador a tamaño natural.

Élena Kusta, pálida y con los ojos llorosos, ocupa uno de los sillones.

–¿Otra vez por aquí, teniente? –pregunta cansina–. Nadie se ha preocupado tanto por mi marido como usted. Me pregunto si se lo merece, aunque esté muerto.

–Es el destino de los policías, señora Kusta: preocuparse por personas que, por lo general, no se lo merecen. ¿Le importaría dejarnos solos?

–No, que se quede –interviene Niki–. Élena lo sabe todo, ya no tenía sentido ocultarlo.

Vlasópulos y Dermitzakis observan fijamente los cojines. Tanto ellos como yo preferimos seguir de pie. Al reparar en mi incomodidad, Niki me cede el otro sillón para mí y se acomoda en un cojín.

–¿Dónde estabas la noche que mataron a tu padre? –pregunto.

–Aquí en casa, con Makis. Ya se lo dije la primera vez que me lo preguntó.

–¿Toda la noche?

–Sí.

–Mientes. Makis estaba contigo, pero no pasasteis toda la noche en casa.

–Tiene razón –admite ella enseguida–. Salimos un rato. Makis no se encontraba bien y fuimos a dar una vuelta.

–¿Por qué no lo mencionaste la primera vez que te lo pregunté?

–Porque Makis acababa de salir de su cura de desintoxicación. No quería que pensara que seguía enganchado. La policía no mira con buenos ojos a los drogadictos.

La observo. Está tranquila, con su eterna y cándida sonrisa en los labios.

–No salisteis a dar una vuelta, Niki. Subisteis a una Yamaha robada y fuisteis a Los Baglamás, donde Makis mató a vuestro padre. Tú misma urdiste el plan, porque Makis está siempre colocado y no tiene el cerebro para semejantes tramas. En el momento en que mataron a Jristos Petrulias, decidiste vengarte de tu padre, por eso hiciste las fotos. Volviste a Atenas, te cortaste y te teñiste el pelo, dejaste pasar un tiempo y pusiste en práctica tu proyecto. Pero no podías llevarlo a cabo tú sola, necesitabas un cómplice. ¿Quién mejor que Makis? Él también odiaba a vuestro padre. No le daba dinero, no le dejaba jugar al fútbol, no quería confiarle la dirección de uno de los clubes... Le cerraba todas las puertas. Tu plan le venía como anillo al dedo, le permitía vengarse de vuestro padre y, de paso, conseguir todo aquello que le había sido negado durante años: dinero, los clubes... Lo que quisiera.

Élena se ha puesto de pie y me observa con horror.

–¡Mentira! –exclama escandalizada–. Nada de eso es verdad.

–Déjale terminar, Élena. –Niki sigue tranquila y sonriente.

–Primero le enviasteis las dos fotografías para que pensara que se trataba de un chantaje, por eso llevaba los quince millones la noche en que murió. A vosotros no os interesaba el dinero, porque igualmente ibais a heredarlo, pero con esta estrategia conseguisteis que saliera del club sin sus guardaespaldas. La noche del crimen, os fuisteis con la moto. Makis se escondió cerca de Los Baglamás mientras tú lo esperabas un poco más allá, con el motor en marcha. A la hora acordada, Kustas salió del club solo y se agachó para recoger el dinero del coche. Makis salió de la oscuridad y se acercó a él. Lo llamó para que se volviera, le disparó cuatro veces. Después huyó, se montó en la moto y desaparecisteis. Era un buen plan, debo admitirlo. Tu padre tenía negocios con clubes nocturnos, nos sería fácil creer que lo mataron los capos de la noche en un ajuste de cuentas. Sin embargo, había una pieza que no encajaba desde el principio. Los asesinos profesionales disparan una vez, dos a lo sumo. Makis no es un profesional. Le disparó dos balas en el corazón, una en el tórax y una en el abdomen, una auténtica carnicería. ¿Lo hizo por odio? ¿Para asegurarse de haberlo matado? Quién sabe...

Élena está paralizada y nos mira alternativamente a mí y a Niki, que no ha perdido su sonrisa inocente. Tal vez supone que me estoy tirando un farol, aún no sabe que dispongo de un testigo presencial.

–Abandonasteis la moto en la calle Leonidu, delante de la delegación de Hacienda –prosigo–. Un coche os esperaba en la calle Tracia, delante del instituto. Ignoro si fue tuya la idea de la peluca blanca que llevaba Makis, pero es evidente que el truco funcionó. El descampado delante de Los Baglamás está oscuro. Mandás, el portero del club, vio el cabello blanco y eso lo despistó. En cuanto a ti, llevabas el casco.

Vlasópulos y Dermitzakis me miran boquiabiertos. Ya los había puesto en antecedentes durante el trayecto, pero no imaginaban que el asesinato de Kustas hubiera sido organizado siguiendo un plan tan sencillo e inteligente.

–Llévala a declarar a Jefatura –indico a Vlasópulos. La celda está lista: no tenemos más que liberar al marido de la madre para meter a la hija. Para el hijo hará falta otro tipo de *room to let*, con el retrete en el pasillo.

De repente, Élena Kusta se interpone entre Niki y yo.

–¡Dime que no es verdad, Niki! ¡Dime que todo esto es una vulgar mentira!

403

—No, no todo es mentira. Una parte es verdad. —Se inclina hacia un lado para observarme—. Su teoría es cierta hasta cierto punto, teniente —añade con calma.

—No es una teoría. Tengo un testigo presencial que te vio entrar en el coche, en la calle Tracia.

—Es normal que me viera, porque estaba allí —suelta tan tranquila, como si hubiera ido a comprar un coche o a elegir las baldosas para el cuarto de baño.

—Entonces admites que eres cómplice del asesinato.

—Fui testigo involuntaria del asesinato de mi novio y también del de mi padre.

—¿Qué significa eso? Explícamelo.

Suspira profundamente antes de iniciar su nueva versión de los hechos.

—La noche del crimen, Makis había vuelto a tomar drogas y estaba desquiciado. No dejaba de despotricar contra papá. Después de pasar por todo aquello que ya le he contado, yo no podía soportarlo, de manera que le propuse salir a dar un paseo para que se tranquilizara. Pensaba ir en mi coche, pero Makis había venido en moto y nos fuimos con ella.

—La moto había sido robada —la interrumpo.

Niki se encoge de hombros.

—Él me dijo que se la había prestado un amigo.

—¿Makis robó la moto?

—¿Quién, si no? Mi padre nunca le daba dinero, ya se lo he dicho, y un drogadicto haría cualquier cosa para conseguir una dosis. En fin. La cuestión es que en Inglaterra yo tenía un ciclomotor, de manera que esa noche le dije que sólo subiría a la moto si me dejaba conducir a mí. En su estado, Makis no sería capaz de hacerlo. En cuanto enfilamos la avenida Reina Sofía, empezó a guiarme paso a paso. Al principio, me dirigió hacia la avenida Panepistimíu. A la altura de la plaza Omonia, propuso que fuéramos a Los Baglamás porque, según comentó, mi padre tenía que contestarle a una propuesta que le había hecho. Si algo he aprendido de Makis, es a no contravenir nunca los caprichos de un drogadicto, porque son incapaces de aceptar una negativa. Así pues, nos dirigimos a Los Baglamás. Comprenderá que yo no quería ver a mi padre ni en pintura. Cuando Makis bajó de la moto y se encaminó al club, lo perdí de vista y supuse que había entrado en el local. Poco después vi que mi padre salía solo. Se acercó al coche para buscar algo y Makis apareció detrás de él. La verdad no sé de dónde salió, seguramente se había escondido, tal como usted sugería. Dijo algo y papá se volvió. Entonces Makis sacó una pistola y le disparó. Mi padre cayó al suelo y Makis echó a correr hacia donde yo estaba, subió a la moto y me gritó que arrancara. ¿Qué iba a hacer? Iba ciego, llevaba un arma y era capaz de matarme a mí también. Arranqué y nos largamos. Makis me guió hasta el lugar donde abandonamos la moto. En una calle lateral había un coche aparcado y huimos en él.

–¿No te preguntaste de dónde había sacado el coche?

–Dijo que lo había alquilado, seguro que no les costará averiguar en qué empresa.

–¿Y la peluca blanca?

–La llevaba consigo y se la puso cuando se escondió. Una vez en el coche, se la quitó y se la guardó en el bolsillo.

–¿Por qué no denunciaste el crimen?

–Por dos razones, teniente. Ya conoce la primera: no quería entregar a mi hermano por haber matado a mi padre, al igual que no quise entregar a mi padre por haber matado a Jristos. La segunda razón es que Makis no merecía ir a la cárcel. Mi padre nos destrozó la vida a todos. Él convirtió a mi hermano en lo que es, él mató a mi novio, él obligó a Élena a separarse de su pobre hijo... Y todo por dinero, como si no hubiera tenido suficiente ya.

Es la primera vez que su voz delata odio y rabia. Vlasópulos y Dermitzakis la escuchan estupefactos, y con razón: su plan es mucho más hábil de lo que supuse al principio. Niki convenció a Makis para que asesinara a su padre, pero con una estrategia tan sutil que le permite echar toda la culpa al hermano yonqui.

–¿Y el hombre de cabello blanco que, según tú, acompañaba a los que secuestraron a Petrulias?

–Usted me mostró un retrato robot y yo le dije que me recordaba al hombre que había visto en la isla. No se parece a Makis en absoluto. Además, mi hermano estaba en Atenas el día en que asesinaron a Jristos, tiene una coartada.

–El hombre de cabello blanco no existe, fue un invento tuyo para confundir las pistas.

Ella se encoge de hombros.

–Sólo ha de localizar al otro hombre de pelo blanco.

Sabe que no daremos con él, porque no existe.

–Habla de todo esto en tu confesión –le digo–. Aunque no habrá tribunal que te crea.

–Se equivoca –insiste con su eterna sonrisa–. Yo soy una de las víctimas. Vi a los tipos que contrató mi padre para matar a mi amante y también presencié la muerte de mi padre a manos de mi hermano. ¿Qué tribunal permanecería indiferente ante la tragedia que he vivido? Como mucho, me condenarían a unos pocos años de reclusión y saldría bajo fianza.

Élena Kusta corre a abrazarla, como si quisiera infundirle más confianza.

–No temas, cariño, no irás a la cárcel –la consuela–. Contrataré a los mejores abogados para que demuestren tu inocencia.

Niki convencerá a los tribunales como acaba de convencer a Élena y el jurado la escuchará con los ojos llenos de lágrimas. Hasta yo me compadecería de ella si no intentara echar toda la culpa a su hermano. A fin de cuentas y a la vista de los acontecimientos, es cierto que ella es una de las víctimas.

Niki abraza a Élena estrechamente. Es la primera vez que veo lágrimas en sus ojos.

–Gracias, Élena –susurra–. Menos mal que te tengo a ti. Sé que me ayudarás a demostrar mi inocencia.

–Y a condenar a tu hermano a morir en la cárcel –añado.

–Nadie ha hecho más por mi hermano que yo –replica ella iracunda–. No soy yo quien lo condena. Makis murió el día en que cayó en la droga.

Si ya está muerto, ¿para qué voy a morir yo también? Así piensa Niki. Me recuerda los personajes de las películas de serie B que alquilan en el videoclub: un demonio con cara de ángel. Es una mujer muy inteligente que mató a su padre por despecho. La pasión la cegó hasta el punto de no comprender que había sido un peón en manos de su amante tanto como de su padre.

–¿Quieres llevarte alguna pertenencia? –le pregunta Vlasópulos.

–No es necesario, mañana mismo saldré bajo fianza.

Avanza hacia la puerta sin mirar atrás. Vlasópulos la sigue, y la puerta se cierra tras ellos.

–Usted también tiene que irse, señora Kusta. Hemos de precintar el piso.

–¿Irán a hablar con Makis?

–Sí, más vale terminar de una vez.

–¿Me permite acompañarlos? –pregunta lentamente y con dificultad.

–¿Por qué?

Élena suspira.

–Makis necesitará ropa y no tiene quien se la prepare. En su estado, no podrá ocuparse de ello solo. –Advierte mi vacilación–. Se lo pido por favor –suplica.

¿Dónde está la provocativa Élena Fragaki del escote vertiginoso y la pierna al descubierto? Élena Kusta se ha convertido en una gallina que se afana por proteger a sus polluelos: un hijo inválido y dos hijos adoptivos que han matado a su padre.

–De acuerdo.

–Gracias –responde con sencillez.

58

Cuando llega el momento de cerrar un caso, hay quienes pierden y quienes ganan. Yo gano. He resuelto los tres asesinatos, he detenido a dos de los tres culpables y puedo permitirme el lujo de andar con la cabeza bien alta ante los que quisieron ponerme una zancadilla. Guikas también gana, porque los dos casos se cierran sin necesidad de encubrir a nadie. Salen ganando los dos diputados que no guardan relación directa con la muerte de Kustas, porque su nombre no se verá comprometido y seguirán con sus campañas y sus sondeos de opinión. Gana Niki, puesto que echa toda la culpa a su hermano. Pierde Makis, que no sólo cargará con las muertes, sino también con la acusación del crimen premeditado. Finalmente, también Élena sale perdiendo; su mundo entero se ha desmoronado y pasará el resto de su vida yendo de la cárcel a los tribunales y de allí a ver a su hijo inválido.

Pienso en todo esto mientras recorremos la avenida Vuliagmenis. Dermitzakis va al volante, mientras que Élena Kusta y yo viajamos en el asiento trasero del coche patrulla.

–El otro día, cuando hablamos por teléfono, me dijo que yo no estaba en peligro. –Su voz me devuelve a la realidad–. ¿Lo cree de veras o lo dijo solo para tranquilizarme?

–Creo que no está en peligro inmediato.

–¿Qué voy a hacer si aparecen los... socios de mi marido y reclaman su parte? No sé cuánto les debía. ¿Podrán protegerme si recibo amenazas?

–¿Tú qué crees, Dermitzakis?

–¿Es una broma, teniente?

Yo habría respondido lo mismo pero he preferido que lo dijera él. No sé a oídos de quién podría llegar la información de que un teniente de la policía considera a sus compañeros incapaces de proteger a una ciudadana.

–Ellos disponen de más dinero y cuentan con mejores recursos que la policía, señora Kusta –le explico–. Además, nosotros nos vemos limitados por las leyes, mientras que ellos hacen lo que les da la gana.

–¿Qué me aconseja, entonces?

–¿Quiere quedarse con el patrimonio de su marido? –pregunto después de cierta reflexión.

–Sólo con Le Canard Doré. Me siento muy unida a ese local y me gustaría seguir con él.

–Entonces, venda el resto y ponga el dinero en una cuenta bancaria. Si aparecen los socios de su marido, entrégueles lo que le pidan y en paz.

–Tiene razón. Así lo haré.

Aunque intenta sonreír, las lágrimas le empañan los ojos. Hace rato que me esfuerzo por no formular cierta pregunta, pero al final no consigo contenerme más.

–Niki planeó el asesinato de su padre –digo–, mientras que Makis no fue más que su instrumento. ¿No comprende que trata de salvarse cargando todas las culpas a su hermano? ¿Por qué le ofrece toda su ayuda mientras que Makis sólo va a recibir de usted una maleta llena de ropa?

Suspira y guarda un breve silencio.

–Usted conoce a mis tres hijos, teniente –responde al final–. El verdadero y los adoptivos. Si hubieran naufragado en alta mar y usted sólo dispusiera de un salvavidas, ¿a quién se lo daría?

Esta mujer no ha dejado de sorprenderme desde el primer día.

Son las diez cuando llegamos a la casa de Kustas en Glifada. Contemplo el edificio a oscuras y recuerdo la primera vez que vine aquí, también acompañado de Dermitzakis. Ni los muros, ni los alambres de espino, ni los guardias, ni el circuito cerrado de televisión consiguieron proteger a Kustas. Tomó todas las precauciones posibles para defenderse de la mafia y acabó pereciendo a manos de sus propios hijos. Con Makis en la cárcel,

Élena Kusta venderá la casa a algún fanático de la alta seguridad. Llamamos al timbre y la puerta se abre automáticamente. Debe de ser uno de los pocos mecanismos que sigue en funcionamiento. Menos mal que en la oscuridad de la noche Élena no llega a ver la decadencia del jardín. Makis se sorprende al verme.

–¿Otra vez tú? ¿Aún no te has hartado de venir aquí?

Lleva la misma ropa de siempre, con la cazadora cerrada hasta el cuello. Élena Kusta es la última en entrar. Su presencia lo sorprende.

–¿Qué estás haciendo aquí? –pregunta en tono agresivo.

–Quería recoger unas pertenencias que me olvidé y el teniente ha tenido la amabilidad de traerme –responde ella con habilidad.

Makis permanece en silencio mientras la mira fijamente, como si intentara pensar en algo. Desiste de su esfuerzo, se vuelve y se dirige a la sala de estar. Nosotros lo seguimos mientras Élena sube al primer piso.

En el salón impera el mismo caos que observé en mi visita anterior. La lámpara emite una luz mortecina que recuerda las bombillas de las celdas. Makis se sienta en el sofá y se baja la cremallera de la cazadora, aunque la mantiene apretada contra sí como si tuviera frío. Ocupo el sillón frente a él y Dermitzakis se aposta en la puerta, por si acaso.

–¿Por qué has venido? –repite.

No soporto su presencia, no soporto la casa, tengo ganas de terminar de una vez.

–He venido a arrestarte –suelto sin rodeos–. En primer lugar, por el asesinato de tu padre.

–Vaya, al final has dado en el clavo –responde sin inmutarse.

–Sí, un poco tarde, pero se me hizo la luz. Lo mataste con la ayuda de Niki: ella trazó el plan y tú lo ejecutaste.

–No lo estropees ahora –grita enfadado–. Yo lo maté; de no ser por mí, seguiría vivo. Años y años llamándome inútil, inepto y vago. Debía matarlo para demostrarle que cuando quiero soy capaz de terminar lo que empiezo.

Me pregunto si fue esto lo que pensó su padre cuando lo vio con la pistola en la mano.

–Sí, pero Niki te ayudó. Lo organizasteis juntos –le digo mientras él me mira en silencio–. Hay muchos cargos contra ti –prosigo–. No asumas culpas ajenas. Si no hablas, pasarás muchos años en la cárcel.

Se echa a reír.

–No los pasaré en la cárcel, sino en el paraíso –se burla–. Cuando se dispone de dinero, la cárcel es un paraíso para los yonquis.

¿Por qué lo hace? ¿Para proteger a su hermana? ¿Por orgullo? Tal vez por ambos motivos. Si insiste en su versión, Niki saldrá limpia de todo este asunto.

–¿Por qué mataste a tu madre?

–Cuando fui a hablar con ella, me dio con la puerta en las narices –grita encolerizado–, y a nuestras espaldas llegaba a amables acuerdos con mi padre. Se supone que nos abandonó porque no lo soportaba, y luego hacía negocios con él.

El odio y el dolor se hallan tan hondamente enraizados en su alma que resulta absurdo intentar explicarle que los acontecimientos no se desarrollaron así precisamente.

–¿Fuiste tú quien dejó el pagaré en el buzón de Karamitris?

–Sí. Por casualidad encontré varios pagarés en la mesilla de noche de mi padre y por la firma supe de quién eran. –Se ríe a carcajadas–. El mismo truco que empleé con el otro –añade orgulloso–. Ambos picaron el anzuelo. Envié las dos fotografías a mi padre y luego lo llamé por teléfono para decirle que había llegado el momento de cobrar el dinero que me debía desde hacía tantos años. Me invitó a casa pero no acepté. Le dije que no confiaba en él y que prefería que nos encontrásemos frente al club. El muy imbécil cayó en la trampa, y mi madre también. La llamé por teléfono en cuanto su marido salió de casa. Cuando le dije quién era y le exigí que nos viéramos si quería recuperar el otro pagaré, aceptó enseguida. –Su expresión se torna salvaje–. ¿Has entendido? –chilla–. Yo era un niño de doce años. Emprendí todo un viaje para ir a verla y ella me rechazó. En cambio, cuando le hablé de dinero no tardó ni un segundo en acudir a mí.

–¿Dónde encontraste las fotografías?

–Eran de mi hermana. Las hizo para recordar la tumba de su amado.

No las hizo por eso sino porque pensaba utilizarlas más tarde. Es el único punto débil de su plan que, aun así, no la compromete demasiado. Siempre le queda el recurso de alegar que no fue ella quien entregó las fotografías a Makis, sino que él las encontró y se las llevó.

–¿Qué has hecho con la peluca?

–Está por aquí, ya la encontraréis.

–¿Y el arma?

–Ya te contaré. Todo requiere su tiempo.

Cuando voy a insistir para quitarle la pistola, de pronto se me ocurre otra idea. ¡Qué error cometí al deducir que el ex ministro estaba con Kalia en el momento de su muerte! No era él.

–¿Y Kalia? –pregunto–. ¿Por qué te la cargaste?

Cambia de actitud y evita mi mirada.

–Eso sí fue una pena. Lo lamento –dice con un suspiro profundo–. Hace tiempo Kalia y yo salíamos. Ella me enseñó qué debía hacer para respirar, olvidar, estar en otra parte. Mi padre se enteró y la amenazó con echarla del club y cerrarle todas las puertas para que no encontrara otro trabajo. Ella tuvo miedo y cortó nuestra relación. Cuando recibió las fotos y la llamada, mi padre le pidió que hablara conmigo, pero ella se negó. A pesar de ello, me llamó por teléfono y me lo contó todo.

De eso hablaron Kustas y Kalia la noche en que la mataron: no la amenazaba con despedirla, eso ya lo había hecho con anterioridad. Le pedía que intercediera con Makis.

–Cuando vi que la interrogabas en su camerino, me acojoné –prosigue Makis–. Los yonquis no somos muy fuertes cuando nos presionan, lo confesamos todo. Así pues, dejé pasar un par de noches y me acerqué a ella para pedirle que siguiéramos viéndonos, puesto que mi padre ya no nos lo impedía. Se alegró mucho y en nuestra segunda cita, me llevó a su casa. –Se detiene, levanta los ojos y me mira–. Me quería, ¿sabes? –dice como si le extrañara que alguien sintiera amor por él–. Tenía una foto mía junto al televisor. –Piensa un poco–. Aunque también es posible que la colocara allí sólo para que yo la viera y me emocionara.

Con un drogadicto nunca se sabe. Hicimos el amor y después preparé el chute. El primero para ella. –Vuelve a interrumpirse y su mirada se pierde en lejanías invisibles–. No se enteró de nada. Murió en mis brazos, como un pajarito –concluye.

En este momento aparece Élena Kusta con una abultada bolsa de viaje en la mano derecha. La deja en el suelo, a mi lado, y mira a Makis con los ojos llenos de lágrimas.

–Makis, quiero que sepas que yo siempre te he querido –susurra–. Pase lo que pase a partir de ahora, me tendrás a tu lado.

Makis la observa en silencio. De repente, con un gesto brusco, desliza la mano por debajo de la cazadora y saca la pistola. Se pone en pie de un salto y se vuelve hacia mí.

–¿No preguntabas por la pistola? ¡Aquí la tienes! –grita y apunta a Élena Kusta–. Tú serás la última –dice–. Cuando te mate, habré terminado. –Ve que Dermitzakis intenta apartarse de la puerta–. Quieto, poli –grita–. Quieto, que te la estás buscando.

Aprovecho su distracción para ponerme en pie.

–Deja el arma, Makis –le ordeno con toda la tranquilidad de la que soy capaz–. Sería absurdo que cometieras otro asesinato.

Me observa sin dejar de apuntar a Élena Kusta.

–Quédate donde estás –ordena–. Acabaré lo que he empezado, después te entregaré el arma e iré con vosotros. Firmaré lo que queráis, no os daré trabajo.

Miro a Élena Kusta, que contempla a Makis con una sonrisa triste y serena. Dios, a Élena no. Ya ha matado a su padre, a su madre y a su amante. A Élena, no. Es la única que no debe morir. Me sorprende que, a pesar de todos los asesinatos a los que me enfrento a diario, algunas muertes aún me conmueven.

La mano de Makis ha empezado a temblar. Avanzo un paso hacia la izquierda para interponerme entre él y Élena Kusta. Oigo el disparo y, al mismo tiempo, siento un impacto en el pecho que me obliga a trastabillar hacia atrás. Veo que Dermitzakis arremete contra Makis. Después...